Chitra Banerjee DIVAKARUNI

La Reine des rêves

Roman traduit de l'anglais
par Rani Mâyâ

OUVRAGE TRADUIT AVEC LE CONCOURS
DU CENTRE NATIONAL DU LIVRE

Éditions
Philippe Picquier

DU MÊME AUTEUR
AUX ÉDITIONS PHILIPPE PICQUIER

La Maîtresse des épices

Les Erreurs inconnues de nos vies

Mariage arrangé

Le Palais des illusions

L'Histoire la plus incroyable de votre vie

La Confrérie de la Conque
1. *Le Porteur de Conque*
2. *Le Miroir du feu et des rêves*
(romans pour la jeunesse)

Titre original : *Queen of Dreams*

Mas de Vert
B.P. 20150
13631 Arles cedex

www.editions-picquier.fr

En couverture : © Don Spiro / Getty Images
© John W. Gertz / Zefa / Corbis

Conception graphique : Picquier & Protière

Mise en page : Ad litteram, M.-C. Raguin – Pourrières (Var)

ISBN : 978-2-8097-0109-8
ISSN : 1251-6007

Pour mes trois hommes

Murthy

Anand

Abhay

Tous rêveurs

Ce que nous savons et ce que nous ne savons pas sont comme des frères siamois, inséparables…

Confusion, confusion.

Qui peut vraiment discerner entre la mer et ce qui s'y reflète ? Ou dire la différence entre la pluie qui tombe et la solitude ?

Haruko Murakami,
Sputnik Sweetheart

Nous disons *Amérique tu es*
Magnifique et nous le pensons
Nous avons le cœur brisé

Reetika Vazinari,
It's a Young Country

1

Journal des rêves

Le serpent est venu cette nuit.

Cela m'a surprise ; pourtant, il est rare que quelque chose me surprenne encore.

Il était plus beau que dans mon souvenir. Sa peau vert argent brillait telle l'eau de pluie sur les plants de bananiers dans le petit jardin que nous cultivions derrière les grottes. Peut-être qu'en vieillissant, je commence à percevoir de la beauté là où je ne m'attendais pas à en trouver avant.

« Il y a longtemps que je ne t'ai vu, l'ami, lui ai-je dit. Mais je ne t'en tiens pas rigueur. Plus maintenant. »

Pour me montrer qu'il n'avait aucune intention malveillante, il a écarquillé les yeux. Ce fut comme un éclat de lumière reflété par un morceau de miroir.

La dernière fois qu'il m'était apparu avait coïncidé avec une période de grand changement dans ma vie, une période au début riche de possibles mais ténébreuse par la suite. J'avais eu beau pleurer et l'appeler à en perdre la voix, il n'était pas revenu depuis.

Pourquoi venait-il maintenant, alors que je m'étais enfin réconciliée avec mes pertes et les compromis que j'avais dû faire ? Alors que j'avais fini par desserrer les poings et laissé s'échapper ce que j'avais tant désiré ?

Son corps irradiait la lumière. Une lumière claire, intense, pourpre comme celle d'une fin d'après-midi dans les cyprès sur les rives du Pacifique. Je l'ai contemplé un instant, puis j'ai compris qu'il était venu prédire un autre changement.

Mais lequel, et pour qui ?

Pas une naissance. Rakhi n'est pas folle au point de faire ça, alors qu'elle est déjà mère célibataire. Bien que cette enfant n'ait cessé, toute ma vie, de me surprendre.

Un mariage, alors ? Rakhi allait-elle reprendre la vie commune avec Sonny, comme je l'espérais encore ? Ou s'agissait-il d'un autre homme sur le point d'entrer dans sa vie ?

Le serpent s'est estompé jusqu'à prendre la couleur des algues dans l'eau, trace ténue dans une vase verdâtre.

Il annonçait une mort.

Mon cœur s'est mis à battre fort, lentement, de façon irrégulière. Un battement arthritique qui résonnait jusque dans les moindres cavités de mon corps.

Que ce ne soit pas Rakhi, que ce ne soit pas Sonny ou Jonaki. Que ce ne soit pas mon mari, que j'ai trahi de plus d'une façon.

Le serpent, s'enroulant puis se déroulant, était presque invisible. Hiéroglyphes, nœuds, enchevêtrements.

J'ai compris.

« Cela sera-t-il douloureux ? ai-je murmuré. Très douloureux ? »

Il a fouetté l'air de sa queue. L'air était de la couleur de vieux fils téléphoniques.

« Ça sera rapide au moins ? »

Oui, ses écailles scintillaient. De je ne sais où, de la fumée a surgi et l'a dissimulé. A moins que cette fumée n'ait fait partie de ce qui allait arriver ?

« Cela doit-il arriver bientôt ? »

Une légère irritation dans l'éclat de ses yeux. Dans le monde qu'il habitait, *bientôt* n'avait pas beaucoup de sens. Une fois de plus, j'avais posé la mauvaise question.

Il s'est mis à onduler. Sa langue était un mince fouet rose. J'éprouvais le désir absurde de la toucher.

« Attends ! Comment m'y préparer ? »

Il a tourné l'ovale plat de sa tête vers moi. J'ai tendu la main. Sa langue – elle n'avait rien du fouet, elle était douce et triste comme de la soie usée.

Je crois qu'il a dit : *On ne peut pas se préparer, on peut seulement comprendre.*

Que devais-je comprendre ?

La mort clôt les choses, mais ce peut être un début, aussi. Une chance de réparer ce qu'on a raté. Te souviens-tu seulement de ce que tu as perdu ?

J'ai essayé de me reporter dans le passé. Comme s'il me fallait scruter à travers une vitre recouverte de gel. Les grottes emplies de sable. Les leçons. Nous, les novices, apprenions à interpréter les rêves des mendiants, des rois et des saints. Ravana, Tunga-dhwaja, Narad Muni. Mais j'avais abandonné cette voie à mi-chemin.

Le serpent s'étiolait. Une pensée m'a parcourue tel un souffle sur la peau.

Mais seulement si on saisit le moment. Seulement si…

Puis il a disparu.

2

Rakhi

Ma mère dormait toujours seule.

Jusqu'à mes huit ans environ, je n'y ai pas fait attention. Cela faisait partie du train-train du soir ; elle me bordait, s'asseyait sur mon lit un instant et, dans la semi-obscurité, lissait mes cheveux de ses doigts légers tout en fredonnant. Puis, le rituel voulait qu'on se raconte des histoires. C'était moi qui inventais les histoires. L'héroïne s'appelait Nina-Miki, une fille de mon âge qui vivait sur une planète du nom d'Agosolin III et menait une vie incroyablement aventureuse. J'aurais préféré que les histoires viennent de ma mère et se déroulent en Inde, ce pays de son enfance qui me semblait nimbé d'un halo de mystères d'une infinie variété. Mais ma mère prétendait ne pas connaître de bonnes histoires et disait que l'Inde n'était pas si mystérieuse que ça. Ce n'était qu'un autre lieu, pas si différent, pour l'essentiel, de la Californie. Je n'étais pas convaincue, mais cela ne me tracassait pas trop. Les aventures de Nina-Miki étaient des plus captivantes. J'étais fière d'en être l'auteur et d'avoir ma mère pour auditrice attentive.

L'histoire finie, elle m'embrassait sur le front de ses lèvres fraîches comme de l'argent. « Dors maintenant », murmurait-elle en tirant la porte derrière elle. Mais je restais éveillée, attentive au doux froufroutement du coton de son sari le long du couloir. Elle s'arrêtait au seuil de la chambre de mon père – c'est ainsi que je pensais à la vaste pièce sombre à l'arrière de la maison, avec son grand lit trop mou et son couvre-lit de batik – et j'entendais le bourdonnement affectueux de leurs voix. Quelques instants plus tard, la porte se refermait et les pas de ma mère s'éloignaient. Elle se déplaçait avec aisance et assurance, à la façon dont les daims pénètrent dans une forêt profonde, ses vêtements bruissant comme une brise dans les feuilles. Je tendais l'oreille jusqu'à ce que j'entende la porte de la pièce à couture s'ouvrir et se refermer, le bruit de soupir de ses gonds. Alors seulement, je me laissais tomber dans le monde sirupeux de mes rêves.

Je rêvais beaucoup à cet âge-là et mes rêves étaient souvent intenses, à étouffer. Je me réveillais le cœur battant si fort que je craignais qu'il n'éclate. Quand j'étais assez calme pour me lever, j'empruntais à tâtons le sombre corridor, dont les murs sous mes doigts étaient rugueux, étranges, ondulés comme une peau de dinosaure, jusqu'à la pièce à couture. J'ignore pourquoi ma mère l'appelait ainsi ; elle ne cousait jamais. Quand j'ouvrais la porte au bruit de soupir, je la voyais couchée sur le sol, le visage tourné vers le mur, les draps tirés au-dessus de la tête, tellement immobile que l'espace d'un instant j'avais peur qu'elle ne soit morte. Mais elle se réveillait immédiatement, on aurait dit qu'elle me sentait, comme un animal sent ses petits. J'essayais de me faufiler sous sa couverture, mais elle me ramenait invariablement jusqu'à mon lit, d'une main douce mais ferme. Elle s'allongeait près de moi, me caressait les cheveux et parfois, quand le cauchemar était particulièrement troublant, elle déclamait des mots que je ne comprenais pas jusqu'à ce que je me rendorme. Elle ne restait jamais dormir avec moi. Quand je me réveillais, elle était dans la cuisine, en train de brouiller des œufs. La pièce à couture était vide ; je n'ai jamais su où elle rangeait sa literie. Rien, pas même le tapis impeccablement tiré, ne trahissait que quelqu'un y avait passé la nuit.

Un après-midi, j'étais allée jouer chez une de mes camarades de classe. Cela arrivait rarement car, en dépit des exhortations de ma mère, je n'étais pas de nature très sociable. Les enfants de mon âge ne m'intéressaient pas. Je préférais rester à la maison avec ma mère, même si elle ne m'y encourageait pas. Je l'écoutais parfois de derrière une porte converser au téléphone, ou l'observais lorsqu'elle était assise sur le sofa, les yeux clos et le front plissé par la concentration. Sa capacité à rester totalement immobile me fascinait. A plusieurs reprises, j'ai essayé de l'imiter. Mais je n'arrivais pas à garder la même attitude plus de quelques minutes sans ressentir des fourmillements.

J'ai oublié le nom de la fille et pourquoi, au cours de l'après-midi, nous sommes entrées dans la chambre à coucher de ses parents, mais je me souviens très bien qu'elle m'a dit de ne pas sauter sur le lit, que ses parents n'aimaient pas ça.

« Tu veux dire que ta maman dort ici, avec ton père ? ai-je demandé, surprise et légèrement écœurée.

— Bien sûr ! a répondu la fille. C'est pas le cas de ta mère ? »

Sous ses yeux incrédules, j'ai baissé une tête coupable.

« Vous êtes des gens bizarres ! » a-t-elle déclaré alors d'un ton sévère.

A partir de cet après-midi-là, je me suis lancée dans une série d'enquêtes. Je suis allée voir tous les enfants de ma connaissance (ils n'étaient pas nombreux) et, entre les jeux, les goûters et la télévision, je m'informais, mine de rien, des habitudes de leurs mères en matière de lits. J'ai bien dû finir par admettre que ma famille était bizarre.

Armée de statistiques, j'ai affronté ma mère.

J'ai fait alors une seconde découverte qui devait me tourmenter, me ronger le cœur et me narguer durant toute mon adolescence.

Ma mère était interprète de rêves.

Ce n'est pas sans mal que j'ai fait cette découverte. Ma mère n'aimait pas parler d'elle et pendant toute mon enfance, elle a mis au point mille stratégies pour éluder mes questions. Cette fois-ci, pourtant, j'ai tenu bon.

« Pourquoi est-ce que tu ne dors pas avec papa ? lui ai-je demandé à plusieurs reprises. Ou du moins avec moi, comme la mère de Mallika ? Tu ne nous aimes pas ? »

Elle n'a rien dit pendant un long moment, et j'étais sur le point de lui reposer la question une fois encore quand elle a répondu : « Bien sûr que je vous aime. » J'ai discerné de la réticence dans sa voix, comme de la rouille, qui la rendait cassante. « Je ne dors pas avec toi ou avec ton père parce que mon travail consiste à rêver. Je ne peux pas rêver avec quelqu'un d'autre dans le même lit. »

Mon travail consiste à rêver. Intriguée, j'ai tourné et retourné ces mots dans ma tête. Je ne les comprenais pas, mais j'en étais déjà amoureuse. Je voulais pouvoir les dire à mon tour à quelqu'un un jour. Ils m'effrayaient aussi. Ils semblaient mettre ma mère hors de ma portée.

« Que veux-tu dire ? » ai-je demandé, forçant ma voix pour feindre la colère.

L'expression qu'a prise alors son visage, je l'aurais nommée désespoir si j'avais connu le mot. « Je rêve les rêves d'autres gens, a-t-elle expliqué. Je peux ainsi les aider à vivre leurs vies. »

Je ne comprenais toujours pas, mais son visage était pâle et tendu comme un cocon, et elle serrait les mains sur son ventre. Je n'ai pas eu le cœur de la harceler. N'avait-elle pas admis ce qui importait le plus, qu'elle nous aimait ? J'ai hoché la tête comme si son explication me satisfaisait.

Soulagée, elle m'a souri puis m'a prise dans ses bras. J'ai senti un reste de raideur dans ses épaules.

« Pourquoi ne déciderais-tu pas ce que tu veux pour dîner ? m'a-t-elle demandé. Tu peux m'aider à faire la cuisine, si ça te dit. »

Je l'ai laissée changer de sujet et j'ai réclamé des raviolis. J'en avais mangé pour la première fois cet après-midi fatal chez ma camarade de classe. A la maison, nous mangions rarement autre chose que de la cuisine indienne ; c'était une façon pour ma mère de garder un lien avec sa culture. Elle n'avait jamais préparé de raviolis auparavant, mais elle a regardé dans un livre de cuisine. Nous avons passé le reste de l'après-midi à rouler, froncer, farcir la pâte de fromage. Les raviolis se sont révélés grumeleux, la cuisine était dans un état lamentable, il y avait de la sauce partout, des lamelles de fromage collées par terre, mais nous étions ravies.

Les raviolis dans l'eau bouillante, ma mère s'est tournée vers moi et a dit – je ne lui avais pas rapporté le commentaire de ma camarade de classe : « Rakhi, souviens-toi de ça : être différent ne signifie pas qu'on soit bizarre. » Il lui arrivait de me surprendre de cette façon ; elle faisait tout à coup référence à des choses qu'elle ne pouvait connaître. Mais sa clairvoyance était désordonnée et cela a créé des problèmes entre nous au fil des ans ; elle n'avait pas la moindre idée d'événements que j'aurais voulu qu'elle sache, de secrets que je mourais d'envie de lui confier et dont je n'arrivais pas à lui parler.

Par exemple : la raison pour laquelle j'ai quitté Sonny.

Au dîner, mon père a admiré les formes originales que nous avions fabriquées et il a déclaré que c'était un repas aussi délicieux qu'instructif. Puis il a nettoyé la cuisine, tout en fredonnant la chanson d'un film hindi, et a récuré l'évier, les mains enchâssées dans des gants de caoutchouc jaune fluo. C'était lui qui mettait de l'ordre dans notre maisonnée, lui le méthodique, toujours gentil, lui le musicien. Ma mère, cachottière, têtue, fantasque, était incapable de se souvenir d'un air. C'était à elle que je voulais ressembler.

Des années plus tard, après sa mort, mon père dira : « Faux. Elle ne m'aimait pas, pas vraiment. Elle ne m'a jamais laissé l'approcher assez près.

L'endroit au centre d'elle, son cœur, était réservé aux dieux et aux démons de son monde des rêves. Elle n'a jamais partagé ce monde-là avec quelqu'un. Pas même avec toi. »

Et je serai obligée d'admettre qu'il avait raison.

3

Rakhi pense à du vert. Vert sombre de sous-bois, vert-gris mordoré, vert avec une touche d'argent pour la brume de l'aube, ourlé de brun pour le temps qui passe. Toutes les nuances du bois d'eucalyptus où elle s'est promenée ce matin. Elle pense aux couleurs qu'elle devra mélanger pour rendre ce vert. Elle ne connaît rien qui soit plus proche de la magie dans ce monde dont la banalité du quotidien n'a cessé de la décevoir. Ce monde de terreurs prévisibles dont les désillusions emplissent l'atmosphère de leur odeur caractéristique, identifiable longtemps avant qu'elles ne se réalisent.

Elle prend la grande plaque de verre qui lui sert de palette, puis une toile vierge. Elle passe la main sur l'apprêt de la surface dont l'odeur lui est aussi familière que l'haleine de sa fille Jona. Elle presse du jaune de Naples et de l'ocre jaune, du cobalt, du cyan et de la terre de Sienne, un peu de bleu de Prusse pour les ombres, en réfléchissant à la géométrie inhabituelle du feuillage. Ses épais cheveux noirs, impitoyablement retenus par un des vieux rubans de Jona, menacent de s'échapper et de s'enrouler autour de son visage. Trompeuses, ces boucles de petite fille. Trompeurs, ses pommettes hautes, son front large et lisse (luisant de concentration pour l'instant), et le charmant grain de beauté sous sa lèvre inférieure qui lui donne un petit air naïf, enjoué et optimiste, comme si jamais rien de grave ne lui était arrivé. Mais au fond de ses grands yeux, quelque chose de violacé, comme la nuit, comme une meurtrissure, comme la fleur d'*aparajita* que sa mère ne lui a jamais décrite, dément cette image. Peu de gens prennent la peine de bien vous regarder au fond des yeux. Non pas que Rakhi s'en plaigne. Comme elle l'a dit un jour à son amie Belle, elle aime autant qu'on ne la comprenne pas.

Le bois d'eucalyptus était humide ce matin. Il n'avait pourtant pas plu près de chez elle, malgré la brume, fréquente à Berkeley. Mais dans le bois, il y avait des flaques d'eau. Elle a dû les contourner pour ne pas se mouiller les pieds. Et, fait plus surprenant encore à cette heure matinale et en semaine, un homme pratiquait le taï-chi dans le bois d'eucalyptus.

Elle s'y était rendue dans l'intention de le peindre ; elle n'a jamais peint d'arbres. Jusqu'à maintenant, la plupart de ses toiles avaient l'Inde pour sujet – une Inde imaginaire, une Inde inspirée de photographies, car elle n'y est jamais allée. Elle a peint des temples et des scènes de rue, des femmes au marché et des chauffeurs de bus en train de déjeuner, mais jamais d'arbres, pas comme sujet principal. La veille au soir, elle a ressenti le besoin de se mesurer à quelque chose de nouveau, de se lancer un défi. Sa résolution commençait déjà à fléchir.

Au début, la présence de l'homme l'a contrariée. Elle voulait le bois pour elle seule, sans personne pour en altérer l'atmosphère. Mais il se trouvait à quelque distance d'elle, et sa contrariété est vite retombée. A observer ses mouvements nets et lents, sous-marins, elle a pensé : « Voilà comment les gens devraient se servir de leur corps. » De l'endroit où elle se tenait, il lui a semblé qu'il avait de belles mains. Il portait des vêtements blancs et lâches, et les rayons timides du soleil, filtrés par les branches d'eucalyptus, irisaient le noir de ses cheveux. Elle ne distinguait pas clairement les traits de son visage ; rien qu'une touche de peau olive et des pommettes saillantes. Elle s'est demandé un instant qui il était. S'il était indien. Elle a eu envie de s'approcher et de le regarder dans les yeux. Elle a senti dans la plante de ses pieds un fourmillement précurseur d'un désir dont elle croyait s'être débarrassée depuis que son mariage avait mal tourné. Pour se maîtriser, elle a fermé les yeux. Elle avait mûri ; elle était mère. Elle savait d'expérience que ce fourmillement menait tout droit à des problèmes, et des problèmes, elle en avait déjà assez comme ça.

Elle fixe la toile vierge sur le chevalet, serre les vis pour l'affermir, puis trempe un pinceau dans la couleur et trace d'un large geste un trait sur le fond. C'est le moment où tout est possible.

Le téléphone sonne.

Qui cela peut-il bien être ? Pas Belle, qui sait qu'il ne faut pas la déranger le matin quand elle peint. Sa mère doit être occupée par ses clients. Son père au travail. D'ailleurs, il n'appelle que lorsqu'il est ivre, le week-end.

Elle attend impatiemment que le répondeur se mette en marche. Une voix commence à laisser un message. Le téléphone se trouve dans un placard à l'autre bout de l'appartement (elle le met là quand elle peint) et elle ne distingue pas les mots, mais reconnaît la voix.

Sonny.

Elle aurait dû s'en douter ! Son corps se contracte, une raideur monte de l'arrière de ses mollets jusqu'au bout de ses doigts. Elle agrippe le pinceau plus fermement. *Je refuse de m'arrêter pour lui.* A dire vrai, elle ne peut s'arrêter pour personne, pas en ce moment.

Elle a essayé d'expliquer ça à Sonny. Comment, à un certain moment, les couleurs s'emparent de vos yeux, de vos mains. Qu'il faut s'abandonner à leur rythme. Et que, jusqu'à ce que l'élan arrive à son terme, rien d'autre ne compte.

Elle ne s'attendait pas à ce que lui qui n'était pas artiste la comprenne.

Ils étaient à table, à la fin du dîner. Il mangeait tout en feuilletant un magazine de musique. Elle ne se souvient jamais du nom de ses magazines – à part *Playboy*, qui a été l'occasion d'une dispute. Il grignotait du bout des lèvres le *sandesh* qu'elle avait préparé. Du temps où elle cuisinait encore des repas élaborés – des amuse-gueules, des *rotis*, de riches currys avec de la sauce aux amandes, des desserts indiens traditionnels qui demandaient des heures d'acrobaties culinaires. Entre deux bouchées, il se frottait soigneusement les doigts pour en faire tomber les miettes blanches sucrées. Qu'un homme comme lui, aux appétits si voraces par ailleurs, ait des manières de table si délicates ne cessait de la surprendre. Il n'avait rien répondu pendant un temps si long qu'elle avait cru qu'il ne l'avait pas écoutée. Il était souvent distrait, ailleurs. Peut-être n'avait-il rien à dire. Mais comme elle débarrassait la table, il a murmuré : « Comme quand on fait l'amour, c'est ça ? »

L'exactitude de sa comparaison l'a réduite au silence. De temps à autre, il lui arrivait de la contraindre, en formulant ce qu'elle n'aurait su définir seule, à prendre conscience de certaines choses. C'était une des raisons pour lesquelles elle l'aimait, avant cette nuit qui avait tout gâché.

Ce n'est pas tout à fait vrai, elle le sait. Une relation ne tourne pas en une seule nuit, comme une bouteille de lait. Il y avait des indices depuis un certain temps, mais elle avait choisi de les ignorer. Elle a tourné et tourné autour de la meule de sa vie dont elle était tellement éprise, comme les bœufs aux œillères qu'elle a vus sur une photo de village indien.

Aux bœufs, on peut pardonner leur aveuglement. Elle ne s'est jamais pardonné le sien. Voilà pourquoi ses mollets se raidissent quand Sonny téléphone, et elle sent comme une arête de poisson se ficher en travers de sa gorge.

Elle achève une série de touches, laisse tomber son pinceau dans un pot de térébenthine et en choisit un autre. Elle travaille les couleurs, les formes. Elle délaie soigneusement la peinture avec de l'huile de lin pour que les contours des objets soient fluides. Quand leurs bords déteignent les uns sur les autres pour former des dessins qu'elle n'a pas voulus, son cuir chevelu la picote de plaisir.

Mais la sonnerie du téléphone retentit de nouveau, juste au moment où elle a besoin de toute sa concentration.

Si c'est Sonny qui rappelle, il va le regretter.

Cette fois-ci, c'est une voix de femme. Comme elle est assourdie par le placard, elle n'arrive pas à l'identifier, malgré ses accents familiers. Elle note l'anxiété appuyée, mordante du ton. Le monde entier conspire contre elle aujourd'hui. Eh bien, cette femme aussi devra attendre !

Elle progresse ; elle a peint la première couche de son tableau, le gros plan d'un arbre, la texture des feuilles et de l'écorce qui se craquelle. Un éclat de soleil miroite sur son bord comme un souvenir incertain. Une brise secoue les grosses fleurs d'eucalyptus dans le coin gauche, éparpillant leur pollen. Elle scrute intensément la toile, essayant de sentir la vie derrière les coups de pinceau. Plus bas, d'autres couches attendent. De nouvelles couleurs à introduire. De l'ivoire, du noir, du vermillon, un soupçon de sel marin pour épaissir l'air. Elle donne un coup d'essai dans le coin inférieur droit. Il faut qu'elle ajoute quelque chose là. Et si… elle décide subitement de peindre l'homme aux belles mains.

Mais la sonnerie du téléphone a éveillé la petite voix qui murmure en elle. *Et si Sonny voulait te parler de Jona, qui passe la semaine chez lui ?* demande la petite voix. Et si le second appel venait de l'école de Jona ? Et si quelque chose de terrible lui était arrivé ? *Si tu étais une bonne mère*, dit-elle avec un reniflement désapprobateur, *tu arrêterais immédiatement pour t'en assurer.* La petite voix évoque des catastrophes derrière ses yeux clos. Sa main se met à trembler.

Si elle continue à peindre, elle va tout gâcher.

Elle abandonne sa toile et se dirige vers le placard où le répondeur attend, son œil malveillant de cyclope clignotant. Elle appuie sur le bouton. Une réplique d'un film qu'elle a vu autrefois lui traverse l'esprit : *La vie se met en travers de l'art.*

Cela résume assez bien ma situation, pense-t-elle.

Mais comme elle l'a dit à Belle, elle ne se plaint pas. Comparée à ce qu'elle était trois ans plus tôt, quand elle a déménagé en attendant la conclusion de son divorce, sa vie est maintenant un véritable lit de roses.

Sonny appelait tous les matins alors. Ses messages, d'une précision infernale, étaient toujours les mêmes. Il ne comprenait pas pourquoi elle lui faisait ça. Quoi qu'il ait pu faire, il le regrettait. Ils (il voulait dire elle, en fait) faisaient une erreur terrible, ils devaient se remettre ensemble. Il l'adorait. Est-ce qu'elle ne le savait pas ? Il prenait sa voix la plus désespérée, la plus culpabilisante.

« Je ne décrochais pas, a-t-elle dit à Belle, mais il savait que j'étais là, à l'écouter. Il savait que je serais incapable de peindre quoi que ce soit de décent pendant le reste de la journée. Au bout d'un mois de ces appels, j'aurais pu le tuer.

— Et alors ? a demandé Belle.

— Il a arrêté.

— Comme ça ?

— Oui », a-t-elle répondu, mais en son for intérieur elle s'est demandé, comme elle l'avait souvent fait auparavant, si sa mère s'en était mêlée.

Voici le message de Sonny : « Très chère Riks, c'est seulement pour t'informer que Jo et moi on part pour Mendocino. Paul dit qu'il y a une troupe de baleines là-bas, même des bleues. Il dit qu'on peut loger chez lui pendant quelques jours, peut-être même faire une sortie en mer sur son bateau. Jo va manquer un peu l'école, mais je suis sûr que ça lui est égal. Elle apprendra des choses plus importantes de la grande université de la vie. »

Elle déteste qu'il se serve de ce genre de clichés. Il le sait. C'est pour ça qu'il la taquine. Il y a d'autres choses qu'il sait : qu'elle n'aime pas que Jona manque l'école ; sa fille a déjà assez peu de stabilité dans sa vie. Qu'elle n'aime pas Paul, qui n'est pas un mauvais photographe mais qui fume beaucoup trop d'herbe pour qu'on lui confie un bateau ou un enfant. Elle déteste que Sonny dérange la routine qu'elle a eu tant de mal à installer pour Jona et elle-même, et expose sa fille à des dangers tant physiques que moraux. Et tout cela sans lui demander sa permission.

Bon, bon, se dit-elle à elle-même. N'en faisons pas un drame.

Tu as seulement peur que Jona s'amuse trop avec Sonny, l'interrompt la petite voix qui ne manque jamais une occasion. *Tu as peur qu'elle ne veuille pas revenir vivre avec toi.*

« Je m'occuperai de toi plus tard », rétorque-t-elle à la voix.

Le second message est de Belle. « Rikki, s'il te plaît, s'il te plaît, viens tout de suite à la boutique. Il est arrivé quelque chose de terrible. »

Elle soupire. Elle aime beaucoup Belle – alias Balwant Kaur, mais elle a interdit même à ses parents de l'appeler comme ça – et ce depuis longtemps, depuis leur première année d'étudiantes à Berkeley, où elles partageaient la même chambre. Elles se sont réconfortées pendant leurs amourettes, leurs échecs aux examens, leurs accès de grippe et les pressions que seuls des parents indiens peuvent faire subir à leur progéniture. Elles se prêtaient de l'argent et des sous-vêtements, partageaient courage et rouge à lèvres, et vomissaient épaule contre épaule après avoir trop bu à des fêtes où elles n'auraient pas dû aller. Elles se confiaient des choses qu'elles n'avaient jamais osé raconter à personne, et se voyaient différemment dans les yeux l'une de l'autre. Elles restaient éveillées tard dans la nuit à parler du fait que Rakhi se sentait parfois trop américaine, ou que Belle adorerait se débarrasser des derniers vestiges de son indianité. Sans Belle, Rakhi ne croit pas qu'elle aurait pu survivre à son divorce. Belle connaît ses points faibles, son entêtement, ses angoisses, sa passion pour la peinture et sa peur de ne jamais devenir une artiste potable. Elle sait à quel point il lui est difficile de changer d'avis une fois sa décision prise. Qu'elle ne supporte pas qu'on lui cache quelque chose. A quel point elle déteste Sonny et adore sa mère. A quel point tous deux l'exaspèrent. Rakhi accepte les excentricités de Belle, sa nervosité permanente. comme si quelque chose la rongeait de l'intérieur. Sa façon de troquer un petit ami pour un autre, en se débrouillant pour qu'aucun ne devienne important. Ses désaccords perpétuels avec ses parents, de braves gens déroutés par leur fille colibri qui refuse de se laisser attirer par la sécurité de leur cocon familial sikh. Elle sait combien Belle aime leur maison de thé, qu'elle est émotive et que cela l'amène souvent à dramatiser.

C'est sûrement la machine à expresso qui est encore tombée en panne. Pourtant, elle ôte sa blouse de peintre et prend juste le temps de mettre ses pinceaux à tremper dans une cruche dans l'évier.

La petite cuisine est dans le désordre habituel des bonnes intentions qui ont mal tourné. Les assiettes du dîner n'ont pas été lavées. Les haricots mungos qu'elle a mis à tremper vertueusement il y a trois jours, avec la ferme intention de préparer du *dal*, ont commencé à germer. Il va falloir qu'elle appelle sa mère pour savoir ce qu'on peut faire avec des mungos germés. La table dans l'alcôve de la salle à manger est encombrée de livres de la bibliothèque, de catalogues d'art, d'un grand bol bleu empli d'abricots provenant de l'arbre de la propriétaire et de factures impayées. Ah ! la banalité des factures, une autre plaie de la vie d'artiste. Appuyée au mur, il y a une toile, presque achevée : le coucher du soleil sur les pics du Kangchenjunga. Elle l'a laissée là pour la regarder de temps à autre et se faire une idée de ce qui lui manque. Les collants et les chaussons de danse de Jona traînent près de la fenêtre, à côté de l'avocatier qu'elle a essayé de faire pousser dans la tasse préférée de Rakhi. Ce mur-là est consacré aux œuvres de Jona, des dessins de toutes les couleurs de l'arc-en-ciel représentant des gens minuscules avec des yeux intenses, soulignés de noir.

Rakhi aime l'encombrement confortable de sa vie, elle aime les choses rassemblées autour d'elle comme un châle contre les rigueurs hivernales du monde. Qu'elle ait été autrefois une maîtresse de maison méticuleuse lorsqu'elle était mariée à Sonny, rouspétant avec une ferveur amère à cause des serviettes mouillées abandonnées sur le sol de la salle de bain et des bouchons de tubes de dentifrice à revisser, la surprend. Elle ressent une certaine pitié pour cette époque, cette personne. Cette épouse si sérieuse, exigeante, mue par une perpétuelle fuite en avant, comme si la perfection était une ville située quelques centaines de mètres plus loin. Elle ignorait alors que la perfection n'avait rien à voir avec le bonheur.

Et maintenant tu as appris que le bonheur se trouve dans des pièces en désordre ? la taquine la petite voix.

Demain, se dit-elle en se dirigeant vers la porte ; elle fait la grimace en marchant sur une pièce de Lego aux bords acérés dissimulée par le tapis. Je vais ranger tout ça demain. Il faut montrer le bon exemple à Jona. Je vais même passer l'aspirateur.

Ben voyons, dit la petite voix.

4

Journal des rêves

Cette nuit, j'ai rêvé d'une chaîne en or qui se brisait. J'ai entendu les maillons se casser avec le bruit sec d'os de poulet. Il était trois heures du matin quand je me suis éveillée. Les muscles de mon dos me faisaient mal à force de tenir la chaîne. Je savais que je ne pourrais pas me rendormir.

Je suis allée sur la terrasse contempler le mince croissant de lune. Quand j'ai ouvert la porte-fenêtre, la nuit était emplie d'une odeur de fenouil sauvage, qui ne pousse nulle part près de chez nous. Les Anciennes disaient que le fenouil guérissait les plaies intérieures. Nous le cultivions dans les grottes et en donnions aux rêveurs qui venaient à nous. Devais-je voir là un signe d'espoir ?

Puis le vent a tourné et soufflé une odeur de poisson fumé. Je suis allée dans la chambre de Rakhi m'asseoir sur le lit où elle dort avec Jonaki quand elle vient nous voir. J'ai touché l'oreiller pour me donner un peu d'assurance. Il était brûlant sous ma main. Dans les moments de trouble, les Anciennes récitaient des passages de la *Brihat Swapna Sarita.* J'ai fait de même, bien que j'aie oublié de nombreux chants.

Le rêve annonce de la joie
J'accueille le rêve.
Le rêve annonce du chagrin
J'accueille le rêve.
Le rêve est un miroir qui me montre ma beauté
Je bénis le rêve.
Le rêve est un miroir qui me montre ma laideur
Je bénis le rêve.
Ma vie n'est rien d'autre qu'un rêve
D'où je m'éveillerai pour entrer dans la mort
Qui n'est rien d'autre qu'un rêve de vie.

Mais le matin, après le départ de mon mari au travail, quand la femme vient me voir (je savais qu'elle viendrait), je ne trouve pas plus facile de lui dire ce que je dois lui dire.

Elle est plus âgée que je ne pensais, avec du gris mêlé à ses cheveux courts et bouclés, et des rides au coin des yeux.

Elle dit : « Nous voulons avoir un bébé. Cela fait maintenant tout juste un an que nous sommes mariés, mais nous nous sommes rencontrés tard et nous ne rajeunissons pas. C'est pour cela que je suis venue vous voir. Les gens m'ont dit que vous pourriez me dire si le moment est propice pour moi ou non. »

Je lui demande : « Avez-vous fait un rêve récemment ? Un rêve mémorable ?

— J'ai rêvé d'une colline, deux fois, dit-elle, d'herbes secouées par le vent. »

Je demande de quelle couleur était l'herbe, si elle était sèche ou vivace, mais elle ne s'en souvient pas.

Au loin, il y avait une lumière. Elle savait que c'était la lumière de sa maison. Elle lui lançait un message de bienvenue, mais elle n'a pu trouver le chemin qui y menait. Il y avait des épines ; elles lui piquaient les pieds.

« C'était douloureux ?

— Il n'y avait pas de sang », répond-elle. Sa voix m'implore de lui donner quelque espoir.

Puis, à mi-chemin de la colline, son mari est apparu. Il a tendu la main. Dans ses yeux pleins de sollicitude, elle a vu à quel point il l'aimait. Sa voix devient timide et pleine de reconnaissance quand elle dit ça.

Elle a tendu la main et, miraculeusement, leurs doigts se sont touchés. Mais ce n'était plus son mari : son visage était celui d'un étranger, dangereux et attirant.

« Que portait-il ? »

Son front se plisse. Peut-être un manteau, ou un châle.

« Etait-il gris, comme le brouillard ? ou blanc, comme des os ?

— Peut-être », dit-elle d'un ton dubitatif. Puis elle baisse les yeux. « Je désirais cet homme comme je n'avais jamais désiré un autre homme. J'étais prête à quitter mon mari et à le suivre. Le désir était violent, comme si on m'avait enfoncé un couteau. J'avais encore mal au ventre quand je me suis réveillée. »

Comment lui parler du cancer qui a commencé à tisser son filet en elle ? Bientôt la douleur sera si forte qu'une partie d'elle souhaitera la mort tandis que l'autre luttera pour y échapper. Et son mari, paralysé par sa propre détresse, ne sera pas assez fort pour l'aider.

« Qui est cet homme étrange ? » demande-t-elle.

Les Anciennes, qui croyaient à la vertu de la vérité, toute la vérité, le lui auraient dit. Mais je me suis écartée de leurs règles depuis si longtemps. Je lui dis : « Le rêve est un avertissement, il vous faut prendre soin de votre santé.

— Vraiment ? dit-elle d'un air perplexe. C'est ce que veulent dire ces images ? Mais je prends soin de ma santé. Je fais de l'exercice, je prends des vitamines, de la poudre de soja, je passe des mammographies, et Dieu sait quoi encore. Je me sens en très bonne santé.

— Je vous conseille de prendre rendez-vous sans attendre avec votre médecin.

— Mais, à propos de ce que je vous ai demandé ? Le bébé ? Devrions-nous essayer d'en avoir un maintenant ? Est-ce une époque favorable ? »

Elle prend ma main dans la sienne. Je regarde nos mains. Pâles, exsangues, froides comme un cercueil. Mais je suis la seule à le voir.

Je me force à sourire. Je me force à dire : « Inutile de vous inquiéter ou d'attendre. »

Que leur intimité leur apporte un peu de joie ! Qui sait, peut-être cela resserra-t-il le lien entre eux, peut-être ne se rompra-t-il pas aussi vite. Je me suis déjà trompée en interprétant des rêves, bien que rarement.

« Prenez ce rendez-vous avec le médecin, de toute façon. Faites en sorte d'avoir un bon examen général. Vous me promettez ?

— Je croirais entendre ma mère ! D'accord. Je promets. Merci. Merci beaucoup. » A la porte, elle se retourne, les yeux étincelants comme des diamants. « Si c'est une fille, je lui donnerai votre nom. »

5

Je sens l'anxiété de Belle avant même d'entrer dans la Chaï House, avant même de voir son visage. Je la lis sur toute la surface de son dos, à la façon dont elle le raidit comme un animal menacé. Ses cheveux, habituellement rassemblés en une queue-de-cheval soignée, lui tombent emmêlés sur les épaules. Pourtant, elle dispose soigneusement les muffins sur leur plateau. Aux pépites de chocolat, aux myrtilles, au son, à la carotte, aux amandes. Ils forment une mosaïque de bruns et d'orange, parsemés du pourpre vif des baies. A côté, il y a des viennoiseries dorées à l'œuf et des biscuits sablés à la cannelle. L'odeur forte de café et de pain frais tout juste sorti du four se déverse jusque dans la rue.

Un jour, j'ai dit à ma mère : « Tant qu'il y aura du pain frais dans ce monde, rien ne sera irrémédiable ! »

Elle a hoché la tête, mais j'ai lu dans ses yeux : « Ma pauvre Rakhi, mettre tant de foi dans du pain ! »

Je n'ai jamais réussi à savoir si je suis naïve ou si c'est ma mère qui est cynique.

J'inspire profondément. Naïve ou pas, j'aime cet endroit – et j'ai de la chance de l'avoir. Car s'il n'y avait pas ce salon de thé, je ne pourrais peut-être pas non plus garder Jona.

Nous nous sommes battus avec une férocité inouïe pour en avoir la garde. Je ne pensais pas que Sonny voudrait s'encombrer d'une enfant de trois ans qui ne savait même pas encore aller seule aux toilettes, mais il m'a prise par surprise. Son avocat a argumenté avec éloquence qu'en tant que premier disc-jockey d'une boîte de nuit à la mode, il était beaucoup plus à même de subvenir aux besoins de Jona que moi. Mais la Chaï House a fait pencher la balance en ma faveur. Sinon, Jona aurait passé trois semaines sur quatre aux bons soins de l'exaspérant Sonny.

Je reste un instant sur le seuil à contempler l'endroit.

Belle et moi avons mis tout ce que nous avons dans ce salon de thé – tout notre talent et le peu d'argent que nous possédions – et nous avons transformé un établissement décrépit en un endroit original. Nous avons peint les murs nous-mêmes dans des tons pêche. Les chaises ouvragées, des quasi-antiquités, selon Belle, nous les avons trouvées dans un dépôt-vente. C'est moi qui ai découvert les deux fauteuils à bascule et leurs repose-pieds sur un marché aux puces. Mais je ne m'y assois jamais. Placés dans un recoin, c'est l'endroit préféré des clients solitaires. Je les ai repeints pendant les longues soirées qui ont suivi mon divorce, et j'ai l'impression qu'ils gardent encore l'odeur de cette époque, ce mélange triste de liberté et de peur.

Dans une alcôve, il y a notre bibliothèque « Laissez-en un, prenez-en un » où Paul Auster et Dean Ornish côtoient Mary Higgins Clark et Barbara Kingsolver.

Près de l'étagère, un tapis jonché de cubes et de marionnettes confectionnées avec de vieux saris en soie (contribution de ma mère), sur lesquelles Jona continue à se ruer quand elle vient, forme un espace pour les enfants. Près de la porte, un tableau est couvert de petites annonces que mettent les clients pour des leçons de danse, des ventes organisées dans des garages, des animaux en quête de foyers, ou des humains en quête de compagnons. A des endroits stratégiques sur le mur, j'ai accroché mes propres tableaux. La lumière qui tombe sur eux transforme les jardins moghols en joyaux, faisant luire les gouttes d'eau sur la peau des éléphants au bain. D'énormes pots en verre remplis de café, chacun avec son nom spécifique peint au pochoir, *Sumatra, Ootacamund, Péruvien Bio, Jamaïcain*, luisent derrière le comptoir. Sur les grandes ardoises pendues au-dessus, Belle inscrit le menu du jour de sa plus belle écriture.

« Comme à la maison, mais avec plus de style qu'aucune maison n'en aura jamais », aime-t-elle à dire. Je me moque d'elle, mais en fait, je l'approuve.

La Chaï House m'a sauvée aussi d'une autre façon pendant ces mois sombres de l'après-divorce où je ne cessais de me demander si je ne venais pas de commettre une terrible erreur, comme c'était l'avis de tellement de gens qui ne se sont pas privés de me le faire remarquer. Si j'avais ruiné les chances de Jona d'avoir une enfance heureuse en la séparant d'un père aimant. Ils ne connaissent pas toute la vérité, me disais-je en moi-même. Ils ne vivaient pas avec Sonny, ils ne l'ont pas vu lever le visage en cette nuit de fête et me regarder, les yeux vitreux, sans me reconnaître. Mais même ainsi, je n'étais pas sûre d'avoir fait le bon choix. Tant de gens aimaient Sonny, y compris ma mère. Comment pouvaient-ils tous se tromper, et moi seule avoir raison ? Pendant ces nuits d'insomnie et d'angoisse, la Chaï House m'a donné quelque chose de tangible à quoi m'accrocher, quelque chose qui était exactement ce qu'il semblait être, rien de plus, rien de moins. M'en occuper a été pour moi une façon de prouver qu'au moins une partie de ma vie allait bien.

Peut-être cela a-t-il un sens que la première chose que j'aie réussi à peindre après mon divorce ait été une scène de l'intérieur de la Chaï House. Cela m'a pris trois mois éreintants, et ce n'était pas une très bonne toile, mais au moins je l'ai terminée sans la jeter comme les autres. Je l'ai accrochée sur le mur de ma chambre près d'un dessin de Jona et, les mauvais jours, je tirais du réconfort de sa présence. Ces jours-là, la seule chose qui me faisait sortir du lit était de savoir que, sans moi, elles ne pourraient pas survivre, ma Chaï House et ma fille.

Le carillon de la porte signale mon entrée, et Belle se retourne.

« Ah, te voilà enfin, Rikki ! Merci, mon Dieu ! » Elle s'essuie les mains sur son tablier et m'attrape le bras. « Je suis désolée de te déranger, je sais que le matin est important pour ta peinture. »

Ce n'est pas bon signe. La dernière fois que Belle m'a présenté des excuses, c'était après m'avoir emprunté la seule robe de soirée que j'avais pour aller danser, parce qu'elle l'avait déchirée tout du long. C'est arrivé la veille de mon rendez-vous avec Sonny, celui où il s'est déclaré. Et ce n'était même pas une véritable excuse. Car par la suite, elle a prétendu qu'elle l'avait fait exprès, dans une vaine tentative pour me sauver de moi-même.

« Pas de panique ! dis-je prudemment. Qu'y a-t-il ? »

Belle me tire jusqu'à la vitrine et m'indique quelque chose du doigt. Son doigt orné d'un ongle verni de fuchsia glacé tremble avec éloquence.

J'écarte les frondaisons des luxuriantes plantes grasses qui prospèrent sur le rebord de notre vitrine, cadeaux de clients depuis que nous avons ouvert la boutique, et je scrute l'autre côté de la rue. Il y a le magasin Easel, dont le propriétaire, Mr. Jamison, me fait des remises de bon voisinage pour mon matériel de peinture ; Estrella, le restaurant mexicain tenu par la famille Soto ; Et Purple Jam, qui vend des cassettes et des CD de seconde main et grouille toujours de jeunes gens arborant des vêtements et des coiffures excentriques.

Belle a roulé les yeux quand je lui ai dit ça.

« Tu vieillis, a-t-elle répliqué. D'ailleurs, ils pensent sûrement que c'est toi qui es vêtue de façon excentrique. Outrageusement démodée, quoi. »

Qu'attendre d'autre de quelqu'un dont la tenue préférée est une mini-robe à paillettes et dos nu et qui s'est récemment fait poser un anneau double sur le nombril ?

Sur le trottoir, juste en face, il y a l'étal de fleurs de Marisa, qui comporte aujourd'hui une rangée de tulipes d'un jaune étonnant. Trois étudiants, munis de tasses à café bleu marine (les nôtres !), attendent à l'arrêt de bus le 51 qui va jusqu'au campus. Deux mères en jogging papotent en poussant leurs poussettes. Au carrefour, un homme distribue des prospectus roses pour un événement quelconque. Marco, le sans-logis qui vit dans People's Park et vient le soir acheter les viennoiseries invendues à prix réduit (il refuse de les prendre gratuitement), pose son étui à guitare.

« Tout va bien, d'après ce que je vois », dis-je. J'aime la façon dont les tulipes de Marisa forment un coin jaune contre le beige chaud du mur du restaurant, la façon dont le soleil matinal fait ressortir la texture de la brique, les ombres subtiles. Je commence à former mentalement une composition.

« Tu n'écoutes pas ! dit Belle d'un ton accusateur. Tu penses à une peinture, hein ? » Elle tape sur la vitre de son doigt. « Là, regarde de ce côté. »

Cette fois-ci, je le vois. Le magasin du coin – un endroit convoité qui est resté vacant depuis que Mrs. Levy a fermé son épicerie pour prendre sa retraite le mois dernier – n'est plus vide. La devanture est la même, mais il y a des gens à l'intérieur – des gens en uniforme, en train de nettoyer et d'installer le lieu. Leurs uniformes d'un vert élégant me rappellent quelque chose. Où les ai-je donc vus ? Pendant que nous regardons, un camion se gare devant. Des hommes se mettent à décharger des tables et des chaises, des caisses de dimensions variées. Une des femmes sort pour superviser. Elle est grande et élancée, avec des pommettes hautes et des cheveux blond givré, et l'uniforme olive lui sied comme s'il avait été taillé pour elle. Ce qui n'est bien sûr pas le cas, car – cela me revient soudain – c'est l'uniforme des cinquante-cinq mille employés qui travaillent pour la chaîne Java.

« Eh oui, dit Belle avec une satisfaction lugubre. Il y avait un article sur eux dans le *Business Week* du mois dernier, tu te rappelles ? Je t'en ai lu des passages. » Elle récite : « *Java est la chaîne de cafés qui se développe le plus vite dans le pays, grâce à sa politique bien connue : elle installe de nouveaux cafés dans le voisinage de cafés déjà existants et attire leur clientèle par des offres promotionnelles et des cadeaux. En trois ans, elle a gagné 67 % du marché américain. "Ce n'est rien, a déclaré le PDG Jeff Norfolk avec l'humilité qui le caractérise. Nous visons les 100 %."* »

Belle est douée d'une mémoire étonnante. Moi, je crois qu'il vaut mieux essayer d'oublier tout ce qui est désagréable le plus vite possible. Plus on y pense, plus cela vous prend d'énergie psychique, et plus cela gagne en importance.

Mais je ne peux pas faire l'autruche devant cette situation.

« On peut aussi bien jeter l'éponge tout de suite, reprend Belle d'un ton sinistre. Vendre avant d'être obligées de fermer. Sept années de travail acharné à se briser les reins et à mettre tout son cœur pour en arriver là, c'est la vie, je suppose. »

Je suis sur le point de dire à Belle que nous n'avons la Chaï House que depuis cinq ans, mais je me retiens. D'ailleurs, elle a raison pour le travail acharné.

« Je peux toujours retourner à Turlock, j'imagine, reprend Belle. Aider maman et papa à l'épicerie. Ils seront ravis. Ils n'ont jamais été convaincus que vivre à San Francisco était une bonne chose pour moi. Ils arrangeront probablement mon mariage avec un de ces honnêtes fermiers indiens chez qui ils se fournissent. Ils essaient toujours de m'en faire rencontrer.

— Ne nous énervons pas !

— Je me vois dans dix ans, débordante de graisse dans un *salwaar kamîz* en polyester, une bande de morveux à mon image pendus à mon *dupatta*, en train de rouler des *makki ki rotis* pour toute ma belle-famille.

— Belle, tu ne sais pas faire les *rotis,* ni aucun autre plat indien, d'ailleurs. Et je ne t'ai jamais vue porter quelque chose qui ressemble de près ou de loin à un *salwaar kamîz*…

— Justement ! dit Belle, avant d'éclater en larmes.

— Calme-toi ! » dis-je sèchement, mais je vois bien que, sous toute cette comédie, Belle est vraiment inquiète. La Chaï House est encore plus importante pour elle que pour moi. C'est elle qui en a rêvé la première. Je me souviens du jour où elle est venue me voir chez moi – j'étais encore mariée à l'époque – en agitant fébrilement une pile de feuilles. Elle m'a exposé ses idées pendant que je m'occupais de Jona. Douillettement installée dans mon bonheur domestique, j'étais sceptique. J'avais assez à faire avec un mari et un bébé, sans parler de la peinture. Je n'avais pas besoin de m'embêter à diriger une affaire en plus de ça. Mais elle a persévéré. Imagine comme ce serait agréable, être son propre patron. C'est ce que j'ai toujours voulu. Elle a réussi, à force de cajoleries, à soutirer à ses parents l'argent qu'ils avaient économisé pour ses noces comme avance pour le magasin. Ils le lui ont donné, non sans réticence. Ils ne croyaient pas vraiment que Belle et moi nous avions assez le sens des affaires pour nous en sortir. Encore maintenant, quand ils appellent, il y a de l'appréhension dans leur voix quand ils demandent comment on s'en sort. Peut-être que c'est pour ça que Belle travaille si dur, pour leur prouver qu'ils ont tort.

Sonny n'était pas très content non plus. Il ne voulait pas que je me lance dans quelque chose qui accaparerait mon attention alors que Jona était encore bébé. Je croyais que mes parents – ma mère, en fait ; mon père n'exprimait que rarement son opinion sur des questions concernant ma vie – le soutiendraient. Mais ma mère m'a surprise. « Les femmes ont besoin de quelque chose à elles pour rester indépendantes, a-t-elle déclaré avec une véhémence inattendue. Quelque chose qui leur donne le sentiment d'être quelqu'un. Quelque chose sur quoi compter, au cas où. »

Avait-elle pressenti, d'une façon ou d'une autre, ce qui allait arriver ? Elle m'a donné une grosse somme d'argent, sans m'expliquer d'où elle la tenait, assez pour acheter tout l'équipement dont nous avions besoin pour démarrer, et elle a proposé de garder Jona.

La panique est contagieuse. Et si nous allions perdre la Chaï House ? Ma bouche s'emplit d'un liquide amer ; mes paumes sont moites. Tout ce temps et tout cet argent, tous nos espoirs envolés. Mais ce n'est pas le pire. Je ne vais pas pouvoir cacher un événement aussi important à Sonny le vautour. Cela lui fournira l'occasion qu'il attend depuis longtemps de m'enlever Jona.

Belle s'essuie les yeux. Elle a une idée derrière la tête, je le vois :

« Appelons ta mère ! Elle saura quoi faire.

— Non ! » dis-je en essayant d'attraper le combiné, mais elle a déjà composé le numéro.

La ligne est occupée.

Belle, déçue, me passe le téléphone en me demandant d'une voix sévère de rappeler toutes les deux minutes jusqu'à ce que j'arrive à la joindre. Puis elle s'en va ranger le reste des muffins.

Belle est une grande fan de ma mère – peut-être *dévote* conviendrait-il mieux – depuis que celle-ci a interprété un rêve pour elle. Je n'ai jamais su les détails : ma mère garde jalousement le secret sur les gens qu'elle aide. Je soupçonne que cela avait à voir avec son dernier béguin, un jeune homme aux cheveux verts, une lame de rasoir en guise de boucle d'oreille et un air perpétuellement renfrogné, qui, peu de temps après, a disparu de sa vie.

Ma mère a produit le même effet envoûtant sur Sonny. Dès leur première rencontre – longtemps avant qu'il ne devienne officiellement mon petit ami –, il a décidé de l'adopter. Ou, plus exactement, qu'elle allait l'adopter lui. Il s'est frayé un chemin dans son cœur en usant sans vergogne de son charme, charme dont il est abondamment pourvu, et en lui apportant des légumes exotiques du marché de San Francisco. Il continue à lui rendre visite toutes les semaines, reste à dîner et lui raconte ses nombreux malheurs – tous imaginaires, à mon avis – qu'elle écoute avec beaucoup trop de sympathie. Il repart avec des boîtes emplies de ses plats de gourmet préférés – du *palak paneer,* du poulet tandoori, des *puris* – qui prennent des heures à préparer. Je le sais parce qu'il m'appelle chaque fois pour me le dire.

Quand moi j'y vais, elle me fait un plat chinois, qui prend un quart d'heure en tout et pour tout.

Sonny et moi avons eu quelques démêlés à ce sujet.

« C'est ma mère, au cas où tu l'aurais oublié, lui ai-je dit un jour, au cours d'une conversation où il s'était montré éloquent sur les délices de son *kurma* de poisson. Maintenant que toi et moi, nous ne sommes plus ensemble, tu ne crois pas que tu pourrais la lâcher un peu ?

— Pourquoi ? a-t-il demandé, tout innocence blessée. Elle est encore ma maman, en ce qui me concerne. C'est aussi la meilleure cuisinière du monde et une des rares personnes qui me comprennent et m'apprécient à ma juste valeur.

— Sonny, tu es incapable de distinguer la valeur de quoi que ce soit, même le nez dessus !

— D'ailleurs, a-t-il repris avec un soupir dramatique comme si je n'avais rien dit, dans mon cœur, toi et moi, nous serons toujours ensemble. »

J'ai raccroché, écœurée.

Un peu plus tard, ma mère a appelé. Elle était en colère, ce qui arrive rarement : « Je n'arrive pas à croire que tu sois jalouse de ce pauvre garçon, solitaire comme il est ! Je n'arrive pas à croire que tu veuilles qu'il cesse de me voir.

— Quel cafteur ! Attends un peu que je…

— C'est bien toi, il faut toujours que tu tires des conclusions hâtives. Je veux que tu saches que Sonny ne m'a pas dit un seul mot.

— Oui, bien sûr », ai-je dit de mon ton le plus ironique, mais étrangement, je l'ai crue. Ma mère a une façon à elle d'être au courant. « Je ne veux pas qu'il t'exploite », ai-je ajouté. J'ai dû me mordre la lèvre pour ne pas dire : « Et comment se fait-il que tu lui prépares tous ces plats raffinés alors que tu ne le fais jamais pour moi ? »

« Il ne m'exploite pas. Il apporte toujours quelque chose à ton père et à moi quand il vient nous voir. » Elle s'est interrompue à dessein, pour que je comprenne, sans doute, que moi je pourrais faire mieux dans ce domaine. « Il m'a rendu des tas de services, en fait. La semaine dernière, il m'a emmenée chez le médecin pour mon bilan.

— Mais tu y vas toujours toute seule...

— Je n'aime plus conduire autant ces derniers temps.

— Que veux-tu dire ? Tu es malade ? Pourquoi ne m'as-tu pas demandé à moi si tu avais besoin... »

Elle a habilement changé de sujet. « Il nous apporte les derniers films hindi et reste les regarder avec nous, ceux avec toutes les chansons à la mode. Ton père adore ça. Tu sais comme il aime la musique...

— Depuis quand est-ce que vous regardez des films hindi ? Tu ne m'as jamais laissé en voir quand j'étais adolescente. Tu disais que c'étaient des mélos débiles et sexistes.

— Et depuis quand est-ce que tu veux de ma cuisine indienne ? a répliqué ma mère, en passant à l'offensive. Tu ne voulais que des pâtes et de la pizza et oh, maman, pas encore des *aluparathas* ! quand tu étais adolescente. » Puis elle a ajouté : « Je vous aime tous les deux, tu devrais savoir ça. Ce n'est pas une compétition, même si tu as décidé de demander le divorce. »

Ma mère ne s'est jamais cachée d'entretenir pour Sonny une tendresse inconditionnelle et irraisonnée. Je n'arrive pas à comprendre une telle aberration chez une femme qui est par ailleurs une des personnes les plus intelligentes que je connaisse.

« Peut-être y a-t-il un autre Sonny, m'a dit Belle un jour. Un Sonny plus gentil, plus doux que seule ta mère voit, comme elle voit les gens de ses rêves.

— Ouais, ai-je répliqué. Un Sonny plus doux, plus gentil ? Ce devait être un rêve, pour sûr. »

Pour rendre justice à ma mère, elle n'a jamais essayé de faire pression sur moi pour que je reste avec Sonny. Même si je n'ai jamais réussi à lui dire pourquoi je voulais le quitter.

Mais voilà que je suis obsédée par ces vieilles histoires alors que je devrais m'occuper de régler le problème présent. Cela a toujours été mon défaut, un autre trait qui me différencie de ma mère, parfaite illustration du slogan *Do It Now*. Peut-être est-ce pour cela qu'elle rêve et que je peins. Parce que les rêves sont tournés vers le futur, et que la peinture essaie de préserver le passé.

Nous regardons de la vitrine de la Chaï House les déménageurs décharger un second camion d'équipement apparemment coûteux et pousser les chariots à l'intérieur de Java.

Belle me jette un regard qui signifie : « Tu ferais mieux de retourner au téléphone et de passer ce coup de fil. »

Je lui rends un regard qui signifie : « Et pourquoi devrions-nous mêler ma mère à tout ça ? »

« Rikki, ce n'est pas le moment de se complaire dans des blessures d'amour-propre. On a besoin de l'aide de ta mère.

— On peut faire face nous-mêmes », dis-je de ma voix la plus assurée.

Mais au fond de moi, j'ai peur. Je n'ai jamais été douée pour échafauder des plans. La plupart du temps, je me suis contentée de subir les situations que la vie m'envoyait en plein visage. Aller jusqu'au bout pour le divorce est la seule décision que j'aie prise. Ma mère est la battante de la famille. Une fois qu'elle s'est fixé un but, elle n'abandonne jamais. « Comme la tortue, dirait mon père, dans la fable du lièvre et de la tortue. » Avec un sourire narquois et un clin d'œil, il ajouterait : « Et devine qui est le lièvre ? »

Je n'ai jamais su s'il parlait de lui ou de moi.

Mais il y a des courses que ma mère n'a pas gagnées. Elle n'a jamais réussi à persuader mon père d'arrêter de boire, même si de temps en temps elle piquait une colère et jetait ses bouteilles.

« Pourquoi devrais-je arrêter ? nous a-t-il dit un jour. Cela me rend heureux, ou m'empêche d'être malheureux, cela revient au même. Et je ne fais de mal à personne, non ? »

Il buvait de façon irrégulière. Je n'ai jamais compris ce qui provoquait ses accès. Parfois il passait tout un mois sans toucher à l'alcool. Parfois, il se mettait à boire le vendredi soir et continuait pendant tout le week-end. Il ne buvait que du vin rouge – il prétendait que c'était bon pour son cœur – et n'était jamais grossier quand il était ivre. Il s'asseyait dans un coin du salon et écoutait des chansons de gens morts sur sa vieille stéréo, principalement des chansons d'amour de Sehgal ou Rafi ou Kishore Kumar, bien que parfois il m'ait surprise en écoutant Billie Holliday. Il lui arrivait de chanter en même temps – il a une puissante voix de baryton –, un sourire ravi et distant sur les lèvres. Quand il était trop ivre pour chanter, il se recroquevillait sur le canapé, étendait sur lui une couverture qu'il gardait à cet effet et s'endormait. Le lundi matin, il partait travailler, apparemment nullement affecté par son incartade du week-end.

Ma mère a essayé de mettre un terme à ces excès de toutes les façons possibles. La crise passée, elle lui cuisinait ses plats préférés. Elle se tenait derrière sa chaise, à lui masser le cou. « Tu vas finir par te tuer, à boire autant ! » disait-elle. Elle prenait un ton léger. Mais moi, de l'autre côté de la table, je voyais le trouble dans son regard. J'attendais qu'elle lui demande pourquoi il se détruisait ainsi, mais elle ne l'a jamais fait.

Elle l'implorait d'aller voir quelqu'un, un médecin, le prêtre du temple Shiva Vishnu, un bénévole des Alcooliques Anonymes. Mais il n'a jamais consulté personne.

« Tant que je ne te tue pas toi, plaisantait-il, tu ne devrais pas te plaindre.

— Peut-être que tu me tueras aussi, un de ces jours, répondait ma mère, vexée.

— Où as-tu été pêcher ça ? Dans un de tes rêves ? »

Son visage perdait toute expression quand il demandait ça, comme si elle avait fermé quelque chose à l'intérieur d'elle. Elle n'aimait pas que nous évoquions ses rêves.

« D'accord, d'accord ! disait alors mon père. Je te présente mes excuses. Pardonne-moi, s'il te plaît ! » Il mettait un genou en terre et ouvrait les bras, dans le style d'un héros de Bollywood. « *Mere sapno ke rani !* » chantait-il de sa voix forte jusqu'à ce qu'elle lui sourie et dise : « Oh, ça suffit, tu es ridicule ! » Mon hindi était des plus sommaires mais je pense que cela voulait dire *Reine de mes rêves*. Ou était-ce *Ma reine des rêves* ?

6

Rakhi

Ma mère pratiquait deux types de lectures de rêves, bien qu'il y en ait peut-être eu plus. Mes connaissances sur cet aspect de sa vie sont furtives, fragmentaires, glanées en écoutant aux portes.

Le premier – comme elle me l'a dit un jour à contrecœur –, c'était quand une femme venait lui raconter son rêve et qu'elle lui expliquait ce qu'il voulait dire. Mais pourquoi est-ce que je dis « une femme » ? Je suppose qu'il y avait aussi des hommes, même si je les imagine plus mal à l'aise.

« Un rêve est un télégramme envoyé du monde invisible, l'ai-je entendue dire un jour. Seuls les imbéciles, ou ceux qui ne savent pas les déchiffrer, ne lui prêtent pas attention. »

Le second type de lecture était plus compliqué. J'y reviendrai plus tard.

J'ai appris très jeune à ne pas poser de questions sur le travail de ma mère. Elle parlait librement avec moi de sujets qui étaient tabous dans les familles indiennes – les petits amis, les transformations du corps, les mauvaises expériences qui pouvaient survenir à l'école – mais, sur le sujet des rêves, elle se taisait. Si j'abordais la question, elle prenait un air distant. Parfois, elle quittait la maison. Un jour, elle a pris la voiture et est restée absente pendant des heures. J'étais morte d'angoisse, certaine qu'elle avait eu un accident. Je crois que c'est après ce jour-là que j'ai cessé de poser des questions. Ou peut-être après qu'elle a cessé de m'enseigner son art.

Il ne faut pas que je déforme la réalité. Ce n'est pas ma mère qui a décidé de m'apprendre à déchiffrer les rêves. J'adorais ça.

Aussi loin que je me souvienne, j'ai toujours voulu être interprète de rêves. A douze ans, cette idée m'obsédait. Je trouvais que c'était une noble vocation, à la fois mystérieuse et utile. Etre une interprète du royaume intérieur semblait si indien. Bien sûr, je me faisais des idées. Les journaux américains n'étaient-ils pas remplis d'annonces vantant les mérites de devins ? J'avais soif de tout ce qui était indien parce que ma mère ne parlait jamais ni du pays où elle avait grandi ni de son passé. Mais si je pouvais devenir une interprète de rêves comme elle, je la comprendrais sûrement sans avoir recours aux mots.

Tous mes motifs n'étaient pas aussi purs. Je me disais parfois que mon talent ferait que les filles les plus populaires de l'école rechercheraient ma compagnie, et que Elroy Thomas, le batteur de l'orchestre du lycée, me remarquerait enfin. Je m'imaginais en train de passer les mains dans les boucles courtes et drues de ses cheveux.

Quand j'ai demandé à ma mère, elle a secoué la tête : « Premièrement, on ne peut pas transmettre ce savoir à des gens susceptibles de s'en servir pour des raisons égoïstes – elle m'a regardée jusqu'à ce que je détourne les yeux –, et deuxièmement, ce savoir ne se transmet tout bonnement pas. »

Je n'étais pas convaincue : « Comment est-ce que tu as appris, alors ?

— Il faut que je prépare le dîner. »

J'ai attrapé le bord de son sari comme elle essayait de s'éclipser. Je lui ai dit que je ne la lâcherais pas tant qu'elle ne m'aurait pas raconté toute l'histoire.

« Il n'y a pas d'histoire à raconter. J'avais un don. Une tante éloignée versée dans l'art des rêves s'en est rendu compte lors d'un séjour chez nous.

— Mais comment ?

— Je ne me souviens pas très bien. Je crois qu'elle m'a fait dormir dans la même chambre qu'elle. Et puis, quand elle est partie, elle m'a emmenée vivre chez elle. »

Je l'ai regardée fixement, essayant d'imaginer ce que représentait le fait de quitter tout ce qu'on aime et de partir avec une étrangère : « Et tu es partie, comme ça ? Ta mère n'a pas essayé de t'en empêcher ? Elle ne t'a pas manqué ? »

Elle s'est absorbée dans la contemplation du dos de ses mains. Sa peine était tangible. J'aurais pu la tenir sur ma paume, tel un oiseau blessé. Je n'avais jamais remarqué avant que les bords de ses ongles étaient irréguliers, comme rongés. Ma mère, ronger ses ongles ? Cela m'a tellement choquée que j'ai repris :

— « Peu importe. Dis-moi ce que ta tante t'a enseigné. Elle t'a donné des leçons ?

— Je suppose qu'on peut appeler ça des leçons. » Elle parlait lentement, comme si elle somnolait. « Mais c'est venu plus tard, et seulement parce que j'avais déjà le don.

— Et moi, je ne l'ai pas ? » J'ai essayé de donner à ma voix un ton nonchalant, mais elle s'est un peu brisée.

Elle a hésité : « Je n'en suis pas tout à fait sûre. Je ne l'ai pas senti, c'est tout. Je suis trop proche de toi pour m'en rendre compte. »

Je comprenais ce qu'elle voulait dire, sous sa gentillesse précautionneuse. Mais je ne pouvais supporter l'idée d'abandonner aussi facilement.

« Je voudrais que tu essaies, maman, ai-je imploré. Que tu essaies vraiment, encore une fois. Laisse-moi dormir avec toi. »

Elle s'est mordu la langue pour ne pas refuser – je l'ai vu à l'expression de sa bouche. A-t-elle accepté parce qu'elle m'aimait ? Cela venait-il de quelque culpabilité profonde, chromosomique, de ne pas m'avoir transmis le don ?

J'ai dormi comme un loir cette nuit-là, et je me suis réveillée avec un léger mal de tête. Le visage de ma mère était tiré, ses yeux bordés de cercles noirs.

« Tu te souviens de quelque chose ? Quelque chose que tu as vu ? » a-t-elle demandé. Sa voix était rauque, grippée.

Quand j'ai secoué la tête, elle a eu l'air déçue et soulagée à la fois. « Ça n'a pas marché. Désolée ! »

Ses mots ressemblaient à une porte qui se ferme, elle restait de l'autre côté, hors d'atteinte.

« Ne t'en fais pas, ai-je dit en me détournant, d'une voix aussi désinvolte que possible. Ça n'a pas d'importance. Merci d'avoir essayé, malgré tout. »

Je n'ai jamais pu tromper ma mère. Je sentais ses yeux sur moi, aigus et tristes. Mais elle s'est contentée de répondre : « Peut-être cela vaut-il mieux ainsi. Etre interprète de rêves n'est pas aussi prestigieux que tu le crois. »

L'année suivante, j'apprendrais à quel point elle avait raison.

Le second type de lecture concernait des rêves que faisait ma mère, qui n'avait pas de rapport avec elle ni avec nous ni avec personne de sa connaissance. Tous ceux qui apparaissaient dans ces rêves étaient des étrangers, et habituellement ils ne croyaient pas aux rêves. Ou alors ils y croyaient, mais malgré eux. Ce qui était pire, parce que lorsque vous êtes forcé de croire à quelque chose que vous préféreriez tenir à l'écart de votre vie, cela vous rend furieux.

Le devoir de ma mère consistait alors à avertir ces gens en colère de ce qui allait leur arriver.

Ces matins-là, ma mère avait la migraine. Elle avait rarement de sérieux maux de tête, bien qu'à y repenser, je crois que cela devait lui arriver plus souvent que mon père ou moi le pensions. Elle n'était pas du genre à se plaindre. Ou peut-être se taisait-elle sciemment parce qu'elle ne voulait pas que nous sachions que les maux de tête survenaient quand elle avait eu un rêve d'étranger.

Mais ce matin-là, le mal de tête devait être particulièrement fort, car après avoir préparé le petit déjeuner de mon père et qu'il soit parti au travail, elle s'est allongée sur le tapis du salon et m'a demandé de lui apporter une couverture et le tube d'aspirines. Elle a avalé une poignée de cachets blancs et m'a prié d'enrouler la couverture autour d'elle. Je l'ai fait maladroitement, ses membres étaient mous et lourds. D'une voix éraillée que je ne lui connaissais pas, elle a ajouté qu'elle voulait que je reste avec elle.

Cela ne ressemblait pas du tout à ma mère, pour qui l'école venait juste après Dieu. Cela m'a effrayée. Et ce qu'elle a dit par la suite m'a effrayée encore plus.

« J'ai besoin de ton aide », a-t-elle déclaré.

Ma mère n'arrêtait pas de me demander mon aide, pour laver les légumes, faire les lits, poster des lettres, emporter un sac d'oranges mûres de notre jardin à la famille Yang qui vivait au bout de la rue. Quand j'étais plus jeune, cela me donnait l'impression d'être indispensable, mais ces derniers temps je m'étais aperçue que tout ce que je faisais pour elle, elle aurait pu le faire elle-même en moitié moins de temps. Elle me demandait de l'aider seulement pour que j'apprenne ce qu'il fallait que je sache avant de me lancer dans ma vie d'adulte.

Mais ce jour-là, pour la première fois, elle avait vraiment besoin de moi.

Je suis restée assise près d'elle, hésitant à appeler le médecin. Mais quel médecin ? Je ne connaissais que le pédiatre qu'elle m'emmenait voir. Ma mère avait-elle seulement un médecin ? Les battements coupables de mon cœur se sont faits irréguliers quand j'ai compris à quel point je la connaissais mal et n'avais pas cherché à en savoir plus.

Comme si elle devinait ce que je pensais, elle a ouvert les yeux – ils étaient veinés de rouge – et secoué légèrement la tête. Puis elle m'a fait signe de m'approcher : « Va dans la pièce à couture, a-t-elle murmuré péniblement, et regarde dans le placard. Sous les oreillers, tu trouveras une boîte en plastique avec un couvercle bleu… »

J'ai attendu qu'elle en dise plus, mais elle a refermé les yeux. Elle respirait par à-coups.

J'ai couru jusqu'au grand placard qui occupait un des murs de la pièce à couture. J'ai essayé de faire glisser la porte, mais elle était coincée par quelque chose au milieu, et j'ai eu de la peine à me glisser dans l'ouverture. Je n'avais jamais fait très attention à ce placard où l'on rangeait diverses choses auparavant. Mais ce jour-là, en regardant à l'intérieur, il m'a paru très sombre et plus grand que d'habitude. Peut-être continuait-il à s'étendre, au-delà de ma vue ? J'avais lu les *Chroniques de Narnia* de C. S. Lewis. J'ai tendu une main, le cœur battant la chamade. Mais je n'ai touché que le mur du fond, désespérément solide. Dans le salon, j'ai entendu ma mère tousser. Honteuse, j'ai fouillé sous la pile d'oreillers et trouvé la boîte. C'était une boîte Tupperware, pas très grande, bien qu'assez lourde. J'ai ôté le couvercle, je n'ai pas pu résister. Elle était remplie de petites rangées de bouteilles de verre, chacune de la taille d'un doigt. Le verre était d'un brun foncé, et je n'ai pas pu voir ce qu'il y avait dedans.

Quand j'ai apporté la boîte, ma mère a eu un faible sourire. J'ai attendu pour voir ce qu'elle allait faire des bouteilles, mais elle m'a envoyée chercher un numéro dans l'annuaire. Elle a épelé le nom que je devais trouver : *Raghavendra*. Je ne l'avais jamais entendue prononcer ce nom avant.

Le temps que je le trouve et le recopie, elle en avait fini avec la boîte.

« Range-la exactement là où tu l'as prise, a-t-elle dit. Et puis mets tes chaussures. On va devoir sortir.

— Mais tu n'es pas assez bien pour sortir ! » ai-je protesté.

Elle n'a rien ajouté, elle s'est seulement relevée péniblement. Elle s'est tenue au mur et dirigée à pas hésitants vers le placard à chaussures. Je l'ai aidée à trouver ses sandales et j'ai fermé la porte derrière nous. La lumière du soleil l'a fait grimacer et elle s'est abrité les yeux de ses mains.

« Devons-nous vraiment y aller ? ai-je demandé, anxieuse. Tu n'es pas assez bien pour conduire…

— Qui te parle de conduire ? » a répliqué ma mère. Elle a pris mon bras, s'est appuyée lourdement sur moi et s'est mise à marcher.

Environ dix minutes plus tard, nous avons tant bien que mal atteint la pompe à essence du coin. Ma mère l'a contournée pour se rendre à la cabine téléphonique. Elle a agrippé le récepteur et m'a demandé de faire le numéro que j'avais recopié.

« Tu es sûre ? ai-je demandé, inquiète du tour que prenaient les événements. Tu connais ce type au moins ? »

Ma mère a secoué la tête. J'ai entendu la sonnerie. Une voix bourrue a dit : « Raghavendra.

— Mr. Raghavendra, a dit ma mère, je vous appelle pour vous informer que votre vie est en danger. Une des personnes qui vivent sous votre toit a l'intention de vous tuer. »

Silence à l'autre bout du fil. Puis la voix, sifflante et lourde, et pourtant petite et grêle à la fois, a dit : « Qui êtes-vous ? »

Ma mère n'a pas répondu.

« C'est une plaisanterie ? Je vais appeler la police, qu'est-ce que vous…

— Mr. Raghavendra, a dit ma mère, il faut que vous me croyiez. C'est sûrement votre cousin, celui que vous avez fait venir d'Inde il y a six mois. Il vit chez vous depuis ce temps-là, non ? Est-ce que son nom commence par la lettre H ? »

Silence de nouveau.

« Je crois qu'il a une relation avec votre femme et aimerait se…

— Comment savez-vous cela ? » La voix de l'homme semblait maintenant étrangement calme.

« Je ne peux pas vous le dire.

— Quelqu'un vous a demandé de me dire ça ? C'est une plaisanterie, non ?

— Cela n'a rien d'une plaisanterie, a rétorqué ma mère.

— Alors vous êtes folle ! » Il criait. « Complètement folle ! Je vais vous faire poursuivre. Je vais vous poursuivre en personne et… »

J'étais en larmes. Je ne savais pas ce qui m'effrayait le plus : que l'homme apprenne d'une façon ou d'une autre où vivait ma mère et vienne la voir, chez nous, comme il l'en menaçait. Ou qu'il ait raison, qu'elle soit vraiment folle.

« J'ai fait de mon mieux, Mr. Raghavendra, a dit ma mère d'un ton triste. A vous de jouer maintenant. »

Et tandis que l'homme continuait à hurler ce qu'il allait lui faire quand il l'aurait trouvée, elle a reposé le téléphone, les mains tremblantes. Elle a retraversé le parking comme une aveugle, sans voir le camion de livraison qui venait de déboucher du coin.

J'ai hurlé. Il y a eu un crissement de freins. Un grand homme au visage rouge s'est penché par la vitre du camion et a hurlé : « Espèce d'idiote ! T'as pas les yeux en face des trous ? J'aurais pu te tuer ! »

Ma mère n'a pas semblé l'entendre. Elle s'est dirigée vers les buissons au coin de la rue et elle a vomi. Je l'ai rattrapée. Je lui ai tenu la tête comme elle hoquetait et vomissait. Je lançais des regards furieux aux passants qui nous regardaient avec dédain, tout en lui essuyant le visage du mieux que je pouvais avec un mouchoir en papier que j'avais trouvé dans ma poche. J'étais prête à retourner en courant jusqu'au téléphone public, à ouvrir les pages jaunes et appeler un médecin, n'importe quel médecin, mais ma mère me tenait le bras.

« Je vais mieux maintenant », a-t-elle dit. Et c'était vrai. Je le voyais à ses yeux qui étaient redevenus clairs. Quelle que soit la raison qui l'avait rendue malade, c'était fini maintenant qu'elle avait transmis son rêve.

Quelques mois plus tard, j'ai rassemblé mon courage et demandé à ma mère ce qui était arrivé ce matin-là.

Elle m'a fixée avec un petit froncement de sourcils avant de déclarer : « Quel matin, *shona* ? Je ne sais pas de quoi tu parles. »

J'ai regardé ses yeux clairs, candides. Elle ne mentait pas, de cela j'étais sûre. J'avais la bouche sèche. Cela faisait-il partie de son don d'interprète de rêves, cette aptitude à effacer les choses de son esprit une fois que son devoir était fait ? Allait-elle nous effacer de la même façon un jour, mon père et moi ?

A moins que je n'aie imaginé cet incident. Mais non. Je suis certaine que non.

Il m'arrive de penser qu'il faut qu'une personne croie fortement en elle-même, et en la vérité de ses rêves, pour faire ce que ma mère a fait ce matin-là. Et bien d'autres matins, j'en suis sûre, bien qu'elle ne m'ait plus jamais demandé de l'aider. Je me souviens de la colère épaisse dans la voix de l'homme et je ne pense pas que j'aurais pu assumer une telle tâche.

Dieu merci, mon monde est plus simple. Jusqu'à mes tragédies qui sont simples, teintées de nuances plus prosaïques.

Mais c'est ça le plus fou : je suis contente de cet état de fait et puis, le lendemain, je suis pleine de regrets. Parce que je n'entrerai jamais dans le domaine souterrain de ma mère, ces antres emplis de possibles, de ce qui peut ou ne peut pas survenir, là où un plus un peut faire cent, ou zéro.

7

La ligne de sa mère est toujours occupée. Cela agace Rakhi, mais elle n'est pas surprise. Sa mère passe la majeure partie de sa journée au téléphone, probablement parce que ses clients préfèrent ne pas la rencontrer. Peut-être aime-t-elle mieux, elle aussi, ne pas les rencontrer. Ce pourrait être embarrassant, dangereux même, s'ils venaient à se croiser par la suite – à l'épicerie du coin ou à l'occasion d'une sortie mondaine, si ce n'est que sa mère n'en fréquente pas. De cela au moins on est sûr, Rakhi n'a jamais croisé aucun d'entre eux.

Elle écoute les signaux sonores, acérés comme des fléchettes. L'impatience lui hérisse la peau, pénètre jusque dans ses veines. Comme toujours, sa mère est occupée par quelqu'un d'autre, pense-t-elle, puis elle a honte de ce mensonge. Pendant toute son enfance, sa mère s'est débrouillée pour que son travail sur les rêves ne dérange pas la vie de famille. Elle l'a glissé dans des sacoches, des bouteilles, des fentes dans le mur invisibles pour son mari et sa fille. Une seule fois, il y a eu une exception, à l'épicerie du coin, des odeurs de vomi, de fumées de gas-oil et de feuilles de laurier-rose écrasées. Peut-être est-ce pour cela que Rakhi lui en veut : sa mère, avec une affection maternelle scrupuleuse, l'a tenue à l'écart de l'endroit où elle désirait entrer plus que tout. Elle l'a privée de son droit et l'a condamnée à la vie insipide, ennuyeuse de l'Amérique banlieusarde.

Quand Rakhi réussit à la joindre, sa mère semble désorientée.

« Qui est-ce ? demande-t-elle, le souffle court. Qui ?

— Maman, c'est Rakhi ! Ta seule et unique fille, tu te souviens ?

— Désolée, *shona* ! dit sa mère, contrite, mais elles savent toutes deux qu'elle ne s'excuse pas vraiment. Qu'y a-t-il ? »

Rakhi sent un pincement familier de jalousie, une pointe d'amertume à l'idée qu'elle compte moins pour sa mère que ceux qui ont hanté son enfance. Elle repousse ce sentiment et parle à sa mère du nouveau café qui s'installe en face de leur Chaï House, d'un ton qu'elle veut efficace, adulte. C'est un peu difficile, avec Belle qui lui souffle à l'oreille ce qu'elle doit dire.

Sa mère ne répond rien. Elle ne réagit jamais aux mauvaises nouvelles comme Rakhi imagine que le font les autres mères, avec des exclamations horrifiées ou des roucoulements de sympathie.

Elle ne sait pas si elle devrait s'en réjouir ou non. Aujourd'hui le silence de sa mère l'agace. Peut-être est-elle ainsi avec ses clients, mais sa fille ne mérite-t-elle pas au moins une exclamation ou deux de consternation ? Comment peut-elle être si maîtresse d'elle-même, si différente de tout le monde ? Est-ce parce qu'elle sait déjà ce que les gens vont lui raconter ?

Sa mère ne dit toujours rien, mais il y a maintenant une intensité dans ce silence. Rakhi l'imagine debout dans la cuisine, comme elle l'a si souvent vue. Elle doit s'appuyer contre le mur, passer ses doigts dans sa longue chevelure brune. Il n'y a pas de fils blancs dans les cheveux de sa mère, fait qui déconcerte Rakhi, qui a récemment arraché quelques fils offensants de son propre crâne. Les yeux de sa mère sont clos pour qu'elle puisse mieux se concentrer sur ce qu'elle entend. Son visage est absorbé, dénué d'expression, comme les visages des statues de déesses que Rakhi se souvient d'avoir vues lors de ses rares visites au Vedic Dharma Samaj. Elle ne répondait pas si Rakhi lui adressait la parole à de tels moments. C'est différent maintenant, pense Rakhi avec un sourire ironique. Cette fois-ci, c'est moi qui accapare toute son attention.

Elle entretient avec sa mère une relation formidable, elle le sait. Elles sont heureuses de se voir et elles aiment discuter. Sa mère ferait tout son possible pour l'aider si elle avait des ennuis. Elle irait même au-delà de ce que sa fille demanderait. Est-ce pour cela que Rakhi hésite à lui confier ses problèmes ? Ou parce que sa mère ne parle jamais de ses propres soucis ? Rakhi n'a aucune idée de ce qui peut empêcher sa mère de dormir.

Mais penser cela est sans doute la première de ses erreurs. Les interprètes de rêves ne dorment peut-être jamais.

Elle se souvient de ce que sa mère lui a dit quand elle avait dix ans environ. Cela s'est fiché dans sa mémoire, car sa mère lui donnait si rarement des conseils. Elles étaient dans le jardin, à planter des piments. Sa mère était en train de mettre en terre un jeune plant avec sa motte de racines velues, les piments comme de minuscules becs d'oiseaux rouges, dans le trou qu'avait creusé Rakhi.

« *Shona*, a-t-elle dit de sa voix de caramel avec son léger, délicieux accent rauque, la meilleure façon d'aimer les gens, c'est de ne pas avoir besoin d'eux. C'est l'amour le plus pur. »

Rakhi ne comprenait pas vraiment ce que sa mère voulait dire par là. Mais au cours des années qui ont suivi, elle a essayé d'aimer les gens de cette manière. Et elle a échoué. Parfois elle se demande si ces mots ont été une des raisons pour lesquelles sa relation avec Sonny s'est détériorée. Etait-ce parce qu'il s'était habitué à ce qu'elle n'ait pas besoin de lui, qu'il n'a pas pu faire face quand elle a vraiment eu besoin de son aide ?

Conduis-toi en adulte ! pense-t-elle avec colère. Assume tes problèmes !

En tout cas, c'est à cause de ces mots que, la nuit où Sonny l'a profondément déçue, elle ne s'est pas tournée vers sa mère.

« C'était seulement de l'entêtement, l'accuse Belle, qui ne connaît qu'une petite partie de ce qui est arrivé. Tu voulais seulement lui prouver que tu pouvais te débrouiller seule. »

Rakhi ne peut pas expliquer, même à sa meilleure amie, que ce qu'elle essayait vraiment de prouver, c'était qu'elle aimait sa mère de l'amour le plus pur.

Elle termine la conversation téléphonique en informant sa mère qu'elle ne voulait pas la déranger.

« C'est Belle qui m'a forcée, dit-elle.

— Et j'ai foutrement bien fait, s'écrie Belle, assez fort pour être sûre que la mère de Rakhi l'entende. Rikki, comme d'habitude, refuse de se rendre à l'évidence, mais moi, je sais reconnaître une urgence. »

Devant le nouveau café, deux ouvriers ont déballé une grande enseigne JAVA d'un orange radieux, menaçant.

« Je sais que ce n'est pas à proprement parler un rêve, Mrs. Gupta, c'est plutôt une sorte de cauchemar, déclare Belle dans le combiné qu'elle a arraché à Rakhi. J'ai pensé que vous sauriez quoi faire. »

Rakhi n'a pas permis à sa mère, qui le lui avait proposé, de l'accompagner pendant les procédures de divorce. Elle ne lui a pas raconté les amères batailles pour la garde de Jona. Par la suite, elle n'a partagé avec elle que les détails les plus factuels du jugement. Sa mère ne se rend probablement pas compte de ce que perdre son travail signifierait pour Rakhi, des pertes encore plus importantes que cela entraînerait.

Il y a un long silence, tous attendent quelque chose, bien que personne ne sache quoi. Quand sa mère parle, sa voix fait sursauter Rakhi. « Voilà une vraie situation, non ? » dit-elle. Elle préfère ne pas utiliser le mot problème.

« Pour sûr, dit Belle. Et nous comptons sur vous pour nous donner de sages conseils. »

Rakhi lui lance un regard furieux et lui reprend le téléphone.

« Vous devez agir vite, dit sa mère, avant qu'ils ne s'y attendent. Ils vont essayer de vous voler vos clients, les attirer par des prix que vous ne pourrez pas concurrencer. Vous ne réussirez que si vous faites quelque chose de différent. Créez une attraction spéciale, quelque chose qui compte plus pour les gens que l'argent. »

Belle, qui a l'oreille collée à l'autre côté du combiné, hoche la tête avec emphase.

« De quoi parles-tu ? Quel genre d'attraction ? demande Rakhi, mais sa mère ne répond pas.

— Peut-être qu'elle va venir interpréter des rêves pour nous ! murmure Belle. On pourrait mettre une annonce dans le *Berkeley Voice*… »

Rakhi met la main sur le récepteur et lui lance un regard signifiant : Arrête tout de suite.

Belle soupire : « Je suppose que ce serait indécent de lui demander de prostituer son génie pour des raisons commerciales. Même si cela veut dire sauver la vie de sa fille et, plus important, de la meilleure amie de sa fille. Je parie qu'elle n'a jamais pris un centime pour toutes ces choses merveilleuses qu'elle fait pour les gens… »

Elle a probablement raison. Rakhi ne pense pas que sa mère demande de salaire. Mais elle se doute que des clients reconnaissants lui donnent des cadeaux en remerciement, y compris de l'argent. Sinon, comment aurait-elle réussi à faire marcher sans à-coups la maisonnée pendant toutes ces périodes où le père de Rakhi était au chômage ? Rakhi a vu ses bijoux : elle en a un tiroir plein, bien qu'elle n'en porte jamais. Ce sont surtout des colifichets, mais cela ne la surprendrait pas qu'il y ait parmi eux des pièces de valeur. Pendant toute une année, à l'époque où elle était lycéenne, quelqu'un a déposé un colis de produits alimentaires devant leur porte tous les dimanches. Rakhi n'a jamais vu qui le livrait. Un jour, sa mère a reçu un robot ménager par la poste ; une autre fois, on lui a envoyé un bon d'achat du grand magasin Neiman Marcus pour un montant de cinq cents dollars (elle l'a donné à Rakhi) et une autre fois, quand Rakhi était petite, devant la porte d'entrée elle a trouvé une cage contenant un bébé puma que sa mère, à son grand regret, a donné au zoo d'Oakland.

Belle a raison, elle ferait une superbe attraction spéciale.

Mais voilà son inavouable secret : elle ne veut pas de sa mère dans sa Chaï House. La Chaï House est son sanctuaire, le seul endroit qu'elle puisse revendiquer comme sien. Elle a beau adorer sa mère, elle ne veut pas qu'elle s'y installe, avec cette façon qu'elle a, sans effort, sans un seul mot, sans même le vouloir vraiment, de dominer tout le reste de la vie de Rakhi.

Sa mère a un petit rire, comme si elle savait ce que pense sa fille. « Dis à Belle que je ne peux pas faire ça, et que même si je le pouvais, m'avoir sur place ne réglerait rien. Il vous faut trouver quelque chose d'authentique à offrir à vos clients, quelque chose qui satisfera un besoin profond et réel. Vous allez trouver. Je vous fais pleinement confiance à toutes deux. »

Rakhi jette un regard morose par la fenêtre et se demande ce que sa mère entend par « authentique ». Les employés de Java sont dans la rue, en train de regarder les ouvriers accrocher l'enseigne. Ils poussent des exclamations et applaudissent quand elle est en place. Elle les entend jusqu'ici. La blonde directrice semble savoir bougrement bien comment s'y prendre pour motiver son personnel.

« Tu dis ça pour nous remonter le moral comme une bonne mère, grommelle-t-elle.

— Eh bien, à quoi t'attends-tu donc ? Je suis ta mère, après tout.

— Mais, Mrs. Gupta, dit Belle, arrachant de nouveau le téléphone des mains de Rakhi, pouvez-vous nous donner une petite indication sur ce que nous devrions faire ? Peut-être que cela vous viendra pendant votre sommeil…

— Peut-être que oui, peut-être que non. Je ne contrôle pas mes rêves, Balwant. »

Belle commence à s'excuser, mais la mère de Rakhi se reprend :

« Si c'était le cas, ils ne seraient d'aucune utilité pour personne. » Sur un ton plus léger, elle ajoute : « Si je peux vous aider d'une façon ou d'une autre, je le ferai, vous le savez bien ! En attendant, je ne serais pas surprise si l'une de vous apprenait de bonnes nouvelles bientôt.

— Attends une minute – Rakhi se penche pardessus Belle et crie dans l'appareil. Tu tiens ça d'un rêve, ou ce n'est qu'une intuition maternelle ?

— C'est une des lois fondamentales de l'univers, affirme sa mère. Il n'y a nulle obscurité qui ne soit suivie de lumière. Tu ne sais pas ça ? »

Elle raccroche, laissant Rakhi se demander si c'est un vieil adage indien ou un mot d'ordre californien New Age.

8

Journal des rêves

Un jour, ma fille est venue à moi en larmes, et je n'ai pas pu l'aider.

« Tu ne m'aimes pas, m'a-t-elle reproché par la suite. Tu le fais pour tous les autres, mais pour moi tu ne veux pas le faire. »

Impossible de prouver votre amour à quelqu'un qui en doute.

Les avertissements des Anciennes me sont revenus en mémoire. *Ceux que vous aimez le plus, ce sont ceux que vous pourrez le moins aider. Vous serez vaincues par la similitude de votre propre sang.* J'avais pensé, qu'est-ce que ces vieilles femmes desséchées connaissent de l'amour ? Si l'amour est fort et pur, il peut surmonter tous les obstacles. C'est ce type d'amour-là que je veux.

Rakhi venait d'avoir treize ans, c'était une jeune fille respectueuse. Elle était si différente des filles de son âge ! Ses camarades indiennes portaient des débardeurs et des jeans moulants. Elles fumaient et voulaient aller à des concerts de

Madonna. Elles détestaient tout ce qui avait à voir avec leur culture ou leurs parents. Ma fille rentrait de la bibliothèque avec une pile de livres sur l'Inde. Elle m'observait en catimini. Elle a commencé *L'Interprétation des rêves* de Freud mais elle s'est vite lassée parce que le livre était trop centré sur la méthodologie occidentale. J'ai essayé de détourner son attention pour qu'elle concentre ses efforts sur sa vie américaine, mais elle a continué à croire que ce que je faisais était merveilleux et extraordinaire.

Ici, dans ces pages, je peux avouer ce que je ne lui ai jamais dit. Cela a été une déception pour moi aussi qu'elle ne puisse déchiffrer les rêves. L'avoir comme compagne sur cette voie aurait soulagé ma solitude. J'en avais fait le vœu quand j'étais enceinte d'elle. Mais il ne m'appartenait pas, à moi, de lui donner ce don.

La nuit dont je parle, elle m'a rejointe en larmes dans la pièce à couture où je dormais sur le sol, là où les germes des rêves tombent en moi. Il était deux heures du matin. Elle sanglotait si fort que j'avais du mal à comprendre ce qu'elle disait. Je l'ai prise dans mes bras et lui ai caressé les cheveux, et j'ai fini par comprendre qu'elle avait fait un rêve. Elle ne m'en a pas dit plus, et je ne lui ai rien demandé. Je l'ai raccompagnée jusqu'à son lit, et quand elle s'est endormie, je suis retournée à mon matelas. Mais une heure plus tard, elle est revenue, toujours en larmes. Elle avait refait le même rêve, en plus long.

Dans le premier rêve, m'a-t-elle dit, elle marchait parmi la foule dans un grand magasin. Elle était seule, mais cela lui était égal, car il y avait beaucoup de gens autour d'elle. Elle cherchait un miroir. Elle a demandé à une vendeuse où elle pouvait en trouver un. La femme lui a indiqué une direction. Elle a traversé les rayons de lingerie, des masses de lingerie pendues à des portants si serrés qu'elle devait les écarter pour passer. Elle était en sueur. Elle ne voyait pas d'autres clients. Puis elle a entendu un bruit de pas. Des pas si lourds que le plancher craquait. Elle n'était pas sûre que ce soient ceux d'une femme. Que ferait un homme dans le rayon de lingerie ? Elle s'est retournée, mais il n'y avait rien. Ou presque rien. Elle a cru voir une vague tache, comme une main qui se retirait aussitôt. Elle savait que si elle se retournait, cela recommencerait. Elle avait peur de ce que cette main lui ferait. Puis elle s'est réveillée une première fois.

Au cours du deuxième rêve, elle était déjà dans le rayon de lingerie, en train de se frayer un chemin entre les chemises de nuit et les caracos, leur tissu soyeux et souple caressant son visage. Elle respirait avec difficulté. Elle a essayé de retourner vers la porte du magasin. Mais son corps continuait à avancer, comme s'il avait une volonté propre. Elle savait ce qui allait suivre, car le bruit des pas se rapprochait. Elle a distingué la main plus nettement cette fois-là. Non, ce n'était pas la main d'un monstre, rien qu'une main d'homme ordinaire. Non, elle ne tenait pas d'arme. Elle a regardé le bras au-delà de la main, le torse serré dans une chemise blanche. Elle n'a pas vu le visage de l'homme, il était caché derrière un présentoir de combinaisons. Elle n'a pas compris pourquoi sa main, avec ses ongles propres, nets, tendue pour l'attraper à travers la gaze et la soie, l'effrayait à ce point. La main s'est rapprochée ; elle était pétrifiée de peur ; l'index lui a touché le poignet. Puis elle s'est réveillée.

Elle s'agrippait à moi, refusant de retourner se coucher, refusant de se rendormir. « Il va m'attendre, ne cessait-elle de répéter. Il va me faire quelque chose d'horrible, je le sais. Et le pire, c'est qu'une partie de moi le désire. » Puis elle a demandé : « Pourquoi est-ce que je fais toujours le même rêve ? Qu'est-ce que ça veut dire ? »

Il y avait une menace dans le rêve. Il émettait de la chaleur, comme une plaque électrique qu'on aurait oublié d'éteindre.

Elle a dit : « Aide-moi, maman. »

Mais je ne pouvais juger de sa nature ni de sa provenance. J'ai essayé de me souvenir de ce qu'on m'avait enseigné sur les cauchemars récurrents. De ce qu'il fallait faire. Mais aucune des réponses ne semblait convenir. La seule façon de l'aider était de voir le rêve moi-même.

Je me suis couchée près de Rakhi et j'ai mis ma tête sur son oreiller, même si je m'étais promis de ne plus jamais essayer de faire ça. Je ne cessais de penser à ce qui avait failli arriver la dernière fois, quand j'avais tenté de lui apprendre à interpréter les rêves. J'avais été à deux doigts de la perdre. Mais comment laisser ma fille à sa terreur sans l'aider ?

J'ai fermé les yeux et ralenti ma respiration, forçant mon esprit à se replier vers l'intérieur. Je sentais la chaleur de la tête de ma fille, ses pensées éperdues tourbillonnaient comme des éclats de verre. Je me suis laissée aller et je suis tombée dans ce tourbillon. J'avais fait la même chose une ou deux fois, avec des clients que je n'arrivais pas à aider autrement. Je m'attendais à être attirée dans le vortex, les images ralentissant et s'éclairant, et à traverser le tourbillon jusqu'à pénétrer dans l'œil rêvant de ma fille…

Mais cela ne s'est pas passé ainsi. Je suis bien entrée dans le tourbillon, mais quand j'ai refait surface de l'autre côté, j'étais emmaillotée dans un voile. Je ne voyais rien. J'entendais seulement. J'ai entendu Rakhi pousser les présentoirs de vêtements, le bruissement satiné se refermant derrière elle. Les pas de l'homme étaient prudents au début, puis rapides et assurés. Il savait qu'elle ne pouvait pas s'enfuir. Il disait quelque chose, mais je ne percevais que des sons inarticulés, gutturaux. Je savais qu'elle les comprenait autrement que moi. Pour elle, ils étaient pleins de promesses. Je l'ai entendue se tourner vers lui. J'ai essayé de lui dire de ne pas le faire, mais le voile me bâillonnait. Puis une inspiration aiguë, délicieuse, comme ce qu'une fille pourrait faire avant d'être embrassée pour la première fois. Mais je n'étais pas sûre de ce que j'entendais. A travers le voile, tout était incertain. Je n'ai pu déchiffrer ce que cet homme symbolisait. Quand il allait apparaître dans sa vie, et où.

Quand Rakhi s'est éveillée en pleurs, je pleurais aussi. Moi qui interprétais les rêves pour d'innombrables étrangers, je n'étais pas capable d'expliquer à ma fille ce que ses rêves signifiaient. Je ne serais jamais en mesure de l'avertir des catastrophes de sa vie.

Le lendemain matin, j'ai fait la seule chose en mon pouvoir. J'ai acheté le rêve de Rakhi. Je l'ai acheté pour un billet d'un dollar, puisque je n'avais pas de cauris. J'avais lu le rituel dans la *Brihat Swapna Sarita*, mais j'étais partie avant d'avoir eu l'occasion de le voir se dérouler. Apprendre d'un livre n'est pas la même chose que d'avoir une Ancienne qui vous l'enseigne. Cela aussi, je l'ai donc raté.

Je ne l'ai compris que bien plus tard. Mais déjà, je sentais que mes efforts étaient aussi efficaces qu'un pouce pressé sur une artère éventrée.

J'avais été vaincue par l'unicité de mon propre sang.

9

Belle et moi avons rompu l'une de nos règles cardinales : ne jamais grignoter pendant les heures d'ouverture. Nous mâchonnons des biscuits de Delhi tout sauf diététiques en regardant la bannière publicitaire pour le JOUR D'OUVERTURE flotter gaiement en travers de la rue alors qu'il n'y a pas le moindre souffle de vent. Je suis sur le point de faire une réflexion à ce sujet quand la sonnerie du téléphone retentit.

Belle attrape le combiné d'une main molle. Puis elle se ragaillardit : « C'est Kathryn, annonce-t-elle, de l'Atelier ! »

Je me précipite sur le téléphone, mon cœur battant la chamade.

« Le comité a examiné votre book et décidé d'organiser une exposition de vos œuvres, m'annonce Kathryn de sa voix vin blanc et petite robe noire. Il y a eu un désistement et une place est à prendre pour dans deux semaines. Pensez-vous que vos tableaux seront prêts dans ce délai ? »

Si je pense ! Cela fait plus de six mois que j'attends des nouvelles de l'Atelier, une des galeries les plus prestigieuses de la baie de San Francisco. Je refrène mon envie de laisser échapper un cri de joie et informe Kathryn que je serai en mesure d'apporter la majeure partie de mes toiles à la galerie dès le week-end prochain. Nous décidons que le vernissage aura lieu le vendredi soir en quinze.

Dès que j'ai raccroché, Belle se jette sur moi et me serre avec force dans ses bras. « Félicitations ! Ta première exposition, et à l'Atelier en plus ! Rikki, je suis fière de toi ! » Elle m'embrasse bruyamment sur les deux joues, puis recule, les yeux écarquillés. « Ça alors, c'est exactement ce que ta mère a prédit ! Il y a à peine une heure, elle a dit que l'une de nous allait avoir une bonne nouvelle !

— C'est peut-être un hasard », dis-je sèchement.

Belle secoue la tête. « Pense ce que tu veux, mais tu es une veinarde d'avoir une telle mère. » Une autre pensée la frappe, et elle ouvre les yeux encore plus grands. « Peut-être est-ce elle qui l'a provoqué ! Tu crois qu'elle pourrait avoir… »

Je lève les yeux au ciel. « C'est si incroyable que ça, que le comité ait examiné mon travail et décidé que je suis un bon peintre ? » Mais au fond de moi, j'ai quelques doutes.

J'appelle ma mère pour la mettre au courant et je l'écoute attentivement me dire à quel point elle est ravie. Elle a l'air surprise, enthousiaste et un peu émue, comme n'importe quelle mère normale – à moins qu'elle ne soit meilleure actrice que je ne pensais ? Je lui demande de garder le soir du vernissage de libre. Non pas que je m'attende à ce que mes parents aient un autre engagement. Je n'arrive pas à me souvenir de la dernière fois où ils sont sortis ou ont invité des amis chez eux. Ont-ils seulement des amis ? Mais c'est trop important pour moi pour que je prenne le moindre risque.

« Bien sûr, ma chérie ! dit ma mère. Je ne manquerais ça pour rien au monde. » Elle hésite un tant soit peu, avant d'ajouter : « Et ton père non plus. »

Mais j'ai perçu la tension dans sa voix.

« Qu'est-ce qu'il y a, maman ?

— J'aimerais mieux que ce ne soit pas un vendredi, c'est tout. »

Je comprends. Mon père commence à boire le vendredi soir, et cela fait un certain temps qu'il n'a pas eu de crise.

« On l'a de nouveau licencié, ajoute-t-elle. La compagnie réduit ses effectifs. Il est allé à l'agence tous les jours, mais personne ne semble embaucher, surtout les plus vieux. Il le prend mal.

— Je suis navrée d'apprendre ça », dis-je, mais je ne m'appesantis pas. Mon père, au mieux présence vague dans ma vie, a déjà été licencié plus d'une fois et il a toujours réussi à trouver autre chose. En ce moment, égoïstement, je l'admets, mes propres problèmes m'importent plus. Je réplique : « Il faudra que tu l'empêches de boire, voilà tout. » L'anxiété me rend mordante. « Ce soir-là en tout cas. C'est vraiment important. Tu ne peux pas faire ça pour moi ?

— Je ferai de mon mieux », répond-elle, mais sa voix vacille. Je sais que nous pensons toutes deux à la même chose : jusqu'à maintenant, en presque trente ans de mariage, elle n'a jamais réussi.

La semaine passe dans un brouillard. J'hésite longuement avant de choisir les tableaux pour l'exposition. Une demi-douzaine de fois, je commence à composer le numéro de ma mère, puis je raccroche. Elle serait heureuse de me donner son avis, et Belle aussi, mais elles ne sauraient pas ce qui est juste. Je suis la seule à pouvoir en juger. Ainsi, je prends et je rejette, je prends et je rejette, alignant les toiles le long du mur et les regardant fixement jusqu'à ce qu'elles me semblent toutes imparfaites, hideuses. Entre deux, je me fais du souci pour Jona.

Je n'ai pas eu de nouvelles d'elle ni de Sonny depuis qu'il m'a laissé ce message la semaine dernière, où il m'annonçait qu'il partait pour les étendues sauvages de Mendocino. Je les imagine perdus dans la forêt, mourant de faim. Je vois des bateaux qui chavirent. Des grizzlis. De l'hypothermie. Des cobras. Une partie de mon esprit me dit qu'il n'y a pas de cobras en Californie du Nord, mais l'autre ne veut rien entendre. Je finis par craquer et j'appelle Sonny. Je suis prête à laisser un message cinglant, mais le répondeur m'informe que la boîte de messagerie vocale est pleine. Il ne me reste plus qu'à me demander, furieuse, qui a bien pu l'appeler si souvent.

Les choses ne vont pas bien à la Chaï House. La fréquentation a sévèrement chuté, surtout depuis que le nouveau café d'en face a mis une pancarte annonçant des réductions pour étudiants. Il s'écoule parfois une heure entière sans que personne n'entre, c'est la première fois que ça arrive. J'ai passé beaucoup de temps près de la vitrine à regarder la foule jouant des coudes sous l'auvent de Java. Masochisme pur et simple, mais je ne peux pas m'en empêcher. Deux des philodendrons de notre jardinière sont morts, sans doute à cause de l'air empoisonné de jalousie que je souffle dessus. Le seul à qui tout cela profite, c'est Marco. Il y a tellement de viennoiseries invendues à la fin de la journée qu'il peut en emporter pour tous ses amis sans abri.

Un jour, je lui ai demandé s'il était entré dans ce nouveau café.

Il a tiré sur sa barbe hirsute.

« Hum, ouais, la semaine dernière, pour voir l'endroit, tu comprends.

— C'est joli ? ai-je demandé malgré moi.

— Joli ? » Il a froncé le front. « A vrai dire, je me souviens pas bien. Y a des tas de trucs brillants. Par contre, je me souviens de la patronne. Je voulais du café – j'avais même de l'argent – mais cette femme, c'est une salope. Elle a des yeux bleu pâle, presque blancs, qui cillent jamais. Comme un robot. Sa bouche aussi, on dirait celle d'un robot, comme si elle était en métal. Elle m'a dit : Je veux plus vous voir ici. Puis elle a ajouté, comme si elle me faisait une faveur : Si vous voulez, vous pouvez aller à la poubelle derrière et prendre de la nourriture dedans, après la fermeture. Ça me servira de leçon, je suppose, vouloir aller là-bas au lieu de venir voir de gentilles jeunes dames comme vous deux. Mais vous torturez pas l'esprit. Y vont pas durer longtemps dans cette rue, s'ils le prennent comme ça. »

J'ai souri et ajouté un muffin dans son sac. « Ce serait bien, non ? » ai-je dit. Mais sans conviction. Je ne croyais pas au portrait de Marco de la patronne-robot. Mais j'appréciais qu'il ait menti par égard pour moi.

La seule chose qui me sorte de ma misérable personne, c'est la peinture. Je travaille au bois d'eucalyptus. Je suis bien décidée à le terminer pour l'exposition. Je me couche tard, je travaille jusqu'à ce que mon regard se brouille et que les couleurs s'embourbent à force de repasser sur les mêmes endroits. J'ai dessiné l'homme en train de pratiquer son taï-chi. Je suis contente de l'avoir fait, même s'il n'est encore qu'une tache bleue sur le fond vert du bosquet. Quand je jette un œil de côté à la toile, il semble bouger. Quelque chose n'est pas encore en place, mais je ne sais pas quoi. Le fait de ne pas savoir s'inscrit en moi, irritant comme de la fibre de mangue coincée entre deux dents.

Dimanche soir, alors que j'ai fini par perdre espoir, on sonne à la porte. Un long coup, puis deux plus petits – le signal de Jona. Je me précipite pour ouvrir, prête à dire à Sonny tout ce que je pense de sa conduite. Mais il n'y a que Jona sur le seuil, un large sourire découvrant ses dents écartées, sale comme un pou. Pendant que je la scrute, la Viper de Sonny disparaît au bout de la rue avec un rugissement assez fort pour réveiller tout le voisinage.

« Comment ose-t-il te laisser sur le seuil ! dis-je d'un ton rageur. Et si je n'avais pas été là ?

— Sonny et moi, on a vu ton ombre derrière les rideaux, réplique Jona, les cheveux ébouriffés. Tu étais en train de peindre, ça se voyait. » Elle plisse le nez et m'adresse un sourire en coin qui ressemble tellement à celui de Sonny que je reste muette un instant. « Tu es en colère ? »

Je réussis à secouer la tête tout en l'attrapant. Elle me laisse la serrer contre moi, puis se dégage en se tortillant. « Y a quoi à manger, je meurs de faim ! »

Je savais que tu ne la nourrirais pas bien, dis-je mentalement sur un ton de triomphe à Sonny l'irresponsable tout en transportant des brassées de nourriture jusqu'à la table de la salle à manger.

« Mmm ! dit-elle. Des sandwichs au beurre de cacahuète et à la confiture, des tortilla chips avec de la sauce épicée, des oranges, de la glace au pain d'épices ! Maman, tu es super !

— Rien que pour aujourd'hui », dis-je de ma voix de mère sévère, mais je ne peux cacher un sourire. *Tu es super!* J'aime entendre ça ! « Ton père ne t'a pas fait dîner ?

— En fait, si. On s'est arrêtés à ce restaurant italien vraiment chouette juste avant de traverser le Golden Gate Bridge. Sonny a dit que c'était un de ses endroits préférés. Ils ont des pizzas énormes avec tellement de fromage qu'il coule sur les bords. J'en ai mangé quatre morceaux. Vraiment, maman, c'était super ! »

C'en est fait de mon statut de supériorité. En essayant de ne pas me sentir trahie, je demande : « Qu'est-ce que c'est que cette façon de dire *Sonny* ? Qu'est devenu *papa* ?

— Sonny dit que je suis grande maintenant, que nous sommes des amis plus qu'un père et sa fille, et que je peux l'appeler par son prénom », dit-elle en enfournant une cuillerée de glace qui penche dangereusement.

J'ai envie de lui dire d'aller se laver les mains, d'ôter ses chaussures boueuses, de prendre de plus petites cuillerées et de ne pas écouter les idées subversives de son père. Je me maîtrise et réussis à me taire.

Elle vide toute une boîte de crackers au fromage en un temps record, avale deux verres de lait, puis se tourne vers le chevalet. « Maman ! Tu as commencé une nouvelle toile ?

— Qu'en penses-tu ? » Mon cœur s'emballe quand elle penche la tête et la regarde fixement. Jona a un œil critique surprenant chez une enfant de six ans et elle m'a souvent donné de bons conseils.

« Ça me plaît, finit-elle par dire, avant d'ajouter : C'est différent de tous tes autres trucs.

— En quoi ? je demande, intriguée. Parce que ça se passe ici à Berkeley ? »

Jona secoue la tête. « Non, c'est pas ça. » Elle bâille à s'en décrocher la mâchoire. « Je te dirai demain. Dis, maman, je peux dormir avec toi ce soir ?

— Pas avant que tu aies pris une douche, dis-je, d'un ton que je veux sérieux. Je parie que tu as attrapé des tiques. » Mais elle s'est déjà lovée sur mon lit, ses cils ombrant ses joues striées de saleté. Je n'ai pas même eu l'occasion de lui demander comment s'était passé son voyage.

Ce matin, comme d'habitude, c'est une course folle pour se brosser les dents, mettre des vêtements propres, trouver une paire de chaussettes et prendre le petit déjeuner sans le renverser sur les susdits vêtements propres. Les choses sont compliquées par le fait que je dois donner un bain à Jona (l'eau coule de son dos en ruisseaux noirs) et lui laver les cheveux (je n'essaie même pas de les démêler). On finit par se retrouver dans la voiture, roulant à toute vitesse en direction de Mariposa Montessori. Si on peut appeler ça rouler à toute vitesse, à neuf heures du matin dans les rues de Berkeley pleines d'étudiants qui croient que c'est leur droit sacro-saint de traverser quand et là où ils veulent.

Je demande à Jona : « Alors, qu'as-tu voulu dire quand tu as dit que ma toile était différente ?

— Quoi ? Oh ! je me souviens pas », répond-elle en se penchant par la fenêtre pour regarder un jeune homme aux cheveux hérissés passer en sifflotant comme une flèche sur sa planche à roulettes.

Voilà pour la supposée sagesse sortant de la bouche des enfants. Je décide de m'y prendre autrement. « Qu'as-tu fait de toute ta semaine ? » J'ai peur qu'elle dise qu'elle a oublié ça aussi, mais soudain elle s'anime.

« On est allés chez l'oncle Paul, puis on est partis en bateau sur l'océan, puis on a mangé des pizzas, puis on a dormi dans la cabane dans nos sacs de couchage, puis on a vu des baleines avec leurs bébés, puis les baleines sont parties et on est partis en randonnée dans la forêt, puis on a cuit des hot-dogs sur un feu, puis on a dormi dans deux tentes pendant deux nuits, puis on n'a pas vu les ours qu'on cherchait, alors on est rentrés à la cabane d'oncle Paul où les toilettes marchaient pas, puis on est allés dans un endroit où il y avait de la musique avec des gens qui jouaient de la trompette, puis on a encore mangé des pizzas... »

Cela confirme ce à quoi je m'attendais. Je demande : « Deux tentes ? » en me garant dans le parking de l'école qui grouille de parents survoltés comme d'habitude. « Paul est venu faire de la rando avec vous ? » Mentalement, je cherche un moyen discret de demander à Jona si Paul et Sonny ont fumé de la marijuana. J'espère pour eux que non, s'ils tiennent à la vie.

« Ouais, dit Jona en défaisant sa ceinture de sécurité et en ouvrant la porte de derrière. Oncle Paul est venu avec nous et il nous a raconté des histoires le soir. J'ai pas tout compris, mais Sonny et Eliana les trouvaient drôles...

— Eliana ? » Paul doit avoir une nouvelle petite amie.

« C'est mon amie, même si c'est une grande personne. Elle est très jolie, avec de longs cheveux bruns et des yeux bleus comme les fleurs sur cette plante que tu avais sur le rebord de la fenêtre et qui est morte. Elle a couché sous la tente avec nous et elle m'a chanté des chansons pour m'endormir… »

J'inspire profondément et tente de garder une voix normale.

« Elle a dormi sous la même tente que Sonny et toi ?

— Oui, oui. Elle avait une robe à fleurs et chantait dans une langue différente. Oh ! voilà Keysha qui me fait signe. Au revoir, maman !

— Attends ! Cette Eliana, elle vous a accompagnés pendant tout le voyage ? »

Mais ma fille est partie dans une tornade de nattes et de sac à dos, me laissant choquée et bouillante de rage à la fois.

Je vadrouille au volant de ma voiture pendant une bonne heure pour essayer de me calmer avant d'appeler Sonny. Mais la maîtrise que j'y gagne s'évapore dès que je l'entends grogner un bonjour ensommeillé de cette voix que certaines personnes (Eliana, peut-être ?) décriraient comme sexy.

« Comment as-tu pu faire ça ? » Je hurle dans le combiné. « Comment as-tu pu être assez stupide et irresponsable pour exposer ma fille à tes perversions ? »

Il y a un moment de silence, puis un rire caverneux. Autrefois, j'ai honte de m'en souvenir, ce rire me faisait fondre. Maintenant, il ne fait que m'exaspérer. J'aspire une grande bouffée d'air et je la retiens en essayant de me calmer. Sonny adore me mettre en colère.

« J'aurais dû me douter que c'était toi, Riks ! dit-il. Je t'ai manqué, hein ? Personne à engueuler pendant toute une semaine, personne à blâmer pour ses…

— T'engueuler n'est pas mon activité préférée…

— Ne me fais pas marcher…

— … Dans ce cas, admets que j'ai de bonnes raisons.

— Parce qu'on t'a pas appelée de Mendocino ? Désolé… Le téléphone de Paul était en dérangement.

— Il y avait d'autres téléphones en ville, non ? » Je me rends alors compte de ce que Sonny, maître tacticien, est en train de faire. « N'essaie pas de m'égarer, dis-je d'un ton acerbe. Même si c'était irresponsable, c'est pas pour ça que je t'appelle. Dieu sait que je suis habituée à ta légèreté…

— Ah oui, tu appelles à cause de, comment tu as appelé ça, mes perversions ? Eh bien, j'aimerais que tu saches que Paul et moi n'avons fumé qu'une fois Jona endormie. » La voix de Sonny dégouline de vertu. « Et, qui plus est, nous sommes sortis pour fumer, même quand il pleuvait.

— Et Eliana ? Est-ce qu'Eliana est sortie fumer avec vous ?

— Qui ?

— Sonny, ne fais pas insulte à mon intelligence en prétendant que tu ne sais pas de qui je parle.

— Jamais de ma vie je n'oserais t'insulter, Riks ! Tu m'enverrais Belle pour me faire la peau ! D'ailleurs, c'est pas moi qui t'ai dit un jour que tu étais trop intelligente pour être heureuse ?

— Arrête de plaisanter. Qui est cette Eliana ?

— Je ne connais personne de ce nom. Je le jure ! »

Il a un ton si sincère, si innocent que j'en suis estomaquée, mais seulement l'espace d'un instant. L'innocence de Sonny, je sais ce qu'elle vaut.

« Laisse-moi te rafraîchir un peu la mémoire. C'est la femme que tu as emmenée à Mendocino avec toi. Elle a couché sous ta tente. Ta tente… avec ma fille ! Eliana, de longs cheveux bruns, une robe à fleurs, un accent étranger. Ça te revient maintenant ? »

Un silence. Puis :

« Et comment as-tu appris à propos de, euh, Eliana ?

— C'est Jona qui me l'a dit ! » dis-je d'un ton triomphal.

Silence. « Jo t'a dit ça ? » demande Sonny. A en juger par son ton, je sais qu'il secoue la tête de cette manière incrédule qu'il a, comme si le monde venait de lui enlever le tapis de sous ses pieds. « J'en reviens pas !

— Ça te surprend qu'elle se confie à sa mère ? A moins que tu lui aies demandé de garder le secret ? Tu lui as demandé, c'est ça ? Sonny, comment as-tu pu me jouer ce sale tour ? »

Mais il éclate de rire, de grands éclats de rire qui n'ont rien de feint, et je suis confuse.

Puis il ajoute : « Elle ira loin, ta fille ! Comment elle s'appelle, déjà ? Eliana, avec des fleurs dans les cheveux ? Oh là là ! Quelle imagination elle a, cette gamine ! »

Il rit toujours quand je raccroche.

C'est le soir, l'heure bleue des ombres qui s'amoncellent. Avant, c'était l'heure de notre plus grande activité. Même avec Marcia et Ping en renfort, on avait du mal à répondre à toutes les demandes. Aujourd'hui, la seule personne qui soit là, outre Belle et moi, c'est ma fille, étalée de tout son long sur une table au fond du salon de thé, en train de dessiner.

J'ai répété mentalement diverses phrases en allant chercher Jona à l'école. *Est-ce que tu as imaginé cette femme ? Ton père dit qu'il n'y avait personne d'autre que vous trois. Il faut que tu apprennes à séparer ce que tu imagines de la vraie vie !* Mais elles me semblaient toutes culpabilisantes ou pudibondes, si bien que j'ai fini par ne rien dire.

« Ne te fais pas tant de souci, conseille Belle quand je lui raconte l'incident. On a tous imaginé des choses quand on était gosses. Ça fait partie de l'enfance.

— Le problème, c'est que je ne suis pas sûre qu'elle l'ait imaginée. Sonny m'a déjà menti avant…

— Arrête, Rikki ! Sonny n'emmènerait jamais une femme avec Jona.

— J'en crois pas mes oreilles que tu défendes Sonny ! C'est pas toi qui l'as surnommé un jour l'ennemi public numéro un ? »

Belle grimace. « En fait, c'était l'ennemi public numéro un pour toi. » Elle secoue la tête. « Moi non plus, je n'arrive pas à croire que je le défende. Mais tu dois reconnaître que c'est un bon père.

— Je ne suis pas sûre de ça non plus. Crois-moi, je préférerais penser le contraire. J'aurais un souci de moins. »

Pas vrai, se moque la petite voix. *Tu sais que ce que tu veux vraiment, c'est que Sonny donne des preuves de sa totale, criminelle irresponsabilité de façon à être la seule à avoir la garde de Jona et pouvoir lui interdire de la revoir.*

Je ne peux pas le nier.

« Tu peux toujours appeler Paul et lui demander.

— Paul et moi ne sommes pas en très bons termes. Et puis son téléphone est en dérangement. Et même si je craque et l'appelle, tu crois qu'il va me dire la vérité ? Surtout si cela met en cause son meilleur ami !

— Eh bien alors, je suggère que tu te fasses du mouron pour ce dont tu es sûre, déclare Belle. Par exemple, le fait que cette Chaï House est finie. Encore deux semaines de ce calme plat et on devra mettre la clef sous la porte. On a tout essayé – casser les prix, mettre des affiches promotionnelles, faire distribuer à Marco des bons de réduction au coin de la rue. Sans parler de cette annonce affreusement chère qu'on a passée dans le *Berkeley Voice*. Aucun résultat. Jusqu'aux membres de notre club du livre qui ne sont pas venus cette semaine. Et regarde-les, en face ! »

Nous regardons, la mine abattue. D'après le peu qu'on puisse voir, au-delà de l'immense bandeau publicitaire, Java est plein à craquer, et toutes les deux minutes, la porte s'ouvre pour laisser entrer d'autres clients.

« Il faut qu'on découvre leur secret, il y a sûrement quelque chose ! » dit Belle en faisant nerveusement les cent pas et en passant les doigts dans sa chevelure en désordre. Elle semble avoir maigri. C'est elle qui fait l'ouverture le matin (on a dû se séparer de Marcia et de Ping), mais elle reste en général avec moi jusqu'à la fermeture malgré mes protestations.

« On dirait qu'ils ont un aimant géant invisible pour attirer les gens ! s'écrie-t-elle. Je suis restée tout l'après-midi à les observer. Même les gens qui passent comme s'ils étaient pressés d'arriver quelque part s'arrêtent quand ils voient ce panneau, puis ils entrent comme des somnambules.

— Tu ferais mieux de rentrer dormir un peu, dis-je. Tu commences à avoir la voix off de *L'Invasion des profanateurs de sépulture.* » Mais je ne peux m'empêcher de jeter un œil soupçonneux. A la façon dont mon monde vacille, l'existence d'aimants humains ne me semble pas impossible. Tout ce que je vois, c'est une bande d'hommes, du genre cadres commerciaux, sanglés dans leurs complets avec des attachés-cases en cuir, sortir du café en se tordant de rire comme s'ils avaient bu quelque chose de plus fort qu'un simple café. Leurs rires me rappellent la conversation téléphonique que j'ai eue ce matin avec Sonny.

« Tante Belle ! appelle Jona. Regarde, j'ai fini le tableau de mon voyage. »

Elle tend un dessin aux couleurs vives. Un ciel pourpre, des arbres orange, de l'herbe jaune, deux tentes à pois. Et quatre personnes.

« Qui sont ces gens, ma chérie ? demande Belle.

— Ça c'est Paul, ça Sonny, ça c'est moi qui tiens la main de Sonny, et ça c'est Eliana qui tient l'autre main de Sonny. »

Je tends le cou au-dessus de la tête de Belle pour mieux voir. Je reconnais Sonny tout de suite. Jona l'a dessiné comme elle le fait toujours, avec ses cheveux bleu-noir, luisants comme l'aile d'un oiseau, son nez pointu caractéristique et des rayons de soleil émanant de sa tête comme un halo. L'ange Sonny. Un autre article à ajouter à la longue liste d'ironies injustes qui constituent ma vie. Près de lui, il y a une femme vêtue d'une robe bleue avec des cheveux bruns qui lui descendent jusqu'à la taille. Elle porte une sorte de couronne de plumes sur la tête.

« Parle-moi d'Eliana, dit Belle en s'asseyant près de Jona. Je ne crois pas l'avoir rencontrée.

— Bien sûr que tu ne l'as pas rencontrée, réplique ma fille. Je l'ai vue pour la première fois pendant ce voyage.

— D'où vient-elle ?

— Tchécoslovaquie », dit Jona sans manquer une syllabe. Au-dessus de sa tête, Belle et moi échangeons un regard.

— C'est une amie de ton papa ou de Paul ? demande Belle.

— C'est l'amie de tout le monde. Mais surtout, c'est mon amie à moi.

— Euh… que veux-tu dire, à toi ? C'est comme une amie imaginaire ?

— Vraiment, tante Belle ! dit Jona outrée en roulant son dessin, seuls les bébés ont des amis imaginaires. Elle est à moi parce qu'elle me chante des chansons et me raconte des histoires de son enfance.

— En Tchécoslovaquie ? » je demande.

Jona hoche la tête. « Elle m'a parlé des sorcières, les gentilles, du village où elle habitait. » Puis elle se détourne et va jouer avec les marionnettes.

Dans la voiture, sur le chemin du retour, je glisse des regards discrets en direction de Jona. Elle est en train de scruter son dessin, la tête penchée sur les silhouettes raides. Je ne la connais pas aussi bien que je le pensais. Elle qui est sortie de mon corps, minuscule et fripée, petit animal à apprivoiser, elle aussi a maintenant des endroits de sa vie où je ne peux pénétrer. Cela m'est égal qu'ils soient réels ou imaginaires. Je m'en sens tout autant exclue. Comme le reste de ma famille – ma mère, mon père, Sonny –, elle aussi est devenue une énigme.

Plus tard ce soir-là, dans mon lit, je repense à tout ce qui va mal dans ma vie et je me rends compte que j'ai inclus Sonny dans la liste des membres de ma famille. Et c'est avec peine que j'admets qu'il fait encore partie des miens, malgré mon désir de le désavouer. Car seule la famille vous emplit d'une telle indignation. Seule la famille vous irrite comme un ongle cassé qu'on ne peut arracher d'un coup de dent, malgré tous ses efforts.

Quand nous entrons sur le parking, Jona fredonne quelque chose. Les paroles semblent absurdes. Mais qui sait, c'est peut-être du tchèque.

10

Cela fait plusieurs jours qu'elle essaie d'achever sa toile, sans succès. Elle est contente du feuillage, du ciel, de la qualité de la lumière. C'est l'homme qui lui pose problème. Son corps est raide ; il y a quelque chose de faux dans l'angle du cou. Quant au visage, elle n'a pas réussi à le dessiner du tout. Parfois, de frustration, elle est tentée de le recouvrir d'un buisson de rhododendrons. Mais ce serait une grave défaite, et elle ne veut pas s'avouer vaincue, même si le vernissage a lieu dans trois jours.

Les affaires ne s'arrangent pas à la Chaï House. De temps en temps, de rares clients s'y aventurent. Mais ils jettent un œil surpris, comme s'ils s'étaient trompés d'endroit. Comme s'ils avaient eu l'intention d'aller ailleurs. Ils commandent un café et partent le plus vite possible. L'offre de Belle de viennoiseries gratuites – elles ont arrêté de servir les autres en-cas – ne suffit pas à les retenir ou à les faire revenir.

Où sont donc passés nos clients habituels ? se demande Rakhi. Qu'est devenue Mrs. Locklin ? Et le vieux professeur Rogers ? Et les membres du club du livre de Laurel Street, qui venaient le mercredi et emplissaient l'alcôve de l'enthousiasme électrique de leurs discussions ? Confuse et inquiète, elle pense à eux avec un sentiment de trahison.

La veille au soir, elle a trouvé Belle penchée sur les comptes. Celle-ci lui a fait signe par-dessus son ordinateur portable et a montré du doigt sur l'écran la colonne avec les chiffres de leur déficit. Elles travaillent à perte depuis des semaines. Il n'y a plus assez de trésorerie pour payer l'approvisionnement de la semaine prochaine.

« On doit payer la mensualité de l'emprunt dans deux semaines », a dit Belle. La peau autour de ses yeux semblait rouge, comme si elle l'avait frottée. Dans la faible lumière provenant de l'écran de son ordinateur, ses lèvres étaient bleues. « Où va-t-on trouver l'argent ? »

Elles ne sont pas économes ; leurs comptes en banque ne sont pas assez garnis pour durer beaucoup plus d'un mois. Impossible de demander à la banque. Elles ont déjà un emprunt en cours. Leurs parents, qui ne sont pas riches, les ont aidées autant qu'ils l'ont pu.

« Je suppose qu'on ne peut pas demander à Sonny ? a dit Belle. C'est la personne la plus riche qu'on connaisse. Dans sa boîte de nuit, il gagne des sommes d'argent obscènes, non ?

— Belle !

— D'accord, d'accord, oublie ça.

— Donne-moi un peu de temps, a dit Rakhi. Je vais trouver quelque chose. » Mais tout ce qu'elle a réussi à faire dans son lit cette nuit-là, à force de regarder fixement au plafond le dessin en croisillons de lumière et d'ombre projeté par le lampadaire de la rue, c'est à rouler le rocher qu'elle avait si soigneusement posé sur le nid à serpents de sa mémoire.

La voilà de retour à l'université, dans la salle de cours avec ses immenses fenêtres aux persiennes vertes où elle a rencontré Sonny pour la première fois. C'est un cours de littérature sur « les écrivains contemporains anglo-indiens » ; c'est pour cela qu'elle comprend qu'elle rêve, car l'université n'a jamais proposé ce genre de cours quand elle y était, et elle n'est pas certaine de comprendre ce que veut dire cette formule.

Mais peut-être est-ce autre chose, un de ces rêves qui ne sont pas des rêves et que nous choisissons d'appeler ainsi parce que nous adorons tous rêver. Des rêves qui tels des cerfs-volants sont libres de causes, libres de leur ficelle coupante lestée de culpabilité.

Elle n'a pas fait un seul rêve depuis le début de son adolescence, depuis ces cauchemars récurrents que sa mère lui a achetés pour un dollar et un collier de mots bengalis qu'elle n'a pas expliqués à Rakhi.

Elle est assise dans le fond de la salle, près de la fenêtre, à sa place habituelle. Elle regarde la foule des gens sur Sproul Plaza – de vieux hippies avec des guitares, des chiens et des bandanas autour du cou ; des étudiants sérieux dans leurs sandales Birkenstock, distribuant des prospectus écologiques ; des gens qui font la queue chez le vendeur de *burritos* ; des évangélistes, qui transpirent avec ferveur dans leurs vêtements noirs en récitant avec délectation les tourments de l'enfer qui attendent les incroyants, dont Rakhi fait sûrement partie. Il y a un air de printemps, une faible pulsation comme celle des tambours dont des gens jouent parfois devant le Zellerbach Auditorium. Elle croit sentir l'odeur de la soupe aigre-douce du Chinois de Bancroft Way et décide d'y aller après le cours.

Elle ne le voit pas entrer dans la salle, mais elle le sent, un picotement à la base de la colonne vertébrale. Comment est-ce possible ? C'est la moitié du semestre et il a souvent dû assister au cours avant ce jour-là. Pourtant, avec ses omoplates, elle le sent hésiter sur l'endroit où s'asseoir. Il y a une chaise libre près d'une blonde au second rang, et il y en a une près d'elle. Il fait son choix, et sa vie bascule.

Même dans ce rêve qui n'en est pas un, elle est stupéfaite par la précision avec laquelle elle se souvient de certains détails. Il porte un tee-shirt d'un noir délavé orné du portrait de Carlos Santana. Mais son pantalon ? Ses cheveux lui tombent sur le front quand il se penche pour écrire sur son bloc-notes. De beaux cheveux indiens, épais et luisants, d'un noir profond. Apparemment, il ne les a pas peignés ce matin-là. Un petit frisson la parcourt quand elle s'en rend compte. De toute sa vie protégée (l'adjectif, inattendu, s'impose à elle ; il avait dès cet instant commencé à la dépouiller de ses couches de protection pour qu'elle se voie mieux elle-même), elle n'a jamais rencontré quelqu'un qui ose se présenter en cours aussi effrontément décoiffé. Il n'arrête pas d'écrire, mais quand elle jette un œil par-dessus ses doigts aux articulations solides et un peu abîmées, comme celles d'un menuisier, elle voit qu'il a recouvert la page de gribouillis au stylo vert. Par la suite, il lui expliquera que c'étaient des notes pour un remix de *bhangra* qu'il entendait dans sa tête. Il suit le cours de littérature par obligation, mais en réalité il est musicien. Il n'arrive pas à s'intéresser à autre chose.

« Pas même à moi ? » dit-elle avec audace, le cœur battant vite. Elle ne flirte pas d'habitude, elle a toujours été une fille sérieuse. Puis il penche son visage vers elle. Mais tout cela ne se passera que bien plus tard. Des semaines ? Des mois ? Le temps mélange l'avant et l'après quand elle pense à Sonny.

C'est Sonny qui lui a fait prendre la peinture au sérieux. Jusqu'ici, elle bricolait. Mais voir sa passion lui a donné envie d'avoir quelque chose à elle qui ait cette même force. Et il l'a encouragée. C'est la première personne qu'elle a crue quand il lui a dit qu'elle avait quelque chose de spécial.

Mais elle fait un saut dans le temps. Ce premier jour, il ne l'a même pas remarquée, pris dans le réseau des sons dans sa tête. Ou peut-être que si. Parce qu'il s'est rassis sur la même chaise au cours suivant, et au cours d'après, puis il lui a demandé ce qu'elle faisait à l'heure du déjeuner.

En rêve, elle se demande ce qui a bien pu les attirer l'un vers l'autre. Etait-ce leur ressemblance ? Ils sont tous deux d'origine indienne, bien qu'il n'ait jamais parlé de son passé, de ses parents, de sa ville, de son école, de ses habitudes. En cela, il ressemble à sa mère. Ce cœur secret explique-t-il pourquoi ils se sont plu tout de suite, sa mère et lui, dès la première fois où elle l'a présenté à ses parents ? Elle ne savait même pas s'il était né en Amérique comme elle, même si, à l'évidence, il y avait vécu assez longtemps pour se sentir mal à l'aise ailleurs. Elle voulait lui demander si, comme elle, il avait envie de connaître l'Inde qu'elle n'avait jamais vue mais où elle était fermement décidée à aller l'année suivante. Elle ne savait pas alors que l'année suivante se changerait en celle d'après, et qu'elle n'irait jamais. Ils aimaient tous deux les plats épicés, de préférence asiatiques. Ils prenaient sa voiture – une Mustang cabossée à l'époque – jusqu'à Tilden Park et achetaient des plats tout prêts qu'ils mangeaient avec leurs doigts dans des boîtes en carton colorées. Ils contemplaient le coucher du soleil sur Angel Island en se gavant de nouilles thaïlandaises ou de bœuf Sichuan aux piments rouges. Les étoiles apparaissaient une à une ; il jouait une vieille rengaine sur sa guitare, une chanson qu'elle avait entendue sur l'électrophone de son père. Mais sous ses doigts, elle avait une tonalité complètement différente. L'écouter jouer lui coupait le souffle. Elle aimait regarder son visage absorbé, oublieux, comme si elle n'était pas là. Non, comme si lui-même n'était pas là. Son visage à elle était sans doute comme ça quand elle peignait.

Ou étaient-ce leurs différences, les pôles opposés de leurs désirs, qui les avaient fascinés ? C'était un génie de la nuit, avec des accès de générosité puérils. Il aimait la proximité enfumée des clubs, même s'il ne fumait pas (pas de cigarettes, en tout cas). Il aurait payé à boire au monde entier si elle ne l'en avait pas empêché. Il aimait se trouver dans des foules, bousculé par des étrangers. Il aimait l'intimité désespérée des raves. Il comprenait pourquoi les gens avaient besoin de s'amuser et ce qu'ils étaient prêts à faire pour ça. Il comprenait la complexité d'une telle entreprise. Il méprisait la Saint-Valentin, mais il lui achetait des fleurs sans raison particulière. Rien de banal comme des roses, mais des iris barbus, des anthuriums, des perce-neige, même des orchidées, alors qu'il n'était pas riche, loin de là, à l'époque. Il aimait les jam-sessions tard dans la nuit avec le groupe avec qui il jouait parfois. Il n'arrêtait pas de prêter de l'argent à ses amis musiciens qui ne le lui rendaient jamais, et de toute façon, il ne s'y attendait pas. Jouer le rendait fiévreux. La musique est ma drogue, disait-il. Par la suite, elle se demanderait si c'était sa seule drogue, et plus tard encore, elle commencerait à se fâcher. Mais ça, ce serait longtemps, longtemps après. Ils allaient dans un bar ou dans un café qui restait ouvert toute la nuit pour bavarder, et même si elle voyait trouble le lendemain en classe, ou avait la gueule de bois et sautait tout bonnement le cours, si parfois quand elle peignait sa main tremblait à cause de toute la caféine qu'elle absorbait, elle était heureuse, elle s'amusait. Les artistes se développaient en faisant de nouvelles expériences, il était sa nouvelle expérience et elle se développait.

Après être passée de cette vie à un temps différent, une sorte d'enduit gris, comme l'intérieur d'un tunnel, elle s'est rendu compte qu'on ne pouvait construire une relation sur une nouvelle expérience. Parce qu'un jour ce n'était plus nouveau, et que vous restait-il alors ?

En classe, des mois passent, des années peut-être, Sonny se penche vers elle, ils sont en train d'étudier Borges, ou est-ce l'architecture du Bauhaus ? Il porte une barbe à la Peter Pan maintenant, et une boucle d'oreille. Tu m'as aimé à cause de la fossette juste en dessous de ma lèvre inférieure, dit-il, en parlant assez fort pour que le professeur lève les sourcils. Tu m'as aimé parce que j'étais le premier. Tu m'as aimé parce que je représentais un risque aussi grave que celui de sauter d'un train en marche. Il enlève sa boucle d'oreille et cherche sa main, il va la lui glisser au doigt, et ce sera sa bague de fiançailles, son bijou préféré. Quand il commence à gagner beaucoup d'argent, il lui achète un diamant, mais elle le déposera à la banque et continuera à porter le mince anneau. A partir de ce jour, les choses vont s'accélérer, se mélanger comme dans un film qui défile trop vite. Elle l'emmènera chez ses parents – chez sa mère, celle qui compte vraiment –, mais non, c'est arrivé avant, ne l'a-t-elle pas déjà serré contre son cœur comme s'il était son premier-né perdu depuis longtemps ? Ils se marieront un mois plus tard, l'année d'après ils emménageront dans la belle maison victorienne rose d'Oakland, achetée pour (littéralement) le prix d'une chanson, dans des circonstances qu'elle commencera à trouver louches, mais pas avant qu'il ne soit trop tard. Jona naîtra. Le public américain apprendra ce qu'est un *bhangra* et cela va électriser leurs âmes. Sonny gagnera de plus en plus d'argent. Plus qu'elle ne peut l'imaginer alors. Son nom va monter au hit-parade. Ses fans vont l'adorer, femmes et hommes confondus. Ah ! comme ils vont l'adorer. Et puis…

Mais la bobine du film s'est mise à défiler en arrière. Elle se trouve de nouveau dans la salle de cours, Sonny tend la bague. Elle est sur le point de dire oui, mais elle veut d'abord lui demander pourquoi il l'aime. Elle qui n'a pas de fossette sous la lèvre, elle qui n'est pas sa première amoureuse, elle qui est aussi risquée qu'un bol de flocons d'avoine. Mais il fronce les sourcils d'impatience. Tout le monde dans la pièce fronce les sourcils, même le professeur, ils attendent tous qu'elle mette la bague qui la proclamera comme sienne. Aucune importance, pense-t-elle en tendant la main gauche. On aura le temps plus tard, je lui demanderai tout ce que je veux savoir.

Attends ! Il y a quelque chose de faux dans ce rêve ou ce film, une erreur de cadrage, peut-être. Parce que, dans cette scène, elle n'a pas de main, pas même de bras. Elle regarde autour d'elle, déconcertée puis coupable sous le regard de la classe.

« Pas de problème, dit Sonny. Donne-moi l'autre main. »

Mais cette main-là aussi a disparu. Elle n'est plus qu'un torse, une statue ébréchée, des fissures striant ses tempes et ses clavicules, des marques grêlées sur sa gorge. Sûrement aucun homme ne voudra l'épouser maintenant, mutilée comme elle est. Des larmes coulent de ses yeux de pierre quand elle y pense.

Mais regardez : voilà Sonny qui se penche, avec une lueur qui ressemble à de la compassion dans les yeux. Il glisse la bague entre les lèvres écartées de pierre, secoue son torse. Elle sent la bague glisser dans sa bouche, sa gorge, descendre, descendre jusqu'à ce qu'elle se fiche quelque part dans sa poitrine. Elle ne pourra jamais plus la lui rendre maintenant, pense-t-elle, et elle a un bref accès de désespoir. Peut-être ne devrait-elle pas se décourager. Cela veut-il dire qu'elle sera à lui pour toujours ? Qu'il prendra toujours soin d'elle ?

Il hoche la tête comme s'il lisait dans ses pensées et se penche. Il l'embrasse. Un long baiser. La classe applaudit et siffle, le professeur cite Marx, *Ce que l'homme aime le plus chez la femme, c'est sa dépendance*, et quelqu'un jette des grains de riz en gage de bonheur.

Le matin, il pleut. Elle conduit Jona à l'école, puis scrute sans enthousiasme sa toile à moitié finie. Aucune solution ne lui est venue à l'esprit pendant sa nuit sans repos. Elle a environ sept cents dollars à la banque, et quelques bijoux. Le diamant, elle l'a rendu à Sonny il y a longtemps, même s'il lui a dit de le garder. D'ailleurs, les bijoux ne rapportent pas grand-chose, elle le sait car elle a déjà dû en mettre en gage autrefois. Quant à l'équipement de la Chaï House, cela ne vaudra pas cher non plus si elles doivent fermer.

Elle décide de retourner au bois d'eucalyptus. Il y a peu de chance que l'homme en blanc soit en train de faire du taï-chi sous cette pluie, mais la promenade lui éclaircira les idées. Qui sait… peut-être sera-t-il là. Peut-être ira-t-elle lui demander s'il aimerait investir dans un café. Le ridicule de ses rêveries éveillées la fait éclater de rire. Elle est en train d'enfiler son poncho bleu quand le téléphone sonne.

C'est sa mère. « Je ne t'ai pas vue depuis longtemps, dit-elle. Et si je prenais le train et que nous passions un peu de temps ensemble ? »

Rakhi sent son antenne de fille frémir. Sa mère vient rarement à Berkeley (elle prononce Berserkley), et jamais en train, parce que la gare est loin de la boutique et de l'appartement de Rakhi. Puis elle se souvient que sa mère lui a dit qu'elle n'aimait plus conduire comme avant, maintenant qu'elle vieillit. Cette idée la déprime. En un certain sens, elle croyait que les pouvoirs d'une interprète de rêves la protégeraient des infirmités vulgaires de l'âge.

« Tu es sûre ? demande-t-elle. Il pleut si fort aujourd'hui, et tu viens d'avoir un rhume. Pourquoi n'attends-tu pas jusqu'à vendredi, tu vas venir de toute façon pour le vernissage…

— Ne t'inquiète pas ! J'ai pris une grosse dose de vitamine C. D'ailleurs, la pluie va s'arrêter bientôt. »

Comment sait-elle cela ? Par la fenêtre de Rakhi, la pluie tombe en rideaux opaques, opiniâtres. Elle ne semble pas vouloir s'arrêter de sitôt. Les pouvoirs de sa mère lui permettent-ils aussi de prévoir les phénomènes météorologiques ?

« Ils l'ont dit au bulletin radio, idiote ! dit sa mère. Je serai à la Chaï House vers midi. Ne te dépêche pas si tu es en train de peindre. Je serai heureuse de bavarder avec Balwant jusqu'à ton arrivée.

— En train de peindre ! » Rakhi laisse échapper un petit grognement. « J'aimerais bien ! » Puis, impulsivement, elle déclare : « Maman, on a de sérieux ennuis.

— Oui, *shona*, dit sa mère. C'est pour ça que je viens. »

Comme elle marche vers le bois d'eucalyptus sous la pluie qui s'est obligeamment réduite à un fin crachin, un nouveau malaise envahit Rakhi. Leur situation doit être bien pire qu'elle le pense ; sinon, sa mère ne s'en mêlerait pas.

11

Journal des rêves

Notes. Leçon 17. Le sens des choses.

Si vous rêvez d'une porte close, vous réussirez finalement à obtenir ce que vous désirez, mais cela vous demandera beaucoup d'efforts.

Rêver de lait veut dire que vous êtes sur le point de tomber malade.

Un miroir représente un faux ami, une paire de ciseaux la rupture d'un mariage, un tambour à deux faces la reconnaissance et la renommée, une roue en fer des malheurs vous assaillant de toutes parts.

Si vous rêvez que vous êtes en train de moudre du sel, vous allez résoudre le problème qui vous accable, mais il vous faut chercher la solution sans tergiverser. Dans votre rêve, si quelqu'un vous offre du sucre, méfiez-vous. Ne faites pas confiance à cette personne.

Souvenez-vous que ce ne sont que des sens généraux, qui changent en fonction de chaque situation particulière. En matière d'interprétation de rêves, comme je vous l'ai déjà dit, tout dépend du contexte.

Par exemple : si un homme rêve d'une épine, il avancera dans sa carrière. Si, dans son rêve, il enlève une épine du pied de quelqu'un, il deviendra l'ami d'un ennemi. Si c'est une vierge qui rêve d'une épine, elle épousera un homme d'une famille éminente. Si une femme qui n'est pas vierge rêve d'une épine, elle est enceinte, même si elle l'ignore encore.

De même, si un homme rêve d'un singe, il devra affronter des défis dans son entreprise qui, s'il les gère bien, se solderont par de grands bénéfices. Si une femme rêve de ce même singe, elle donnera naissance à un enfant difforme. Pour les célibataires, rêver d'un singe signifie qu'ils épouseront une personne avec un tempérament colérique.

Vous me demandez ce qu'il en est du cacatoès, qui apparaît souvent dans les rêves. C'est un symbole de chance pour les hommes, qui augure de la fin d'une vieille querelle de famille. Mais pour les femmes, il annonce la naissance d'une fille, ce qui peut être cause de nouvelles disputes à la maison.

Dans un mois, vous aurez un cours exhaustif sur la signification des animaux, car il y a là matière à beaucoup de subtilité. Pensez, par exemple, à tout ce qui peut arriver si un homme rêve qu'il a tué une libellule, ou si une femme rêve qu'elle a tué un chat qui s'est faufilé dans la cuisine.

Une leçon spéciale sera consacrée aux animaux guides qui viennent à notre secours pendant des périodes de grand danger ou de grande joie.

Qu'il vous suffise de savoir maintenant que l'aigle, le daim et le serpent sont les animaux les plus importants.

Pensez aussi au sens des arbres. Un arbre avec des feuilles vertes brillantes signifie que la santé d'un malade va s'améliorer ; un arbre abattu signifie que vous allez devoir faire bientôt face à une dépense conséquente. Un palmier est un présage de bonne fortune, surtout si vous vous voyez en train d'y grimper. Si vous êtes en train d'en descendre, le fruit en main, le succès sera immédiat. Un bananier vous apportera un héritage. Un dattier vous conseille d'entreprendre un pèlerinage. Un banian vous obligera à prendre une décision morale complexe. Si vous voyez un laurier-rose dans un rêve, préparez-vous à un deuil.

Vous demandez : Et si le destin m'emmène dans des régions du monde où les hommes et les femmes rêvent d'autres arbres ? De pommiers et de pins, de ginkgos, de plaqueminiers et de cerisiers en fleur, qui ne figurent pas dans nos vieux livres. Et que dire si on rêve de téléphones portables, de postes de péage, de scies électriques ? D'autoroutes dans le ciel, d'engins qui transportent à toute allure les gens d'une époque à l'autre ?

Ne vous découragez pas. Plongez profondément en vous-même et trouvez le sens, car la signification de tous les rêves est en vous et non dans les paroles que je prononce. C'est pourquoi, comme je vous l'ai dit au début, je ne peux enseigner à personne qui ne soit pas déjà interprète des rêves. Vous comprendrez un jour que tout ce que je vous enseigne est crucial – et inutile à la fois.

Vous demandez ce que cela signifie quand un homme dont vous avez rêvé apparaît dans votre vie. Et ce que vous devriez faire.

Un tel événement est extrêmement rare et ne survient que dans les moments qui contiennent en germe de grands changements. Par conséquent, écoutez bien. D'abord, suivez cet homme, car c'est un esprit guide ou un démon. Dans les deux cas, faites en sorte qu'il vous parle. C'est ainsi que vous établirez votre pouvoir sur lui. Posez-lui la première question qui vous vient à l'esprit. Sa réponse peut transformer votre vie. Mais surtout, ne le perdez pas. Je vous donnerai d'autres directives la semaine prochaine, quand vous en saurez plus pour comprendre ce genre de subtilité.

La semaine prochaine, vous aurez un examen sur les parties du corps, en particulier la forme des oreilles, les pieds, les épaules, les sourcils et la poitrine. Préparez-vous.

12

Rakhi

Munie de mon carnet à dessins, je me rends au bois d'eucalyptus. Quelques doigts de pluie effleurent mon visage quand je lève les yeux sous la capuche de mon poncho, mais le temps a l'air de s'éclaircir. Un lavis de bleu clair, si typique de la baie, apparaît ici et là. J'adore ce bleu. Non pas que je connaisse d'autres cieux. J'ai désiré voyager toute ma vie, mais chaque fois que j'ai préparé un voyage, un obstacle s'est présenté. La plupart du temps, je tombais malade. Un jour, quelqu'un m'a arraché mon sac avec mon passeport tout neuf dedans pendant que je montais dans le bus. Une autre fois, en me promenant dans une rue tout à fait ordinaire de San Francisco, j'ai mis le pied dans un nid-de-poule que je n'avais pas vu et je me suis fracturé la cheville. C'était la veille du jour où Sonny et moi devions partir au Brésil assister à un festival de musique. J'étais déçue – je rêvais tout éveillée de Rio depuis des mois – et Sonny franchement furieux. D'après lui, j'avais provoqué inconsciemment cet accident parce qu'au fond de moi, j'avais horriblement peur d'essayer quelque chose de nouveau. On s'est disputés frénétiquement cette fois-là, mais peut-être avait-il raison. Parce que, peu de temps après, il y a eu d'autres choses nouvelles qu'il aurait aimé que j'essaie et qui me répugnaient. J'ai invoqué des raisons morales, mais ce n'est peut-être que la peur qui m'a fait refuser.

Il est allé à Rio sans moi et s'est bien amusé, et la fois d'après, quand il a dû participer à une rencontre de DJ, il ne m'a pas proposé de l'accompagner. Je n'ai rien dit. J'avais peur de montrer à quel point j'étais blessée. Mais la frange dentelée de ce silence s'est effilochée et le tissu de notre couple s'est défait un peu plus.

Un jour, j'ai demandé à ma mère ce qu'elle pensait de mes accidents.

Elle a dit : « Qu'est-ce qu'un accident ? »

Ma mère aime faire ce genre de phrases. Elle est douée pour ça. Malgré moi, elles m'impressionnent.

Puis elle a commencé à me raconter l'histoire de Shangri-La.

« Je la connais, maman. On a vu le film ensemble, tu ne te souviens pas ? »

Cela ne l'a pas empêchée de répéter toute l'histoire : l'étranger qui arrive dans la vallée magique de l'Himalaya, la belle jeune femme qui, en la quittant, perd sa jeunesse et sa vie.

J'ai attendu la morale, mais elle s'est mise à hacher menu des feuilles de moutarde. « Je vais faire du *saag*, a-t-elle dit. Si tu en veux, je vais en mettre une portion de plus.

— Maman ! Pourquoi me racontes-tu cette histoire ? »

Elle m'a jeté un regard surpris, comme si c'était évident. « Parfois, nous aussi, nous vivons dans des Shangri-La, a-t-elle fini par dire, mais comme l'héroïne du film, nous ne comprenons pas ce qu'ils ont de particulier, ou de quoi ils nous protègent. Nous sommes trop occupés à courir après ce que nous ne connaissons pas.

— Je ne comprends pas où tu veux en venir. »

Ma mère a lavé le *saag* et l'a jeté dans l'eau bouillante. Elle a attendu qu'il devienne d'un vert brillant. Puis elle a ajouté : « Peut-être quelqu'un essaie-t-il de te dire de rester là où tu es.

— C'est de la superstition, ai-je rétorqué, avec un mélange de colère et de peur et une impression d'étouffement irrationnelle. Est-ce que tu veux me dire que je ne devrais pas quitter la Californie ? Comment peux-tu croire ce genre d'absurdités ? »

Elle a ébauché un petit sourire. Elle s'offusquait rarement de ce que je disais (fait qui me frustrait, adolescente). « D'abord, je n'ai pas parlé de la Californie. Ensuite, les choses logiques n'exigent pas qu'on croie en elles – tout le monde peut les voir. » Elle a branché la bouilloire et est allée dans la réserve chercher un paquet de thé

Brooke Bond, dans son épais emballage argenté, le thé qu'elle préférait. C'était l'une des rares habitudes qu'elle avait apportées d'Inde. Alors que je me résignais à ce que notre conversation s'arrête là, elle a ajouté : « Mais je n'ai pas besoin de croire en celle-là. Je sais. »

Je mourais d'envie de lui demander ce qu'elle entendait par là, mais elle a dû regretter de laisser voir cette infime fissure apparaître dans le mur derrière lequel elle s'abritait. Elle m'a obligée à répondre à des questions sur Jona jusqu'à ce que je doive partir.

Dans le bois d'eucalyptus, j'inspire profondément l'air humide. Je ramasse un morceau d'écorce, l'émiette et le porte à mon nez. J'aime l'odeur de la pluie, des choses éparses qui continuent à vivre. « *O qu'elles nous soient laissées, l'humidité et la sauvage nature*, ai-je cité à Belle un jour de grande pluie[1].

— Ouais ! a-t-elle rétorqué. Et les champignons et la rouille et la pourriture. » Certaines personnes n'ont pas la moindre sensibilité romantique.

Quand j'étais étudiante, j'ai emprunté, à la bibliothèque du département de l'Asie du Sud, une bande audio avec des chansons sur les moussons du Bengale : les cieux qui prennent des teintes

1. Gerard Manley Hopkins. Trad. J.-G. Ritz, Aubier, 1980.

d'acier poli, les nuages qui avancent comme de noirs bataillons, ou se déversent sur l'horizon comme les cheveux dénoués de belles jeunes filles. J'aimais beaucoup cette bande, même si je ne comprenais pas la moitié des paroles. Il y avait un livret avec la traduction. Je n'ai pas cessé d'écouter et d'écouter ces chants jusqu'à ce que Belle menace de devenir violente. Pendant des mois, j'ai rêvé de palmiers fouettés par l'orage, de bulbuls à poitrine rouge s'abritant parmi les branches pendantes du banian. Les éclairs étaient des peignes d'argent décorant la chevelure de la fille de la pluie. La pluie était chaude comme des larmes humaines. Un des chanteurs comparait son cœur à un paon dansant. Y avait-il quelque vérité là-dedans, ou n'était-ce qu'une image poétique ? Questionnée franchement, ma mère a admis de mauvaise grâce qu'il y avait des paons en Inde et que de temps en temps ils dansaient. Mon père m'a dit avec un malin plaisir que chaque fois qu'il pleuvait, Calcutta était inondée, et qu'une boue vieille de dix ans (et pire) sortait des égouts et que les gens mouraient du choléra. Mais je ne m'en laissais pas conter. Ils me cachaient des choses, des choses importantes, mystérieuses, belles, comme ils l'avaient toujours fait. Mais pourquoi ? Belle m'avait dit que ses parents – et les parents d'autres *desis* qu'elle connaissait – adoraient parler et parler de l'Inde, qui était à leurs yeux l'endroit le plus paradisiaque du monde.

Quel karma cruel m'avait placée entre les mains des deux seuls Indiens qui ne parlaient jamais de leur patrie, à moins que ce ne soit absolument nécessaire ?

« Quand j'étais petite et que je ne connaissais rien d'autre, m'a dit Belle un jour, mes parents me donnaient deux dollars de plus par semaine pour aller au cours de langue au *gurdwara.* »

J'ai poussé un soupir. « J'aurais été heureuse de donner tout mon argent de poche pour avoir la chance d'apprendre un peu plus de bengali…

— Faut qu'on te soigne, a rétorqué Belle. T'es malade ! »

Deux ou trois fois quand j'étais étudiante, j'ai essayé d'organiser un voyage en Inde. Mais cela n'a jamais marché. La bourse pour laquelle j'avais postulé n'a pas été attribuée. Le groupe avec qui je devais voyager a décidé de se rendre au Pérou à la place. Mes parents n'ont rien dit, mais c'était clair qu'ils n'approuvaient pas. Peut-être est-ce leur silence qui m'a effrayée au point que j'ai fini par abandonner. A moins que la peur ne soit venue de quelque endroit enfoui en moi, comme l'a prétendu Sonny des années plus tard.

Je ne rêve plus de voyager. La naissance de Jona m'a ancrée ; l'échec de mon mariage a fait un trou dans mon crâne, qui est imparfaitement refermé. Je suis amarrée à la Chaï House par l'espoir et les responsabilités et, de plus en plus, par l'anxiété. Pourtant, je pense qu'avant de mourir, j'aimerais aller en Inde – ne serait-ce que pour que les fantômes qui dansent dans ma tête comme des feux follets sur l'eau puissent s'apaiser.

Je pénètre dans le bois en pataugeant dans la boue. Loin des sentiers, là où les arbres poussent dru, où l'air est si saturé d'humidité qu'il en devient palpable et où je m'imagine dans une véritable forêt. C'est plus facile par une journée comme celle-ci où le bois est détrempé et désert. Je m'assieds sur un tronc et ferme les yeux pour imaginer encore mieux. C'est mon second rêve éveillé de prédilection, vivre seule dans la nature. Belle dit que c'est le même parce que l'Inde est une jungle.

Quand j'ouvre les yeux, il est là.

Non. Je veux le formuler autrement. Je ne veux pas que cela ait un air d'enchantement vulgaire ou soit perçu comme un sot caprice. Il était déjà là. Je ne l'avais tout simplement pas remarqué. Sur le côté, dans un renfoncement, me tournant le dos, il fait ses exercices. Il est là depuis un moment – même de loin, je vois que ses vêtements sont mouillés. C'est un bien plus grand amoureux de la pluie que moi. Enhardie par notre passion commune, j'ai envie de l'aborder. Mais je ne bouge pas. Il y a une solitude en lui, une concentration dans l'instant que je ne veux pas déranger. Alors, je dessine ses mouvements, qui me rappellent le vol des aigrettes. Mais mes dessins sont mauvais. Je les rate l'un après l'autre, ils sont raides, inertes. Pourquoi ? J'ai déjà dessiné des gens avant, j'ai fait toute une série de danseurs de bharatnatyam au fusain, et c'était réussi ! Frustrée, je les déchire et lève les yeux, mais il a – et cette fois-ci, c'est ainsi, soudain, sans bruit – mystérieusement disparu.

Pourtant il a laissé quelque chose dans le bois – une sorte d'énergie. Je vois une symphonie de mouvements dans le vide, la forme de son corps sculptée dans l'espace entre les troncs d'arbres. Présence et absence, ils forment un motif scintillant. Je les fixe longtemps. Il se remet à pleuvoir. Le froid engourdit mes doigts, qui gisent sur mes genoux, inactifs. Mais le germe d'une idée commence à poindre. Un *peut-être*.

Nous sommes assises à une table d'un orange vif chez Java, Belle, ma mère et moi, à attendre qu'on nous serve. Je jette un œil autour de moi, subrepticement, avec l'impression d'être un espion. « Il faut s'aventurer en terrain ennemi, a dit ma mère, si nous voulons connaître leur secret. » Jusque-là, le secret, s'il y en a un, semble tenir à la nouveauté. Tout dans le café a l'air d'être sorti de l'usine quelques heures plus tôt. Un brillant synthétique enveloppe tout d'un éclat miroitant, irréel comme un mirage : les plans de travail jaune et orange, les boîtes de serviettes en acier aux angles aigus sur chaque table, les machines à expresso sifflant tels des monstres futuristes. Les appliques du plafond en forme de soucoupes volantes déversent une lumière dure, sidérale. Je l'imagine tatouant ma peau de taches géométriques.

Belle plisse le nez de dégoût en se penchant. « Je ne comprends pas comment les gens peuvent préférer cet endroit à la Chaï House », murmure-t-elle.

Ses paroles me font sursauter. Un instant, je suis désorientée, comme si je m'éveillais d'une transe.

Je répète stupidement : « La Chaï House ? » Je sais de quoi elle parle, évidemment. Notre salon de thé qui périclite pendant que nous sommes assises là en reconnaissance. Il y a quelque chose ici qui rend difficile d'imaginer d'autres lieux – comme si rien d'autre n'existait. Un moment, la panique passe ses doigts glacials le long de ma colonne vertébrale. Je ferme les yeux et me concentre. Je me contrains à répéter : « La Chaï House existe réellement. » Mais mon esprit est comme du papier détrempé, les lettres de la mémoire se diluent. Je finis, en tremblant, par en extraire une image : une chaise à bascule en érable dans une alcôve, son bois poli luisant à la lumière d'un vieux lampadaire flexible rescapé d'un vide-grenier. De la solidité rassurante de ces objets en sortent d'autres, jusqu'à ce que j'aie recréé notre salon de thé, suffisamment pour pousser un soupir de soulagement.

« Tu comprends ? » demande Belle. Quand je lui jette un regard vide, elle répète avec impatience : « Tu comprends pourquoi les gens viennent ici plutôt que chez nous ? Ils ont autant de goût qu'une boîte de purée en flocons. »

Je regarde autour de moi pour voir qui sont ces gens au goût de purée en flocons. Il y a quelques clients dans le café, bien que ce ne soit pas aussi rempli que je l'avais imaginé. Je craignais de rencontrer certains de nos habitués, la gêne qui en résulterait. Mais je ne connais personne. D'où viennent-ils ? Ils ont l'air tout ce qu'il y a d'ordinaire, à siroter leur café et mâcher leurs muffins en feuilletant le journal. Aucun zombie ici, pour autant que je puisse voir, attiré par les machinations d'êtres malfaisants venus d'une autre planète.

Je comprends tout à coup pourquoi ces gens – et beaucoup de leurs semblables – préfèrent Java à la Chaï House. Java ne leur demande que leur argent. Il leur permet de rester incognito. Pas de conversation, pas de contact, rien à regarder ou à discuter, rien d'eux-mêmes à échanger ou à donner. Et pourtant ils y trouvent un sens du groupe aussi : le réconfort d'une pièce emplie de gens sans visages et sans noms, heureux qu'on les laisse tranquilles, le regard vague, sans remarquer personne. Un instant, je deviens l'un d'eux, je sens mes muscles prendre l'allure avachie de l'anonymat.

Alors que nous, avec notre choix de cafés et nos cookies maison, notre mobilier décoré à la main et nos marionnettes de soie, notre panneau d'affichage relatant la vie de nos clients, nous avons tout fait pour que la Chaï House soit un lieu unique. Pour que nos clients nous laissent entrer dans leur vie comme nous les avons invités dans la nôtre. Pour qu'ils emportent un peu de notre salon en partant. Nous pensons que les lieux ne doivent pas être les clones d'autres lieux. Nous croyons qu'il est important que les gens aient un endroit où jouir d'une conversation intelligente et d'une tasse de thé bien infusé. Avons-nous bâti notre commerce sur une illusion ? Avons-nous perdu notre temps à créer un refuge alors que tout ce que veulent les gens, c'est s'arrêter un instant et repartir ?

Mais je vais devoir ressasser ces doutes une autre fois, car voilà notre commande, apportée par la gérante en personne. C'est la première fois que je la vois de si près et je ne peux m'empêcher de la regarder fixement. Elle est superbe, de sa chevelure blonde et lustrée comme une peau de phoque à ses ongles parfaitement manucurés. Elle ressemble à une star de cinéma jouant le rôle d'une gérante de café. Jusqu'à son sourire qui conjugue les bonnes doses de charme et de professionnalisme.

« Mesdames, dit-elle, voici votre thé au citron – ma mère incline la tête –, votre expresso – Belle lève un doigt –, et ce cappuccino doit être pour vous ! » Elle pose la tasse devant moi et nous jette un regard satisfait. « C'est la première fois que vous venez ici, non ? Je ne me trompe jamais ! » Elle élève la voix. « Zelda, apporte une assiette de nos cookies de bienvenue pour les nouveaux clients. » Puis elle rétrécit ses yeux d'un bleu saphir pour les poser sur moi. « Vous n'êtes pas la propriétaire du salon de thé d'en face ? Je vous ai vue debout près de la vitrine. » Le sourire réapparaît sur son visage, effilé comme du cristal. « On vient enquêter sur la concurrence, hein ? »

Je rougis. Je baisse les yeux et tire ma tasse vers moi. Mais avant que j'en boive une gorgée, ma mère pose la main sur mon bras.

« Ma chérie, dit-elle, j'ai changé d'avis. Je crois que je préférerais un café aujourd'hui. Ça t'ennuierait beaucoup si je prenais le tien et te donnais mon thé à la place ? »

Je la regarde fixement. Ma mère ne boit jamais de café. Elle prétend que ça lui donne mal à la tête. Et elle sait que je déteste le thé au citron.

« Oh ! ne faites pas ça, dit la gérante à ma mère en posant sur notre table une assiette de grands biscuits aux pépites de chocolat qui ont l'air déplaisamment délicieux. Je vais vous apporter un autre cappuccino, gratuitement. Entre professionnels… » Son sourire ne déshonorerait pas une réclame pour dentifrice.

« Merci, dit ma mère d'une voix polie, mais ce n'est pas la peine. Ma fille et moi avons l'habitude d'échanger des choses. »

Ce n'est pas vrai du tout. De toute ma vie, je ne me souviens que d'une seule occasion où nous avons échangé quelque chose. Un rêve contre un dollar. Et je doute même qu'on puisse appeler cela un échange.

La gérante me jette un regard interrogateur, comme si elle s'attendait à ce que je contredise la déclaration de ma mère. Comme je ne réagis pas, elle hausse élégamment les épaules. « A votre guise ! » dit-elle avec un grand geste de la main.

Ma mère la regarde pensivement s'éloigner. Elle prend une gorgée de mon café et fait la grimace, puis boit le reste très vite, comme si c'était une obligation désagréable mais nécessaire. Elle secoue la tête quand Belle prend un biscuit. « Je n'y toucherais pas si j'étais toi », dit-elle.

Belle laisse tomber le biscuit comme s'il était radioactif.

« Partons, dit ma mère. On en a assez vu. »

Une fois dehors, Belle s'écrie : « Qu'avez-vous vu, Mrs. Gupta ? »

J'attends que ma mère dise à Belle ce qu'elle dit à ses clients (je le sais parce que j'ai écouté aux portes) : elle interprète les rêves, elle n'est pas diseuse de bonne aventure.

Mais elle se contente de répondre : « Patience, Balwant. Pas avant d'avoir rejoint notre territoire. »

Au salon, elle met sur la porte la pancarte DÉSOLÉ, FERMÉ – non que ce soit utile –, prend une tasse d'eau chaude salée et va aux toilettes. Je l'entends se gargariser et cracher. Elle finit par sortir et nous fait signe de venir nous asseoir avec elle à une table. Quand nous sommes installées l'une contre l'autre tels de modernes Machiavel, elle dit : « Ne retournez pas là-bas. »

Je demande : « Peut-on savoir pourquoi ? Et pourquoi tu as pris mon café et tu n'as pas voulu que nous mangions les biscuits ?

— Les biscuits, je peux expliquer un peu plus facilement, dit ma mère. Dans la vie, il vaut mieux ne rien attendre de gratuit – à moins que cela vienne de quelqu'un qui vous veut du bien. Accepter vous met en situation d'obligé. Quant au café, eh bien, peut-être suis-je seulement soupçonneuse. Mais je n'ai pas aimé la façon dont la gérante nous a servies en personne. Elle ne l'a fait pour aucun autre client, si vous avez remarqué…

— Vous pensez qu'elle a mis quelque chose dans le café de Rikki ? l'interrompt Belle.

— Oh, je t'en prie ! Ce n'est quand même pas Lucrèce Borgia ! »

Belle m'ignore. « Quelque chose qui porte malheur ? demande-t-elle à ma mère. C'est ce qui est arrivé à Turlock à une jeune mariée – ma mère m'a raconté. L'ancienne petite amie du mari de la femme lui a envoyé un cadeau, un sari de soie superbe. La mariée, qui venait d'arriver d'Inde et ignorait tout de cette liaison, a mis le sari et est tombée si malade qu'elle a failli mourir.

— C'est dingue ! C'était peut-être une coïncidence. »

Elles me regardent toutes deux, avec la même expression. J'entends presque ce qu'elles pensent. *Et qu'est-ce qu'une coïncidence ?*

Je reprends : « Vous vous emballez ! Et même si c'était vrai, pourquoi la gérante voudrait-elle me faire du tort ?

— Peut-être qu'elle te considère comme une menace, dit ma mère.

— Elle me voit comme une menace ? Alors que c'est elle qui fait péricliter nos affaires ? Mais dans ce cas, pourquoi ne voudrait-elle pas faire du tort aussi à Belle ? Tu n'as pas empêché Belle de boire son café…

— Je l'ai fait d'instinct, répond ma mère. Je ne peux pas expliquer pourquoi. Mais il est clair maintenant que la situation est grave. J'ai fait ce que j'ai pu, mais ça ne suffira pas à long terme. Il faut que tu trouves un style complètement différent pour le salon de thé, quelque chose qui ait du caractère et de l'entrain pour attirer les gens. Et tu dois faire vite, avant que cela s'aggrave.

— Mais quel genre de style, Mrs. Gupta ? s'exclame Belle. On s'est torturé les méninges pendant des semaines et on n'a rien trouvé. Vous ne pouvez pas nous aider ? »

Ma mère a l'air fatiguée. Elle a des poches sombres sous les yeux ; on devine ses clavicules sous la peau. « La raison pour laquelle vous n'avez pas assez de force pour lutter avec cette femme-là, c'est qu'elle sait exactement qui elle est, et que vous, vous ne savez pas. Ce n'est pas une véritable maison de *cha* ici – elle prononce le mot à la bengali – mais un méli-mélo, une vision occidentale de ce qui est indien. C'est peut-être là que réside le problème. Si vous pouviez en faire quelque chose d'authentique, vous réussiriez. »

La tête me bout, des années de colère, une sensation de vertige. Comment ose-t-elle m'accuser ? « Et à qui la faute si je ne sais pas qui je suis ? Si j'ai un sens perverti de ce qui est indien ? »

Belle me lance un regard outré. Elle ne m'a jamais entendue parler sur ce ton à ma mère. Celle-ci se mord la lèvre ; je ne me souviens pas de l'avoir jamais vue faire ça. Ses dents sont petites, dentelées comme celles d'un enfant. Comment se fait-il que je ne l'aie pas remarqué plus tôt ? Quand elle répond, c'est en bengali, et je dois me concentrer très fort pour comprendre. « Tu as raison. C'est de ma faute. Je me rends compte maintenant que je t'ai mal élevée. Je croyais que ne pas parler du passé te protégerait.

Que comme ça, tu ne serais pas constamment en train de te tourner avec nostalgie vers le passé, comme tant d'autres immigrés. Je ne voulais pas ressembler aux autres mères, t'écarteler entre ici et là-bas, entre ta vie présente et une autre qui n'existe pas. Mais en ne te parlant pas de l'Inde, j'en ai fait quelque chose de beaucoup plus terrible. Cela t'a empêchée de penser à autre chose. Cela a envahi ton cerveau comme une tumeur. »

Quand elle est partie, Belle me demande : « Qu'est-ce qu'elle t'a dit en bengali ? Et qu'est-ce qu'elle veut dire par *quelque chose d'authentique* ? »

Elle est troublée, et il y a de quoi. Mais je ne sais pas quoi lui répondre. Je suis encore en train de digérer tout ce que m'a dit ma mère, sa logique particulière, oblique. En partant, elle s'est tournée vers moi et a ajouté quelque chose. Peut-être n'ai-je pas compris son bengali, mais ça ressemblait à : *C'est pour toi que j'ai fait ça pendant toutes ces années. Mais en réalité, je n'ai fait que me protéger.*

Cette nuit-là, quand Jona s'est endormie, je me remets à ma toile. Je recouvre entièrement de blanc l'homme, puis retravaille le feuillage dans cette partie du tableau. Quand j'ai fini, il n'y a plus que les arbres et l'herbe, le bois tombé, des branches pendantes – et derrière, un trou noir en forme d'homme qu'on distingue à peine à moins de regarder très attentivement. Un homme, le bras gauche levé haut en arc de cercle au-dessus de la tête, à la fois présent et absent du tableau, la touche finale dont la toile avait besoin.

Plus tard, dans mon lit, encore excitée par le fait d'avoir achevé ma toile, je n'arrive pas à dormir. Comme si souvent avant, mes pensées tournent autour de ma mère. De quoi me protégeait-elle en ne me parlant pas de l'Inde ? Qu'a-t-elle vu ou cru voir dans le café ? Et puis : si elle a bu la tasse qui m'était destinée, la tasse de mauvaise fortune, que va-t-il lui arriver ?

Des années plus tard, quand je recommencerai à rêver, rêver comme si je voulais me venger de toutes ces années stériles couleur de boue, rêver dans des teintes fluo et des lumières stroboscopiques non seulement mes propres rêves mais aussi ceux de ma mère et de ma fille, je rêverai de chez Java. A cette époque-là, il n'y aura plus ni Java ni Chaï House, et l'Amérique en laquelle j'avais cru n'existera plus, mais voilà ce que je rêverai :

Nous nous trouvons dans un café sous-marin, empli d'un bleu profond d'océan. Tout oscille et tremblote dans cet espace et les mots résonnent comme des pétards. La table à laquelle nous sommes assises est faite de coraux – à moins que ce ne soient des os poreux ? Il n'y a personne dans la salle à part ma mère, Belle et moi. Je me tourne pour leur parler et découvre qu'elles se sont muées en créatures aquatiques. Belle agite ses mèches roses d'anémone dans ma direction. Ma mère tourne vers moi ses yeux intelligents d'hippocampe – et moi ? Je suis quoi ? Mais je ne me vois pas. La gérante entre à la nage, mais elle est à l'extérieur de mon champ de vision et j'ignore quel type de créature elle est. Je ne vois que son ombre sur le mur où les algues se balancent d'arrière en avant. L'ombre s'agrandit jusqu'à prendre la forme d'un nuage ou d'un filet ou de la tête d'un marteau. Les boissons que nous avons commandées arrivent en flottant sur l'eau. Le café est d'un noir d'encre de seiche. J'avance la main vers ma tasse, mais ma mère est plus rapide. Elle l'attrape de ses doigts fragiles d'hippocampe et boit le café. La couleur s'infiltre en elle, la tachant telle la gorge sombre de Shiva avalant le poison pour sauver le monde de la destruction. Mais ma mère, malgré ses bonnes intentions, n'a pas la force d'un dieu. Elle commence à se fissurer. De petits morceaux tombent d'elle comme des branches de corail. Elle essaie de me dire quelque chose. L'eau se met soudain à s'agiter, les pétards résonnent fort à mes oreilles, la gérante m'adresse un sourire de requin, ses yeux sont blancs comme de la pâte dentifrice, sa nageoire blonde indique quelque chose sur un mur ondulant. C'est une horloge, avec le chiffre 2 en son centre. Je sais que c'est une horloge qui indique les jours et qu'elle marche à l'envers. Bientôt viendra le chiffre 1, et puis zéro. Et le temps sera écoulé.

13

Rakhi

Je me tiens dans un coin de l'Atelier, me faisant toute petite. Je suis souvent venue dans cette galerie par le passé, pour d'autres expositions, mais elle ne m'a jamais semblé aussi grande et caverneuse, aussi vide.

« Belle, ai-je murmuré à mon amie en entrant, il n'y a personne ici ! »

Belle a poussé un soupir patient, maternel.

« Evidemment. La galerie n'ouvre pas avant une demi-heure.

— Et si personne…

— Tu es déjà allée à un vernissage où c'est arrivé ?

— Ça pourrait être le…

— Pitié ! » dit Belle. Elle adresse un sourire ravageur à Kathryn, qui nous fait signe de l'autre bout de la salle, et m'agrippe le bras avant que je puisse disparaître dans un coin. « N'y pense même pas ! dit-elle. Je veux que tu restes ici, là où les gens ne pourront pas te manquer dès leur arrivée. Et j'apprécierais beaucoup que tu te tiennes droite. Sinon, ça gâte tout l'effet que j'ai mis des heures à créer. » Elle ajuste mon écharpe, tire discrètement sur le dos de ma robe, me tend un verre de champagne et part s'entretenir avec Kathryn.

Je passe nerveusement d'un pied sur l'autre – ce qui n'est pas une mince affaire, étant donné que je porte les talons aiguilles de Belle. Je sirote une gorgée de mon champagne et le tiens devant moi comme si c'était un dispositif de sécurité, en regrettant une fois de plus d'avoir laissé Belle m'habiller pour l'occasion.

« Non, non et non ! a-t-elle dit quand nous en avons parlé. C'est un événement majeur dans ta vie, et c'est mon devoir d'amie de te dissuader de porter tes pantalons militaires et un pull.

— Belle, tout ce que j'ai, et elle n'est pas même à moitié habillée, c'est une robe noire de grand-mère du temps où on allait chez Zellerbach assister à des spectacles gratuits. Tu as déchiré mon autre robe, tu te souviens ? Mes fringues indiennes sont beaucoup trop voyantes pour ce genre de soirée. Et tu devrais savoir que je n'ai pas les moyens de m'acheter quoi que ce soit en ce moment. Et puis après tout, je suis peintre, pas modèle. Pourquoi devrais-je absolument être élégante ?

— Tu dois, c'est tout. Ecoute-moi. Mais ne t'inquiète pas… j'ai exactement le genre de robe qui t'ira. C'est une chance que nous soyons à peu près de la même taille, non ? »

Et me voilà, habillée d'un fourreau noir avec une fente le long d'une jambe et des rubans spaghettis. Mes cheveux relevés en chignon s'efforcent d'échapper aux épingles de Belle. Mes cils tombent sous le poids du mascara de Belle et mes lèvres débordent du rouge de Belle, du joli nom de Cramoisi Dragonnette. La seule chose dans cet attirail qui soit à moi, c'est une écharpe de gaze indienne noir et argent que Belle a trouvée au fond de mon placard. « Parfait ! a-t-elle roucoulé en la drapant autour de mes épaules. Tout à fait le bon mélange Orient-Occident ! »

Mes parents sont arrivés. Ma mère, vêtue d'un élégant sari brodé à la main dans des tons de terre, rayonne en me voyant, mais Belle s'empare d'elle dès son entrée. Mon père porte – incroyable – un costume. Je suis émue. La seule autre fois où il en a mis un, c'était pour mon mariage. Il m'adresse un signe timide mais attend que ma mère lui ouvre le chemin. En les voyant traverser la pièce, je suis frappée par le fait qu'il a toujours été comme ça avec moi, heureux de la suivre, la laissant prendre soin de tout ce dont je pouvais avoir besoin. Un jour, j'aimerais savoir pourquoi ils se sont mariés, moineau et bulbul.

Une fois, j'ai demandé à ma mère : « Vous avez fait un mariage arrangé ? »

Prise par surprise, elle a éclaté de rire : « Grand Dieu, non ! En fait, mes parents étaient on ne peut plus contre.

— Mais pourquoi ? »

Elle m'a souri de ce sourire habituel signifiant « Laissons tomber, veux-tu ? »

Peut-être que le formuler autrement allait marcher : « Alors, comment se fait-il que tu l'aies épousé ?

— Nous nous sommes rencontrés lors d'un séjour à Calcutta et nous sommes tombés amoureux. » Elle avait l'air étonnée, comme si elle avait oublié.

« C'était comment ? »

Mais elle s'est reprise. « Comme pour tous les autres jeunes gens, j'imagine, a-t-elle dit en haussant les épaules. Bon, tu n'as rien de mieux à faire de ton temps qu'à t'occuper de choses qui ont eu lieu il y a si longtemps ? »

Ce qu'elle ignorait, c'était que je dépenserais plus tard beaucoup plus de temps à essayer de remplir les blancs. A essayer d'imaginer, encore et encore, un homme et une femme, très jeunes, se rencontrant dans la rue d'une ville où je n'étais jamais allée. Dans mes rêves éveillés, ils me regardaient, mais leurs visages n'étaient pas les visages des parents que je connaissais. Pourtant, il y avait deux choses dont j'étais certaine.

La première, ce qui leur était arrivé n'était pas ce qui arrive à d'autres jeunes gens qui tombent amoureux.

La seconde, ce qui leur était arrivé s'en était allé et avait été remplacé par quelque chose de si différent qu'ils seraient les premiers stupéfaits, s'ils regardaient de près, par la transformation.

« Félicitations ! dit ma mère en m'embrassant sur la joue. Tes toiles sont très belles. »

J'étais sûre qu'elle dirait ça. C'est ma mère. Je ne regarde pas les murs. Je sais que mes toiles ne valent rien et que les gens qui les verront – s'il vient du monde – les trouveront affreuses.

Mon père me tapote le dos en murmurant quelque chose sur la fierté qu'il ressent. Il est sobre et tient un verre d'eau minérale. Je jette à ma mère un regard de gratitude.

« Toi aussi, tu es belle ! Très chic. Mais tu portes mon vieux *dupatta* ! » Elle effleure mon écharpe.

La veille de mon mariage, elle a ouvert une vieille malle pour en sortir une tasse en argent dans laquelle je buvais quand j'étais bébé. Cette tasse avait du prix, et elle voulait me la donner pour mes futurs enfants. Mais j'ai vu l'écharpe, en boule dans un coin. Je l'ai soulevée et ses fils argentés ont miroité comme une toile d'araignée, quand les araignées dansent dessus.

« Je peux prendre ça ? »

Elle a hésité, avant de me demander : « Cette vieillerie ? Pourquoi la veux-tu ? »

J'avais envie de répondre, parce qu'elle vient de ton autre vie, celle qui est magique, celle où tu ne me laisses pas pénétrer. Mais je ne voulais pas gâter l'instant. D'ailleurs, ce n'était pas de sa faute. Si j'avais eu le don, comme elle, rien ne m'aurait tenue à l'écart de son monde.

Elle m'a tendu le *dupatta* avec un sourire et un mouvement de tête. Elle a parfois cette expression, comme si mes actes étaient si mystérieux qu'ils en étaient insondables. Alors que c'est elle qui est incompréhensible.

J'avais oublié cet incident, comme on oublie tant de choses, inconscients de ce que nous perdons.

« Où est ma petite-fille ? » demande ma mère. Je lui dis que Sonny était supposé l'amener avant le début du vernissage. Mais bien sûr, il est en retard.

« Il a probablement une bonne raison, dit-elle.

— Oui, c'est toujours la même : moi, moi et encore moi. »

Ma mère plisse les lèvres. Elle trouve que je suis trop dure avec Sonny. Mais elle ne sait pas ce qui est arrivé cette nuit-là. Une bulle de champagne de sourire se forme en moi et éclate avant d'atteindre la surface, me laissant un arrière-goût amer. *Eh bien, maman, je suppose que moi aussi j'ai mes petits secrets, après tout.*

Tout à coup la pièce est pleine de bavardages et de rires. Je connais certaines personnes, mais il y en a beaucoup d'autres que je n'ai jamais vues. Je suis déchirée entre le désir de tendre l'oreille et la crainte de découvrir qu'ils disent que mon travail est mauvais. Ou – pire encore – qu'ils discutent du beau temps et de leurs projets de vacances.

C'est alors que je l'aperçois dans le coin opposé, seul, regardant intensément une toile. L'homme du bois d'eucalyptus. D'où je suis, je ne distingue pas son visage, mais je suis sûre que c'est lui. La stature, la façon dont il se tient. La veste blanche. Il y a un calme en lui, même ici au milieu de ce brouhaha.

Je fais un pas vers lui, mais un derviche tourneur me heurte, et je manque de renverser mon champagne.

« Jona ! » J'embrasse ses boucles folles, que Sonny le délinquant n'a évidemment pas pensé à peigner.

« Maman, tu es superbe ! Et tous tes tableaux sur les murs ! Super ! Combien t'en as déjà vendu ? »

Je grimace. « Tu les trouves bien ? » Un peu de ma nervosité se dissout quand je serre ma fille dans mes bras et prends une autre gorgée de champagne. Je suis heureuse qu'elle soit venue partager cette soirée avec moi, même si Kathryn a exprimé quelque réticence sur le fait d'inviter un enfant.

« Je peux goûter ce que tu bois ? demande Jona.

— Non, chérie. C'est de l'alcool. Viens voir tante Belle. Elle va te donner du jus de pomme.

— Du jus de pomme ! Beurk ! Ton verre a l'air bien plus intéressant. Pourquoi je peux pas en avoir un peu ? Sonny me laisse… » Elle voit mon expression et se rétracte. « Parfois seulement, bien sûr. »

J'inspire profondément et garde le sourire. Plus tard, Sonny, plus tard.

« Comment se fait-il que papa ait mis tant de temps à t'amener ?

— Il trouvait pas le parking. Oh, voilà grand-mère ! »

Je m'apprête à dire qu'il n'avait pas besoin de trouver le parking – tout ce qu'il avait à faire, c'était de la déposer à la porte. Mais elle est partie. Une terrible pensée me vient, accompagnée d'un chatouillement à la base du cou.

Je me tourne lentement vers l'entrée, il est là, alors même que je lui ai expressément demandé de ne pas venir. Il a belle allure, je dois l'admettre – trop belle pour quelqu'un qui a cette vie de dégénéré. Cet air de jeune homme légèrement débraillé, comme s'il venait de sortir du lit, ses lèvres pleines qui me font me souvenir – malgré mon désir d'oublier – comme elles étaient bonnes sur mon corps. Si ce n'est qu'il ne sourit pas de ce sourire en coin, moqueur, auquel il m'a habituée. Il se tient là, les hanches minces dans un pantalon noir et les muscles mis en valeur dans une chemise de soie noire ajustée, et il me lance un regard de sympathie ténébreuse. Son air implique qu'il me connaît plus intimement qu'aucun autre homme ne me connaîtra jamais. Qu'il sent la petite voix dans ma tête qui murmure : *Tu ne devrais pas être ici, il y a erreur, ce n'est pas pour toi.* Comme s'il avait parfois lui aussi entendu une voix de ce genre.

Mais c'est impossible. Sonny a l'ego le plus robuste de tout ce qu'on peut trouver à l'ouest de New York. Si une petite voix entrait d'aventure dans sa tête, elle se racornirait et mourrait plus vite qu'une limace dans une mine de sel. D'ailleurs, je ne veux pas de sa sympathie. Je veux seulement qu'il ne se mêle pas de ma vie. Surtout ce soir, le soir le plus important de ma vie. En pensant cela, il y a un écho dans ma tête, *le plus important, le plus*... Quand ai-je déjà prononcé ces mots avant ? Ne pas m'en souvenir me met encore plus en colère.

Et, en colère, je marche vers lui, oubliant mes hauts talons. Je trébuche, et sa main surgit pour me soutenir le coude. Je vois le sourire dans ses yeux, ses doigts brûlent ma peau nue, sa voix dit paresseusement : « Riks, tu es superbe », et le sang-froid que j'ai eu tant de mal à acquérir depuis que je l'ai quitté s'évanouit.

Ma voix tremble quand j'enlève d'un geste vif mon coude et que je dis : « Pourquoi es-tu venu ? Pour tout gâcher comme tu l'as déjà fait ? »

Ce n'est pas ce que je voulais dire. Surprenant, l'effet qu'il a sur moi.

Autour de nous, les gens arrêtent de parler pour mieux écouter. Une expression blessée, inattendue passe dans le regard de Sonny, mais elle s'en va si vite qu'elle n'a peut-être même pas existé.

« Bonsoir à toi aussi », dit-il.

Je murmure : « Va-t'en, je t'en prie. »

Je m'attends à ce qu'il réponde par un sarcasme, quelque chose auquel je n'aurai pas la présence d'esprit de répliquer. Mais il se contente d'un petit hochement de tête et pivote sur ses talons, me laissant avec le sentiment d'être coupable, peu charitable et profondément soulagée.

Il est à la porte quand Jona l'attrape par-derrière d'une de ses embrassades. « Sonny-y-y ! Je ne t'ai pas vu entrer. Où tu vas ? »

Il s'accroupit et lui murmure quelque chose à l'oreille.

« Tu ne peux pas partir ! Tu n'as même pas regardé les tableaux de maman. Et tu n'as pas encore vu grand-mère et grand-père ! »

Je les rejoins et pose une main maternelle et autoritaire sur son épaule. « Il doit partir. Il regardera les tableaux une autre fois.

— Mais je veux qu'il les regarde avec moi !

— Jona, tu entends ce que je dis ? Il doit partir. Et je veux que tu ailles avec grand-mère ou tante Belle et que tu restes avec elles. »

Le regard de Jona passe de Sonny à moi.

Elle dit : « Tu t'es disputée avec lui, c'est ça ? Tu lui as dit de s'en aller ? Comment peux-tu être aussi méchante, maman ? »

Je sens le rouge me monter aux joues. « Jona, dis-je de ma voix la plus fais-pas-d'histoires, va voir ta grand-mère.

— Je suis sûre que grand-mère te laissera pas le renvoyer. Je vais aller lui dire. Grand-mère !

Grand-mère ! » Ses accents enfantins aigus interrompent le bourdonnement des conversations. « Maman a dit à Sonny de partir ! »

Toutes les têtes se tournent vers nous. Je voudrais disparaître sous terre. Ma mère se hâte de nous rejoindre. Elle murmure à l'oreille de Jona tandis que Sonny essaie de se dégager de son étreinte. Jona sanglote bruyamment. Au-dessus de la foule, qui trouve à l'évidence ce petit drame bien plus excitant que mes tableaux, je vois Kathryn, un sinistre masque de désapprobation sur le visage.

Finies, les expositions pour moi à l'Atelier !

L'homme en blanc assiste-t-il à tout le drame ? Cette idée m'humilie plus que tout.

Je siffle entre mes dents à Sonny : « Pars ! » Avec mes yeux, je dis : Rien de tout ce gâchis ne serait arrivé si tu n'avais pas décidé de venir.

« J'essaie », grogne-t-il. Avec ses yeux, il dit : Rien de tout ce gâchis ne serait arrivé si tu n'avais pas décidé de me quitter.

« Si Sonny s'en va, je m'en vais avec lui, déclare Jona. Je te déteste ! Je n'ai pas envie de regarder tes vilains tableaux. »

Je réplique : « Comme tu voudras ! » Je m'apprête à ajouter : *Je n'ai pas envie de regarder ton vilain visage*, mais ma mère pose sur mon bras une main qui m'en empêche. Elle fait un signe de tête à Sonny, qui prend Jona dans ses bras et me lance un regard impossible à déchiffrer. Non, je retire ça… je le lis très clairement. C'est un air de triomphe. Ma mère me fait traverser la salle jusqu'aux toilettes devant les visages curieux. Je m'attends à ce qu'elle me dise que j'ai agi de façon honteuse, mais elle me suggère seulement de me passer de l'eau sur le visage, de rectifier mon maquillage et d'inspirer profondément. Elle me laisse seule avec une rangée de robinets qui me jettent tous des regards accusateurs.

Quand je finis par sortir des toilettes, prête à affronter les regards entendus, les chuchotements et les sourires suffisants, je suis stupéfaite de voir que personne ne me prête attention. Les gens bavardent, désignent des toiles, hochent la tête. Je me dirige vers Kathryn pour m'excuser.

« Pas de problème, dit-elle, avec une mine étrangement réjouie. Apparemment, ça a piqué l'intérêt des gens. Vous savez… jeune artiste passionnée affronte son sombre et beau passé à son vernissage. Vous avez vendu quelques toiles après cette petite scène – plus que je ne m'y attendais. Peut-être devrais-je insister à partir de maintenant pour que les artistes invitent leurs ex ! » Elle fait un grand geste et je vois les points rouge vif VENDU apposés sur les tableaux.

Le bois d'eucalyptus a son point.

Je lui demande : « Qui a acheté celui-là ?

— Réfléchissons… un homme. Pas un de nos clients habituels. L'air méditerranéen – ou peut-être moyen-oriental. N'est-ce pas fantastique ?

C'est votre toile la plus chère, et la plus aboutie. Quelque chose que je n'arrive pas tout à fait à définir. Eh bien, il doit s'y connaître. »

Mon pouls s'accélère. « Portait-il du blanc ?

— Je ne me souviens pas. Il y a soudain eu beaucoup de monde à ce moment-là.

— Vous avez son nom ? Un reçu de carte de crédit ? »

Elle me jette un regard intrigué. « Non. Il a payé en liquide et dit qu'il reviendrait chercher la toile quand l'exposition serait finie. J'ai demandé un numéro de téléphone, mais il a dit qu'il était en train d'en changer. Mais j'ai écrit son nom, quand même. » Elle ouvre un fichier. « Spmet Ever… Inhabituel, non ? J'espère que je l'ai bien orthographié. Il était pressé de partir, et j'ai juste gribouillé ce que j'ai cru entendre. »

Spmet Ever. Je répète le nom en moi-même pendant tout le reste de la soirée, pendant que Belle me serre dans ses bras et que Kathryn me félicite, pendant que ma mère me prend le visage dans ses paumes, ses yeux pleins de fierté voilés d'une ombre. Mon père me fait une courbette exagérée et lève un verre de cabernet pour un toast silencieux. Quand a-t-il commencé à boire ? Le nom de *Spmet Ever* bruit en moi quand je demande à mes parents s'ils veulent passer la nuit chez moi. Ils refusent, mais peut-être parce que, distraite par mes rêveries sur l'inconnu, je n'insiste pas assez. Veulent-ils que je les conduise à

Fremont ? Autre refus. « Ça ne me gêne pas de conduire, m'assure ma mère. Ne t'inquiète pas. » Spmet se tient près de moi quand j'agite la main en signe d'au revoir à mes parents, que je refuse la proposition de Belle d'aller dans une boîte de nuit et rentre chez moi. Il regarde quand j'ouvre la porte de l'appartement trop silencieux. Il est habitué au silence, Spmet. C'est son élément.

Spmet, je ne suis pas aussi forte que toi. J'ai besoin de quelqu'un ce soir. Quelqu'un avec qui partager l'excitation de la soirée, le succès et la défaite, le sentiment d'abattement qui m'en reste. Jona aurait enroulé ses bras autour de moi, frotté ses boucles poisseuses contre mon visage, et m'aurait empêchée de penser. Mais elle n'est pas là. Elle est avec Sonny (*qu'elle aime plus que toi*, se dépêche de me rappeler ma petite voix) et je dois affronter seule la vérité.

Voir Sonny me jeter ce regard blessé ce soir a ouvert quelque chose en moi, une armure de reniement que j'ai construite depuis que j'ai emménagé seule. Pendant tout ce temps, je me suis persuadée que j'étais bien seule, que j'étais forte et que je n'avais besoin de personne. Mais je ne vais pas bien, et je ne suis pas aussi forte que j'aimerais le croire. Je veux qu'un homme, qui me comprenne comme me comprenait Sonny pendant nos jours heureux, m'aime. J'ai besoin qu'il m'aime jusqu'à ce que tout mon corps en tremble.

A chaque expiration, je sens un peu de ma jeunesse qui me quitte. Spmet, ombre blanche dans un monde de vert, comprends-tu cela ? Es-tu l'homme que je désire ?

Le téléphone sonne.

Je m'assieds bien droite, pleine d'espoir. Se pourrait-il que… ? Pourquoi pas ? S'il était dans le bois sous la pluie, s'il est venu à l'exposition et a acheté ma toile de lui (cette forme vide qu'il est le seul à pouvoir reconnaître), pourquoi ne pourrait-il pas m'appeler maintenant ? Ma main tremble un peu, ma voix aussi quand je dis : « Allô !

— Riks, dit une voix qui n'est pas celle de Spmet et que je connais trop bien, il faut qu'on parle. »

Je suis déçue, et en colère contre ma bêtise.

« Pas besoin de parler, Sonny, dis-je sèchement. Trop tard. S'il te plaît, ne rappelle pas. »

Mais, bien sûr, il le fait. Le téléphone sonne et sonne, le répondeur s'enclenche, je l'entends dire : « Riks, écoute-moi, c'est important. » Je débranche le téléphone. Puis je vais me coucher et je remonte mes genoux jusqu'à ma poitrine en frissonnant bien que j'aie poussé le chauffage au maximum. Spmet s'est évanoui (peut-être que je suis trop en manque à son goût), et jusqu'à ce que je finisse par m'endormir, j'écoute ma petite voix : *Maintenant que tu as débranché le téléphone, et si Jona avait un accident ?*

14

Journal des rêves

Ces derniers temps, ils arrivent alors que je ne les attends pas.

Ce matin, par exemple.

Elle arrive dans une voiture comme un murmure argenté et reste assise un long moment, à comparer l'adresse sur son carnet et celle sur ma porte. Ou peut-être rassemble-t-elle les pétales épars de son courage.

Quand elle se décide à sonner et que j'ouvre la porte, elle est belle et triste, comme une princesse de nos vieux contes bengalis.

Peut-être est-ce pour cela que, lorsqu'elle me raconte son rêve, je le reconnais immédiatement bien que je ne l'aie pas rêvé moi-même.

Dans ce rêve qu'elle a fait plusieurs fois, elle se trouve dans un jardin clos. Il y a des plantes dorées tout autour d'elle et des fleurs de diamants. Un ruisseau coule dans le jardin, avec du miel au lieu d'eau, et des oiseaux invisibles chantent si mélodieusement qu'elle pense que son cœur va éclater.

Elle tire sur la courroie de son sac Gucci, les yeux baissés sur ses genoux. Elle lisse de la main le tissu soyeux de sa robe tout en parlant. Elle a choisi de porter des boucles d'oreilles et un collier de perles. Cela ne me surprend pas, car ce sont les gemmes des pleurs.

Tant qu'elle est dans le jardin, elle sait qu'elle est en sécurité. Personne ne peut l'atteindre. L'attraper. Elle les entend l'appeler par son nom, dehors. Les voix sont furieuses, de plus en plus furieuses. Mais elle s'en moque. Elle lève la main. Une libellule fond sur elle et dépose un baiser sur sa main.

Je lis son histoire dans ses yeux alanguis. Un mari tellement occupé à rêver ses rêves de roi-de-la-montagne qu'il ne s'est pas rendu compte que son foyer est devenu un désert. Que la seule consolation de sa femme, c'est de s'asseoir dans un jardin irréel et d'écouter des oiseaux qui n'existent pas.

« Il faut que vous lui parliez, lui dis-je. Que vous le persuadiez de vous parler. »

Elle secoue la tête.

« J'ai essayé. Je n'ai plus envie d'essayer encore.

— Quand a-t-il cessé de vous faire l'amour ? »

Elle tourne ses yeux de biche blessée vers moi. « Comment le savez-vous ? »

Je ne lui dis pas que je le sais à cause de ma vie à moi, qui est comme la sienne à l'envers.

Nous, les interprètes de rêves, ne parlons pas de nous-mêmes.

« J'ai oublié, finit-elle par dire. Ça n'a pas d'importance.

— Il faut que vous trouviez quelque chose – ou quelqu'un – d'autre à aimer. Ou vous allez devenir folle. »

Elle me regarde fixement.

Peut-être suis-je déjà folle, disent ses yeux. Peut-être est-ce la meilleure façon de supporter ce vide.

« Pourquoi êtes-vous venue me voir ? Vous voulez que je vous explique ce que vous avez vu ?

— Non ! N'expliquez rien ! Je ne veux pas. Je veux seulement continuer à faire encore et encore ce rêve. Toutes les nuits. Je pourrais alors supporter le reste. Si je savais avec certitude, quand je me couche, que je peux y retourner ! Mais cela ne se passe pas comme ça, pas assez souvent. Et ces derniers temps, de moins en moins. C'est pour ça que je suis venue vous voir. »

Je soupire. Elle suit une voie dangereuse. Mais elle ne veut pas de mon aide. Et je ne peux pas me détourner de la supplique dans ses yeux, le tremblement en eux qui vient peut-être du mascara, ou de son désespoir.

Je lui apporte une bouteille que je prends dans mon placard aux ombres.

« Une goutte par nuit, dis-je, juste avant de vous coucher, dans chaque œil. »

Elle dévisse le bouchon. Hume le liquide clair avec un air de doute.

« Vous êtes sûre ? On dirait de l'eau. »

Je hoche la tête. Je ne lui dis pas que je lui enverrai en rêve mes pensées, pour lui faire passer le seuil.

« Mais c'est une si petite bouteille, elle sera vite finie. Vous ne pouvez pas m'en donner une plus grande ? »

Je secoue la tête.

« Elle durera plus longtemps que vous le croyez, si vous en faites bon usage. Quand elle sera finie, venez me voir. Peut-être que vous voudrez alors quelque chose de différent. »

Elle sourit, incrédule. Se lève sur ses talons aiguilles. Sans les regarder, elle pose des poignées de billets sur la table entre nous.

J'en remets la plupart dans son sac.

« De la modération en toute chose », dis-je d'un ton sévère. Mais en moi, je lui dis : « N'abandonnez pas. Le rêve n'est pas une drogue mais un chemin. Ecoutez ce qu'il vous dit et suivez-le là où il vous mènera. »

Tant de douleurs différentes dans le monde. Parfois je pense que je devrais m'en éloigner.

« Vous serez là quand je reviendrai ? » Il y a de la peur dans sa voix, dans la façon dont ses ongles parfaits agrippent la lanière de son sac.

Je lui dis ce que je dis à tous, bien que cette fois-ci je parle avec un soupçon de culpabilité.

« Ma chère… » Elle lève les yeux quand je dis cela, de nouveau surprise. Elle ne saura jamais à quel point je ressens ce que je lui dis, à quel point je suis profondément liée à elle, maintenant qu'elle est venue me voir. « Ma chère, tant que je serai en vie, je serai là pour vous. »

15

Quelqu'un martèle la porte de l'appartement en criant son nom. Quelqu'un sonne à sa porte et sonne et sonne jusqu'à ce que la sonnerie aiguë pénètre dans son crâne, mais se cacher la tête sous l'oreiller ne sert à rien. Elle s'extirpe du lit en jurant, la tête lourde et palpitante comme si elle avait la gueule de bois. Injuste, ce monde où l'on peut souffrir d'une gueule de bois sans avoir bu ! Un demi-verre de champagne ne compte pas. Elle cligne des yeux paresseusement en se demandant si c'est Sonny, oserait-il ce dernier assaut, mais ce n'est pas sa voix. Elle envisage un instant de ne pas répondre, de prétendre qu'elle n'est pas là. Peut-être que ce n'est pas un prétexte. Elle sent une étrange apesanteur en se dirigeant vers la salle de bain, l'impression de ne pas appartenir aux mains qui éclaboussent d'eau le visage penché sur le lavabo. Il fait sombre, à moins que ses yeux ne se soient dissous dans l'eau. Quand elle sort de la salle de bain, la voix qui crie son nom est toujours là, alors elle ouvre la porte.

« Bon Dieu ! Rikki, qu'est-ce qui se passe ? » Belle sanglote en entrant dans l'appartement. « Pourquoi n'as-tu pas répondu plus tôt ? Je pensais que quelque chose t'était arrivé à toi aussi. »

Elle note le *toi aussi*, un son comme un tire-bouchon froid qui vrille un trou en vous, laissant un étroit tunnel noir dans son sillage. Elle marmonne qu'elle dormait. Ce n'est pas une excuse déraisonnable. Quand elle regarde au-delà de Belle le palier devant son appartement, avec sa petite fenêtre, elle voit que le soleil n'est pas encore levé. Belle porte une robe rouge courte. Etait-ce ce qu'elle portait la dernière fois à… où ? Elle fait un effort pour se souvenir de la galerie, et puis tout lui revient pêle-mêle : ses parents, Jona, les toiles superbes et tristes sur les murs avant que n'arrive la foule, l'homme en blanc, l'entrée désastreuse de Sonny et sa sortie encore plus désastreuse. Le maquillage de Belle est maculé, ses yeux gonflés. Rakhi s'apprête à lui dire qu'elle n'aurait pas dû conduire dans cet état, elle aurait pu avoir un accident. Peut-être le dit-elle en fait, mais Belle n'entend pas, elle est trop occupée à parler et à pleurer en même temps.

« Je suis rentrée chez moi et il y avait ces messages sur le répondeur, six au moins, j'ai failli ne pas les écouter, j'étais si fatiguée, mais Dieu merci j'ai écouté, c'était Sonny, il appelait de l'hôpital, il a essayé de te joindre mais tu ne répondais pas… »

Hôpital. Le mot s'engloutit en elle, un mot lourd comme une pierre.

« Jona ? » Son corps se met à trembler. Belle la tient.

« Non, pas Jona, Dieu merci. Mais pas mieux. Tes parents. Ils ont eu un accident sur le chemin du retour. Ton père est gravement blessé. Mais ta mère est… » Belle sanglote si fort qu'elle ne peut achever sa phrase.

Mais Rakhi n'a pas besoin d'entendre le mot, qui résonne comme un poing s'abattant sur de la chair, pour savoir.

A l'hôpital, où Belle l'a conduite, tout semble brouillé, comme si elle portait des lunettes faites pour quelqu'un d'autre. Des visages au-dessus d'uniformes et de vêtements chirurgicaux viennent en flottant jusqu'à elle, s'en vont en flottant. Ils disent des choses qu'elle ne saisit pas tout à fait. Qu'y a-t-il à dire ? Tout est déjà contenu dans ce mot non prononcé. Sa syllabe unique lui vient de temps en temps, la faisant tressaillir. Elle suit un uniforme le long d'un couloir jusqu'à une chambre, un lit, quelqu'un y est couché, couvert d'un drap blanc. Sous le drap, elle distingue les contours de tubes débranchés, comme les autoroutes d'une cité abandonnée. Sonny est là, les yeux bordés de rouge. Elle voudrait frapper de ses poings sa poitrine, crier qu'il n'a pas le droit, qu'elle n'a plus de larmes parce qu'il ne lui en a pas laissé pour pleurer. Elle sait qu'il lui prendrait les mains et la soutiendrait en murmurant comme pour calmer un enfant ou un animal. Mais elle ne fait rien, finalement. Cela ne changerait pas cette chose qu'il faut qu'elle change.

Elle ne regarde pas le lit.

Longtemps après, on l'emmène dans une autre pièce avec une autre silhouette gisant dans un autre lit. Il y a des pansements, un bras cassé dans le plâtre. Cette fois-ci, les tubes sont reliés à une machine. Il n'est pas conscient, elle n'a pas besoin de lui parler. Elle se sent soulagée. Cela la surprend. Elle n'aurait pas cru qu'elle pourrait encore se sentir soulagée à propos de quoi que ce soit.

A un moment, elle se retrouve chez elle – elle ne sait pas bien comment – dans son lit. Il y a deux couvertures sur elle, mais cela ne l'empêche pas de frissonner. Elle voudrait demander où est Jona, mais les mots lui font défaut et elle est trop fatiguée pour les chercher. Belle lui donne deux pilules rose vif et elle les avale avec reconnaissance.

Et puis les rêves dont sa mère l'avait protégée toutes ces années, en se dressant entre eux et elle comme un mur de forteresse, fondent brutalement sur elle…

16

Rakhi

Je suis dans la cuisine qui n'est plus celle de ma mère, en train de préparer de la purée de bananes.

C'est la première fois que je prépare de la purée de bananes, un plat que ma mère aimait faire. Elle le faisait bien et avec une facilité trompeuse. Dans ses mains, cela ne se transformait pas en ces globules orange déconcertants qui me regardent fixement dans la casserole. J'ajoute plusieurs cuillerées d'huile de moutarde pour essayer d'améliorer et puis du sel et du poivre. Ça a l'air aussi peu appétissant qu'avant, seulement un peu plus gras. Je soupire et pose cette purée, avec le riz trop cuit, sur un plateau.

J'ai fait ce plat à la banane à la demande de mon père. Il m'a aussi demandé de lui faire cuire du riz jusqu'à la consistance d'une bouillie. Il dit que ses intestins sont trop meurtris pour supporter quelque chose de plus consistant.

Je suis persuadée que les intestins de mon père n'ont rien. Tous ses résultats d'examens sont bons, et selon les médecins, il n'y a pas à s'inquiéter.

Mais je ne le lui fais pas remarquer. Depuis l'accident, je lui parle le moins possible. Et je le touche aussi peu que possible, mais c'est plus difficile, car il a besoin que je l'aide à accomplir toutes sortes de petites tâches quotidiennes jusqu'à ce qu'on lui enlève son plâtre.

Il m'arrive de parler à ma mère. Je lui demande à quoi elle pensait au moment de l'accident, comment elle a pu être à ce point distraite. Je lui demande comment ça s'est passé exactement.

Je suis en colère contre elle, aussi, mais c'est une colère compliquée. Je n'ai pas les mots qu'il faut pour la formuler. C'est plus facile de me sentir bafouée.

Personne ne sait avec exactitude ce qui est arrivé cette nuit-là. Mais la plupart des rapports insistent sur le fait qu'elle est sortie de l'autoroute 580 là où la voie monte et vire en pente douce à flanc de colline, à San Leandro. Elle a fauché la rambarde et est entrée dans le champ de pourpiers qui couvre la colline, l'avant de la voiture pointé droit sur le tablier du pont de San Mateo et ses guirlandes électriques. Puis la voiture s'est renversée. Quand les ambulances sont arrivées, elle était inconsciente. Elle est morte peu après son admission à l'hôpital.

Les rapports disent qu'il n'y a pas de marques de dérapage ou de freinage. Rien n'indique qu'elle ait perdu le contrôle de la voiture, ou qu'elle ait essayé de l'empêcher de se renverser.

Mon père prétend qu'il dormait quand c'est arrivé.

Je ne le crois pas. D'une façon ou d'une autre, c'est de sa faute. Je le sais au froid picotant le long de mon échine dorsale, à la façon dont mes dents grincent comme si j'avais sucé quelque chose de trop acide.

« Parle-moi, a dit Belle après m'avoir ramenée de l'hôpital à la maison. Pour l'amour de Dieu, Rikki, parle-moi. Crie, hurle, fais quelque chose. » Mais toutes les réactions me semblent conventionnelles. Insignifiantes. Je sais que je dois garder mon énergie pour quelque chose de plus utile, même si je ne sais pas encore quoi…

Je suis restée assise sur le canapé un jour et une nuit. De temps en temps, je me représentais l'accident. Mon père avait peut-être provoqué une dispute qui avait distrait ma mère. Ou il s'était emparé du volant dans son ivresse en envoyant la voiture par-dessus bord.

Quand j'en ai eu assez d'être assise, je me suis couchée. J'ai mangé ce que Belle a posé devant moi. Je savais que m'affamer n'allait rien résoudre. J'ai fermé les yeux et mâché ; c'était plus facile comme ça. Je ne savais pas ce que je mangeais. Je n'avais plus de papilles gustatives. Quand Sonny a ramené Jona, je l'ai prise dans mes bras, mais distraitement, comme si c'était l'enfant de quelqu'un d'autre. Ses cheveux étaient pleins de nœuds, mais cela ne m'a pas agacée comme d'habitude. Elle était très calme. On avait dû lui dire ce qui était arrivé et lui conseiller de ne pas poser de questions.

«Je suis navré, Rikki», a dit Sonny. Il s'est agenouillé devant moi et m'a pris les mains. Je ne les ai pas retirées aussitôt. Je l'aurais fait pourtant, si j'en avais eu la force. Ce qui était arrivé était de la faute de Sonny aussi. S'il n'était pas venu à la galerie et n'avait pas provoqué une scène, mon père n'aurait pas commencé à boire. Il aurait pu conduire. Et ils n'auraient pas eu cet accident. Et même s'ils l'avaient eu – je ne pouvais cesser de penser à ça tout en me détestant –, peut-être qu'il serait mort à sa place.

Ma petite voix a levé sa tête de serpent pour me rappeler que moi aussi j'étais en faute. J'aurais pu empêcher mes parents de rentrer chez eux. J'aurais pu insister pour qu'ils passent la nuit chez moi. Mais j'étais trop occupée à fantasmer sur l'homme en blanc.

Maintenant que ma mère était morte, l'homme en blanc avait perdu de son importance, ainsi que des mots tels que *histoire romantique* et *excitation*, *mystère* et *aventure*. Je ne pouvais même pas repêcher son nom dans la bouillie de ma mémoire. Juste rétribution pour mon égoïsme.

Il y a une autre raison pour laquelle je n'ai pas retiré mes mains. Pour une fois, il était sincère. Il adorait ma mère lui aussi, et lui aussi il souffrait. Il disait souvent qu'elle était sa seule, sa vraie famille. Quel sens du mélodrame ! répondais-je d'un ton sec. Mais je savais que c'était vrai.

« Je peux garder Jona aussi longtemps que tu voudras, a-t-il dit. Tu vas probablement devoir rester avec ton père jusqu'à ce qu'il soit assez remis pour se débrouiller seul… »

Je l'ai regardé fixement. Je n'avais pas encore compris que je devrais retourner dans cette maison pleine de l'absence de ma mère pour prendre soin de l'homme qui était sûrement responsable de sa mort. Mon visage a dû trahir ma répugnance, car Sonny a demandé si j'allais bien. Question stupide, que normalement il n'aurait pas posée – Sonny est tout sauf stupide. Et que normalement je n'aurais pas laissée passer sans répliquer immédiatement. Mais nous n'étions pas dans notre état normal. J'ai hoché silencieusement la tête et tiré sur les nœuds de Jona d'une main molle. Derrière moi, je sentais Sonny et Belle, conspirant, échangeant des regards.

« Faut pas la laisser seule, a-t-il murmuré.

— Ne t'inquiète pas, a répondu Belle tout bas. Je vais rester avec elle. »

Cela ne m'a pas gênée de les entendre parler de moi de cette façon. C'était réconfortant de me considérer comme *elle*. Comme si j'étais un ballon flottant au bout d'une longue et mince ficelle.

Avant de partir, Jona a demandé : « Tu penses à quoi ? » Puis elle a ajouté : « Maman ? » Elle n'avait pas voulu rester sur mes genoux, comme si elle aussi sentait que la femme sur le canapé – ce *elle* flottant – était une étrangère.

« A rien », ai-je répondu. J'ai essayé de prendre un air sincère. Ça n'a pas dû marcher, parce qu'elle m'a jeté un œil dubitatif et a agrippé la main de Sonny en l'entraînant vers la porte. Longtemps après que la porte se soit refermée derrière eux, j'ai entendu leurs voix dans le couloir, celle de Jona aiguë et agitée, celle de Sonny un murmure apaisant. Ou était-ce dans ma tête que je les entendais ? Quand les voix se sont évanouies, j'ai laissé mon corps faire ce qu'il voulait. Il s'est affaissé de côté sur le canapé, il a fermé les yeux. Avant même de m'endormir, les rêves sont arrivés, des bobines de lumière et d'ombre qui se déroulaient trop vite derrière mes paupières, en déchirant le tissu, me faisant me tordre et hurler de douleur. Belle, anxieuse, s'est précipitée. Oui, tous les rêves que j'avais tant désirés. Mais le matin, épuisée, je ne me suis souvenue de rien.

J'avais menti à Jona quand elle m'avait demandé à quoi je pensais. Garder l'esprit fixé sur rien demande une maîtrise de soi que je n'ai jamais eue, même dans des circonstances plus favorables.

Je pensais aux obsèques.

Les obsèques ont eu lieu au funérarium de Valley View, un bâtiment trapu, beige, donnant sur une autoroute. Quelqu'un avait essayé de l'embellir en ajoutant des fenêtres et une cour avec une fontaine, mais il restait ce qu'il était : un endroit où les gens sont forcés de reconnaître à quel point la vie est fragile, et que nous ne savons pas l'apprécier assez avant que le fil se rompe. Sonny s'était occupé de tout. Je détestais cet endroit, mais je ne lui en ai pas voulu. Cela valait mieux que ce que j'aurais pu trouver moi-même.

J'étais assise sur l'un des bancs de devant avec ce qui restait de ma pauvre petite famille : Belle et Jona et Sonny. Mon père était à l'hôpital, où ils lui faisaient encore des examens car il avait tendance à s'évanouir de temps en temps. J'avais deux hypothèses à ce sujet. La première, mon père simulait. La deuxième, c'était le résultat de sa culpabilité. Du cercueil couvert s'échappait une odeur pénétrante de fleurs. Des gardénias, je crois. Ma mère n'aimait pas les odeurs fortes. Au début j'ai pensé me plaindre, les faire enlever. Puis je me suis dit que cela ne la gênait plus. On passait une musique d'église assourdie. Nous avions invité une poignée de gens – mes parents n'avaient pas une vie sociale très active. S'il y avait des parents à eux, je ne les connaissais pas. Le prêtre du temple indien a fait un petit discours sur ma mère qui avait été une femme vertueuse, une bonne mère au foyer et un atout pour la communauté – à l'évidence, il ne savait rien d'elle. Sonny a dit d'une voix étranglée combien elle avait compté pour lui, qu'elle l'avait conseillé à des époques difficiles et aimé même quand il ne le méritait pas. Belle s'est essuyé les yeux en parlant de sa générosité. Puis ça a été mon tour.

J'avais décidé de dire quelques mots sur la façon dont ma mère m'avait permis d'être moi-même, comment elle ne m'avait jamais forcée, comme tant d'autres mères, à incarner ses rêves de réussite. Ce n'était pas profond du tout et j'aurais préféré ne pas parler, mais je me sentais obligée. Je ne pouvais pas me défaire de l'idée que l'esprit de ma mère planait au-dessus de nous quelque part et écoutait.

Mais quand j'ai atteint l'estrade et me suis tournée vers l'assistance, j'ai été prise de court, je ne me souvenais plus d'un seul mot de ce que j'avais prévu de dire. Le hall était bourré de gens. Quand étaient-ils entrés, si silencieusement que je ne m'étais pas rendu compte de leur présence ? Je ne reconnaissais aucun d'eux, mais j'ai compris tout de suite qui ils étaient. Des gens que ma mère avait aidés au fil des ans, des gens liés à elle par leurs rêves. Peut-être que c'est ainsi qu'ils ont su et sont venus.

La tête me tournait, sans doute de n'avoir rien mangé le matin, mais debout sur l'estrade, j'ai vu que les visages de ces gens avaient tous quelque chose en commun, comme si le fait d'avoir été touché par ma mère les rendait tous parents. Il y avait dans leurs regards, dans leurs façons de tenir leurs mains, ou de poser le menton sur une main, ou de serrer un mouchoir dans un poing, quelque chose qui me rappelait ma mère. A partir de maintenant, je les reconnaîtrais par ce signe où que je les rencontre – au marché, dans une gare, à la plage. Mais je savais aussi que je ne les reverrais pas.

Je voulais leur dire quelque chose, quelque chose de réconfortant et de signifiant, car ils composaient la vraie famille de ma mère, son héritage. Leur peine était plus légitime que la mienne. Mais que leur dire ? Ils la connaissaient mieux que moi ; ils la connaissaient dans son être essentiel. Je m'étais accrochée à l'espoir qu'un jour je la connaîtrais moi aussi de cette façon intime, quand je serais assez vieille, assez sage. Mais dans le hall mortuaire, j'ai compris que cela ne se produirait jamais. L'être secret de ma mère était à jamais perdu pour moi.

Je suis restée là, paralysée et muette, jusqu'à ce que Belle vienne me chercher pour me ramener à mon siège. Elle m'a tenue serrée contre elle quand je me suis mise à trembler. Plus tard, au crématorium, quand le tapis roulant a livré le cercueil aux immenses mâchoires de fer de la fournaise, elle a essayé de me faire parler de ce que je ressentais. Mais comment lui dire que ce qui me rongeait plus que la mort de ma mère était d'avoir été exclue de sa vie ?

Sur le chemin du retour, Belle a conduit tandis que je tenais sur mes genoux l'urne carrée que le directeur du crématorium m'avait remise. Elle a tenté de me faire pleurer, mais je n'en avais pas envie. J'avais envie de lui demander si elle n'avait pas été surprise de voir tous les gens qui étaient venus assister aux obsèques. Mais j'avais peur. Et si elle allait dire : De quoi parles-tu, Rikki ? Et si elle allait dire : Quels gens ?

Je retape les oreillers et aide mon père à s'installer dans son lit. Je pose le plateau de riz et de purée de bananes sur ses genoux. Je lui verse un verre de jus de fruits. Il me demande, d'une voix hésitante, si je n'aimerais pas m'asseoir. Comme toujours, je réponds que j'ai à faire. Il n'a qu'à agiter la clochette que j'ai mise sur la table de nuit quand il aura fini.

« Tu as mangé ? » demande-t-il. J'incline brièvement la tête, un geste qui peut vouloir dire aussi bien oui que non. Il y a une marque jaune sur sa pommette gauche qui s'estompe et lui donne l'air d'un ancien boxeur. Je n'arrive pas à me souvenir d'une seule occasion dans ma vie où je me sois sentie proche de lui.

Je suis sur le seuil quand il dit : « Tu es en colère contre moi, n'est-ce pas ? »

Je ne réponds pas.

« Ne sois pas en colère », reprend-il.

Quelle requête ridicule, comme si on pouvait maîtriser la colère à force de volonté ! D'ailleurs, si on pouvait, je ne le ferais pas. J'ai de la gratitude pour ma colère ; elle emplit le creux alvéolé en moi.

« Il faut que nous parlions, ajoute-t-il.

— Je n'ai pas envie de parler », dis-je. J'attrape le bouton de la porte, prête à la refermer derrière moi.

« Tu m'en veux, hein ? Tu penses que c'est de ma faute, en quelque sorte ? »

Je ne dis rien, mais ma bouche a un goût de courge amère. J'ai presque fermé la porte. En bas, je vais téléphoner à Sonny pour lui demander de trouver une infirmière à partir de demain.

« Si tu t'assois, dit mon père, je te raconterai ce qui est arrivé juste avant l'accident. »

Tout mon corps se raidit. Je me suis juré de ne pas le laisser m'entraîner à parler, mais je me retrouve en train de dire : « Je croyais que tu dormais.

— J'ai menti », dit-il en m'invitant d'un geste à m'asseoir.

Il me tient dans son piège, et il le sait. En manière de compromis, je tire une chaise près de la porte.

« Comment savoir si tu n'es pas en train de mentir maintenant ? »

Il répond, plus habile que je ne l'aurais cru : « Je pense que tu es assez la fille de ta mère pour distinguer une histoire vraie d'une fausse. »

Dans cette maison de la mort, ce que je crains le plus, c'est la sonnerie du téléphone. Mais je décroche toujours.

Aujourd'hui, c'est une femme à l'autre bout du fil.

« Vous êtes l'interprète des rêves ? » demande-t-elle. Elle halète, comme si elle avait couru. « J'ai besoin d'aide. »

Je lui dis que ma mère est morte.

Elle reste silencieuse un long moment. Puis elle reprend : « Mais vous pouvez m'aider, non ? Vous êtes sa fille, elle a dû vous enseigner un peu de son savoir ? Je peux vous raconter mon rêve et vous allez me dire ce que je dois faire, non ? »

Je lui dis que je ne sais pas interpréter les rêves.

« Je vous en prie, ne dites pas non ! dit-elle. Je ne connais personne d'autre à qui demander. J'ai tellement peur. Essayez, s'il vous plaît, s'il vous plaît. »

Elle sanglote encore quand je raccroche.

« Ce n'était pas complètement faux, dit mon père, quand j'ai raconté aux médecins que je dormais. Je dormais. Mais je me suis réveillé, et j'ai remarqué que ta mère conduisait trop vite. Ça m'a surpris car d'habitude elle était prudente, comme tu sais. Je lui ai dit de ralentir, mais elle ne l'a pas fait. Je lui ai demandé ce qui n'allait pas. Elle regardait fixement droit devant elle. Il ne faut pas que je le perde, a-t-elle dit. J'ai essayé de voir à travers le brouillard. Il y avait une grosse voiture noire devant nous, je ne sais pas de quelle marque, roulant à toute allure. Je lui ai dit d'être prudente, de contrôler sa vitesse, mais elle n'a pas eu l'air de m'entendre. Qui est dans cette voiture ? lui ai-je demandé. Qui ne dois-tu pas perdre ? Tu ne comprendrais pas si je t'expliquais, a-t-elle répondu. Mais je vais te le dire quand même. C'est mon unique chance de retrouver ce que j'ai perdu. J'ai plissé les yeux, essayant d'imaginer qui cela pouvait être, car elle avait l'air de le connaître. Je n'ai pu distinguer qu'une vague silhouette. »

Plus tard, je lui demanderai : *Tu te souviens de la plaque d'immatriculation ?*

Il secouera la tête. *Pas pensé à regarder.*

Portait-il du blanc ?

Il plissera les sourcils, désireux de m'aider. Mais finira par choisir de dire la vérité. *Je n'en suis pas certain.*

« Le brouillard s'est épaissi. Je ne voyais plus la voiture. Je lui ai crié de s'arrêter, que j'allais prendre le volant – la peur m'avait dessoûlé. Mais elle, comme toujours, n'a accordé aucune attention à ce que je disais. J'avais envie de prendre le volant, mais j'ai eu peur de causer un accident. Quand le virage de l'autoroute s'est présenté, elle l'a abordé sans hésiter, comme si c'était la route qu'elle avait toujours eu l'intention de prendre. Je crois qu'elle souriait. »

17

Rakhi

Toute la journée, elle range les affaires de sa mère, vide le placard de la chambre, surprise par le peu de vêtements qu'elle y trouve : une poignée de tee-shirts, deux jeans, un jogging pour le jardinage, trois gilets, une pile de saris, quelques bracelets d'argent. Sa mère avait sûrement d'autres choses. Elle se souvient d'une *kurta* rose brodée, d'une broche en or avec une pierre rouge incrustée au centre. Où sont-elles passées ? Et les photos ? Sûrement, il y a eu des sorties en famille au zoo, au Golden Gate Park, une excursion en bateau dans la baie. Elle se souvient d'avoir posé avec sa mère, toutes deux enlacées, leurs sourires découvrant leurs dents dont elles se moqueraient plus tard. Elle se souvient de son père les surprenant avec son appareil et les photographiant la bouche pleine de barbe à papa. Elle jette un œil soupçonneux vers le lit où il est avachi, comme s'il n'avait jamais été cet homme-là. Il froisse le journal en faisant semblant de lire, mais en fait il regarde les tristes petites piles qu'elle met dans des boîtes en carton et étiquette pour les gens de Saint-Vincent-de-Paul qui viendront les chercher. Doit-elle croire l'histoire de la voiture noire qu'il lui a racontée ? La peau de son bras, irritée par le bord du plâtre, est pâle et sèche. Elle devrait la masser avec de la crème, mais elle ne supporte pas l'idée de son contact. Elle ne lui a pas demandé son avis avant de vider le placard. Elle se sent coupable un instant, puis repousse ce sentiment. Il n'est pas à la hauteur, se dit-elle avec une cruauté renouvelée. Il ne l'a jamais été. D'ailleurs, ces choses ne sont pas sa mère. Inutile de les garder.

Elle passe en revue les tiroirs de la cuisine, dénichant de vieilles recettes, des gants de jardinage neufs, plusieurs paires de ciseaux à broder, un châle de soie. Du garage, elle ôte des chaussures, des imperméables, une boîte de bons périmés. Elle enlève de l'armoire de la salle de bain brosse, peigne, lotion hydratante, mascara, fond de teint, poudre, blush (du blush, sa mère ?). Elle se demande quoi faire de la bibliothèque. Sa mère adorait les livres décrivant des endroits lointains – le Machu Picchu, les îles Andaman, l'Antarctique – bien qu'elle n'ait jamais exprimé le désir de s'y rendre. Rakhi effleure leurs dos en essayant d'imaginer ce qui passait par la tête de sa mère en les lisant. Comme les choses sont sans défense quand leur propriétaire est parti ! Elle ne touche pas aux livres, du moins pas pour l'instant.

Elle a gardé la pièce à couture pour la fin, en partie parce qu'elle répugne à empiéter sur l'espace privé de sa mère, en partie avec l'espoir que là, peut-être, elle trouvera la clé du mystère de sa personnalité. C'est excessif, ce besoin en moi ! Sa mère n'aurait pas apprécié. Ridicule ! aurait-elle dit d'un ton sévère. N'as-tu pas vécu avec moi pendant dix-huit ans ? Que veux-tu savoir d'autre ?

Quand elle ouvre la porte, la pièce sent la cannelle. Mais quand elle inspire de nouveau, l'odeur a disparu. A-t-elle imaginé cette odeur d'épices ? Elle perd confiance en ses sens, en leur capacité à évaluer précisément le monde autour d'elle. Quand elle fait glisser la porte du placard, sa main tremble.

Dans le placard, rien d'exceptionnel. Des couvertures, de vieux vêtements, des chiffons pour le ménage. Des catalogues de semences. Mais elle se souvient d'une époque où elle a fouillé dans ces articles ménagers pour trouver une boîte – qui contenait quoi ? Des fioles ? Elle plonge dans l'odeur triste des choses inutilisées, des choses qui soupçonnent qu'elles ne resserviront plus. Pas de boîte, pas de fioles, mais au fond, sous une pile de relevés de banque, elle trouve une photographie encadrée de Sonny et elle prise le jour de leur mariage.

Sur la photo, ils sont devant le temple hindou, lui avec un turban marron étoilé d'or, elle en sari de Bénarès vert avec un *bindi* trop grand sur le front. Ils se tiennent timidement les mains, l'air très jeunes et satisfaits. Elle attrape la photo et s'accroupit lourdement sur le tapis, à l'endroit où sa mère a passé tant de nuits mystérieuses ; et se retrouve en train de penser qu'elle déteste le caviar.

Le caviar auquel elle songe est empilé en petits monticules sombres sur des triangles de pain disposés sur un plateau d'argent. Ce plateau est la première chose qu'elle remarque quand la porte s'ouvre, après que Sonny a vainement sonné plusieurs fois avant de frapper du poing. Le plateau monte et descend au milieu du brouhaha du hall encombré de corps qui s'avancent vers elle d'un pas mal assuré, lune ivre et ses cratères. Quand ses yeux se sont habitués à la demi-obscurité, elle distingue la jolie jeune femme brune qui le porte. Elle a une coiffe blanche à dentelles et un tablier de serveuse assorti, mais Rakhi comprend que ce n'est pas une serveuse, avant même de remarquer quand elle s'éloigne qu'elle ne porte dessous qu'un string noir. Cela viendra plus tard. Pour l'instant, la femme lui sourit et lui tend à bout de bras le plateau qui tremble légèrement, jusqu'à ce qu'elle se sente obligée de prendre un canapé qui ne lui fait pas envie. Elle comprend – avant même qu'ils pénètrent dans une autre pièce plus bruyante encore dans l'espoir de trouver leur hôte, une pièce emplie de sueur, de frénésie et d'une musique surprenante, agréable – que Sonny avait raison. Elle n'aurait pas dû venir.

L'hôte, qu'ils finissent par trouver dans un coin en train de partager un joint avec deux femmes, est le propriétaire du club où travaille Sonny. Il est corpulent, affable, avec une très grosse voix.

« Hey, Sonny, mon bras droit ! hurle-t-il, en tendant le mégot à une des femmes et en serrant Sonny contre lui énergiquement. Super que tu aies pu venir ! Tu vas peut-être nous jouer quelque chose, plus tard, hein ? Et qui est cette jolie femme ? Ta nouvelle petite amie ? Ah ! ta femme, bon, bon. Ravi de vous rencontrer ! » dit-il avec une courbette malicieuse.

Ensuite, ils se retrouvent au bar, où Sonny demande un verre de vin pour elle et un whisky pour lui. Elle tient toujours le canapé. Elle se sent stupide, alors elle le met dans sa bouche. La masse noire et froide glisse le long de son palais, lui donnant la nausée. Si elle avait une serviette, elle le recracherait. Par la suite, elle pensera qu'elle aurait dû le cracher. Tout comme elle aurait dû attraper le bras de Sonny avant qu'il prenne un second verre, et lui demander de la ramener, ou du moins de lui donner les clefs de la voiture. Il aurait facilement trouvé quelqu'un pour le reconduire, il avait l'air de connaître tout le monde ici, et à en juger par leurs embrassades enthousiastes, ils auraient tous été ravis de le ramener – chez lui ou chez eux. Mais elle ne voulait pas paraître mal élevée en partant si tôt. Et si son patron s'en offensait ? S'il en faisait le reproche à Sonny, qu'il venait d'engager comme nouveau DJ pour les week-ends ?

Sonny s'amuse bien. Elle voit qu'il aime cette foule. Pourquoi ? Ces gens ne lui semblent pas particulièrement aimables à elle. Leurs visages blafards, éclairés irrégulièrement par les lumières stroboscopiques vertes et bleues, semblent à la fois rusés et épuisés par l'effort de s'amuser. Elle le regarde frapper des dos, pirouetter et embrasser des joues en se frayant un chemin dans la pièce, en souriant d'un plaisir sincère. Elle ne veut pas gâter ce sourire.

Il lui avait parlé de cette fête – il la mettait toujours scrupuleusement au courant des endroits où il allait – mais il ne lui avait pas demandé de l'accompagner. Il faisait ça de plus en plus souvent les derniers temps, il sortait seul pendant qu'elle restait à la maison avec le bébé.

« Ça fait partie de mon travail, avait-il expliqué. C'est comme ça que je prends des contacts, que j'ai des contrats. »

« C'est stupide, avait-il dit quand elle lui avait reproché de s'éloigner d'elle. Je t'aime autant qu'avant. »

Quand elle avait insisté pour l'accompagner cette fois-là, il n'avait pas refusé. Mais il avait hésité.

« Je ne crois pas que ce soit vraiment un endroit pour toi, Riks. Je ne suis pas sûr que tu aimeras.

— Je suis une grande fille, Sonny. Je peux supporter plus de choses que tu ne crois. »

Il y avait cela aussi. Elle ne voulait pas admettre qu'elle s'était trompée.

Alors elle avait attendu, puis ça avait été trop tard.

Elle pose soigneusement la photographie sur le tapis, comme si elle était couverte de quelque chose de plus fragile que du verre, et reprend ses recherches. Des boîtes de vieilles factures. Elle ignorait que sa mère était le genre de personne à garder de vieilles factures. Des bobines de fil à broder pour aller avec les ciseaux qu'elle a trouvés plus tôt. Des boîtes de vidéos, *Sesame Street* à côté de *Abdos de fer en trente jours*. Sa mère voulait-elle vraiment des abdos de fer ? Avait-elle passé des heures sur le tapis élimé devant la télé à faire des ciseaux et des pompes au rythme de la voix nasale de l'instructeur ?

Ce n'est qu'au moment où tout espoir va l'abandonner qu'elle trouve le journal, lié par un ruban à cheveux de satin bleu.

La pièce s'est vidée de tout son air. Elle s'agenouille dans ce vide, le sang lui martelant les tempes, pour défaire le nœud. Un bruit de roulement, comme celui d'une gigantesque porte qu'on pousserait. Ou fermerait. Elle ne sait pas si cela se passe dans ce monde, ou ailleurs. Ailleurs existe-t-il ? L'équilibre de sa vie en dépend. Elle ouvre le premier cahier, le second, tous les cahiers, feuilletant les pages, en déchirant une dans sa hâte et sa frustration. Elles sont couvertes de l'écriture de sa mère, dans un alphabet qu'elle ne connaît pas.

La fête est devenue de plus en plus bruyante, il y a de plus en plus de monde, et elle a perdu Sonny. Elle sent la panique, sèche et écailleuse, s'insinuer dans tout son corps. Pas d'affolement ! se gronde-t-elle. Tu ne l'as pas vraiment perdu, tu ne vois pas où il est, c'est tout. Elle serre ses paumes moites et suit la musique jusque dans une autre pièce. Des tubes de lumière noire lui donnent une peau d'un vert macabre. Des corps tournoient à toute vitesse, se percutant les uns les autres. Un homme lui sourit, les dents luisantes comme du néon. Sa peau, aussi – il ne porte pas de chemise. Il s'empare d'elle et essaie de l'attirer sur la piste de danse. Elle pose les mains sur sa poitrine humide et le repousse si fort qu'il titube. « Putain ! » l'entend-elle hurler. Elle se fraie un chemin parmi les danseurs jusqu'aux platines. Sonny est là. Trois disques tournent en même temps, une chanson folklorique rapide et en fond, un bruit de vagues et encore une autre musique. Un jour, dans le métro, elle a vu un groupe de Tibétains jouer d'instruments qui ressemblaient à de longues trompes en bois. Est-ce cela qu'elle entend ? Sonny porte un casque. Sa tête bouge en rythme, un petit mouvement de haut en bas, les yeux perdus au loin. Il ne l'entend pas quand elle l'appelle.

Elle est couchée sur le côté, le dos contre la porte de la pièce à couture, tenant un des cahiers. Elle se retient de pleurer. Peut-être a-t-elle oublié comment pleurer. Parvenir si près, si près du but. Elle entend les pas de son père dans l'escalier. Depuis l'accident, il se déplace lourdement en penchant un peu à gauche, bien qu'il n'y ait pas de raison médicale à ça. Elle l'entend s'arrêter devant la porte. Elle l'entend l'appeler. Elle retient son souffle en souhaitant qu'il s'en aille.

Elle retraverse la salle de danse. Elle a dû boire le vin à un certain moment, elle n'a plus son verre à la main. Elle tient une autre sorte de verre. Vide, lui aussi. Qui le lui a donné ? Qu'y avait-il dedans ? Où est son sac ? L'air est bleu de fumée et de peur. Elle voit une porte donnant sur un balcon. Peut-être pourrait-elle aller là, pour respirer. Mais le balcon est plein de couples. Il y a aussi des groupes de trois. La lune est grêlée et concave. Un homme et une femme cessent de se caresser et se tournent vers elle. Tu veux te joindre à nous, chérie ?

Mais les pas ne recommencent pas leur son traînant habituel vers la chambre, vers le lit qui est à lui, totalement et pour toujours. Il l'appelle de nouveau, sa voix s'élevant un peu sur la dernière syllabe, comme si c'était une question. Puis il ouvre la porte.

Sans se retourner, elle dit : « S'il te plaît, va-t'en !

— Je ne peux pas. Il faut que tu parles à quelqu'un. »

Pas à toi, pense-t-elle.

« Je sais que tu ne veux pas me parler à moi », dit-il.

Si j'attends assez longtemps, si j'attends assez longtemps sans faire un seul bruit ou mouvement, il va partir. Il sera obligé.

« Tu n'as rien mangé de la journée, reprend-il. Voilà, j'ai préparé une assiette pour toi. » Il entre dans la pièce.

N'entre pas ici, dans son espace.

« Je crois que tu devrais rentrer à Berkeley. Je peux me débrouiller tout seul maintenant. Rester ici ne te vaut rien. Ça te déprime encore plus. »

Doux Jésus ! ma mère est morte. J'ai le droit d'être un peu plus déprimée.

« Elle n'aimerait pas te voir comme ça », ajoute-t-il.

Qu'est-ce que tu sais, putain, de ce qu'elle voudrait ? Que savons-nous, toi ou moi ?

« Tu préférerais sûrement que je sois mort à la place de ta mère. Moi aussi. »

Elle est si choquée qu'elle le regarde. Elle ne pensait pas qu'il pouvait savoir cela. Le rusé vieux chacal. Elle est si naïve, comme Sonny le lui a dit quand elle a essayé de lui parler de ce qui s'était passé à la soirée.

Son père sourit, si on peut appeler quelque chose d'aussi triste un sourire. « Mais je ne suis pas mort, et nous devons tous les deux accepter ce fait – et nous en arranger. » Il fait un autre pas vers elle. Elle sent la gaucherie, l'hésitation de son pas. Une planche craque.

Il dit : « Tu as trouvé son journal ? »

Elle est à nouveau dans la maison pleine de fumée et de musique. Elle ne sait pas combien de temps s'est écoulé. Elle n'a qu'un vague souvenir de la nuit emplie de choses dont elle ne se souvient pas, ou qu'elle s'est obligée à oublier. Ses lèvres sont gonflées. Sa gorge la brûle. Elle se trouve dans un couloir étroit. Elle a retrouvé son sac. Il semble très lourd et se balance au creux de son coude. Quelqu'un y a-t-il mis quelque chose ? Il fait trop sombre dans ce couloir pour voir.

La musique a changé. Des percussions africaines, et une femme à la voix profonde qui chante en irlandais. C'est intéressant, mais ce n'est pas le style de Sonny.

Maintenant elle se trouve dans une pièce toute en longueur remplie de coussins de soie. Des gens sont assis autour d'une table basse laquée. Il y a un miroir, des lignes de cocaïne. Sonny lève les yeux sur elle. Ses yeux sont rouges comme ceux d'un animal nocturne. Mais comment a-t-elle pu voir ça, à la lumière de bougies ? « Salut, ma belle, viens par ici. »

Elle ne sait pas ce qui s'est passé réellement ni dans quel ordre. Elle s'est précipitée vers lui en criant. Des mains l'ont tirée par terre avant qu'elle ne l'atteigne. Eh ben mon cœur, voilà quelque chose pour te calmer. Elle l'a frappé, faisant s'envoler la poudre blanche. On la tient. Il y a des lèvres. Des doigts sur les boutons de sa robe. Elle sent chaque fil de soie glissant sur sa peau. Par la suite, elle trouvera une longue égratignure courant tout le long de son bras, avec une croûte de sang séché. Il lui tend le miroir. Elle le prend et baisse le visage, car que peut-elle faire d'autre ? Quelqu'un l'attire sur un coussin. Il y a des mains partout. Elle crie : « Sonny, aide-moi ! » mais il est en train de sourire à quelqu'un d'autre. On l'a fait sortir de la pièce. Quelqu'un appelle un taxi. Elle rit. Elle a très, très soif. Elle boit ce qu'on lui donne. Elle met la main dans la poche du pantalon de Sonny et trouve les clefs de la voiture. Elle rentre en conduisant lentement, bougeant les jambes pour empêcher les crampes. Elle ne vomit qu'une fois garée dans la ruelle. Elle est contente que Jona soit chez sa mère. La seule chose dont elle soit sûre, c'est qu'à un certain moment de cette nuit-là, elle a regardé le ciel. Il était vide ; la lune avait été avalée. Elle a compris alors qu'il fallait qu'elle le quitte.

Son père se penche, caresse la couverture d'un cahier comme si c'était un visage. « Je peux t'aider à les lire », déclare-t-il. Les mots pendent devant elle, avec des ailes arachnéennes comme un leurre pour les poissons. « Si tu veux. »

18

Journal des rêves

Leçon 62. Conte de Neehar l'Infortunée (extrait)

... et les Anciennes reconnurent que chez Neehar le don était fort, plus fort qu'elles ne l'avaient jamais vu de leur vie. Son corps, comme constitué de phosphore, irradiait, et il y avait dans son œil une profondeur, comme si elle voyait jusque dans les champs immenses du temps. Cela leur fit peur, car elles connaissaient l'histoire d'autres femmes douées de semblables dons et ce qu'il était advenu d'elles. Elles tinrent un conciliabule et décidèrent qu'elles partageraient avec Neehar les neuf premiers degrés de leur savoir, mais se garderaient bien de lui enseigner le dixième, le plus puissant.

En pure perte. Quand Neehar rêvait, aucun secret ne lui résistait, même des secrets que les Anciennes ne connaissaient pas. Ainsi Neehar devint plus puissante que les responsables du Conseil, mais elle était jeune et volontaire et ne savait pas comment utiliser son pouvoir.

Une fois l'apprentissage des novices terminé, les Anciennes, dans une dernière tentative pour sauver Neehar, lui demandèrent de rester avec elles dans les cavernes pour devenir à son tour instructrice. Elles lui promirent que, dans le futur, elles lui confieraient la présidence du Conseil. Mais passer sa vie parmi de vieilles femmes dans la forteresse des montagnes semblait à Neehar étriqué et suffocant. Le pouvoir qui brûlait en elle était impatient de se faire connaître. Elle avait envie de goûter aux plaisirs du monde et à tout ce qu'il contenait. Elle quitta les grottes mais, contrairement à ses sœurs novices, elle ne s'installa pas dans une ville, comme c'était la coutume, pour prendre soin des citadins. Elle parcourut le pays en lisant les rêves de tous ceux qui le lui demandaient. On l'avait mise en garde : les interprètes de rêves doivent se montrer discrètes dans la pratique de leur art, mais elle se moquait bien d'une telle prudence.

Parmi la foule qui se rassemblait partout où elle allait, elle posait les mains sur les tempes de ceux qui venaient implorer son aide et elle leur disait le sens de leurs rêves. Il n'y avait de rêve trop complexe dont elle ne pût dérouler le fil, de problème trop ardu dont elle ne connût la solution. On raconte qu'elle sauvait mille vies et réputations chaque jour, qu'elle prédisait la victoire et la bonne fortune, redonnait espoir aux désespérés et avertissait les malchanceux des désastres qui les attendaient. Mais, dans l'exaltation de ses visions, ne cherchant rien d'autre que la vérité, il lui arrivait souvent de dire tout haut des choses qui auraient dû être murmurées aux oreilles des rêveurs. Ainsi des familles éclataient, des alliés devenaient ennemis et, ne pouvant supporter la honte, des hommes et des femmes quittaient leurs foyers et disparaissaient pour toujours. Elle s'attira bien des ressentiments de cette manière, bien que personne n'osât s'attaquer à elle, car on croyait qu'elle était protégée par les esprits. Les gens prétendaient voir un grand loup gris la suivre quand, au crépuscule, elle quittait un village pour un autre, et certains racontaient que lorsqu'elle se reposait vers le milieu du jour, un aigle étendait ses ailes au-dessus de sa tête pour la protéger du soleil.

Un an passa, ou dix ans peut-être. Neehar l'Infortunée interpréta d'autres rêves, et d'autres encore, travaillant sans relâche jour et nuit, car le pouvoir qui brûlait en elle avait pris le contrôle et ne voulait pas s'apaiser. Elle maigrit ; ses joues se creusèrent et ses yeux, enfoncés dans leurs orbites, luisaient tels des charbons ardents. On la surnomma Neehar à l'œil de tison et les hommes craignaient de s'approcher d'elle. Mais Neehar n'en avait cure. Il lui suffisait de regarder le front d'une personne pour savoir si celle-ci avait un rêve qui valait la peine qu'elle le déchiffrât. Et si tel était le cas, elle le lui révélait, que la personne le voulût ou non. Des nouvelles de ses agissements parvinrent jusqu'aux grottes, et les Anciennes lui envoyèrent un message lui reprochant de ne pas respecter les règles de l'interprétation des rêves et lui ordonnant de rentrer. Mais Neehar n'en fit rien. Peut-être n'était-il plus en son pouvoir de rentrer.

C'est à cette époque-là que Neehar se mit à interpréter les rêves des morts. Peut-être parce qu'elle avait lu les rêves de tous les vivants qui habitaient à l'est de la Kaveri. Elle qui avait bafoué tant de règles observait, étrangement, cette seule ordonnance selon laquelle les interprètes de rêves ne doivent pas franchir de fleuves. A moins que les morts, leurs cerveaux refroidis et raidis, leurs yeux scellés n'aient constitué pour elle un défi auquel elle ne pouvait résister. Elle allait de maison en maison endeuillée embrasser les morts sur le front, s'asseyait avec leur tête dans son giron sans se soucier des protestations des parents. Ceux qui ont eu l'occasion d'assister à de telles scènes racontent qu'une ligne blanche sautait du front du cadavre sur son front à elle. Au bout d'un certain temps, elle rouvrait les yeux en poussant un soupir et déclarait : « Ah ! c'est ainsi. » Mais elle ne parlait jamais de ce qu'elle voyait.

Une fois seulement, chez une mère pleurant son bébé noyé, elle toucha la jeune femme sur le front et dit : « Voyez, nul n'est besoin de pleurer. »

La femme se calma et sécha ses larmes, mais par la suite, quand on lui demanda ce qu'elle avait vu, elle ne se souvenait que d'une odeur douce comme celle de fleurs de lotus.

Puis Neehar apprit que le grand saint Vishnu-pada avait annoncé qu'il s'apprêtait à quitter son enveloppe terrestre. Elle se rendit à son ashram, où tous les disciples s'étaient rassemblés, et demanda à l'ascète mourant si elle pouvait le toucher. Vishnu-pada la regarda avec compassion et dit : « Mon enfant, le secret que tu cherches ne s'apprend pas de cette façon. Ce n'est qu'en regardant vers l'intérieur que tu le trouveras. » Mais il lui donna sa permission.

On raconte que lorsque Vishnu-pada mourut, Neehar était à ses côtés, les doigts posés sur son crâne. Et quand son esprit quitta son corps, il traversa Neehar et sortit de sa tête sous forme d'un éclair. Neehar s'effondra sur le sol et resta inconsciente trois jours durant. Quand elle revint à elle, elle ne parlait plus, mais riait ou pleurait souvent. Certains disent que le choc d'un esprit si puissant passant à travers son corps l'avait rendue folle. Mais d'autres prétendent que la lumière dans ses yeux avait l'éclat de la sérénité. Quoi qu'il en soit, à partir de ce jour, Neehar l'Infortunée ne déchiffra plus jamais un seul rêve. Elle restait assise sur les rives de la Kaveri pendant des jours d'affilée sans bouger, le regard rivé sur l'eau. Les villageois lui apportaient de la nourriture ; elle mangeait parfois, mais souvent elle ne touchait à rien. Il semblait qu'elle n'eût plus besoin de se sustenter. Quand elle disparut – selon certains, quelques semaines plus tard et selon d'autres, des années…

Questions :

Qu'avez-vous appris de l'histoire de Neehar qui pourrait vous aider dans votre travail sur les rêves ?

Pourquoi se nomme-t-elle l'Infortunée ? Etes-vous d'avis que son sort a été malheureux ?

Que cherchait Neehar ? Cherchez-vous la même chose ?

19

Rakhi

Nous traversons le pont San Rafael dans la BMW argent de Sonny en direction de Marin Headlands. Sonny conduit. Jona est assise à l'arrière et regarde la baie en chantonnant tout bas, toujours cette même chanson, ces paroles que je ne comprends pas. Ma mère est derrière aussi, le bras de Jona enroulé autour de son urne funéraire. L'urne est enveloppée dans une serviette parce que Sonny dit que c'est illégal de disperser des cendres sur un terrain de l'Etat. J'occupe, à contrecœur, le siège de devant, car Jona a insisté pour que je m'y asseye. « Seuls les adultes ont le droit de se mettre là, maman. Il y a un airbag », a-t-elle affirmé d'un ton vertueux. Mais je la soupçonne d'avoir un autre motif, moins noble.

Quand Sonny et moi étions encore mariés, chaque fois que nous partions en voiture, Jona nous faisait mettre son siège de voiture de façon à pouvoir nous voir tous les deux. De son observatoire de derrière, elle nous donnait des instructions de temps en temps, petit Cupidon autoritaire.

Maman, tiens la main de papa. Papa, embrasse maman. Je me demande maintenant si c'était l'anxiété qui la motivait, si elle sentait quelque chose dont je n'étais pas encore consciente. Les enfants peuvent-ils pressentir les catastrophes, comme les animaux ? Un tremblement de terre sur le point de se produire, des plaques tectoniques sur le point de se fissurer ? *Maman, rapproche-toi et mets ta tête sur l'épaule de papa.* Je sens ces mots d'autrefois flottant entre nous comme une histoire non réglée. Alors que notre histoire est finie depuis longtemps, et que ce n'est pas la même voiture. Sonny doit l'avoir achetée récemment. Je me demande ce qui est arrivé à sa Viper, source de quelques-unes de nos disputes. Son refus de la vendre pour acheter une voiture familiale était pour moi un signe de sa répugnance à former une famille. Peut-être l'a-t-il gardée, Sonny le caméléon qui peut être tout ce qu'il veut. Mais je ne vais pas le lui demander. S'il veut dilapider son argent, ce n'est pas mon problème.

Selon Jona, ma mère n'est pas dans l'urne mais assise sur le siège arrière à côté d'elle. Elle ajoute que sa grand-mère lui a décrit exactement l'endroit où elle veut que nous répandions ses cendres. Elle a confiance en Jona, mais elle est venue pour le plaisir.

Je n'allais pas encourager Jona en commentant ses déclarations, mais Sonny lui demande : « Tu la vois ?

— J'ai pas besoin, répond Jona d'un ton méprisant, je sais à quoi elle ressemble. »

L'urne est étonnamment petite, étonnamment lourde, d'un métal sombre dont j'ignore le nom. Elle tinte quand on la bouge. Ce sont les dents, affirme Jona. Elle parle avec un calme que je trouve à la fois admirable et sinistre.

Jona a pleuré sa grand-mère sans discontinuer pendant les premiers jours après l'accident, puis elle s'est arrêtée d'un coup. Selon elle, ma mère lui a dit de ne pas gaspiller son énergie dans une activité aussi peu rentable. Je me refuse à la croire, bien que cela ressemble au genre de choses que pourrait dire ma mère. Suis-je jalouse qu'elle ait choisi d'apparaître à ma fille et pas à moi ? Jona dit que sa grand-mère va rester près d'elle soixante-dix-sept jours, puis qu'elle devra partir. Elle prétend que sa grand-mère lui enseigne un précepte par jour.

Mon père n'est pas avec nous. J'aurais juré qu'il voudrait venir. Je redoutais de devoir le conduire de Fremont jusqu'à chez Sonny. Dans une voiture, on ne peut pas s'échapper. En quelques minutes, on peut être suffoqué par une conversation.

J'ai recommencé à parler à mon père parce qu'il traduit le journal. Une sorte de salaire. Mais nos conversations sont pénibles, balbutiantes, comme lorsqu'on réapprend à marcher après s'être cassé un membre. Le cahier qu'il a commencé, nous pensons que c'est le plus ancien, parce que la couverture usée tombe en morceaux. Mais on n'a aucun moyen de le savoir. Les cahiers ne sont pas datés, et les chapitres, me dit-il, sautent d'un sujet à un autre. Le seul qu'il ait traduit jusqu'ici, une liste de significations pour différents types de rêves, n'a pas beaucoup de sens pour moi. J'étais déçue qu'il n'y ait rien de personnel concernant ma mère. Ma déception m'a rendue soupçonneuse. Je me suis demandé si mon père passait sous silence des choses qu'il aimait mieux que j'ignore.

Quand j'ai demandé à mon père s'il voulait nous accompagner, il m'a dit qu'il préférerait ne pas venir. J'aurais dû être soulagée, mais au lieu de ça, cela m'a mise en colère. « Pourquoi donc ? » ai-je demandé. Il a répondu que répandre des cendres était un acte trop dramatique ; il n'était pas prêt à ça. Je suis sortie de la pièce au beau milieu de sa phrase. J'avais envie de claquer la porte, mais je n'en ai rien fait, parce que j'avais besoin de lui – et je détestais le fait d'avoir besoin de lui.

Nous passons par Marin Headlands. La fin d'après-midi est belle avec cette brume typique du nord de la Californie, des pavots en fleur surgissent soudain à travers le brouillard comme des points orange.

Nous entrons dans deux ou trois zones de parking près du bord de la falaise, mais chaque fois Jona secoue la tête. Je suis sur le point de faire une remarque acerbe quand elle nous hurle de nous arrêter. Sonny gare la voiture sur le bas-côté, à un endroit interdit, et nous grimpons la colline broussailleuse, la tête baissée contre le vent fort qui s'est levé. Au sommet de la colline, le sol plonge vertigineusement. En dessous, l'océan se jette à l'assaut de rochers d'un noir luisant. Mes yeux sont attirés par les câbles rouges du Golden Gate Bridge et, au-delà, par la ville argentée, luisant dans l'atmosphère grise de fin d'après-midi. Si j'étais morte, moi aussi je voudrais que mes restes fassent partie de cette terre, de cette eau, car le paysage de votre enfance imprègne jusqu'à la moelle de vos os.

Puis je pense, peut-être ma mère ressentait-elle la même chose pour le paysage qui l'a vue devenir fille, puis femme, interprète de rêves. Aurait-elle voulu que nous y emmenions ses cendres ?

Je ne sais même pas où elle est née.

Jona dévisse le couvercle de l'urne et jette une première poignée. Sonny l'imite. Il y a des larmes dans ses yeux. Je suis surprise et envieuse. Quand je l'ai quitté, il a crié et menacé, supplié et boudé. Mais il n'a pas pleuré. Que représentait ma mère pour lui pour qu'il pleure maintenant ? Et en conséquence, que représentait ma mère pour moi qui fait que je ne peux pas pleurer ?

Puis c'est mon tour. Maladroitement, je plonge la main et touche les petits graviers. Je ne peux m'empêcher de frissonner un peu. Il y a moins d'un mois, elle a pris mon visage dans ses paumes et m'a dit comme j'étais belle. Les vies et les voitures… comme elles se renversent vite.

Je jette la poignée de cendres aussi loin que je peux, mais le vent m'en renvoie une grande partie au visage. De la poussière s'infiltre dans mes narines, me faisant éternuer. Au moins, ainsi, il y a un peu d'elle en moi.

Nous retournons à Oakland en silence. Jona s'est endormie sur le siège arrière. Je suis exténuée, et si j'essaie de comprendre pourquoi, il ne me vient que d'insatisfaisantes banalités. Sonny regarde droit devant lui dans le crépuscule en mâchant sa lèvre inférieure, une vieille manie. Des foules de désirs non formulés emplissent l'air, invisibles comme des étoiles en plein jour. Je n'arrive pas à m'en saisir, ne peux dire : *C'est ça que je veux pour ma vie.* Devant chez lui, il m'invite à rester dîner avec eux, mais je refuse. Je me dirige vers ma vieille Taurus puis j'entends un bruit de pas courant derrière moi. Jona m'attrape la manche : « Maman, dit-elle, je veux que tu voies mes peintures. »

Je ne suis pas entrée dans cette maison – la maison de Sonny maintenant – depuis la nuit où je suis partie avec Jona dans mes bras. A n'importe qui d'autre, j'aurais dit non. Elle me tire derrière elle comme une barque sans avirons. Il y a des traînées de larmes sur ses joues. Pour qui a-t-elle pleuré ?

C'est la seule maison que j'aie jamais aimée.

« Je veux te montrer quelque chose, avait dit Sonny en conduisant trop vite sur les routes capricieuses qui mènent dans les collines d'Oakland. Mais tu dois fermer les yeux.

— Qu'est-ce que tu as encore trouvé, tu es fou ? » avais-je dit en riant. Mais je lui avais obéi. Nous aimions jouer à ce genre de jeux alors.

Quand j'ai ouvert les yeux, la maison se dressait devant moi, telle une femme agenouillée les bras ouverts. Il y avait une barrière de bois battue par les vents avec une clochette en métal qu'il fallait actionner. Dans la cour, ça sentait la sauge et la lavande. La mousse recouvrait les pavés et il y avait un petit vitrail enchâssé dans la vitre de la porte d'entrée. On pouvait ouvrir la fenêtre de l'intérieur pour voir qui venait vous rendre visite.

Je suis tombée amoureuse avant même d'entrer et de voir les poutres grêlées, la grande baie vitrée par laquelle San Francisco étincelait à l'horizon, la glycine drapant le balcon. Moi qui vivais à Fremont, je n'aurais jamais imaginé que de telles maisons pouvaient exister ou, plus exactement, je n'avais pas pensé que des gens comme moi pouvaient y vivre.

Sonny a souri en voyant mon visage.

« Elle est à toi, si tu veux.

— Tu plaisantes, ai-je dit. On ne peut pas se permettre un tel endroit !

— Ne t'inquiète pas pour ça, Riks », a-t-il répliqué, et il m'a embrassée.

J'ai laissé le baiser faire son effet, j'ai laissé la maison m'envelopper de son charme. Je voulais lui poser des questions mais je me suis dit qu'elles n'étaient pas importantes. Je lui ai obéi et j'ai décidé d'oublier. J'en ai fait des erreurs ce jour-là, que je croyais le plus beau jour de ma vie.

Je monte dans la chambre de Jona, une minuscule chambre de poupée avec un rebord de fenêtre assez large pour un matelas. Je l'ai fait agrandir pour qu'elle puisse se réveiller en voyant le pont et l'eau et s'endormir en contemplant le coucher de soleil sur l'océan. J'ai mis la lampe au-dessus du lit pour qu'elle puisse voir le séquoia qui étend ses branches au-dessus du toit… J'ai mis – assez ! ce n'est plus ma maison. A quoi bon me souvenir de tout le soin que j'ai apporté à embellir cette maison ?

Sur le mur lambrissé sont accrochés les derniers dessins de Jona, ceux qu'elle a faits depuis la mort de ma mère. Ils décrivent tous des incendies. Certains de simples feux de bois, d'autres des maisons en flammes. D'autres encore montrent des oiseaux avec des visages de femmes plongeant dans le feu. L'un représente la terre brûlant comme un charbon incandescent, des morceaux s'en détachent et s'envolent tels des météores.

Je les trouve effrayants.

Je lui demande ce qu'ils veulent dire et pourquoi elle les a faits.

Elle hausse les épaules. « J'avais envie, c'est tout. Tu aimes les couleurs ? »

J'aime beaucoup les couleurs. Jaune citron, rouge pourpre, vert : plutôt inattendues pour un incendie, mais elles s'imposent à vous, vous comprenez qu'elles sont parfaites. Elle est vraiment douée, ma fille. Je le lui dis.

Je me demande ce que Sonny comprend à ces dessins. Pense-t-il, comme moi, que ce sont ses efforts pour accepter la mort de ma mère, ce corps réduit en cendres ?

Elle ne dessine plus de portraits d'Eliana, en tout cas. Je suppose que je devrais m'en réjouir.

Je descends et trouve la table soigneusement mise pour le dîner : une vraie nappe, de la porcelaine bleue à motifs chinois, un vase de lis, des plats couverts. Malgré moi, je suis touchée. Je ne sais plus depuis combien de temps quelqu'un a décoré une table avec tant de soin pour me faire plaisir. Ce serait grossier de partir maintenant. D'ailleurs, je le dois bien à Sonny. Il s'est montré inhabituellement prévenant depuis la mort de ma mère, a pris soin de Jona, l'emmenant à Fremont voir son grand-père tous les deux jours, m'aidant à régler la paperasserie compliquée qui accompagne les tragédies. Je ne sais pas quoi en penser. Peut-être est-il encore sous le choc.

Nous nous mettons à table. Sonny soulève le couvercle de chaque plat d'un geste théâtral. Une salade de carottes râpées assaisonnée avec de la coriandre et du jus de citron, un *kurma* de riz et poulet. Jona apporte des verres de jus de mangue. Je regarde fixement les plats, qui ont l'air délicieux et étrangement familiers. Je croyais que le répertoire de Sonny n'allait pas au-delà des hamburgers.

« Je les ai préparés ce matin », dit-il, l'air presque timide, en attendant que j'y goûte.

Dès la première bouchée, je sais.

« Ce sont les recettes de ma mère ! » Je lui jette un œil mauvais. « Comment les as-tu eues ?

— Je les lui ai demandées. » Voyant mon expression, il ajoute d'une voix contrite : « Rien que les plus simples… »

Je suis tellement en colère que je pourrais exploser. « Et de quel droit les lui as-tu demandées ? » Ma colère est en fait dirigée contre ma mère. Comment a-t-elle pu me trahir ainsi ? Si quelqu'un a le droit de connaître ces recettes, c'est moi ! Comment a-t-elle pu les lui donner à lui, Sonny mon rival, dont la distraction préférée est de gâcher ma vie ?

« Tu n'as pas mis le pied dans la cuisine pendant toutes les années où nous avons été mariés, dis-je amèrement.

— Les gens changent, rétorque-t-il. Pourquoi as-tu tant de mal à accepter ça ?

— Tu n'as pas changé ! Tu as toujours essayé de gagner les faveurs de ma mère, de la rallier à ton point de vue, de… »

La colère envahit le visage de Sonny. « C'est ça le problème, hein ? Tu ne supportes pas le fait que ta mère m'aimait. Tu n'as jamais pu le supporter. Tu as toujours voulu contrôler tout le monde, ce qu'on fait, ce qu'on pense, ceux qu'on aime. C'est pour ça que tu m'as quitté, parce que je ne voulais pas te laisser prendre le contrôle de toute ma vie. »

Furieuse, je prends une longue inspiration. « C'est un mensonge éhonté… » mais je vois Jona qui nous observe, ses yeux passant de l'un à l'autre, le front plissé d'angoisse. Sa lèvre inférieure tremble. Je me maîtrise et repousse ma chaise.

« Je suis exténuée, dis-je en m'adressant d'un ton prudent à Jona. Je dois rentrer à Fremont.

— Tu devrais pas conduire si tu es exténuée, dit Jona en prononçant le mot soigneusement. Pourquoi tu restes pas ici ? Tu peux dormir dans ma chambre. » Elle regarde Sonny. « T'as pas besoin de parler à Sonny si tu veux pas », ajoute-t-elle.

Sonny lève les mains en signe de trêve, une lueur d'amusement dans les yeux. « Jona a raison. Tu ne devrais pas conduire. La fatigue et la colère, c'est un mauvais mélange. Reste ici. Je promets de te laisser tranquille. »

C'est le deuxième trait de son caractère qui a toujours eu le don de m'énerver. Il est livide de colère et déclenche une violente dispute qui me rend folle moi aussi – et l'instant d'après, il fait comme si rien n'était arrivé. Le pire, c'est qu'il espère que ma mauvaise humeur – la mauvaise humeur qu'il a lui-même provoquée – va tomber tout aussi vite.

Mais cela ne se passait pas ainsi, et cela ne va pas se passer ainsi maintenant.

« Non, merci », dis-je d'une voix coupante. Soudain, je me suis trop fatiguée, et fatiguée d'eux aussi. Je veux qu'ils me laissent me débrouiller seule avec mon désarroi. J'attrape mon sac et me dirige vers la porte.

Ils abandonnent leurs assiettes à moitié pleines et me suivent, le même air inquiet sur leur visage.

« Maman, fais attention », dit Jona d'une petite voix. Je sais qu'elle pense à cette autre nuit, celle qui a changé nos vies.

Soudain honteuse, je m'agenouille et la prends dans mes bras, sentant la peur dans ses omoplates.

« D'accord, dis-je. Je ferai très attention. »

Et je fais attention. Il y a du brouillard ce soir. Les lumières de l'autoroute font des auréoles jaunes. Des voitures surgissent et s'évanouissent comme des requins en eaux troubles. Heureusement, il n'y a pas beaucoup de circulation. Je suis sur la 880 Sud, horrible autoroute entre toutes, mais droite comme une balafre. Dans trente petites minutes, je devrais être chez mon père.

J'en veux encore à Sonny de posséder ces recettes ; il détient maintenant une part de ma mystérieuse mère, et me prive un peu plus d'elle. Pour me consoler, je pense au journal, sur lequel Sonny le fouineur ne posera jamais les yeux. J'espère que mon père a fini de traduire un autre chapitre. Il progresse lentement. Il dit que c'est plus compliqué qu'il n'y paraît, qu'il y a tout un tas de mots bengalis archaïques qui lui donnent du fil à retordre.

Un jour, j'ai regardé le journal par-dessus son épaule pendant qu'il tournait les pages. Les chapitres sont assez courts. Ecrits de la graphie nette et fleurie de ma mère, ils ne me semblent ni compliqués ni archaïques. Peut-être exagère-t-il pour que je sois plus reconnaissante.

« De quoi ça parle ? lui ai-je demandé.

— De beaucoup de choses. De leçons, d'histoires tirées de vieux livres, de rêves célèbres, de clients, de gens qu'elle connaissait.

— Il n'y a rien sur elle, sur sa propre vie ?

— Tu ne comprends donc pas ? a-t-il dit en tournant la tête pour me regarder. Ça ne parle que de ça. »

Je sens son approche avant de le voir – comme une vibration de métal lourd, un tremblement de terre rassemblant ses forces souterraines. Je m'attends à un camion, un de ces monstres qui se mettent toujours en travers du chemin, déversant leurs produits chimiques, interrompant la circulation pendant des heures. Mais la voiture qui surgit est mince et noire, telle une flèche d'ébène me dépassant à toute vitesse. Et bien qu'elle ne ressemble en rien au véhicule que mon père a décrit, j'ai l'intime conviction que c'est celle que ma mère a suivie jusqu'au bout de sa vie. Je ne discerne pas le conducteur car le brouillard l'enveloppe, mais j'entrevois un bout de sa plaque d'immatriculation. SPMET EVER, avant que les points rouges de ses feux arrière disparaissent dans le gris ambiant.

Est-ce moi, ou le monde qui devient fou ? Est-ce un rêve que j'habite, un rêve déjà vu que j'ai tiré de quelque endroit en moi ? Ma mère a déclaré un jour que chacun de nous vivait dans un univers séparé, un univers que nous avons rêvé si fort que nous le faisons exister. Nous aimons les gens quand leur rêve coïncide avec le nôtre, de même que deux dessins découpés se superposent exactement. Mais les rêves ne sont pas aussi statiques que des papiers découpés ; tôt ou tard, ils changent de forme, causant malentendus, solitude et perte de l'amour.

Je sais depuis longtemps que les mondes des rêves ne s'unissent pas. Mais ce soir, pour la première fois de ma vie, je fais un rêve qui coïncide. D'une façon ou d'une autre, je suis entrée dans le monde de ma mère. Je dois y rester aussi longtemps que possible.

Je ne sais pas quand j'ai appuyé sur la pédale, mais je roule très vite, plus vite que d'habitude. La vieille Taurus tremble et proteste, mais je ne peux pas me permettre de ralentir. Il ne faut pas que je perde la trace de la voiture noire. Il faut que je voie le conducteur. Y a-t-il eu un éclat de blanc dans cet intérieur noir ? Je ne suis pas sûre de savoir ce que j'espère, si j'arrive à le rattraper. Si je le force à s'arrêter. Des réponses ?

Je ne sais même pas quelles questions je voudrais lui poser.

La voiture noire change de couloir sans prévenir, se déportant sur l'extrême droite. A la dernière minute, je comprends qu'elle va emprunter la 93. Je donne un tour de volant pour la suivre, évitant de justesse un camion somnolent qui klaxonne furieusement. Mon cœur bat à tout rompre. Je n'ai pas suivi cette direction depuis des années, mais je me souviens que l'autoroute passe par le San Mateo Bridge et continue tout droit jusqu'au Pacifique. Dans les collines côtières, elle se transforme en une route sinueuse bordée de falaises traîtresses. Je devrais cesser cette poursuite ridicule et rentrer chez mon père. Mais je sais que je n'en ferai rien.

20

Elle approche du pont. De l'autre côté du poste de péage, le brouillard est épais comme de la neige fondue, mais elle n'a pas le temps de s'en inquiéter car la voiture noire passe par la voie réservée aux abonnés. Elle n'a pas de laissez-passer et elle a toujours été une conductrice respectueuse des lois, mais elle la suit. (Vont-ils lui supprimer son permis ? Vont-ils lui faire faire un travail d'intérêt général ? Mais une partie d'elle adore cette témérité.) Elle se retrouve dans le brouillard boueux, naviguant à vue, sans voir les garde-fous qu'elle doit frôler dangereusement. Elle va perdre la trace de la voiture noire maintenant. Mais non, elle aperçoit les feux arrière à quelque distance de là. SPMET, lit-elle avec soulagement et un peu abasourdie. A-t-il ralenti exprès ?

Elle roule sur un pont, sans fin, si près de l'eau qu'elle entend le murmure sonore des vagues. En équilibre sur le point le plus haut de l'arc, où pendant un moment le brouillard se dissipe et lui découvre la ville brillant de tous ses feux. Mais ce n'est pas une métaphore. Elle voit des flammes lécher la tour du TransAmerica. L'humidité du brouillard peut-elle pervertir la vision et créer un mirage comme la chaleur du désert ? Le rideau tombe, emportant dans ses plis ce qu'elle a vu.

La voiture noire quitte le pont et l'autoroute. Ici ? En pleine banlieue de Foster, sur la route de Fashion Island, déserte parce que tous les fans de mode sont couchés à cette heure-ci ? Le feu passe au rouge. Les feux stop de la voiture clignotent trois fois très vite, comme si le conducteur lui envoyait un message. Puis elle se lance en rugissant dans le carrefour, si vite qu'elle comprend que le conducteur n'a cessé de jouer avec elle. Avant d'exécuter un demi-tour gracieux et de disparaître.

Elle grille elle aussi le feu rouge, stupéfaite par la facilité avec laquelle on viole les règles quand on a commencé. Stupéfaite par le frisson de plaisir qui la traverse. Est-ce cela que sentaient Sonny et ses amis, quand… ? Elle laisse la question en suspens parce qu'une longue rue sans ramifications ni véhicules s'étend devant elle.

Où est passée la voiture noire ?

Elle descend l'étroite rue. Elle n'a pas le choix, elle ne peut tourner nulle part. L'allée est bordée de bâtiments qui ressemblent à des entrepôts. A travers les fenêtres fermées de sa voiture, elle sent une odeur de sel, de poisson, d'huile rance. Devant, des jetées avancent dans la mer, des grues lèvent leurs bras rouillés tels des prophètes qui auraient survécu à leur époque. Mais il ne devrait pas y avoir de port ici, elle le sait. Les lampadaires sont rares et enrobés de brouillard. Elle attend qu'ils émergent et passent. Elle débouche sur un quai, arrête le moteur. L'eau heurte violemment les pylônes, avec un bruit de parent en colèrc. Elle pense à sa mère – dont le visage devient indistinct dans son esprit – qui ne s'est jamais mise en colère contre elle, pas même quand elle a échoué et échoué. C'est vrai, ce dont Sonny l'a accusée, qu'elle voulait contrôler la vie de sa mère et de ceux qui lui tenaient à cœur, qu'elle aimait ? Elle pose la tête sur le volant, ferme les yeux aussi fort que possible, y enfonce les poings. Peut-être que la douleur amènera les larmes qui refusent si obstinément de couler. Mais aucune larme ne vient. Seules des étoiles filantes, et la voix de sa mère, très claire, qui dit : *Je veux que tu deviennes un renard.*

Ce jour lui revient dans tous ses détails, instantanément, entier et vibrant, même si depuis toutes ces années elle l'avait oublié, à la façon dont parfois, si nous avons de la chance, nous oublions des événements qui nous ont humiliés. Mais elle se voit – elle a neuf ans, les dents écartées, elle porte un haut rose et des jeans défraîchis – assise près de sa mère sur le canapé. Ses cheveux sont noués en deux nattes, son haut est brodé de fleurs bleues, il vient du magasin Kmart, où sa mère, ignorante des complexités de la haute couture américaine, fait souvent ses achats. Ce haut est l'un de ses préférés, même si après ce jour-là elle le roulera en boule et le cachera au fond de son placard jusqu'à ce qu'elle ait l'occasion de le mettre à la poubelle. Sa mère se tourne vers elle avec un sourire et prononce les mots avec facilité, comme si elles ne faisaient que jouer à un jeu. La fillette sait que ce n'est pas un jeu, mais elle n'est pas inquiète ou nerveuse, non, pas encore, parce qu'elle est certaine de pouvoir répondre à tout ce que sa mère demande.

Je veux que tu deviennes un renard, dit sa mère, pour que tu puisses apprendre à rêver les rêves d'un renard. C'est bon de commencer par les renards, parce qu'ils sont intelligents et méfiants, et leurs rêves ne sont pas très différents des nôtres. Ensuite, tu apprendras à rêver comme les oiseaux, les serpents et les poissons, des créatures qui sont bien plus complexes que nous le pensons.

La fillette attend ses instructions, mais sa mère ne lui en donne aucune. Sa mère la regarde un instant, puis pousse un soupir. Regarde, dit-elle, je vais te montrer.

La fillette voit l'immobilité gagner le corps de sa mère. Seul le bout de son nez tremble très légèrement. Et ses yeux, ils sont humides et parsemés de petites taches brunes. Dans la lumière qui tombe des fenêtres, ils brillent comme des billes iridescentes. La fillette attend autre chose : une odeur musquée, que ses cheveux rougissent. Rien de tel ne se produit. Mais c'est inutile, elle voit bien que sa mère est partie ailleurs. Malgré ses yeux ouverts, elle sait que si elle agitait la main en face de leur belle opacité, sa mère ne bougerait pas un cil. Elle se met à pleurer. Elle sent la panique nouer ses genoux, le bout de ses doigts. Non parce qu'elle ignore où est partie sa mère ou qu'elle a peur qu'elle ne revienne pas, mais parce qu'elle, Rakhi, ne peut la suivre. C'est sa première expérience de l'échec, sa première conscience d'elle-même en tant qu'être séparé, inférieur.

Elle ne s'en souviendra que plus tard, mais vaguement, comme une photo vue à travers du verre dépoli : elle a fait demi-tour, remonté la rue à sens unique. Elle a enfreint plus de lois ce jour-là que durant toute sa vie. Le panneau de l'autoroute surgit soudain du brouillard comme si elle se trouvait dans un vieil épisode de *Twilight Zone*. Si elle regardait derrière elle, y aurait-il quelque chose ? Elle ne regarde pas. Elle retient le souvenir du renard en elle tout en traversant le pont jusqu'à la maison de Fremont, le brouillard se lève un peu plus à chaque kilomètre parcouru. Les minutes défilent devant les vitres de la voiture comme des énigmes qu'elle n'a pas résolues. Sur le seuil, elle tâtonne, laissant tomber les clefs à deux reprises car la lumière du porche n'est pas allumée, comme le faisait sa mère quand elle savait que Rakhi n'était pas encore rentrée.

A la fin de l'épisode manqué du renard, sa mère l'avait prise par les épaules et embrassée sur les deux joues. « Ne t'en fais pas, avait-elle dit. Ça n'a pas d'importance. » Mais elle, elle était en colère car, bien sûr, cela avait de l'importance. Mais ce soir, elle comprend que sa mère voulait lui dire : *Ça n'a pas d'importance et je t'aime tout autant.* Est-ce que cela s'appliquait à tous les autres cas où elle avait échoué ? Dans l'obscurité de l'escalier de la maison de ses parents, tandis qu'elle monte sur la pointe des pieds pour ne pas réveiller son père, elle porte cette révélation en elle comme un cadeau qu'elle vient de recevoir et n'a pas encore ouvert.

Plus tard, elle se demandera : Est-ce pour cela que l'homme en blanc lui est apparu, pour lui apporter quelque chose de vieux, quelque chose de neuf, une miette de mémoire, une bribe de révélation ? Si petite, comparée à la grande bouche béante de sa perte, et pourtant significative.

Mais son père ne dort pas. Il ne bouge pas de son lit, mais le blanc de ses yeux brille à la lumière de la lune quand il tourne la tête. Il l'entend remuer dans la pièce à couture, se cogner aux choses. Il l'entend se laisser tomber sur le lit qu'elle s'est aménagé sur le sol, un lit d'ascète, rien qu'un oreiller sur le tapis et une mince couverture. Mais elle n'a encore rien de l'ascète, il sait cela même si elle ne le sait pas, sa fille avec toutes ses envies bouillonnant en elle. Il aimerait aller la voir, lui toucher l'épaule pour lui montrer qu'il comprend plus de choses qu'elle ne le croit, bien que peut-être pas autant qu'elle en a besoin. Elle est rompue de fatigue, il le sait à la façon dont elle se tourne et se retourne en essayant de se détendre. A la façon dont elle n'entend pas le petit crissement du papier qu'il a posé sur l'oreiller, le chapitre qu'il a traduit du journal et qu'il a intitulé « La Belle et la Bête ».

21

Journal des rêves

Je ne pensais pas que je me marierais. Je savais que c'était interdit. La première chose que la gardienne du seuil nous demandait, à nous les novices, avant de nous permettre d'entrer dans les grottes, c'était si nous étions prêtes à abandonner toute pensée de maris. Et d'amants aussi, ajoutait-elle d'une voix sèche. Certaines des filles hésitaient et étaient renvoyées chez elles. Je n'ai pas eu la moindre hésitation.

Comme je me connaissais mal, moi qui pensais que je ne désirerais pas connaître l'amour humain ! Moi qui pensais que je maîtriserais toujours mes désirs !

Les interprètes que j'ai rencontrées ne semblaient pas malheureuses. Cela avait du sens pour moi. Pour ce que j'avais pu en juger, le statut d'épouse était celui de bête de somme : toute la journée à obéir au doigt et à l'œil à la belle-famille, au mari, aux enfants. Les épouses travaillaient sans arrêt et sans espoir de louanges, et si les choses tournaient mal, elles en portaient le blâme. La vie invisible des épouses, celle qui se déroulait dans l'obscurité de chambres closes, je ne la connaissais pas. D'après ce que les Anciennes laissaient échapper de temps à autre, ça aussi c'était une corvée.

Soyez reconnaissantes du sort que vous avez choisi, disaient les Anciennes. Votre corps vous appartiendra toujours. Seuls les esprits de vos rêves l'envahiront, et être envahie par les esprits est une bénédiction.

Maintenant, je me pose des questions sur ce que j'ai accepté alors inconditionnellement. Que savaient ces femmes sans hommes des joies de la chair, de ce don de soi qui est aussi un cadeau ? Que savaient-elles du désir impérieux qu'éprouve un corps à être envahi par un autre corps ?

Peut-être savaient-elles. Peut-être est-ce pour cela qu'elles parlaient ainsi, et répétaient, répétaient, dans l'espoir de nous empêcher de nous écarter du droit chemin.

Ma tante, mon premier professeur de rêves, m'a dit ceci : « Une vie est trop courte pour être divisée entre le monde extérieur et le monde intérieur, le monde de la lumière du jour et celui des ombres. » Elle a ajouté : « Les baisers d'un homme absorberont toute ton énergie. Tu n'auras plus rien à offrir au dieu des rêves. Et si le dieu en colère te quitte alors, tu passeras le reste de ta vie dépouillée.

Si tu te détournes de ton mari pour préserver ton don, il t'en voudra de ne pas être le premier et l'unique but de ta vie. Les maris n'aiment pas ça.

De quelque façon qu'on le prenne, a-t-elle ajouté, c'est un chemin qui mène à l'amertume. De tout mon cœur, je souhaite que tu ne le prennes pas. » Elle a dit ça d'une voix triste, car j'avais déjà pris ma décision.

Au cours du printemps de ma dernière année d'apprentissage, avec vingt-quatre autres jeunes filles qui avaient passé avec succès leur examen de fin d'études, on m'a emmenée à Calcutta.

C'était un voyage que nous avions attendu toute l'année, dont nous avions parlé en chuchotant dans la pénombre de nos dortoirs après l'extinction des lampes. Calcutta, où vivaient dix millions d'âmes, un endroit plein de nouveautés, de nouvelles venant du monde entier. C'était l'opposé de la torpeur de nos grottes, de notre vie coupée de tout. Et nous qui étions jeunes filles avions envie de changement.

Ce devait être un voyage destiné à parfaire notre éducation. Calcutta était pleine de rêves : non seulement ceux que rêvaient ses habitants mais de vieux rêves interrompus qui pendaient immobiles au-dessus du Gange paresseux et brun, colorant la nuit de leurs entrelacs. Nous serions jugées à notre façon d'arracher à l'air ambiant et d'interpréter ces rêves désincarnés.

Les rêves, disaient les Anciennes, continuent d'affecter la vie éveillée, même après que les rêveurs ont disparu. Nous devions étudier les dessins de ces vieux rêves et déterminer leurs effets sur l'avenir de la ville.

Imaginez cela : vingt-quatre jeunes filles descendant du train à Howrah Station, une Ancienne en tête et une autre derrière. Nous ne portions pas d'uniformes car les interprètes de rêves ne croient pas aux signes extérieurs. Les passants devaient pourtant se rendre compte que quelque chose nous liait – un certain regard tourné vers l'intérieur, comme si nous étions toujours en train de chercher, insatisfaites.

Mais ce jour-là, nous ne regardions pas vers l'intérieur. Ivres d'excitation, nous courions d'un bout à l'autre de la gare en nous interpellant, stupéfaites : « Regarde ça, et t'as vu ça, incroyable ! » Nous avons mangé de la barbe à papa trop sucrée en nous étonnant des visages mornes des citadins. Comment pouvaient-ils être aussi tristes alors qu'ils vivaient parmi tant de distractions ? Une des Anciennes a acheté un kaléidoscope, et nous avons fait la queue pour regarder dans le tube brillant les dessins colorés et changeants qui n'avaient pas besoin de signifier quoi que ce soit.

Les années ont passé, j'ai oublié. Mais je me souviens de notre visite au Victoria Memorial. Immense anachronisme de marbre blanc, de bronze et d'orgueil étranger où personne n'a dormi depuis de nombreuses années – dans une cité où tant de personnes dorment dans la rue avec le ciel pour unique couverture. Mais dans ce monde bigarré, il y a une place pour tout, même la vanité. Ainsi le mémorial se dressait dans un immense espace vert entouré de fontaines, et l'ange noir sur son dôme en équilibre sur un doigt de pied regardait en bas avec une insouciance royale une ville qu'il avait autrefois dirigée. Nous sommes entrées dans le plus grand hall, nos pas rendaient un son creux, et nous avons contemplé les trônes et les fauteuils coloniaux, les couronnes, les tuniques incrustées d'or. Un globe avec RULE BRITANNIA gravé en travers de l'équateur. Des sceaux de la couleur du soleil couchant apposés à des documents qui prenaient ou cédaient des choses qu'il n'appartenait pas au signataire de donner ou de prendre. Dans une alcôve, il y avait des mousquets, des uniformes militaires écarlates, des bottes. Des balles de canon avec en dessous des plaques indiquant le nom des batailles. Je suffoquais. De la fumée plein la tête, j'entendais les voix d'anciens cauchemars. L'une réclamait de l'eau. Une autre murmurait d'une voix enrouée des histoires de trahison, de portes ouvertes de l'intérieur. Quelqu'un balbutiait une prière à Shiva qui s'interrompait au beau milieu d'un mot. Un autre gisait dans une mare de sang et pensait à la forêt de son enfance, au vert sombre des manguiers et des shals. Quelqu'un implorait qu'on l'achève vite. Les voix me donnaient le tournis. Pour la première fois de ma vie, j'ai su ce qu'était la haine. Quel genre de gens, me demandais-je, désiraient préserver ce genre d'endroit et en faire une attraction ? Je l'aurais rasé depuis des siècles.

Je ne devais pas avoir l'air dans mon assiette, car l'une des Anciennes m'a regardée fixement, puis elle m'a emmenée près d'une robe de bal, des mètres et des mètres de ruché jauni par l'âge, un corset en os de baleine. Touche-le avec ton esprit, m'a-t-elle dit. Aussitôt j'ai été plongée dans une chambre à coucher, un lit à baldaquin avec un dais de mousseline pour préserver des moustiques. J'avais peur, car je vivais dans un pays étrange, un pays que je n'avais jamais eu le désir de visiter. Je me languissais des douces et ondulantes collines de ma terre natale, de la familiarité des marguerites et des jonquilles au lieu de ces plantes grimpantes exubérantes qui s'enroulaient autour de ma maison comme des serpents. Je ne pouvais confier mes peurs à mon mari ; il m'avait déjà dit qu'il s'attendait à ce que je sois courageuse et noble, comme il sied à une Anglaise. Si je ne pouvais posséder ces vertus, m'avait-il conseillé, alors je devais faire semblant de les avoir. Je gisais ainsi sous son poids la nuit, le poids de cet étranger qu'il était devenu depuis notre arrivée en ce pays, et je faisais semblant. J'essayais de ne pas penser au matin, quand je devrais affronter les serviteurs, leur donner des ordres et les voir minauder en se murmurant à l'oreille dans leur langue étrange, sifflante, des commentaires sur moi. Quand je finissais par m'endormir, je rêvais de serpents avec des langues de feu.

Par la suite, l'Ancienne a murmuré : « L'Histoire a bien des aspects, n'est-ce pas ? La plupart, personne ne les voit, si ce n'est ceux qui savent comment repêcher les rêves. »

Elle a ajouté : « Juger devient alors plus difficile, non ? »

En moi, j'ai entendu la jeune femme hurler quand les hommes en turban ont pénétré dans l'enceinte. J'ai vu un éclat de soleil étinceler sur leurs baïonnettes. Une fois, deux, trois fois. Puis les images se sont évanouies.

Je n'ai rien répondu à l'Ancienne. Je lui en voulais de m'avoir divisée en autant de morceaux, tous en conflit les uns avec les autres. Je suis sortie du palais mort. Les autres apprenties se taisaient aussi et certaines s'essuyaient rageusement les yeux.

Mais dehors, il y avait un beau coucher de soleil, orange contre le fond de palmiers noirs. Des lumières électriques de toutes les couleurs se sont allumées, faisant miroiter les fontaines comme un pays de fées. Des marchands de crème glacée chantaient *pista kulfi chahiye, pista kulfi,* qui veut de la glace ? Les autres apprenties ont repoussé les rêves dans un coin de leur esprit, pour une analyse ultérieure. Elles se pressaient autour des Anciennes, les priant de les emmener au cinéma, dans un restaurant chinois, dans les boutiques de New Market qui vendaient du rouge à lèvres et de la poudre parfumée.

Mais moi, je refusais de m'apaiser. Je leur ai tourné le dos et j'ai marché dans le jardin empli de l'odeur des roses que des femmes d'un pays lointain avaient plantées par nostalgie de leur patrie. Je voulais haïr, mais les fleurs m'ont désarmée. Leurs pétales étaient si doux, si fragiles. Je me suis agenouillée au milieu d'elles, et elles se sont posées sur mes bras tels des doigts suppliants.

Quand j'ai ouvert les yeux, il me regardait. Il était assis sous un arbre, adossé à son tronc massif, et il avait un air paisible qui m'a intriguée. Moi qui vivais parmi les interprètes de rêves pendant trois ans, j'étais accoutumée à l'intensité.

Quand il m'a adressé la parole, cela m'a fait sursauter parce que je n'étais pas habituée à ce que des jeunes hommes m'adressent la parole, et aussi parce que ce qu'il a dit était si incongru.

« Voulez-vous entendre une chanson sur les fleurs ? » a-t-il demandé.

J'ai hoché la tête en signe d'assentiment, et il a chanté. Je n'ai pas bien compris les paroles car il chantait dans une langue différente de la mienne. Cela n'avait pas d'importance. J'aimais sa voix, riche et spontanée, même quand, oubliant des paroles, il a chantonné pour remplir les blancs. Ce que je ne comprenais pas, je l'ai imaginé et c'est devenu une chanson d'amour.

Quand la chanson a pris fin, je savais que je devais partir sans rien dire. A regarder et écouter, déjà j'avais désobéi. J'ai alors enfreint une troisième règle.

« Chantez-moi une autre chanson », ai-je dit.

Cette fois-là, il a chanté en bengali une chanson à propos d'une femme dont les yeux étaient aussi noirs que ceux d'une biche sauvage, et il m'a regardée dans les yeux en chantant au point que je me suis sentie cette femme. Je savais que j'allais enfreindre d'autres règles encore pour continuer à ressentir cela.

Les Anciennes m'ont trouvée peu après et m'ont emmenée en me réprimandant. Les autres novices me regardaient avec un mélange d'horreur et de fascination. J'ai dû rester dans ma chambre d'hôtel en punition pendant qu'elles allaient au cinéma. Une des Anciennes était là pour me surveiller. Comme nous récitions ensemble les vingt-neuf principes cardinaux, j'ai cru voir de la pitié sur son visage. Peut-être, comme de nombreuses interprètes expérimentées, avait-elle le don de prédiction.

Moi aussi, je voyais le futur, même si je n'étais pas très expérimentée. Je savais que le lendemain, quand le groupe se rendrait au temple de Kali, je m'enfuirais et me rendrais à l'adresse que m'avait donnée l'homme, dans la petite chambre qu'il louait sous les toits. J'attendrais là son retour du travail. Un orage éclaterait, et nous ferions l'amour sous la pluie sur la terrasse noire de nuit. Je n'avais pas peur. J'étais prête à le suivre là où son destin nous mènerait. Je voulais que son destin soit aussi le mien.

Ah ! mais il y avait des choses que je ne voyais pas.

Elles m'ont trouvée, bien sûr – les Anciennes avaient des moyens de savoir –, et le lendemain, quand il est parti à son travail, elles m'ont ramenée de force dans les grottes. Elles m'ont d'abord conduite chez ma tante – mais était-ce vraiment ma tante ? Je commençais à en douter – pour qu'elle essaie de me convaincre.

« Il n'est pas trop tard, a-t-elle dit. Tu peux encore nous revenir. J'intercéderai auprès du Conseil pour qu'on te reprenne, même si tu n'es plus vierge. Il y a des cérémonies de purification. C'est délicat, mais ça peut se faire. Reviens, dit-elle, ou tu regretteras ta décision toute ta vie. »

Mais le regret n'était qu'un mot vide de sens, bourdonnant comme un moustique à mon oreille. J'étais follement amoureuse, et je le lui ai dit.

« Comment peut-on aimer quelqu'un qu'on ne connaît pas ? » a-t-elle demandé, consternée.

J'ai détourné les yeux ; j'avais toujours respecté ma tante, mais pendant un instant, j'ai ressenti du mépris pour elle. Que peut m'enseigner de l'amour une vieille femme ridée, ai-je pensé, de cet enivrement qui envahit tout votre corps comme de l'électricité jusqu'à ce que vous croyiez mourir de plaisir ?

Mais sachant ce que je sais maintenant, j'aurais répondu à sa question ainsi : Ne pas savoir n'est-il pas la seule façon possible d'aimer ?

22

Rakhi

On ferme la Chaï House aujourd'hui.

En m'éveillant, je tire la couverture sur ma tête. Un geste qui me vient de l'enfance, quand je croyais que si je restais cachée dans mon lit, je pourrais échapper à tout ce que la journée offrait de désagréable. Ma mère arrachait les couvertures d'un geste brusque. « Ma petite autruche », disait-elle.

C'est cela la différence entre être un enfant et être un adulte : après un moment, je rejette la couverture moi-même. Je roule ma literie en vrac et la range dans le placard. C'est plus que je n'en ferais chez moi, une façon de reconnaître que c'est l'endroit de ma mère que j'habite. Dans la salle de bain, dans le miroir, je remarque de nouvelles rides, une tache de vieillesse. J'entends mon père s'affairer dans la cuisine. On lui a enlevé son plâtre il y a deux jours et il peut se préparer son petit déjeuner. Plus vite il pourra se débrouiller seul, plus vite je pourrai reprendre ma vie à moi.

Mon père me crie du bas de l'escalier :

« Tu veux des œufs brouillés ?

— Non, dis-je en mentant. Je n'ai pas faim. »

D'abord, je doute de la capacité de mon père à faire des œufs brouillés. Je ne me souviens pas de l'avoir jamais vu préparer le petit déjeuner, ou aucun autre repas, d'ailleurs. Il faisait la vaisselle les soirs où il n'avait pas bu, mais cela ne présage en rien de ses dons culinaires.

Comme pour valider mes pensées, un bruit violent vient de la cuisine. Comme une poêle qui tombe. Son poignet n'est peut-être pas aussi solide qu'il le pensait. Mon cœur se serre, mais je réfrène l'envie de dévaler l'escalier, de le faire asseoir et de préparer ses œufs. Il va s'en tirer tout seul. S'il a laissé tomber quelque chose, cela lui fera du bien de se baisser pour le ramasser. Après tout, il devra bien le faire quand je ne serai plus avec lui.

Ensuite, je ne veux pas accepter de faveurs de mon père. J'ai dû lui demander de traduire le journal ; je n'avais pas le choix. Mais je ne veux pas alourdir ma dette envers lui.

Enfin, après la lecture du dernier chapitre qu'il a traduit pour moi, j'ai peur de ne pouvoir m'empêcher de scruter son visage à la recherche des restes du jeune homme que ma mère a aimé avec tant d'imprudence. De demander du regard : Que s'est-il passé ?

Quand je descends, je remarque qu'il a mis deux assiettes sur la table. Les œufs brouillés, sur le plat de service, ont assez bel air. Il a aussi coupé du melon, mon fruit préféré, et sorti une miche de pain français. S'il a laissé tomber quelque chose, il n'y en a pas trace sur le sol de la cuisine.

« Mange quelque chose, dit-il. Ça va être une longue journée. »

Je lui lance un regard cinglant. Je ne lui ai rien dit de la fermeture du salon de thé, ne lui ai même pas parlé du mauvais état de nos finances. Je m'apprête à refuser de nouveau, mais j'ai faim soudain. Il a raison, ce sera probablement une longue et rude journée. Je prends plusieurs tranches de melon, une cuillerée prudente d'œufs. Ils sont étonnamment délicieux. Il nous verse du jus d'orange, en tenant son bras blessé à un angle inhabituel.

Je lui demande : « Comment ça va ?

— Mieux, dit-il en le pliant précautionneusement.

— Les œufs sont bons.

— Content que tu les aimes. Tu veux autre chose ? »

C'est le seul genre de conversation que je peux avoir avec lui, et il le sait. Il doit avoir remarqué que depuis l'accident, je ne l'ai pas appelé papa. Il m'est arrivé de le surprendre, le coin de la bouche tiré vers le bas par le poids de tout ce qu'il voulait dire. Mais je ne suis pas prête à le laisser faire.

Je lui dis qu'il se peut que je rentre tard. Qu'il ne doit pas m'attendre.

Il me suit jusqu'à la porte et dit : « Je t'accompagne. »

Je remarque alors qu'il porte un pantalon de velours propre et une chemise. Il a dû prendre un bain plus tôt, ses cheveux sont humides, les marques du peigne encore visibles.

« Non, dis-je. Je ne veux pas. » Je parle lentement, comme à un enfant, essayant de contenir ma colère. Qu'est-ce qui lui fait croire qu'il a le droit de s'immiscer dans ma vie ?

« Rakhi, ça va être dur de fermer ton salon. Tu as besoin de quelqu'un qui prenne soin de toi.

— Comment sais-tu que nous fermons ? » J'élève la voix en dépit de mes efforts pour rester calme. « Je ne me rappelle pas t'en avoir parlé.

— Je t'ai entendu discuter avec Belle. Je peux peut-être t'aider… »

Les mots sortent de ma bouche avant que je puisse les arrêter : « Tu ne m'as jamais aidée de toute ma vie. Et maintenant, tu écoutes aux portes ! Le fait que je sois forcée de rester ici avec toi ne te donne pas le droit de mettre le nez dans mes affaires comme ça. »

Il cligne des yeux sous l'impact des mots. Un instant, ses lèvres bougent, mais aucun son ne sort. Puis il dit, d'un ton hésitant : « Je ne voulais pas mettre le nez dans tes affaires. Peut-être ai-je eu tort d'écouter. Je l'ai fait parce que je me fais du souci pour toi. Je me suis toujours fait du souci pour toi. Mais jusqu'à aujourd'hui, ta mère était là pour s'occuper de tes problèmes. Elle ne voulait pas que je m'en mêle, alors je l'ai laissée faire. Peut-être aurais-je dû insister pour être plus présent. Mais il est trop tard pour changer le passé. »

Je suis surprise, puis soupçonneuse. Facile à dire que c'était le désir de ma mère de l'éloigner de moi. Elle n'est plus là pour le contredire, n'est-ce pas ?

« C'est trop tard, dis-je. Et tu me mets encore plus en retard maintenant. Alors, si tu veux bien m'excuser… »

Je suis sur le seuil quand il ajoute : « Rakhi, qu'est-ce qui est le plus important ? Prouver que tu n'as pas besoin de moi, ou ne pas perdre ce pour quoi tu as travaillé si dur pendant tout ce temps, ta Chaï House – et peut-être ta fille ? »

Je me retourne, stupéfaite. Comment sait-il que je m'angoisse pour Jona ? Que sait-il d'autre encore ?

« Je ne peux pas certifier que je serai utile, mais au moins laisse-moi essayer », dit-il.

Je ravale ce que j'allais répliquer – si tu veux vraiment m'aider, occupe-toi de toi-même, que je n'aie pas besoin de rester ici – et le laisse m'accompagner jusqu'à la voiture. Ce qu'il a dit m'a frappée. Ai-je vraiment du mal à faire passer en premier ce qu'il y a de plus important ?

Si ma mère vivait encore, je l'aurais consultée, et elle – toujours honnête – me l'aurait dit. Je dois me débrouiller toute seule maintenant. Sur la route qui nous mène à Berkeley en silence, je mordille l'intérieur de ma joue, pensive.

Belle est déjà là, habillée pour les gros travaux d'une salopette et d'un débardeur, les cheveux retenus par un bandana. Mais elle n'est pas seule. De l'autre côté du comptoir, il y a un grand et jeune sikh, en jean et turban traditionnel. Au début, je le prends pour un client (quelle ironie ! Nous n'avons plus rien à proposer à un client), puis je me rends compte qu'ils se disputent. Ou, pour être plus précise, Belle parle et le jeune homme écoute. Elle fait un signe de la main dans notre direction quand nous entrons, mais sans s'interrompre.

« Je t'ai dit que je ne veux pas de tout ça. Qu'est-ce que je vais en faire ? Grand Dieu, à quoi pensais-tu en m'apportant ces trucs ! Ce sera perdu. Il faut que tu les remportes. »

Entre eux, sur le comptoir, il y a une grande boîte emplie de paquets et de pots. J'aperçois aussi des légumes : du cresson, du *mulee,* de la courge *lauki*. Ses parents ont dû lui envoyer un colis.

« Je te l'ai dit, répond le jeune homme, je reviens de Turlock, je suis allé voir ma famille. Je n'y retourne pas avant la fin du mois. » Son accent est distinctement américain. Il a dû naître ici, comme Belle et moi. Je me pose des questions sur le turban, beaucoup de sikhs choisissent de s'en passer. Ça lui va bien pourtant, lui donne un air aventureux, viril.

« Je m'en fiche ! Emporte-moi ça ! » Belle repousse la boîte vers lui. « Je n'ai pas envie de culpabiliser avec ces légumes en plus de tout le reste aujourd'hui. »

Il lève un sourcil poli, inquisiteur : « Culpabiliser ?

— Oui. Je ne sais pas comment les préparer, ce que ma mère sait aussi bien que moi. Je ne comprends pas pourquoi elle les envoie, surtout en ce moment, j'ai déjà assez de problèmes. Regarde toutes ces épices : cumin, piments rouges, feuilles de laurier. Un bocal entier de farine de pois chiches. Je n'ai jamais utilisé de farine de pois chiches de ma vie. » Elle donne un petit coup sec au bocal. « Et ça… je ne sais même pas ce que c'est.

— C'est du *saunf,* dit le jeune homme. Les étrangers l'appellent du fenouil. Très bon pour la digestion. Les gens qui ont mauvais caractère ont en général des problèmes digestifs. Peut-être que c'est pour ça que ta *biji* te les envoie.

— Merci pour la leçon, rétorque sèchement Belle. Si tu veux bien maintenant enlever cette boîte et ta personne d'ici, nous autres devons travailler pour vivre, vois-tu. »

Le jeune homme soulève la boîte. « Je serai heureux de partir, crois-moi ! Je vais prendre les légumes et les préparer moi-même. C'est visiblement un gâchis de te les laisser ! Heureusement que tes parents ne sauront pas comment tu traites leurs cadeaux. Ils les ont choisis avec beaucoup d'amour. Mais ça ne veut probablement pas dire grand-chose pour toi. Tu es beaucoup trop cool pour te soucier de notions démodées comme le respect envers les aînés. »

Je me raidis dans l'attente d'un éclat, mais Belle a l'air déconcertée. Juste un instant, cependant. Puis elle lui arrache la boîte des mains.

« Tu crois que porter ce turban te rend meilleur que les autres et te donne le droit de me juger ? crie-t-elle. Tu penses me connaître ? Eh bien, tu ferais mieux de partir avant que je te contamine avec mes airs cool. » Elle se tourne vers moi. « Il faut qu'on commence l'inventaire. On est déjà en retard. »

Belle a contacté une entreprise qui achète les stocks de sociétés en faillite. Ils ont proposé de regarder notre inventaire et de nous en offrir un prix global. Si on est d'accord, ils enverront leur camionnette dans deux ou trois jours prendre tout ce qui les intéresse. Nous devrons jeter le reste, je suppose, ou peut-être le donner à un organisme social.

Belle dit les noms des articles et je les écris. La machine à expresso, les plateaux de présentation, les cuillères avec des roses en relief sur le manche. Je me souviens de l'achat de chaque article. La main me fait mal. Je me rends compte que je serre le stylo trop fort. Mon père a disparu dans le coin cuisine, où sont les fours et les réchauds, mais le jeune homme est toujours là. Quand Belle grimpe voir ce qu'il y a dans le grenier, il lui tient l'échelle, bien qu'elle l'ignore ostensiblement. C'est un déchirement pour moi d'ajouter à la liste les fauteuils à bascule. Je ne peux pas les prendre chez moi. Je devrai bientôt emménager dans un appartement plus petit. Mon estomac se rebelle à cette idée.

Plusieurs heures plus tard, nous sommes loin d'avoir terminé : qui se doutait que nous avions tant de petites choses, des formes à découper les biscuits, des cuillères à melon, des théières avec des chauffe-théières de soie ? Je suis épuisée, sale, affamée. Belle suggère que l'un de nous coure au bas de la rue acheter des hamburgers. Le jeune homme, qui nous a aidées à remplir les boîtes, propose d'y aller. « C'est moi qui offre, dit-il avec un large sourire qui lui donne l'air plus jeune et moins sombre.

— Il n'en est absolument pas question ! » dit Belle, son menton têtu pointé en avant. Je m'attends à une autre dispute, mais alors, du seuil de la cuisine, mon père s'éclaircit la gorge :

« Je pourrais frire quelques *pakoras*, suggère-t-il d'une voix hésitante. Faire du *cha*, à l'indienne ? »

Cha, revoilà ce mot bengali. Je me souviens que ma mère l'a utilisé récemment, même si je ne sais plus exactement quand. Je vais refuser, mais Belle dit :

« Ce serait super, Mr. Gupta. Nous avons encore tout ce bon thé de Darjeeling…

— Pour ne rien dire d'un paquet entier de farine de pois chiches, ajoute le jeune homme, destiné à ne jamais servir… »

Belle retient son souffle en préparant une réplique ad hoc, mais mon père, dans sa nouvelle incarnation de chef et de pacificateur, demande au jeune homme de porter la boîte dans la cuisine. On entend des murmures, un bruit d'eau puis le grésillement des *pakoras* dans l'huile chaude.

Belle s'assied dans un des fauteuils à bascule et allonge les jambes en poussant un soupir.

Je lui demande : « Comment va la recherche d'emploi ? »

Elle fait la grimace. « C'est un monde sans âme, Rikki. Personne ne veut de gens comme nous, avec nos merveilleux diplômes en sciences humaines sans aucune utilité pratique. »

Elle se balance. Elle a raison – moi, que sais-je faire ? Peut-être pourrais-je travailler comme femme de chambre dans un hôtel, ou serveuse dans le restaurant de quelqu'un d'autre. Je suppose que je peux faire le ménage, mais si les gens savaient à quoi ressemble mon appartement, personne ne voudrait m'engager.

« Ecoute, dit soudain Belle. C'est ton père qui chante ? »

Mon père chante une de ses chansons hindi – ce doit être une chanson connue, car le jeune homme se met à l'accompagner. Ils forment un duo agréable, bien que mon père soit à l'évidence l'interprète principal. Lorsqu'il chante, sa timidité s'évanouit et une mélodie subtile, pure sort de lui.

« Il chante bien ! dit Belle. Comment se fait-il que tu n'aies hérité d'aucun des talents de tes parents ?

— Merci ! » dis-je. C'est la première fois qu'elle mentionne ma mère sans un air sinistre. C'est la première fois que je n'ai pas tressailli quand elle a parlé d'elle. C'est une sorte de progrès.

« L'autre n'est pas trop mal non plus, dis-je. Comment s'appelle-t-il ?

— Jespal.

— Tu le connais depuis longtemps ?

— Je l'ai croisé à des fêtes de la communauté à Turlock. Mes parents parlent tout le temps de lui. Une carrière réussie. En contact fréquent avec sa famille. Et en plus, un sikh fervent. Qu'est-ce qu'une fille peut demander de plus, comme aime répéter ma mère.

— Et qu'est-ce que tu en dis, toi, surtout maintenant qu'il s'est présenté chez toi avec des cadeaux ?

— Ouais, de la farine de pois chiches et des radis.

— Les choses ne peuvent qu'aller de mieux en mieux ! Tu l'intéresses, sinon il ne serait pas resté après que tu lui aies sonné les cloches de cette façon.

— Si c'est le cas, je n'ai pas l'énergie de réagir. D'ailleurs, il n'en sortirait rien de bon. Tu me vois me couvrir la tête et le suivre au *gurdwara* tous les week-ends ? Il s'évanouirait sûrement si je l'emmenais dans ma boîte de nuit préférée. »

Les hommes apportent des plateaux fumants. Du thé, des *pakoras,* un chutney pour les boulettes épicées que mon père a concoctées avec des épinards, des oignons et de la farine de pois chiches. « Connu sous le nom de *besan* par les initiés », ajoute Jespal avec un sourire impudent, imprudent. Belle le foudroie du regard. Etre servies dans notre propre Chaï House, et par des hommes, est un plaisir nouveau.

« Combien de sucres dans ton *cha* ? » demande mon père.

Je me souviens maintenant quand j'ai entendu ce mot. Ma mère avait dit que notre problème, c'était que nous n'avions pas réussi à faire de ce lieu une véritable maison de *cha*. Cette évocation me blesse de nouveau.

« Mr. Gupta ! dit Belle en mordant dans un *pakora*, comment avez-vous appris à si bien cuisiner ? »

Mon père sourit. « Enfant, mes parents étaient très pauvres. A une époque, il n'y avait pas d'argent pour m'envoyer à l'école si je n'en gagnais pas moi-même. Alors j'ai travaillé comme assistant dans une échoppe de thé. Quand on aura le temps, je vous raconterai.

— Ce thé est excellent, dit Jespal. Vous avez mis du gingembre ? C'est comme ça que le fait ma mère ! »

Je sirote mon thé. Il est riche et très sucré, avec une pointe forte qui doit venir du gingembre. Je dois admettre qu'il est bien meilleur que la version délayée avec trop de cannelle que j'ai bue dans d'autres cafés et servie dans le nôtre.

Jespal et mon père échangent leurs numéros de téléphone avant que Jespal parte. Il jette un œil à Belle comme s'il voulait lui demander quelque chose, mais il ne le fait pas. Je regarde mon père verser à Belle une deuxième tasse de thé, levant haut le pot d'une main experte pour laisser le flot de mousse ambrée emplir sa tasse sans en perdre une seule goutte. La faiblesse de son bras semble avoir disparu. Il manipule la tasse presque tendrement, et je vois bien qu'il y prend du plaisir.

Je croyais que c'était ma mère la personne mystérieuse de notre foyer. Mais mon père caméléon se révèle avoir lui aussi des aspects surprenants.

« Les filles, dit-il maintenant. Si je peux vous appeler les filles ? Est-ce que je peux suggérer de laisser l'inventaire pour aujourd'hui ?

— Nous ne pouvons nous offrir ce luxe, papa », dis-je, mon bref accès de bien-être remplacé par de l'irritation. Voilà qu'il se remet à interférer dans ma vie. « On n'a pas de clients, et on n'a pas de quoi payer le loyer. Mieux vaut regarder les choses en face : on a perdu la bataille. »

Je jette un regard sinistre au café d'en face. Quelqu'un se tient devant et regarde notre salon. Je ne vois pas bien, est-ce un homme ou une femme ? C'est une journée ensoleillée et il n'y a pas d'ombre à cet endroit dans la rue. Peut-être est-ce une traînée sur notre vitrine sale que nous avons été trop découragées pour nettoyer ces derniers temps. Mais je n'ai pas besoin de voir pour savoir. C'est la patronne. Pourquoi est-elle dehors au lieu de s'occuper de sa (ou devrais-je dire de notre) nombreuse clientèle ?

« J'ai peut-être une idée ou deux, quelque chose pour vous empêcher de tout perdre. C'est un bel endroit… dit-il avec un tel sérieux que je retiens ma réplique.

— On a déjà étudié toutes les possibilités, lui explique Belle patiemment. On n'a tout bonnement pas les fonds pour survivre. »

Mon père regarde fixement par la vitrine. Je me demande s'il regarde la patronne, et ce qu'il pense. Ma mère lui a-t-elle parlé de Java ? Mais qu'a-t-elle bien pu lui dire ? Ils se parlaient peu, et jamais de l'inexplicable. Il n'était pas à l'aise avec ce qui ne pouvait être vérifié de manière scientifique.

Quand il se décide à parler, ce n'est pas du tout ce à quoi je m'attendais :

« J'ai un peu d'argent de côté. Seriez-vous prêtes à me laisser participer à votre affaire ? »

Dans la voiture, il parle, mais pas de sa proposition. Par la suite, je me suis demandé d'où venait l'argent, si c'était l'assurance-vie de ma mère. Improbable, il ne pouvait pas l'avoir touchée aussi vite. Je lui parle des chapitres du journal :

« C'est difficile à lire ?

— A vrai dire, oui. Souvent je dois me battre avec la langue. Certains mots n'ont pas d'équivalents anglais. J'espère que j'arrive à leur rendre justice.

— Ce n'est pas ce que j'ai voulu dire. Est-ce que ça t'ennuie de les lire ? J'ai parfois l'impression d'empiéter sur un terrain interdit, peut-être qu'on devrait les laisser comme ils sont, ficelés au fond du placard…

— Tu ne devrais pas penser ça. Ta mère était une personne méticuleuse. Tu n'as pas trouvé ce journal par hasard. Elle l'a laissé pour toi. Peut-être est-ce sa façon de te dire ce qu'elle avait en tête.

— Pour autant que je sache, elle n'a jamais eu de mal à me dire exactement ce qu'elle avait en tête.

— Oui, les choses de surface, les choses qu'elle avait besoin de te dire pour ta vie quotidienne. Mais les choses importantes – celles qui vivent dans des placards sombres en nous –, je crois que tout le monde a du mal à en parler. »

Je ne m'attendais pas à entendre parler de sombres placards intérieurs par mon père – mais en y réfléchissant, ça colle. Peut-être est-ce là où il disparaissait pendant ses crises d'ébriété.

« Peut-être que laisser le journal est sa manière à elle de nous réconforter, dit mon père. Parfois, quand je le lis, c'est presque comme si elle était là, à me parler. Il y a des choses qui me surprennent, pourtant. Elle se souvient des événements d'une façon si différente. Comment nous nous sommes rencontrés, par exemple. » Je lui jette un regard coupable, mais il ne semble pas s'en rendre compte. « Si c'était n'importe qui d'autre, je dirais qu'elle a inventé cette histoire de toutes pièces. Mais ta mère… » Il secoue la tête et je comprends ce qu'il veut dire. Ma mère n'était pas du genre à falsifier les choses. Pourquoi l'aurait-elle fait ? Le monde dans lequel elle vivait était plus fascinant que n'importe quelle histoire inventée.

« Parfois, reprend-il, c'est comme lire un roman écrit par un autre – je ne reconnais personne, et surtout pas moi. Quant aux parties sur les grottes et son, euh, don, eh bien, c'est comme un de ces vieux contes que j'ai entendus enfant. Et puis il y a ces pages sur ses clients qui viennent lui demander de l'aide. Je n'arrive pas à croire que tout ça se soit passé chez nous. » Il soupire. « Mais cela a bien dû arriver. En tout cas, dans son esprit. » Il me regarde, l'air penaud, et je sais qu'il se débat avec les mêmes doutes qui m'ont tourmentée. *A-t-elle imaginé tout cela ?*

Mais je ne suis pas prête à discuter avec lui de l'échec de ma mère, si échec il y a. Alors que je commence à aimer l'homme que je découvre sous la vieille étiquette de père, je ne remets pas en cause ma fidélité à ma mère. J'allume la radio pour indiquer que notre conversation est terminée et, le reste du trajet, nous écoutons Simon & Garfunkel sur une station qui diffuse de vieux succès, *Hello darkness my old friend*.

23

Ils restent attablés tard dans la nuit, le père et la fille, à compiler des listes, échanger des idées. Ils ont vaguement conscience que c'est une première. Avant cela, tous leurs rapports avaient lieu en présence de la mère, à travers elle, en quelque sorte. Elle était leur chef d'orchestre, leur zone tampon, leur traducteur. Elle adoucissait les bords aigus de leurs mots, clarifiait leurs questions, même pour eux-mêmes. *Je vais m'en occuper*, murmurait-elle. *Ne t'inquiète pas*. C'était comme faire des sons sous l'eau, pense la fille. Doux, arrondis, beaux, inefficaces. Maintenant cette mère médium aquatique est partie, emportant avec elle tout réconfort, et ses propres mots la surprennent, traversant l'air telles des flèches avec une vitesse inaccoutumée, âpre.

Ils ont décidé de transformer la Chaï House en un snack indien, un *chaer dokan,* comme on dirait à Calcutta. Ils vont s'inspirer de la boutique où a travaillé son père autrefois, en y ajoutant quelques touches d'hygiène à l'américaine. Il enseignera à

Belle et à sa fille à faire infuser le thé et le café comme il faut, et il cuisinera les en-cas lui-même. Il fait une liste sur une feuille de papier : *pakora, singara, sandesh, jilebi, beguni, nimki, mihidana.* Rakhi regarde fixement la liste, fascinée et dubitative. Elle ne connaît pas la moitié de ces plats, n'a goûté aux autres que rarement. Son père peut-il vraiment se transformer en un chef d'exception et préparer tant de plats à partir de ces ingrédients prosaïques que sont la farine et le sirop de sucre, les piments, les aubergines et l'huile d'arachide ? Est-il assez héroïque pour entreprendre une telle métamorphose ? Mais elle ne veut pas laisser perdre ce bref moment de complicité, ce flottement sur le nuage de leur rêve partagé. Elle dit alors : « Parle-moi de l'échoppe où tu travaillais. » Et la voilà plongée dans sa première histoire indienne.

« Je n'avais que quatorze ans, commence-t-il, quand mon père a perdu son travail. Cela a été un grand malheur pour notre famille, car même si son travail d'employé dans un bureau du gouvernement n'avait rien de très reluisant, c'était le seul revenu que nous avions. Mon père avait contracté une toux sèche – on craignait que ce ne soit la tuberculose – et cela l'empêchait de trouver un autre poste. Il était toujours fatigué. Le médecin nous a conseillé de l'emmener dans un climat frais et sec, peut-être Deoghar ou Hazaribagh.

J'entends encore, dans le bureau du médecin, ma mère, embarrassée, murmurant que nous n'avions pas les moyens d'un tel déménagement. Le jeune médecin était bien disposé envers elle. Ma mère était une belle femme. J'allais vite apprendre que la plupart des hommes étaient bien disposés envers elle. Il lui a dit qu'il allait lui donner les médicaments gratuitement. Mais mon père avait besoin, plus encore que de médicaments, d'air pur, de repos et d'un régime régulier, coûteux, de soupe de poulet, de fruits frais – et là le médecin ne pouvait pas faire grand-chose. Ni nous. On pouvait à peine se payer un repas de riz à l'eau et de piments. Tous les soirs, pendant un an, ma mère et moi sommes allés nous coucher la faim au ventre pour que mon père ait plus à manger. Nous nous arrangions pour qu'il ne le sache pas, bien sûr. Il avait déjà l'impression de nous avoir trahis, et le médecin nous avait conseillé de lui éviter les soucis.

Ma mère a trouvé un emploi dans une usine de vêtements, où elle passait douze heures par jour à coudre des chemises de qualité en rayonne, en dacron et en polyester, des tissus que son mari et son fils ne porteraient jamais. Au début, elle était contente d'avoir ce poste, mais elle en a vite découvert les inconvénients. C'était un travail éprouvant. Les femmes étaient entassées dans une baraque étouffante avec de petites fenêtres et deux ou trois ventilateurs poussifs.

Plusieurs y ont perdu la vue. Quand elles actionnaient toutes ensemble leurs machines à coudre, le bruit était assourdissant. Elles avaient de l'arthrite, des maux de dos chroniques ou des maladies pulmonaires à force de respirer la poussière des tissus. Certaines souffraient de vertiges et d'autres ont raconté à ma mère que même à la maison, elles ne cessaient d'entendre le grondement sourd des machines. Quand elles étaient trop malades pour travailler, on les renvoyait. On trouvait toujours des femmes pour les remplacer.

Ma mère voyait bien tout cela. L'argent qu'elle gagnait ne suffisait pas à subvenir à nos besoins et à soigner mon père. Bien malgré elle, elle m'a laissé travailler dans l'échoppe de thé en bas de la rue où nous habitions ; elle avait peur que mes études en souffrent. Même ainsi, nous avions du mal à payer le loyer. Elle savait que nous devrions bientôt déménager dans un endroit plus petit avec moins de lumière et d'air, et que mon père en mourrait.

Aussi, quand le contremaître de son équipe lui a fait une certaine proposition, ma mère a accepté. Elle a commencé à travailler moins et à rapporter plus d'argent. Le contremaître (j'ai appris ça des années plus tard) lui faisait souvent des cadeaux de vêtements dérobés à l'usine ou de nourriture (il avait un frère contremaître dans une conserverie). Appréciait-elle sa générosité ? Avait-elle des sentiments pour lui ? Je l'ignore. Elle a dit à mon père qu'elle avait eu une promotion. Elle m'a fait réduire mon temps de travail à l'échoppe de thé jusqu'à ce que je n'y passe plus que quelques heures le matin. Elle a pu cuisiner de vrais repas pour mon père et passer du temps avec lui. Le soir, quand j'étais assis à mon bureau, dans une chemise dernier cri, en train de faire mes devoirs, j'entendais leurs voix. Leurs murmures m'emplissaient de bonheur.

Un bonheur si précaire ne pouvait durer, bien sûr. Le temps est venu où le contremaître a pris sa retraite et est retourné dans sa ville natale. Il voulait emmener ma mère avec lui. Comme elle hésitait, il a menacé de tout dire à mon père. Ma mère avait trois options (elle m'a raconté cela bien plus tard, un jour où j'étais venue la voir quand j'étais à l'université). Partir avec le contremaître, mais maquiller son départ de façon à ce que mon père, qui avait maintenant recouvré la santé, pense qu'elle était morte. Pour qu'il continue à l'aimer et se souvienne d'elle comme une épouse vertueuse. Défier le contremaître de raconter son histoire, en espérant que mon père comprendrait que ce qu'elle avait fait, c'était par amour pour sa famille. Le dernier choix comprenait du poison mélangé à une boisson… Mais c'est une autre histoire, et ça devra attendre un autre jour. Tu m'as demandé de te parler de l'échoppe de thé, et je me suis assez égaré.

L'échoppe de thé était petite – rien qu'un auvent, en fait, à un croisement, avec quelques chaises et tables en bois en face de deux grands fourneaux d'argile. Sur le premier, Keshto, le cuisinier-patron-propriétaire, faisait du thé dans une grande bouilloire en aluminium toute la journée. Sur l'autre, il préparait des desserts, il remuait les granules blancs de *sandesh* dans un immense wok en fer jusqu'à ce qu'ils deviennent une pâte lisse, ou il pressait la pâte des *jilebis* à travers un chiffon troué dans l'huile bouillonnante. Certains jours, il faisait frire des *pakoras* aux piments à la place, leur odeur forte se répandait jusqu'à l'arrêt de bus et mettait les passagers en retard car personne ne pouvait résister aux *pakoras* de Keshto. »

Rakhi se penche, les yeux brillants. Voilà le genre d'histoire qu'elle a attendue toute sa vie ; elle a supplié, cajolé, harcelé sa mère de lui raconter – en vain. Penser que cela attendait durant tout ce temps chez son père, le buveur, le chanteur, le sceptique qui n'a jamais cru aux rêves. Lui qu'elle a toujours rejeté, même si elle l'aimait, croyant qu'il ne savait rien qui puisse lui être utile.

« C'étaient des *pakoras* magiques ? demande-t-elle. Ils donnaient des pouvoirs spéciaux à ceux qui les mangeaient, ou ils avaient un goût particulier ?

— Pas que je sache, répond son père. Les gens disaient en plaisantant que leur goût venait du fait que Keshto ne changeait jamais l'huile de son wok et ne le lavait jamais.

D'autres rumeurs enveloppaient l'échoppe de Keshto. On racontait que tard dans la nuit, quand la cité était endormie, les familles des grands gangsters de Calcutta se rencontraient dans son arrière-boutique pour y déposer leur butin ou le reprendre. Il y avait sept familles importantes, une par nuit, avec son jour réservé. Tandis que Keshto, impassible comme un bouddha de pierre, était assis devant son wok à tourner des *pantuas* jusqu'à ce qu'ils aient la bonne couleur brune, à l'intérieur de la cabane, ils décidaient qui de leurs ennemis devait vivre et qui devait mourir.

— Et c'était vrai ? » murmure-t-elle, hésitant à rompre le charme.

Il hausse les épaules, bien qu'il y ait une étincelle dans son œil. « Qui sait ? Les gens adorent les mystères. Quand il n'y en a pas, il faut qu'ils en fabriquent. La pièce de derrière n'avait rien de spécial. Keshto y rangeait sa literie, bien que je ne l'aie jamais vu dormir, et une valise de fer peint contenant ses quelques biens. Ah, cette valise ! Il y avait des histoires sur elle aussi. En tout cas, la pièce était minuscule, on n'y aurait pas fait entier plus de six personnes. Mais certains matins, quand je la nettoyais, il y avait des morceaux de papier déchirés, des bouts de noms, certains rayés de rouge.

Tout ce que je sais, c'est que même si Keshto se montrait bourru avec la plupart des gens et dur en affaires, pour une raison inconnue, il était gentil avec moi. Le matin, quand j'avais nettoyé l'échoppe, il s'assurait que j'avais assez mangé avant de partir pour l'école. Il ne me laissait pas boire de thé – d'après lui, cela ralentissait la croissance – mais il me donnait un verre entier de lait et me laissait manger tout ce que je voulais. Et quand je revenais dans l'après-midi, il m'apprenait ses recettes et partageait avec moi les petits secrets qui leur donnaient ce goût si particulier. J'ai appris à faire des *rasogollas* qui restaient tendres sans se défaire quand on les mettait dans le sirop bouillant, il fallait ajouter deux cuillères de *sooji* dans la pâte à *chhana.* Une demi-tasse d'huile versée dans le mélange pour *pakoras* empêchait que les boules épicées absorbent trop d'huile quand on les mettait à frire. »

Elle ferme les yeux pour mieux entendre, elle ne sait pas si les mots qu'elle entend sont ceux de son père ou ceux de sa propre nostalgie.

« J'ai appris à broyer les épices et les herbes sur une plaque de pierre criblée de petits trous, à cailler le lait avec du citron et à faire du *chhana* frais de la bonne consistance. Les granules de mon *mihidana* étaient orange comme un lever de soleil, et aussi irrésistibles qu'une amourette. Mes *singaras* fourrés au chou-fleur étaient si croustillants que les clients chuchotaient que le nouvel assistant surpassait même Keshto. Keshto était connu, mais maintenant des gens de tout Calcutta venaient dans notre petite échoppe commander de la nourriture pour des mariages ou des funérailles, des pendaisons de crémaillère et des cérémonies de remise du cordon sacré. Keshto et moi, on travaillait jusque tard dans la nuit pour répondre à la demande, mais on devait quand même refuser beaucoup de commandes.

A cette époque, ma mère rapportait beaucoup d'argent à la maison. Elle m'a demandé de quitter mon travail à l'échoppe de thé pour me consacrer à mes études et préparer l'examen d'entrée à l'école d'ingénieurs. Elle rêvait que son fils devienne ingénieur. Je voulais lui faire plaisir et j'ai accepté. Mais je ne pouvais pas laisser tomber Keshto. Je me réveillais avant l'aube, je me glissais furtivement hors de la maison, et quand j'arrivais à l'échoppe, même si nous n'en avions pas parlé la veille au soir, il avait déjà allumé les feux et sorti les ingrédients. On travaillait fiévreusement, en silence, à part les quelques instructions qu'il grommelait de temps à autre. Le temps qu'on passait ensemble était court, car je devais être de retour dans ma chambre avant que ma mère cogne à ma porte me réveiller pour l'école. C'est à cette époque que Keshto m'a enseigné les plats les plus raffinés qu'il connaissait. Nous avons préparé du *rabri*, où on doit bouillir et épaissir, faire refroidir et verser le lait lentement couche par couche. Nous avons fait du *rasogolla payesh* qui est deux desserts en un, les boules blanches et légères flottant dans une délicieuse crème épaisse. Nous avons fait des *dhakal parotas,* où la pâte est coupée et roulée en minces couches feuilletées qui fondent sous la langue. La semaine avant mon départ pour l'université, il m'a donné sa recette spéciale de *sandesh,* le célèbre dessert au lait de Calcutta, mais il n'a pas voulu que je prenne des notes. Il a insisté pour que je l'apprenne par cœur, comme il l'avait apprise lui-même.

Avant de partir, j'ai voulu lui dire combien il comptait pour moi, que je ne l'oublierais jamais. D'une certaine façon, je l'aimais plus que mon propre père. Mais je n'ai jamais été très doué pour les phrases, et le bengali est une langue où *merci* est un mot malaisé. Alors, je suis parti sans rien dire et je suis resté absent un an ; quand je suis revenu, l'échoppe de Keshto n'existait plus, un salon de coiffure avait poussé à sa place. J'ai demandé alentour, mais personne ne semblait savoir ce qu'il était devenu. »

L'histoire flotte entre eux dans l'air du soir. Il est très tard, et si le père et la fille allaient à la fenêtre, ils verraient Suktara, l'étoile de l'aube imminente, basse dans le ciel. Mais ils restent attablés, chacun pensant à l'histoire à sa manière, comme c'est toujours le cas du conteur et de l'auditeur. Des images différentes tourbillonnent et retombent dans leur esprit, et chacun s'attache à une partie de l'histoire, la privilégiant. S'ils devaient dire ce qu'elle signifie pour eux, ils diraient des choses si différentes qu'on aurait du mal à croire qu'il s'agit de la même histoire.

Mais la partager a créé quelque chose entre eux qui s'étire en tremblant tel le fil le plus ténu d'une toile d'araignée. C'est pour cela que la fille raconte au père son aventure de la nuit, sans le regarder, pendant qu'il griffonne sur le bloc-notes où il a écrit le nouveau menu de leur snack-bar. Elle décrit la voiture noire qu'elle a suivie jusqu'à ce quai à la Hopper couleur de rouille, elle lui parle de l'eau noire frappant contre la jetée, de la solitude de ce bruit. Elle hésite avant de mentionner la plaque d'immatriculation de la voiture, sa disparition improbable. Elle pense alors à l'histoire que son père lui a racontée, qui est improbable à sa façon, et écrit les lettres de l'arrière de la voiture sur le bloc-notes. SPMET EVER ? Elle lui demande si ce sont les mots d'une langue indienne. Un nom qu'il reconnaît. Un mantra peut-être, ou un bout de mantra. Il secoue la tête, les yeux écarquillés, en tournant et retournant le bloc-notes.

« Tu es sûre que ce n'était pas Amit ? demande-t-il. Amit est un nom indien. Tu es sûre que c'est le même nom que la dame de la galerie d'art a noté ?

— Je ne suis sûre de rien, répond-elle. C'est là le problème.

— Qui sait ? dit-il. C'est peut-être le début d'une solution.

— Regarde bien. Ces mots étaient-ils sur la plaque d'immatriculation qu'a suivie maman ?

— Je suis désolé, je ne me souviens pas. C'est peut-être un nom de l'Europe de l'Est. Ou russe ? »

Ils se penchent ensemble sur le bloc-notes, leurs têtes se touchant presque, hésitant à abandonner cette clef unique, si insatisfaisante soit-elle. Il joue avec les lettres, les écrit en désordre, les mélange, en laissant certaines de côté, en gardant d'autres. Au moment où il va abandonner, ils voient, au même moment. C'est si simple qu'ils s'étonnent de ne pas y avoir pensé plus tôt. Ecrites à l'envers, les lettres disent TEMPS RÊVE.

Une fois couchée, elle pense à ces mots : quel message contiennent-ils pour elle, si tant est qu'ils contiennent un message ? Veut-elle voir trop de choses dans une bizarrerie, la plaisanterie de quelqu'un ? En s'endormant, ses pensées s'arrêtent sur l'histoire de son père, les couleurs violentes, vibrantes des rues et de l'usine. L'échoppe de thé à la fois misérable et resplendissante. L'alignement des desserts. Elle a enfin un moyen de l'incorporer dans sa vie d'Américaine. Elle ressuscitera la Chaï House avec les goûts et les odeurs du vieux pays, avec les murmures d'histoires apprises par cœur. Quelque chose d'autre est en train de ressusciter entre elle et son père, bien qu'elle ne sache pas la forme que cela va prendre.

C'est le premier soir depuis la mort de sa mère que le chagrin n'a pas oblitéré tout le reste. Alors même qu'elle admet cela, l'oreiller sous sa tête exhale l'odeur des cheveux de sa mère, et le sentiment de sa perte l'envahit à nouveau.

24

Journal des rêves

Quand il est apparu clairement que j'étais déterminée à me marier et à aller vivre en Amérique avec l'homme que j'avais rencontré au Victoria Memorial, le chaos s'est emparé des grottes. Aucune interprète de rêves n'avait jamais fait une chose pareille – pas du vivant des Anciennes – et le choc qui en a résulté a coupé la communauté en deux. Les plus âgées des Anciennes demandaient qu'on me dépouille de mes pouvoirs et qu'on me renvoie. Il était clair que j'avais trahi mon art et mon don (et, qui plus est, pour un homme). Une cérémonie funéraire serait organisée selon les préceptes de la *Brihat Swapna Sarita*, car pour elles j'étais pire que morte. L'autre groupe, qui incluait ma tante, pensait qu'on devait me garder dans l'ordre pour que les secrets de guérison que j'avais appris ne soient pas perdus. Elles ont consulté un autre texte ancien, la *Swapna Purana*, pour voir ce qu'on pouvait faire pour me sauver de moi-même. Les deux factions ont débattu avec véhémence jusqu'à ce que la Supérieure décrète que, tant que mon sort n'était pas décidé, elles ne devaient plus se parler. L'amertume et le silence ont envahi les grottes où seule l'amitié présidait auparavant.

Dans ma peine et ma honte, j'ai pensé m'enfuir, croyant que mon départ rétablirait la paix, mais ma tante a deviné mes intentions et m'a priée de rester jusqu'à ce que le Conseil prenne une décision. J'ai accepté, car c'était mon premier professeur, et je le lui devais. Mais je me suis demandé par la suite si je n'aurais pas mieux fait de refuser.

La réunion du Conseil (j'y pensais comme à un tribunal) a duré plusieurs jours, ou peut-être même plusieurs semaines ? J'ai assisté à certaines séances, d'autres m'étaient interdites. On me demandait parfois de parler et parfois on m'ordonnait de ne pas intervenir alors qu'on exposait des arguments pour et contre moi. Cela n'a peut-être duré qu'un après-midi, car le temps évolue de façon différente dans les grottes, et quand je suis partie rejoindre mon futur mari, moins d'une semaine avait passé depuis notre première rencontre près des roses.

On m'a envoyée attendre dans ma chambre pendant les délibérations du Conseil, et quand on m'a ramenée dans le hall de réunion, seules la Supérieure et ma tante étaient présentes. Elles m'ont dit que j'avais trois possibilités. La première, rester dans les grottes avec les Anciennes pour le restant de mes jours et devenir professeur.

Si tel était mon choix, je ne souffrirais pas. Cette nuit-là, avec ma permission, l'Ancienne pénétrerait en rêve dans ma mémoire et en effacerait l'image de l'homme, si bien qu'à mon réveil je ne me souviendrais plus de lui. C'était la plus sûre et la plus heureuse des trois possibilités, ont-elles dit, car j'avais une nature imprévisible et le monde extérieur offrait des tentations trop fortes pour que j'y résiste.

La deuxième était d'abandonner mon talent et de vivre ma vie comme une femme ordinaire, une épouse. Dans ce cas-là aussi, l'Ancienne modifierait ma mémoire pour que j'oublie les grottes et tout ce que j'y avais appris. J'irais vers mon mari comme une feuille de papier vierge pour qu'il puisse y écrire, et il serait heureux car, selon elles, c'est le souhait de tous les hommes de construire sans interférence l'histoire de la vie de leurs femmes. Cette possibilité était aussi un bon choix, si ce n'est un choix heureux, ajoutèrent-elles.

Quant à la dernière possibilité, et elles m'en informèrent à contrecœur, seulement lorsque j'eus rejeté les deux premières, elle consistait en ceci : j'aurais le droit de garder mes pouvoirs les moins puissants, pour aider les autres dans le monde. En retour, il me serait possible de vivre avec un homme si je le désirais, mais je devais promettre de ne pas l'épouser. Au regard du Grand Pouvoir, mon essence spirituelle ne serait pas unie à la sienne. La porte de mon retour à la communauté ne serait ainsi pas complètement fermée au cas où je verrais (comme elles l'espéraient) la folie de mon choix et désirerais rentrer. Mais c'était un choix dangereux, car cela pouvait mal se passer de plus d'une façon.

C'est cette troisième possibilité que j'ai choisie, bien qu'avec mauvaise grâce, car elle était assortie de trop nombreuses conditions. Quand ma tante a essayé de me donner des conseils de prudence, je me suis détournée d'elle avec colère. Rien n'irait de travers, ai-je insisté.

Je ne savais pas que ce choix me laisserait suspendue tout le reste de ma vie entre un monde de forces inexplicables et l'amour d'un homme persuadé qu'un tel monde n'existait pas.

La veille de mon départ pour Calcutta, ma tante m'a offert un cadeau. Un petit sac de la taille d'un poing. Quand j'ai tiré sur le lien coulissant, il y avait un autre sac dedans, et puis un autre. J'ai plongé la main et pris une pincée de la poudre rougeâtre qu'il contenait. Etait-ce du *sindur* ? Un geste de conciliation de ma tante, un souhait de bonheur pour ma vie de mariée ? J'ai goûté du bout de la langue, ce n'était pas la poudre que les mariées portent sur le front. Non. Ma tante m'avait donné une poignée de terre.

« Cela vient du chemin devant les grottes, a-t-elle dit, du sol que des siècles d'interprètes de rêves ont foulé. Là où tu vas, tu en auras besoin. »

Je ne lui ai pas demandé de s'expliquer. J'étais encore en colère, déçue par ce qu'elle avait choisi de me donner comme cadeau de départ. Ce n'est que plus tard, quand je me suis retrouvée en Californie, coupée de toute activité onirique, que j'ai compris l'importance de ce présent.

Au début, je ne me suis pas inquiétée. J'avais besoin de temps pour m'installer. J'avais besoin de m'habituer à ma nouvelle vie. Beaucoup de choses étaient totalement nouvelles pour moi et me charmaient : comment tenir une maison, comment plaire à un mari. C'était important pour moi de lui plaire parce que je l'avais contrarié en insistant pour une cérémonie civile au lieu d'un mariage au temple. Il s'était plaint que cela lui donnait l'impression que nous n'étions pas véritablement mariés. Il y avait des recettes à essayer, des pièces à décorer. Ses lèvres dessinant les lignes de mes clavicules la nuit. Mes mains sur les courbes de son épine dorsale, la douceur de ses cuisses. Puis est venu un jour où toutes ces choses n'ont plus retenu mon attention, et quand je me regardais dans le miroir pour appliquer le *sindur* sur mon front, mon visage avait l'air translucide, comme un ovale de verre qui aurait été évidé.

Les rêves ne me venaient pas en Californie parce que c'était un pays trop neuf. Les gens s'étaient installés là seulement quelques centaines d'années plus tôt, et ni l'air ni la terre, les éléments dont nous tirons notre substance, n'étaient encore alourdis du poids des rêves. Il y avait eu des habitants autrefois, mais on les avait chassés de leur territoire et en partant ils avaient emporté avec eux leurs espoirs et leurs rêves. Ils n'avaient laissé derrière eux que des larmes et des injures maculant l'atmosphère.

Au début, je ne savais pas quoi faire de la terre dans la sacoche. J'en saupoudrais un peu mon jardin, mais même si cela a fait fleurir mes dahlias et mes gardénias, cela ne m'a pas aidée à rêver. J'en ai mélangé une pincée à mon riz et mes lentilles, mais à part me donner des crampes d'estomac, cela n'a eu aucun effet. Finalement, j'ai glissé la sacoche sous mon oreiller.

Cette nuit-là, mon sommeil a été empli de couleurs et d'odeurs de mon pays – de choses qui ne m'avaient pas manqué jusque-là. Je me suis réveillée le cœur meurtri. Les rêves dont j'avais besoin, les rêves qui allaient au-delà de ma petite vie, je pouvais sentir leur présence, mais ils ne venaient pas à moi. Mon mari s'est réveillé avec un fort mal de tête et en se plaignant que son sommeil avait été plein d'images terribles, de sang, de ruines et d'animaux agonisants.

J'ai compris ce qu'il me restait à faire. Ce soir-là, quand il a été endormi, j'ai pris mon oreiller et je me suis couchée sur le tapis élimé du salon. Dès que j'ai fermé les yeux, un rêve est descendu sur moi. Il me parlait d'une voix de corbeau en me donnant des instructions. Il me disait de qui venait le rêve que je rêvais, et où je devais rencontrer la personne le lendemain, et comment l'aider. J'ai senti le pouvoir du rêve se glisser en moi jusqu'à ce que mes os deviennent translucides et que mon sang se mette à bourdonner comme si j'étais ivre. Je me suis réveillée en pleurs. J'ai réalisé alors combien mon lien avec les esprits du rêve comptait. Je ne pouvais l'abandonner. Je pleurais aussi parce que je comprenais le prix que je devrais payer – ne plus jamais passer la nuit avec mon mari. *Passer*. Pour la première fois, j'ai senti la pesante rigueur du verbe, car les interprètes de rêves ne peuvent gaspiller leurs nuits comme le font les femmes ordinaires. Ne plus jamais sentir la courbe chaude de son dos pressé contre le mien comme nous sombrions dans l'oubli. Ne plus jamais me réveiller et le trouver encore endormi, les cheveux emmêlés comme ceux d'un jeune homme, le coin de sa bouche tordu en un sourire dont je devinais la raison. Finies, les petites intimités qui consistaient à tirer la couverture sur lui par une nuit froide, frotter ses épaules quand il gémissait sous l'effet d'un cauchemar.

Je savais qu'il serait en colère si je lui parlais de ma décision. Je ferais tout pour compenser cet état de choses, m'étais-je promis. Je lui serais agréable au lit, je ferais tournoyer sa chambre d'étoiles avant de la quitter chaque nuit. Je ne savais pas que cela ne suffirait pas.

Quand j'ai soulevé mon oreiller et attrapé le sac de terre, il m'a semblé plus léger. Je l'ai ouvert avec des doigts tremblants. La poussière de l'intérieur avait diminué. Comme si mon rêve en avait utilisé une partie. Mon cœur battait à se rompre quand j'ai regardé ce qu'il en restait. Combien de nuits avant que tout ne soit utilisé ? Et que ferais-je alors ?

25

Rakhi

Nous allons rouvrir demain mercredi. Ce n'est pas le meilleur jour, dit Belle, mais ce n'est pas le plus mauvais non plus. Mercredi est le jour de la semaine qui tire son nom de Budh, la déité planétaire de l'intelligence. Jeudi, Brihaspati, aurait été plus favorable : c'est la planète de la sagesse, le professeur des dieux.

A demi amusée, à demi stupéfaite, je lui demande : « Depuis quand es-tu experte en astrologie ?

— Jespal a vérifié pour moi.

— Ah ! Jespal. » Il vient parfois nous aider à la décoration. Il semble que ce ne soit pas la seule raison de ses visites. « Est-ce que je détecte une touche de rose sur ta joue empoussiérée ?

— Arrête de plaisanter. C'est important d'avoir les planètes de son côté, surtout quand on affronte des puissances diaboliques. Mais je suis contente que ce ne soit pas un samedi. Shani peut être un agent très destructeur.

— Des puissances diaboliques ! Un agent destructeur ! Tu es trop intelligente pour croire à ce genre de bêtises ! » dit mon père.

La bouche de Belle s'ouvre sous l'outrage. Je m'attends à un éclat, mais elle se contrôle : « Mr. Gupta, réplique-t-elle avec une patience frôlant la sainteté, vous savez parfaitement que ce n'est pas vrai. »

Elle doit commencer à aimer mon père pour prendre autant de précautions. Je me rends compte que moi aussi.

« Qu'est-ce qui n'est pas vrai, que ce sont des bêtises ou que tu as l'air intelligente ? »

Je cache mon sourire derrière ma main, mais Belle n'est pas démontée par ce genre de dérision : « Comment se fait-il que vous ne le sachiez pas, après avoir vécu avec Mrs. Gupta pendant tant d'années ?

— Ah ! ma chère, vivre avec Mrs. Gupta a été une expérience surprenante et merveilleuse. Je ne l'aurais échangée pour rien au monde, mais peut-être n'était-ce pas tout à fait ce que tu imagines. »

Nous faisons toutes deux une pause. Belle est en train de frotter les plans de travail et moi de mélanger de la peinture rouge (il nous faut un nouveau nom, Jespal a déjà gratté le vieux sur la vitrine de devanture). De toutes ses histoires, c'est celle-là que nous voulons surtout entendre.

Mon père nous a raconté des histoires toute la semaine, tout en essayant ses snacks et ses desserts sur nous. Il prétend qu'il manque de pratique. « Faut que je me mette en forme », dit-il. Mais je le soupçonne de tout simplement adorer nous nourrir. J'aime ses snacks, mais ce sont ses histoires dont j'ai faim. Il nous a raconté ses débuts d'étudiant en Amérique, les différents emplois qu'il a exercés pour gagner sa vie – portier dans un hôpital, réparateur de machines à sous dans un casino. Les gens qu'il a rencontrés. J'ignorais que mon père dissimulait en lui un conteur accompli. Il fait durer le suspense jusqu'à ce que nous soyons prêtes à le secouer ; ses plaisanteries inopinées nous font nous tordre de rire. Mes histoires préférées concernent sa vie en Inde. Mais jusqu'à maintenant, il ne nous a pas raconté d'histoires sur ma mère, même s'il mentionne son nom – tendrement, songeusement – en passant.

De temps en temps, mon père chante en cuisinant, surtout des chansons tirées de films, bien que parfois une mélodie obsédante qui semble plus ancienne s'enroule telle la fumée d'un feu de bois dans la pièce. Ces airs me rendent nerveuse, comme si quelque chose dans ma poitrine voulait s'échapper. J'ai une sensation de picotements au bout des doigts, une envie de peindre – alors que je n'ai rien peint depuis la mort de ma mère.

« Ce sont des chansons populaires que les paysans chantent au Bengale », dit-il. Il les a apprises pendant les vacances quand il allait voir son oncle, qui était régisseur de la province pour la famille royale de Nataal. Je devine une histoire là-dessous. Non, des histoires glissées dans les enveloppes d'autres histoires, une poste entière d'histoires, m'emplissant d'une attente qui me fait tourner la tête.

Mais aujourd'hui, mon père nous dit qu'on n'a pas le temps de traîner à écouter des contes imbéciles. Demain est un grand jour. Marco et ses amis ont distribué des prospectus, des publicités ont paru dans l'*East Bay Express* et l'*India West*. J'ai cédé et laissé mon père utiliser les talents de publiciste de Sonny, et celui-ci a parlé de notre nouveau concept dans sa boîte de nuit. Il faut que nous soyons prêts, insiste mon père. Il faut qu'il fasse une autre fournée de *gawjas*, ces triangles croustillants de pâte frite recouverte de sucre. Il n'était pas content de la consistance du sucre fondu la dernière fois. Nous lui disons que les *gawjas* étaient délicieux, mais il secoue la tête. Il faut que tout soit parfait pour notre réouverture. Il demande à Belle d'écrire notre nouveau menu sur l'ardoise. Elle veut savoir si elle doit donner de brèves descriptions des plats, mais il préfère que non. Il ne faut pas flatter le genre touriste, ajoute-t-il d'un ton sévère. C'est ici une véritable maison de *cha*. Si les gens veulent savoir, on peut leur expliquer. Mais vous serez surprises de voir qu'ils savent déjà, et qu'ils peuvent apprendre tout seuls. Jespal, qui vient d'entrer, doit épousseter les meubles. Quant à moi, il me chasse, pour que je fasse la peinture de la vitrine. Le nouveau nom doit être sec avant l'ouverture. Je m'exécute, un peu déconcertée par ses manières affairées, directoriales. N'y a-t-il pas de fin aux personnalités cachées de mon père ? « Prends ton temps », m'avertit-il en disparaissant dans la salle arrière.

Je dessine les lettres, puis commence à les emplir, *Kurma House*. C'est mon père qui a trouvé ce nom. Il aime le jeu de mots, l'idée d'un mot sous un autre mot qui se révèle quand le vent tourne ou quand le spectateur plisse les yeux. Je lui ai fait remarquer que le *kurma* est un plat complet que nous n'avons pas l'intention de servir. Il a haussé les épaules. « Nous sommes des artistes, Rakhi, a-t-il dit d'un ton exalté. Devons-nous nous en tenir au littéral ? »

Le poids du pinceau chargé de peinture dans ma main me semble juste. Il ne s'agit pas de peindre une toile mais il y a des similitudes. L'angle du poignet quand je le tapote contre le bord du pot, la courbe du bras quand je trace le haut de la lettre K. Mon corps se languissait de ces gestes.

En peignant, mes yeux s'égarent sur l'intérieur du magasin. Jespal a fait du beau travail : le verre est si propre qu'il en est invisible. Il lit tout haut une liste de plats que mon père a griffonnée tandis que Belle les inscrit sur l'ardoise. De temps en temps, leurs regards se croisent et ils se sourient timidement. La pensée qu'ils seront mariés dans l'année me traverse soudain. Est-ce une prophétie, une intuition, ou juste une supposition ? Jusqu'à quel point puis-je y croire, moi qui ne suis pas ma mère ? En les regardant, je me sens à la fois heureuse pour eux et seule. Ce n'est pas la solitude de ne pas avoir de compagnon, mais quelque chose de plus primitif. Comme si j'étais la seule de ce côté-ci du miroir, alors que le reste du monde, heureux, insouciant, vit sa vie de l'autre côté. Conscients de ma présence, ils m'adressent un signe de la main de temps à autre, mais ils ne savent pas que tout en les regardant, en répondant à leur signe, je me sens incapable de les rejoindre.

Est-ce là ce que ma mère a ressenti quand elle a quitté la communauté des interprètes de rêves et perdu son pouvoir ?

Après la lenteur des débuts, mon père s'est mis à traduire le journal à grands pas. Il dit qu'il a trouvé le rythme, s'est habitué au style de ma mère. Je crois qu'il en est aussi dépendant que moi. Qu'il l'explore avec la même avidité. Nous n'en discutons pas, nous en sommes venus à cet accord, sans le décider formellement. J'ai peur que ça ne le mette mal à l'aise, sur la défensive, car de nombreuses pages concernent leur vie de couple. Mais je ne peux m'empêcher de l'observer parfois à la dérobée, essayant de le voir à travers les yeux de ma mère.

J'ai peint la moitié des lettres quand je sens de nouveau cet étrange picotement sur la nuque.

Qu'est-ce que c'est ? Il y a des gens qui regardent depuis que j'ai commencé à tracer les lettres. Marco est venu demander ce que je faisais, Mr. Jamison de la boutique de matériel pour artistes a voulu savoir ce que nous allions vendre maintenant ; des passants à l'arrêt de bus essaient de deviner les mots avant que j'aie fini. Mais il s'agit d'autre chose – une sorte de malveillance dans ce regard qui traverse mes vêtements, ma peau, transperce ma colonne vertébrale comme une aiguille de glace.

Je regarde prudemment son reflet dans la vitre, mais je sais déjà. C'est la patronne, debout devant Java, qui fume une cigarette d'un air détaché. Elle ne regarde pas dans ma direction mais je sens l'intensité de son attention. Il y a une lourdeur dans mes épaules. Mon bras me fait mal à force d'être levé. Ma main tremble, et quand j'essaie de continuer, je rate le O.

« Comment ça va ? demande mon père sur le seuil en me faisant sursauter et rater aussi le H.

— Regarde ce que tu m'as fait faire ! » dis-je, dissimulant ma peur sous l'irritation. Ce n'est pas tout à fait vrai ; il le sait et ne répond rien. Il apporte une boîte de chiffons, les plonge dans du dissolvant et m'aide à effacer les lettres gâchées. Pendant que je les refais, il se tient à côté de moi, les bras croisés. Je vais dire : « Ne me regarde pas, ça me rend nerveuse », mais je réalise alors que sa présence me calme, me protège, comme s'il me servait d'armure. Je sens la force malveillante le frapper et ricocher au loin, incapable de le traverser. Elle se rassemble en une vague et le frappe à nouveau, plus fort. Je l'observe soigneusement dans la vitre, mais il ne semble pas le sentir.

« Papa, dis-je, ne te retourne pas, tu as vu cette femme devant le café ? »

Il se retourne. Mon cœur bat frénétiquement, je lui attrape le bras et le fais pivoter brusquement. Je siffle entre mes dents : « Je t'ai dit de ne pas regarder. » Je ne lui dis pas la pensée qui vient de me traverser l'esprit comme un éclair : si son regard rencontre le sien, elle le pétrifiera, telle Méduse, ou lui jettera un sort, telle Circé.

C'est absurde, dirait-il, et n'aurait-il pas raison ?

Il baisse une tête de conspirateur, en me regardant dans la vitre. Je ne sais pas à quoi tu joues, dit son air gai, mais je veux bien jouer avec toi.

« Ta rivale, c'est ça ? demande-t-il avec un grand sourire. Mais c'est fini ! Nous allons faire quelque chose de totalement différent, quelque chose qu'elle ne peut pas concurrencer. Attends un peu, *beti* ! » Il me presse les épaules. « Je dois t'informer, en toute modestie que je me suis surpassé pour les *gawjas*. Viens les goûter. Ça va te la couper, comme vous dites. »

Il tient la porte ouverte. J'entre. Derrière moi, des tentacules de malveillance essaient de m'atteindre une dernière fois, me glissent sur la peau.

Je mâchonne les *gawjas*, qui sont délicieux, en essayant de mettre de l'ordre dans mes idées.

Voilà mes conclusions. Bien insatisfaisantes.

S'il existe un autre niveau d'existence, mon père n'en est pas conscient.

Le fait qu'il n'en soit pas conscient le protège d'une certaine façon.

Son aveuglement l'expose-t-il à des dangers plus grands ?

Peut-on appeler ce niveau le temps du rêve ?

L'homme en blanc appartient-il au temps du rêve, tout comme, d'une façon différente, plus sombre, cette patronne de café ? Est-ce là le monde auquel le don de ma mère donnait accès ?

Rien de tout cela n'est vrai ; la vérité, c'est que je suis en train de craquer.

« Rikki ! s'exclame Belle en sortant de l'arrière-boutique avec une pile impressionnante d'assiettes en carton. J'en crois pas mes yeux ! Tu as mangé tout le plateau de *gawjas* ! Il doit y avoir quatre mille calories là-dedans, ma petite ! Tu vas avoir des maux d'estomac et vomir toute la nuit et on pourra pas ouvrir demain ! »

Consternée, je regarde le plateau vide. Elle a raison. Je me sens déjà gonflée. Je vais sûrement avoir de l'urticaire aussi.

« Les filles ! les filles ! » dit mon père. Il arbore un fier sourire à cette preuve de son succès, peu lui importe que sa fille se sente comme un dirigeable trop gonflé. « Mes *gawjas* ne peuvent pas vous faire de mal ! Vous vous souvenez de cette chanson que vous chantiez et chantiez quand vous étiez étudiantes, à nous rendre fous ? *Don't worry, be happy.* » Il entonne le refrain, d'une voix étrange, comme celle de Bobby McFerrin. « Tout ira à merveille demain. »

Le lendemain arrive plus vite que prévu. Je pensais que je ne pourrais pas dormir et me rongerais de souci et d'impatience, mais mon sommeil est calme, instantané et revigorant, comme une cuillère de sirop de *rasogolla.* Je m'éveille dans une aube fraîche, claire, un ciel de la couleur des lauriers-roses blancs. Quand je sors de la maison, il y a un oiseau dans l'érable, un oiseau que je n'ai jamais vu dans cette région avant. Grand et gris, avec des yeux de *mihidana* d'un orange vif. Il me regarde intensément, sans le moindre signe de peur. Je cours chercher mon père, mais quand nous revenons, l'oiseau a disparu.

« Et si c'était un augure ? dis-je.

— Qu'est-ce qu'un augure ? » demande-t-il.

Je soupire. Je ne veux pas de discussion aujourd'hui, mais je sais que l'univers nous envoie des messages. Le problème, c'est que nous ne savons pas les lire.

C'est à des moments pareils que ma mère me manque le plus.

La première chose que je remarque en arrivant, c'est une grande bannière au-dessus de Java. ANNIVERSAIRE en lettres multicolores et pailletées. NOURRITURE À VOLONTÉ.

Je me tourne vers mon père, furieuse. « Voilà un beau mensonge ! Ils ne sont là que depuis quelques mois. » Mais personne d'autre ne semble s'en rendre compte. Peut-être qu'ils s'en moquent. Devant l'entrée de Java, les gens se pressent comme des moutons. De la patronne, aucun signe. Elle est devant sa caisse, je parie, à se rengorger en empochant l'argent qui devrait nous revenir.

A l'intérieur, Belle est écroulée contre le comptoir, trop abattue pour s'indigner. « Elle nous a eus une fois de plus, murmure-t-elle. Qu'est-ce qu'on va faire de toutes les provisions qu'on a achetées ? Et ces sucreries que vous avez faites hier soir, Mr. Gupta ? On n'aura plus qu'à tout mettre à la poubelle. Toutes vos économies jetées par la fenêtre, tous vos efforts, rien que parce que vous avez essayé de nous aider. »

Mon père a l'air un peu secoué, lui aussi, mais il lui tapote l'épaule. « Reprends-toi, Miss B ! dit-il. Ce n'est pas un de vos héros américains qui dit : *It ain't over until it's over,* c'est pas fini tant que c'est pas fini ? » Il disparaît dans l'arrière-boutique. On entend s'entrechoquer poêles et casseroles, et après un moment, un sifflement.

Belle me pousse : « Va l'arrêter ! Ce sera terrible s'il fait encore de ces choses délicieuses et qu'il n'y a personne pour les manger. »

Mais quand j'entre dans la cuisine, j'oublie ce que je suis venue lui dire, parce que dans une petite alcôve près du gros réchaud à gaz, je vois la photo noir et blanc d'une jeune femme. Ma mère, je crois, mais c'est une vieille photo, d'avant ma naissance, et je n'en suis pas sûre.

Où l'avait cachée mon père pendant toutes ces années ?

Sur la photo, ma mère, si c'est bien elle, l'air soucieux, se détourne de l'objectif. Je la scrute de plus près, avec l'espoir de saisir un éclat des grottes du rêve dont elle parle dans son journal, mais le paysage autour d'elle est ouvert et plat. Où est-ce donc ? Il n'y a pas d'herbe, pas d'arbres, seul le macadam sous ses pieds et une forme floue d'un gris métallique à l'arrière-plan. Je comprends soudain. Elle se trouve sur un aérodrome, sur le point de monter dans l'avion qui l'emmènera aux Etats-Unis. Pas étonnant qu'elle ait l'air anxieuse. Elle s'apprête à quitter tout ce qu'elle connaît pour suivre un homme qu'elle n'a rencontré que deux ou trois fois – une décision que tous ses proches considèrent comme une grave erreur. Peut-être se demande-t-elle si traverser l'océan lui fera perdre ses dons comme on le lui a prédit. Il y a quelque chose d'autre sur son visage : une détermination, une joie étrange. C'est la première fois que je vois ça : ma mère amoureuse.

Je ferme les yeux en essayant de me souvenir de son visage, des expressions qu'il prenait d'habitude. Un amusement, une grimace pour mes folies ? Une sympathie circonspecte ? Mais tout ce que je vois, c'est le visage de la photographie. Contrariée, je secoue la tête pour m'éclaircir les idées. Mais la photo s'est emparée de moi. Dorénavant, c'est ainsi que j'imaginerai ma mère, une étrangère plus jeune que moi, et plus riche d'espoirs.

Si elle pouvait risquer si gros pour suivre ses rêves, ne puis-je prendre le petit risque auquel je suis confrontée aujourd'hui ? Elle a dû faire ce voyage toute seule, et moi, j'ai la chance d'avoir une amie et un père à mes côtés.

Je ne dis pas à mon père d'arrêter. A la place, je le regarde mélanger un grand bol de pâte à *pakoras*, ajouter des oignons hachés, des épinards, un assortiment d'épices. Ses mains rassemblent avec tendresse la farine de *besan*, versent l'eau chaude.

« Ne reste pas là sans rien faire, me dit-il. Coupe les piments verts et mets-les dedans. » Il vérifie la température de l'huile, y fait glisser la première fournée de boules quand elle grésille. A ce moment-là, la sonnette de la porte retentit.

Notre premier client !

« Juste à temps », dit mon père.

Je me précipite dans la salle pour trouver Sonny. Sonny, entre mille ! Quand on était mariés, il aurait fallu une catastrophe naturelle pour le faire sortir du lit avant midi. Quand on a commencé à partager la garde, il a dû engager une femme pour conduire Jona à l'école parce qu'il n'arrivait pas à se réveiller assez tôt.

« Ah ! c'est toi, dis-je. Je pensais que c'était un vrai client.

— Tu ne devrais pas t'exciter comme ça quand tu me vois, dit-il. C'est mauvais pour ton cœur, maintenant que tu prends de l'âge. » Il se tourne vers Belle. « J'ai eu envie de venir voir comme ça se passait. Où est le problème ? J'aurais juré qu'il y aurait plus de monde. »

Belle montre d'un doigt morose par la vitre la pancarte de Java. Sonny lève un sourcil, il réfléchit. Puis déclare : « Eh bien, je vais vous mettre en selle, alors. » Il commande une assiette de *pakoras* et une boîte de *sandesh* à emporter et se rend d'un pas nonchalant dans la pièce du fond pour parler à mon père.

« Est-ce qu'on doit le faire payer ? me chuchote Belle. Après tout, il est de la famille, en quelque sorte. »

J'hésite, doutant de l'étiquette présidant aux relations avec les ex-maris. C'est sympathique de sa part de venir nous voir, surtout après cette dispute au dîner qui était plus de ma faute que de la sienne. On décide de lui offrir les *pakoras* mais de lui faire payer le *sandesh.*

Il sort de la cuisine en mâchonnant des *pakoras* que mon père a dû lui donner. « Fameux ! J'ignorais que papa avait ces talents cachés. T'en veux un ? »

Ce n'est pas ton papa, lui dis-je mentalement. Il m'adresse un grand sourire comme s'il savait exactement à quoi je pense et me complimente sur mon travail de peinture. Il plaisante avec mon père sur le nouveau nom et dit qu'il s'attend à manger un vrai *kurma* la prochaine fois.

« Pour sûr, *beta*, dit mon père. J'en préparerai un spécialement pour toi. Préviens-moi juste une heure à l'avance. »

Ce n'est pas ton beta, dis-je à mon père mentalement.

Avant de partir, Sonny s'approche de Belle. « Tu es encore plus jolie que d'habitude, dit-il. Qu'est-ce qui se passe ? Tu es amoureuse ? » Quand elle rougit, il éclate d'un rire ravi, communicatif. Nous le regardons descendre la rue, le paquet de *sandesh* se balançant au bout de sa main gauche et son téléphone portable dans la droite, toujours souriant.

« On peut comprendre pourquoi tu l'as épousé, dit Belle. Il sait faire marcher son charme.

— Et le couper à volonté, dis-je d'un ton acerbe en le regardant bavarder avec animation au téléphone. Sa petite amie, je parie. C'est à son tour de se vautrer cinq minutes dans le charme de Sonny. »

Belle me regarde en plissant les yeux. « Pourquoi ça t'ennuie qu'il appelle sa petite amie ? Riks, est-ce que tu es toujours… »

Je l'interromps sèchement : « Non, et ne m'appelle pas Riks. » Je me dirige vers les tables et les essuie une fois de plus, bien qu'elles soient déjà immaculées.

Mais j'ai mal jugé Sonny. Au fur et à mesure que se déroule la journée, plusieurs de ses amis – des musiciens et des collègues – entrent en flânant. Je ne les ai pas vus depuis que j'ai déménagé. Je me sens mal à l'aise en les accueillant dans le snack-bar, mais ils semblent avoir accepté notre séparation sans sourciller. Dans leur monde, ce genre de chose arrive probablement tous les jours. Sonny a dû les appeler et leur demander de venir faire un tour. Certains veulent rencontrer le nouveau chef, il leur a sûrement parlé de mon père. Celui-ci fait une entrée théâtrale, surgissant de la cuisine en portant haut un bol de chutney vert émeraude, et les impressionne en leur racontant l'histoire de certains plats. « Le pudding au riz, dit-il, est l'un des desserts indiens les plus anciens, on en parle même dans le *Ramayana*. C'est ce que les dieux ont envoyé aux épouses du roi Dasharath pour les rendre fertiles. » Il montre du doigt les *laddus* et dit qu'ils sont faits d'après la recette que le cuisinier de Duryodhan a utilisée dans le *Mahabharata* pour séduire et empoisonner son cousin Bhîm – sans le poison, bien sûr. Je lui jette un regard suspicieux, mais les amis de Sonny sont aux anges. Ils commandent des quantités substantielles et laissent de gros pourboires sur la table. Jespal amène un groupe de ses collègues pour le déjeuner et promet de revenir après le travail avec d'autres gens. Il y a plus de mouvement que n'en a connu notre boutique depuis des mois, mais je ne suis pas satisfaite. On ne peut pas faire tourner une entreprise avec le seul soutien d'amis. Des étrangers – comme ceux qui se bousculent pour entrer chez Java – c'est ça dont nous avons besoin.

Mais comment les attirer ?

Après le déjeuner, le snack-bar se vide. Belle furète dans la pièce du fond. Je réorganise le plat de *laddus* et regarde de temps à autre par la vitrine la foule devant chez Java. Il y a toujours autant de monde. Le plat de *laddus* est à peine entamé et certains desserts n'ont pas été touchés. Si un nombre significatif de clients ne se montre pas avant la fin de la journée, nous serons forcés de faire ce que Belle a prédit – tout jeter à la poubelle.

Mon père a lui aussi l'air soucieux. Il a besoin de prendre l'air et s'installe une chaise devant la vitrine ; quand je pars chercher Jona à l'école, je l'entends chanter tout bas en massant son bras cassé. Les paroles ne me sont pas familières, mais leur mélancolie continue à résonner en moi après m'être éloignée.

Au carrefour, je jette un œil en arrière et suis surprise de voir qu'il parle à un homme que je ne connais pas. L'étranger a à peu près son âge et il est indien comme lui. Je le vois non à son visage (il me tourne le dos) ou ses vêtements (il porte des jeans et un tee-shirt), mais à ses gestes. Mon père use des mêmes courbes, des mêmes mouvements de bras emphatiques, des mêmes hochements brusques et dramatiques de la tête. Ce ne sont pas des gestes que Belle ou moi – ou même Jespal, malgré le zèle qu'il met à arborer un turban – utilisons. Les rythmes du corps diffèrent, séparent les gens.

Le feu passe au vert, la foule s'élance frénétiquement et je fais de même, à l'américaine.

A l'école, je trouve Jona en larmes. Elle a perdu la boîte où elle met son déjeuner. Elle est neuve, me dit-elle, rouge et noire, avec un dragon cousu dessus. Elle est spéciale. Nous fouillons la salle de classe de fond en comble, sans succès.

Nous abandonnons et montons dans la voiture. Je suis fatiguée et frustrée, et Jona ne cesse de pleurnicher. Je devrais être de retour au restaurant depuis une heure pour soulager mon père, qu'il puisse s'étendre un peu.

« On aurait dû mieux regarder, dit Jona. Maintenant mon dragon va s'envoler et ne plus revenir. »

Je n'ai pas l'intention de la rembarrer, nous avons passé si peu de temps ensemble ces derniers jours, mais les mots m'échappent avant que je comprenne ce que je vais dire. « Ne sois pas stupide. Ce n'est pas un vrai dragon. Tu aurais dû faire plus attention.

— Tu me disputes toujours, dit-elle. J'aime mieux que Sonny vienne me chercher. Il aurait cherché plus longtemps, lui. Il n'aurait pas dit que j'étais stupide. »

Je me cramponne au volant pour me retenir de me retourner et de la gifler. Comment les enfants s'y prennent-ils pour transformer un parent doux et prévenant en fou furieux ?

Je prends plusieurs inspirations profondes pour maîtriser ma voix. Puis je dis : « J'aimerais que ton père ne t'achète pas tous ces objets fantaisie qui donnent aux autres envie de les voler.

— Tu ne sais pas si quelqu'un l'a volée, dit Jona. Tu ne devrais pas accuser les gens sans preuve. »

Où apprennent-ils à parler ainsi ?

« Elle était peut-être sous un arbre dans l'autre coin du terrain de jeux, ajoute-t-elle. Tu ne m'as pas laissée aller voir. D'ailleurs, ce n'est pas Sonny qui m'a acheté cette boîte.

— Qui, alors ?

— Eliana. »

Je gare la voiture près du trottoir et j'éteins le moteur. Je me retourne et regarde Jona. Les larmes ont laissé des traînées sales sur son visage et, pendant un instant, je suis tentée de laisser tomber. Mais non, ça va trop loin. Je ne peux pas la laisser confondre la réalité et ses rêves éveillés plus longtemps.

« Jonaki, dis-je d'une voix ferme. Eliana n'existe pas. Je veux que tu me dises qui t'a donné cette boîte. A moins que… – ma voix tremble maintenant, et pas seulement de colère – nous venions de passer une heure et demie à chercher une boîte qui n'existe même pas non plus ? »

Elle regarde par la vitre.

« Jonaki, je te parle ! » Je suis choquée par la voix dure et forte qui sort de ma bouche. Je n'ai jamais parlé ainsi à ma fille. Mais je suis lancée. « Réponds-moi ! Tout de suite ! »

Jona se renfrogne sur son siège. « C'est exactement ce qu'a dit Eliana, murmure-t-elle. Elle m'a dit de pas te parler d'elle. Elle a dit que tu me croirais pas et que tu serais furieuse. »

Le murmure de sa voix et le silence qui suit m'atteignent comme un coup de couteau. Je ferme les yeux très fort. Qu'est-ce que je suis en train de faire ?

Quand je rouvre les yeux, je vois Jona qui me regarde de derrière un treillis de doigts, les yeux écarquillés par la peur.

« Je suis désolée, mon bébé, lui dis-je. Crois-moi. La journée a été dure aujourd'hui au snack, mais ce n'est pas une raison pour passer mes nerfs sur toi. Je t'achèterai une autre boîte, si on ne retrouve pas celle-là. » Il faudra que j'attende pour lui poser les questions qui tourbillonnent autour de moi comme des moustiques guettant l'occasion de piquer. Quand et où Eliana (si tant est qu'il y ait une Eliana) a-t-elle donné la boîte à Jona ? Et s'il n'y a pas d'Eliana, que se passe-t-il dans la tête de ma fille ?

Sonny saurait peut-être répondre… Il faudra que je lui parle seule à seul.

« Tu me pardonnes ? » dis-je à Jona, avec le plus beau de mes sourires.

Elle hoche la tête, mais elle ne prend pas la main que je lui tends, et quand je la dépose à la Kurma House avant de garer la voiture, elle entre en courant sans me jeter un regard.

L'homme entre à l'heure du coucher du soleil, et après un moment de confusion, je vois que c'est l'étranger auquel mon père parlait plus tôt dans la journée.

On est sur le point de fermer. Quelques rares personnes sont venues dans l'après-midi, mais pas assez, et il reste d'énormes quantités de nourriture. Belle a mangé son rouge à lèvres et ses cheveux sont raides de défaite. Les épaules de mon père tombent, et avant qu'il disparaisse dans la pièce du fond, je remarque qu'il boite. Quant à moi, je suis surtout engourdie. Je donne à manger à Jona et l'aide à faire ses devoirs (j'ai tout mon temps, après tout), et elle m'aide à nettoyer la vitre où j'ai écrit notre nouveau nom à peine vingt-quatre heures plus tôt. Je vois les sucreries – préparées avec tant de tendresse, disposées avec tant de soin – réfléchies dans la vitre et j'ai envie de pleurer.

L'homme demande à voir mon père et quand celui-ci émerge de la pièce de derrière, il lui parle dans une langue indienne que je ne comprends pas. Mon père lui répond avec un débit plus hésitant. Tous deux ponctuent leur discours de ces mouvements de mains codés, emphatiques que j'ai remarqués plus tôt. Ce n'est pas du bengali. Je regarde Belle, le sourcil levé, mais elle secoue la tête. Ses parents ont insisté pour qu'elle apprenne le hindi et le panjabi dans l'enfance, mais après avoir quitté la maison, elle a fait de son mieux pour oublier les deux langues.

Quand les hommes ont terminé leur conversation, l'étranger gratifie mon père d'un gracieux *salaam* et s'en va. Mon père le suit du regard.

« Qu'est-ce qui se passe, grand-père ? demande Jona. Qu'est-ce qu'il voulait ?

— C'est idiot, dit-il. Il m'a entendu chanter cet après-midi, fredonner, plus exactement, et il s'est arrêté pour écouter. Il voulait savoir si je connaissais d'autres chansons hindi. Je lui ai dit que j'en connaissais quelques-unes. Il est venu me demander si j'étais prêt à chanter pour ses amis ici. Ils adorent les chansons de films, surtout les anciennes, et il n'y a pas d'endroit où ils peuvent en entendre. J'ai dit que je serais ravi de leur faire plaisir. Il est parti les chercher. Ainsi, mesdames, pouvons-nous rester ouverts un peu plus longtemps ? »

Nous acquiesçons. Qu'avons-nous à perdre ? Une heure passe. Jona somnole. Je commence à me demander si mon père a bien compris. Puis il y a du bruit à la porte, et un groupe de gens à peu près de l'âge de mon père entrent. Certains portent des vêtements occidentaux, et d'autres des *kurtas-pyjamas,* mais ce que je remarque surtout, c'est leurs visages. Ridés, avouant leur âge sans honte, ils évoquent des passés bien remplis vécus dans des endroits très différents de ce pays-ci, des épreuves et des triomphes que je me représente mal. Le mot *étrangers* me vient de nouveau à l'esprit, bien que j'en connaisse l'ironie. Ce sont mes compatriotes. Nous partageons la même couleur de peau. Le visage de mon père leur ressemble-t-il ? Je suis trop proche de lui pour en juger.

Les hommes commandent timidement du thé et des *jilebis*. Ils boivent quelques gorgées, mâchent une ou deux bouchées. Avec une politesse maladroite – peut-être ne sont-ils pas habitués à parler à des femmes qu'ils ne connaissent pas –, ils disent à Belle et à moi que tout est *bahut achha,* très bon. Mais leur attention ne se porte pas sur la nourriture. Dès que mon père s'assoit près d'eux, ils commencent à lui poser des questions. Connaît-il les chansons d'Anand ? De Guide ? Pourrait-il chanter *Gaata Rahe Mera Dil* ?

Et mon père, qui n'a chanté que pour lui-même jusqu'alors (nous n'avons été que des toiles de fond pour ses vocalises), se lance dans la mélodie, d'une voix que l'espérance des étrangers rend plus pure. Les hommes hochent la tête en mesure, visiblement ils connaissent les paroles, mais ils s'en remettent au talent de mon père. Après quelques minutes, l'un d'eux sort de sa poche un harmonica, un autre prend dans un sac que je n'avais pas remarqué un petit tambour. Quand mon père entame une deuxième chanson (« Chante-nous un *gana* de Sholay, *bhaisaheb* ! »), ils l'accompagnent, emplissant la salle de gaieté, poussant Jona à se redresser avec un sourire endormi. Ils ont oublié notre présence, et mon père aussi. La musique continue pendant deux heures, chanson après chanson, sans interruption. Quand la mélodie est particulièrement enlevée, deux ou trois hommes se lèvent et dansent à pas mesurés, des mouchoirs de couleur vive se matérialisent dans leurs mains, comme des foulards de magiciens se levant et s'abaissant en mouvements lents.

Quand mon père s'arrête, hors d'haleine, les hommes n'applaudissent pas. Pour eux, ce qui s'est passé ici n'est pas un spectacle mais un rituel, quelque chose dont ils ont fait partie. Belle, Jona et moi applaudissons. Le bruit de nos battements de mains emplit la pièce et un écho vient de derrière nous. Quand je me retourne, je découvre d'autres gens. Ont-ils vu les musiciens et sont-ils entrés voir ce qui se passait ? Sonny est là aussi, venu chercher Jona. Il émet un sifflement perçant et crie quelque chose que je ne comprends pas, qui fait sourire les hommes.

« Dernières commandes ! hurle Sonny, comme la foule commence à se disperser. C'est l'occasion d'essayer des snacks bengalis du jour préparés par l'un des plus prestigieux chefs de Calcutta ! » Je ne crois pas que ça va marcher, mais certains se dirigent vers les présentoirs en verre. On finit par vendre plus que ce qu'on espérait. On a encore de la nourriture à donner à Marco, mais on ferme avec un étrange sentiment d'accomplissement.

« Eh bien, papa, dit Sonny qui nous suit en portant Jona, peut-être qu'on a trouvé un filon. »

Mon père hausse prudemment les épaules, mais il sourit.

Tous les soirs, les hommes reviennent faire de la musique. Si mon père ne connaît pas la chanson qu'ils réclament, ils en demandent une autre de bon cœur. Sonny lui a apporté des bandes audio et même une machine à karaoké pour qu'il puisse s'exercer à la maison. La nouvelle de nos soirées a dû se répandre, car un Afro-Américain entre un jour avec un grand tambour sculpté, puis un flûtiste qui a l'air de venir d'Amérique du Sud. La semaine suivante, c'est un hippie avec une natte et un tambourin. Les hommes regardent la tête rasée et luisante de l'Afro-Américain avec curiosité. Certains fixent la sirène tatouée sur le biceps du hippie. Mais ils se poussent pour leur faire de la place et approuvent de la tête quand les nouveaux instruments ajoutent du timbre aux chansons. Un public restreint mais fidèle se rassemble pour les écouter. Ce sont des amateurs de musique, pas de grands mangeurs, mais nos affaires commencent à reprendre.

« Je n'aurais jamais cru que les gens pouvaient avoir envie d'écouter ces vieilles chansons indiennes, me dit Belle. Surtout que la plupart ne comprennent pas un traître mot de ce qu'ils entendent. »

Elle a raison. Il y a peu d'Asiatiques du Sud, notre public est mélangé.

« Je suppose que la bonne musique se moque des frontières, comme la bonne cuisine », dis-je.

Mais je soupçonne les auditeurs de continuer à venir parce qu'ils sont attirés, comme moi, par les vieux hommes. Ils constituent une énigme. D'où viennent-ils, pourquoi ont-ils quitté leurs lointaines patries ? Qu'ont-ils dû abandonner pour venir vivre en Amérique ? Les regarder nous entraîne loin de l'étroitesse de nos vies routinières, vers d'autres possibles, des *il était une fois, il y a bien longtemps, dans un pays lointain*. C'est pour ça que je me battais avec ma mère, alors qu'elle répétait que la seule magie réside dans l'instant, *ici et maintenant*.

Mais ce qui ressort le plus quand ils font de la musique, c'est leur joie de découvrir, comme une oasis inespérée cachée dans l'étendue aride des dunes, quelque chose qu'ils pensaient ne jamais trouver en Amérique. Voir leur plaisir est un plaisir.

Nos affaires étant plus stables, nous embauchons de nouveau Ping pour la matinée. Mon père, remonté par son double succès de chef et de star de la chanson, vient seul en voiture au snack. Je retourne vivre chez moi. Jona partage de nouveau sa vie entre ses deux parents.

Je m'attendais à être ravie de rentrer dans mon appartement, et je découvre avec étonnement que je me sens seule. Mon père m'agace, mais nos brefs échanges du soir me manquent. Il a été trop occupé pour avancer sa traduction du journal, et cela aussi m'emplit d'impatience. Je suis contente d'avoir Jona avec moi, mais j'admets avec culpabilité que je ne suis plus habituée à organiser ma journée en fonction des exigences qu'impose la présence d'un enfant. Elle me rend nerveuse. Ma mère me manque plus quand Jona est avec moi. Quand elle fait une crise ou me regarde fixement avec entêtement, j'ai envie d'appeler ma mère. Une estime réticente pour Sonny se fait jour en moi, car tous ces temps-ci il a pris soin de Jona sans s'en glorifier ni se plaindre.

Ma peinture est au point mort. Jona avec ses scènes d'incendie s'en tire mieux que moi. A l'Atelier, ils ont vendu deux autres toiles, mais je ne ressens pas l'excitation que j'attendais. Je me sens détachée du travail que j'ai fait avant

– comme s'il avait été peint par quelqu'un d'autre, et pas quelqu'un que j'admire particulièrement. Mes peintures, surtout celles sur l'Inde, sont un peu raides. Comme le dirait ma mère, elles ne sont pas « authentiques ».

Je veux créer quelque chose de nouveau, quelque chose de différent et de magique, mais je ne sais pas quoi. Je ne peux pas refaire le paysage du bois avec l'homme en blanc, ça je le sais. Certaines réussites en art n'arrivent qu'une fois.

« Donne-toi un peu de temps, dit Belle. Tu as eu ta dose tous ces temps-ci. »

Comment lui expliquer que chaque jour qui passe sans peindre me donne une impression de vide, de gâchis ?

Je rêve toutes les nuits, mais je ne me souviens de rien. C'est comme s'il y avait un mur en moi, élevé (mais par qui ?) pour me protéger de quelque chose de trop douloureux à affronter. Mes rêves ont lieu de l'autre côté de ce mur. Je m'éveille le matin avec de vagues souvenirs de couleurs, de rires chuchotés, d'odeurs de nourriture ou de vues de plages, et un sentiment de perte. Je suis convaincue que les deux sont liés, le fait que je ne peigne pas et celui que je ne rêve pas. Mais je ne sais pas comment abattre ce mur et, à la vérité, j'ai peur.

Ça ne me tourmente que par périodes. Le plus souvent, je suis occupée et heureuse du tour inattendu que prend notre Kurma House. Notre public grandit. Une Asiatique a rejoint les musiciens. Elle porte une cape noire et joue du *shamisen*. Je n'ai pas eu le temps de me demander de quel œil notre rivale d'en face voit notre réussite. A la Kurma House, on fait quelque chose d'unique qu'elle ne pourra jamais imiter. Elle a son territoire, nous le nôtre.

Tard le soir, nous éteignons les lumières, fermons la boutique et descendons jusqu'au parking. Parfois Jespal est avec nous. Ou Sonny, si c'est une de ses nuits de libres. Mais le plus souvent, je marche entre mon père et Belle, Jona endormie dans mes bras. Mes muscles me font agréablement mal. Les rues sont vides à cette heure-là, car la Kurma House reste ouverte plus tard que tous les autres commerces du quartier. Parfois, mes yeux sont attirés par un coin non éclairé de la vitrine de Java. Un endroit plus sombre, une obscurité d'un noir d'encre, suintant. Je me fais des idées. Si je me frottais les yeux, je découvrirais une vitrine semblable aux autres. D'ailleurs, pourquoi aurais-je peur ? Je monte dans ma voiture et agite la main en signe de bonne nuit à mon père et à ma meilleure amie. Une chaleur m'envahit, comme une bénédiction. J'envoie une pensée positive à la patronne blonde, où qu'elle puisse être, et démarre avec ma fille en direction de la maison.

26

Elle se réveille au beau milieu de la nuit, le rêve se déroulant autour d'elle, bribes de syllabes disjointes, éclats de couleur éteints. C'est la sonnerie du téléphone qui la réveille et son cœur lourd d'angoisse se met à battre sourdement. Elle voudrait s'enfouir sous la couverture, ignorer la voix, qu'elle s'en aille, mais elle se souvient que sa répugnance l'a déjà menée à la catastrophe avant. Si elle avait décroché cette nuit-là, aurait-elle pu joindre sa mère avant sa mort ?

Voilà les questions qui l'assaillent dans l'obscurité. Pour les faire taire, elle décroche.

C'est Sonny. Ça ne l'étonne pas. Elle est surprise pourtant de voir qu'elle n'est pas en colère. Il faudra qu'elle y réfléchisse plus tard. Pour l'instant, il l'informe que Jona a de la fièvre.

« Je lui ai donné du Tylenol et beaucoup à boire, et sa température est un peu tombée, mais elle pleure et te réclame. » Il finit sa phrase sur une note haute, comme si c'était une question.

En réponse à sa question non formulée, elle prend sa voiture. En suivant les rues nocturnes, elle répète le nom de sa fille, Jona, Jona, comme une formule magique. Les enfants font souvent de la fièvre. Mais le deuil l'a rendue craintive. Sa vieille compagne, la petite voix en elle, la pousse en avant. *Tu n'es pas avec elle quand elle a besoin de toi, quelle sorte de mère es-tu ?*

Mais en elle, il y a une autre femme qui cherche une voiture noire. Que fera-t-elle si elle surgit ? Pourra-t-elle continuer à suivre la route que le devoir lui a tracée ? Se détourner de tous les rôles à problèmes de sa vie (mère manquant de confiance en soi, amie indigente, peintre en panne, femme d'affaires trébuchante, rêveuse aveugle, fille rancunière, ex-épouse possessive) pour pénétrer dans un espace inconnu, approcher un être étrange, cette idée possède une puissante force d'attraction. Mais l'univers, qui ne donne que quand il veut, choisit de ne pas la tenter ce soir.

La voilà revenue à la maison du cœur brisé. Il a laissé la porte ouverte, un éternel sujet de reproches quand ils se disputaient, avant qu'elle choisisse de partir parce que sa vie n'était pas assez longue pour la passer à essayer de le refaire à son image. Oui, c'était ça la véritable source de leurs disputes, elle le voit soudain, comme le flamboiement du phosphore d'une allumette. L'absurdité de tout cela la frappe soudain. *Je n'aurais pas aimé qu'il veuille me refaire à son image, n'est-ce pas ?*

« C'est moi ! » crie-t-elle en entrant, surtout pour se souvenir qu'elle n'appartient pas à cette maison, que son arrivée doit être annoncée. Elle suit sa réponse étouffée jusqu'à la chambre à coucher. Franchir le seuil de cet espace où (elle sait cela comme toutes les ex-épouses le savent) Sonny a amené d'autres femmes lui est pénible. Elle voit alors Jona recroquevillée sur le lit, rouge et tremblante sous une couverture, et elle oublie tout le reste.

Des heures plus tard, de l'eau froide a été apportée dans des bols, des gants mouillés appliqués au front de l'enfant qui transpire et tremble tour à tour, serre sa mère à lui écraser la cage thoracique, la repousse, s'agite. Jona réclame à boire mais quand on lui en apporte, elle fait un geste du bras et envoie valdinguer le verre. Le Tylenol fait de l'effet un moment, la fièvre tombe puis remonte dangereusement. Les parents, rapprochés par l'anxiété, veulent l'emmener aux urgences, mais en entendant cela, l'enfant pleure si amèrement, les joues marbrées de terreur, qu'ils n'en parlent plus. La mère finit par emplir la baignoire d'eau froide et y entre. Ce n'est que lorsque l'eau les détrempe qu'elle se rend compte qu'elle a gardé ses vêtements. Le père lui tend le petit corps brûlant, mou et alangui. L'enfant proteste un peu puis se détend contre les courbes familières de sa mère qui la berce en chantonnant.

Elles composent un étrange tableau, cette madone détrempée à l'enfant, leur peau se plissant au fil des minutes, leurs doigts racornis comme des vrilles. Finalement, le corps de l'enfant se rafraîchit assez pour que le père l'enveloppe dans une serviette de bain et la recouche. La mère se lève sur ses pieds engourdis, agrippant le rebord de la baignoire de ses doigts raides. Elle ôte ses vêtements mouillés et se sèche du mieux qu'elle peut avec une serviette. Elle se souvient de cette serviette : elle fait partie d'un ensemble qu'elle a acheté dans une vente au rabais quand ils étaient étudiants. Elle se souvient qu'elle était heureuse en rentrant, portant les serviettes à bout de bras pour qu'il les inspecte et la félicite. Les bords de la serviette devenue vieille s'effilochent, les boucles marron qui sentent l'après-rasage se défont. Elle se demande pourquoi il ne l'a pas remplacée. Il n'a pas fait attention, sans doute. Les hommes sont ainsi, leurs yeux d'hommes toujours tournés vers autre chose, jamais sur ce qui est sous leur nez…

Elle tend la main derrière la porte, là où pend le peignoir sur son crochet habituel. Le crochet aussi a son histoire : ses doigts se souviennent d'avoir enlevé la gaine protectrice, de l'odeur de l'adhésif, du jour vif… mais assez de souvenirs ! Elle est ici parce que sa fille a besoin d'elle, c'est la seule raison, et elle ne va pas laisser la nostalgie du soir la pousser à croire autre chose.

Pourtant, quand elle enfile le peignoir (un fin kimono de soie qui glisse de ses épaules, très peu pratique pour les nuits froides de la baie, qui lui a acheté ça, elle aimerait bien le savoir), elle ne peut empêcher des fragments d'images de la traverser. Cette soirée désastreuse, le verre dans sa main, les différentes boissons, la femme dans son attirail de fausse soubrette la forçant à se servir de caviar (y avait-il quelque chose dedans ?), les bras l'obligeant à se coucher, les bouches étrangères, elle s'entend crier le nom de Sonny, voit le bleu plus tard sur sa cuisse, l'impression de tomber vers le haut, hors de son corps. Une fois de plus, elle a l'impression de regarder un film qui défile trop vite.

Elle a essayé d'en parler à Sonny la semaine d'après. Quand elle a réussi à aborder ce qui était arrivé sans s'effondrer. Même alors, c'était difficile ; elle avait le souffle court, la bouche sèche et le visage brûlant comme si c'était elle qui avait fait quelque chose de honteux. Il avait froncé les sourcils et dit : « Tu en es sûre ? Je n'arrive pas à croire que quelqu'un ait pu t'agresser. Tu n'avais peut-être pas l'esprit clair ; tu avais peut-être pris quelque chose… Peut-être sans t'en rendre compte… ? »

Qu'il refuse de croire cette chose terrible qui lui était arrivée en invoquant un mauvais trip dû à la drogue l'a rendue furieuse. Ils se sont disputés, il est sorti de la pièce en trombe, et elle n'a jamais réussi à lui dire ce qu'elle ressentait. Que le plus douloureux pour elle n'avait pas été l'agression mais le fait qu'il n'ait pas été là pour la sauver. Elle l'avait appelé à l'aide et il l'avait laissée tomber.

Elle n'en avait plus reparlé. Peu de temps après, elle avait déménagé.

Mais maintenant, avec l'angoisse qu'elle ressent depuis la mort de sa mère, elle se demande : Qu'est-il vraiment arrivé cette nuit-là ? Est-ce que vraiment elle n'avait pas l'esprit clair ? Les événements – cette histoire à laquelle elle a toujours pensé comme à quelque chose de solide et de fiable – sont comme de la lave fondue. S'efforcer de reconstruire un accident est-il voué à l'échec dès le départ ?

Comme elle se dirige vers le lit, tout cela la traverse par éclairs. Pourtant il n'aurait pas dû ne pas la croire, il aurait dû se renseigner, poser des questions, punir le coupable. Il aurait dû être le protecteur qu'elle attendait ou, au moins, partager sa souffrance. Mais il n'a rien fait. Il est retourné à son club faire de la belle musique, comme si elle n'avait rien dit.

« Maman, dit Jona d'une voix rauque de fumeuse. Je veux que tu te couches avec moi. Mets ta tête sur mon oreiller. » Ses yeux sont un peu moins troubles et Rakhi obéit avec joie, bien qu'elle se soit promis autrefois de ne plus jamais coucher dans ce lit. Le lit craque sous son poids.

On dirait un gloussement rouillé, la maison qu'elle a abandonnée rit de voir son orgueil rabaissé par ses responsabilités de mère.

« Toi aussi, ordonne l'enfant à son père. Couche-toi de l'autre côté ! Ici, mets ta tête sur mon oreiller. » Quand il s'exécute, elle prend leurs mains dans les siennes et les lie sur sa poitrine. Elle pousse un soupir si profond qu'ils sentent sa cage thoracique s'affaisser. La femme gît là, mal à l'aise et silencieuse, mais elle n'ose pas bouger parce que l'enfant semble se reposer enfin. Elle garde les yeux soigneusement détournés de ceux de l'homme ; de toutes les fibres de son corps, elle est consciente de leurs doigts enlacés. Ils ne se sont pas touchés, si ce n'est par hasard, depuis la nuit de son départ. Que ressent-il ? Que ressent-elle ?

Les battements du cœur de l'enfant sont moins frénétiques, sa respiration plus facile. Oui, elle dort, mais par à-coups, ses yeux affolés bougent sous ses paupières.

Elle rêve. Mais elle sait que ce n'est pas son rêve. Elle n'a pas rêvé avec ces couleurs vives que les enfants étalent à doigts nus depuis son enfance. C'est le rêve de Jona, et elle le rêve parce que, dans le sommeil, leurs têtes ont bougé et se touchent. Sonny fait-il aussi le même rêve ? Mais non, l'homme n'a pas de rêves en lui, seulement une cacophonie de bruits.

Dans le rêve, elles se trouvent sur une colline, la femme et l'enfant. Elle suppose qu'elles sont mère et fille. Elle n'est pas sûre que ce soit elle et Jona : elles lui tournent le dos, leurs silhouettes sont floues dans la lumière d'avant l'aube. C'est une belle scène. Il y a des fleurs sauvages à leurs pieds, des coquelicots et des lupins sur le point de s'ouvrir. Le soleil se lève, elles en voient les prémices illuminer le bord de la colline. Elles attendent, ardemment, le lever du soleil, en se tenant les mains. Mais quand le soleil apparaît, sa lumière est trop crue, ses rayons d'un blanc chimique. Trop tard, la femme comprend que quelque chose ne va pas. Elle a juste le temps de tirer l'enfant vers le sol avant que la lumière ne touche ses cheveux. Et puis elle disparaît, comme vaporisée. La fillette reste agenouillée, seule et en pleurs.

La mère crie dans son rêve, essayant de prévenir sa fille, mais elle ne peut émettre qu'un faible son étranglé. La lumière va frapper l'enfant d'un moment à l'autre maintenant. Mais non, le soleil semble avoir fait une pause dans son ascension, et de l'autre côté de la colline, entre en scène une femme différente. Eclairée de dos, belle avec de longs cheveux bruns, elle se dirige vers l'enfant, et quand elle l'a rejointe, elle étend la main. La mère du rêve plisse le front : il y a quelque chose de familier chez cette femme, les jupes fluides comme de la gaze, les fleurs dans ses cheveux. L'enfant lève les yeux, indécise, les larmes oubliées pour l'instant. A ce moment-là, la mère comprend que cette femme est mauvaise – non, mauvaise est un mot trop simpliste. Mais elle va prendre l'enfant et la changer, la transformer en quelque chose que sa mère ne veut pas qu'elle soit, c'est une forme de viol, non ? Elle fait un dernier effort et crie, poussant la rage hors de sa gorge, et ce cri la réveille. Son cri est encore suspendu dans l'air, angoissé, prolongé. Elle se rend compte que c'est Jona qui hurle.

« Non, non, non ! crie sa fille, les yeux toujours clos, secouant son corps de droite à gauche. Au secours ! Aidez-les ! »

Le père, réveillé par les cris, la regarde fixement.

Et la mère doit mettre de côté son angoisse (étrange que ce rêve, après tant de nuits vides, l'ait émue à ce point ; étrange la précision avec laquelle elle se souvient du moindre détail, après une période d'amnésie). « Tout va bien, mon bébé », se force-t-elle à dire en prenant l'enfant contre elle, la ramenant à la vie éveillée par ses baisers. « Ce n'est qu'un rêve », ajoute-t-elle, mais elle sait que ce n'est pas vrai. Ce n'est qu'un rêve si vous ne connaissez pas le lien qui unit la lune et le soleil, l'eau et l'air, la plénitude et l'annihilation.

Des jours plus tard, l'enfant dira : « C'était affreux, maman ! Ils souffraient horriblement. Ils étaient terrifiés. J'aurais tant voulu les aider.

— Je sais, ma chérie, répondra la mère, moi aussi. »

L'enfant lui jettera un regard interrogateur.

« J'ai fait le même rêve, expliquera la mère.

— On peut faire le même rêve ?

— Pas toujours. Peut-être est-ce parce que tu étais très malade, et que j'étais tellement inquiète. Ça a créé un lien particulier entre nous cette nuit-là, je suppose, quand j'ai posé la tête sur ton oreiller. C'était si triste, cette enfant abandonnée, j'avais vraiment de la peine pour elle. Sans doute parce que je t'imaginais à sa place.

— Mais, maman… »

La mère se hâte, poussée par le poids de ce qu'elle a envie de confier à quelqu'un depuis des années. « Tu étais si bouleversée quand tu t'es réveillée, ta température a recommencé à monter. J'avais peur. J'aurais voulu t'acheter ce rêve, comme ma mère l'a fait avec moi. J'ai même sorti les pièces de mon porte-monnaie. Je ne t'ai jamais dit qu'autrefois je faisais un cauchemar, toujours le même, encore et encore, jusqu'à ce que ta grand-mère me l'achète ?

— Moi aussi, maman ! Je faisais exactement le même rêve avant de tomber malade, mais il n'était pas aussi clair. Mais…

— Puis je me suis souvenue de ce qui était arrivé quand elle me l'a acheté. Je n'ai plus rêvé pendant toutes les années de mon adolescence. J'ai pensé que je ne pouvais pas te faire ça. Même s'ils sont douloureux, je ne dois pas te priver de tes rêves. Le cauchemar est encore revenu, après ça ? »

L'enfant acquiesce de la tête, le visage blême. « Oui, il revient, tous les deux ou trois jours. Mais, maman, il n'y a pas de fille dans mon rêve. Seulement un bâtiment en flammes, avec des gens pris au piège à l'intérieur, mais ce sont tous des adultes. »

C'est ainsi que la mère apprend que ce qu'elle a rêvé ne provenait pas de la peur de sa fille. Mais de la sienne.

27

Journal des rêves

Le lendemain matin du jour où nous avons été reçues dans les grottes en tant que novices, nous avons eu droit à notre première leçon. Donnée par Mère Samyukta. Par la suite, nous avons compris que c'était exprès. C'était l'une des plus douces interprètes de rêves, moins intimidante que Mère Simhika, avec sa crinière sauvage de cheveux argentés, ou Mère Samahita, qui avait la manie d'intercepter les nouvelles venues dans les couloirs faiblement éclairés des grottes et de les scruter de ses yeux bleu acier.

Dans son simple sari de coton, Mère Samyukta n'avait pas l'air très différente des mères que nombre d'entre nous (mais pas moi) avions quittées. Elle nous a mises à l'aise en nous demandant si nous avions bien dormi et si nous avions assez mangé ce matin. Mais quand elle a commencé à parler, sa voix s'est approfondie et elle nous a regardées comme si elle voyait des choses que nous ne savions pas sur nous-mêmes. Nous avons compris alors que vivre ici, dans ces grottes qui étaient dans le monde mais pas tout à fait du monde, allait nous transformer de façon inimaginable. Certaines d'entre nous – moi incluse – étaient effrayées et toute notre attention était occupée par l'effort de retenir nos larmes. Quand j'ai fini par comprendre que cette première leçon avait été fondamentale, je ne me souvenais plus que de morceaux du discours de Samyukta. Je vais les transcrire du mieux que je peux.

Toutes, a-t-elle, vous êtes bénies parce que vous possédez le don de rêver, mais à moins de savoir ce qu'est le rêve, d'où il vient et quel est son but, ce don est stérile.

Souvent, un rêve est fait de morceaux cousus ensemble, d'images jetées par un esprit agité, de soucis qui font surface quand le corps est tranquille. Ça, ce sont les rêves des gens ordinaires qui ne vous concernent pas, même si vous devrez passer une grande partie de votre vie à les leur expliquer.

Parfois on vous donnera un avertissement en rêve ; vous devrez le porter à la personne à qui il est destiné, et dont l'esprit est trop obtus pour que l'esprit du rêve le perce. C'est une tâche plus difficile – car souvent cette personne ne voudra pas écouter ce que vous avez à lui dire – mais ce n'est pas encore là votre fonction principale.

Les rêves importants viennent d'une autre réalité – vous pouvez l'appeler un autre temps, par manque d'un meilleur terme dans notre langage limité. Le temps des esprits du rêve. Je ne saurais le décrire. Tout ce que je puis dire, c'est que même un seul instant passé dans ce temps vous transforme comme la pierre philosophale transforme le vil métal en or. Mais je vais trop vite.

Au fur et à mesure que vous progresserez sur ce chemin, vous comprendrez que chacune de vous a un esprit gardien. Si vous avez de la chance et faites attention, l'amour entre vous et cet esprit se développera en un lien magnifique, merveilleux. Par les rêves, l'esprit vous dira qui vous êtes vraiment, même s'il devra vous parler plusieurs fois avant que vous n'appreniez à l'écouter. A moins d'observer une vie de service et de compassion et de cultiver les six vertus précieuses, vous ne posséderez peut-être jamais ce talent. Mais si vous finissez par entendre, vous verrez la toile de l'amour qui tisse l'existence, et vous n'aurez besoin de rien d'autre pour être heureuses. Les plus chanceuses parmi vous, bénies par le rêve, vivront longtemps dans le monde d'après et aideront bien des âmes. Mais pour les autres, le message viendra au moment de la mort et en sera inséparable. Pour celles qui ont besoin d'un guide, un messager apparaîtra en temps voulu. Ne le perdez pas : il ou elle sera votre dernière chance de vous saisir de la vérité du temps du rêve.

De nombreuses années ont passé depuis le discours de Samuykta et depuis que, en disgrâce, j'ai quitté les grottes. Il m'arrive de repenser à ses paroles (les fragments qui m'en restent), prise que je suis entre deux mondes qui définissent la vertu de façon opposée. Je suis souvent impatiente, furieuse, nerveuse. Je regrette les choix que j'ai faits et les faits porter aux autres. Pire que tout, je n'ai aimé pleinement personne, ni mon mari ni mon enfant, ni les âmes en souffrance qui sont venues à moi pour que je les aide. J'ai eu beau essayer, le cœur de mon cœur est resté misérable et désolé. Les esprits du rêve n'ont pas su le combler. Mon seul espoir est le messager : viendra-t-il jamais ?

28

Rakhi

La fièvre est tombée, mais Jona est encore trop faible pour aller à l'école. Sonny veut qu'elle reste chez lui, et bien qu'une partie de moi se hérisse à cette idée (Sonny le superviseur), je dois concéder que c'est plus pratique. De cette façon, quand il part le matin pour faire ce que les DJ sont supposés faire quand ils ne sont pas en concert, je peux venir tenir compagnie à ma fille. Sonny est de retour avant que je parte pour la Kurma House.

Le lendemain de son accès de fièvre, je lave Jona et change ses vêtements empesés de sueur. Je lui passe sur le corps de la poudre pour bébé comme je le faisais quand elle était petite. Quand je me penche pour l'embrasser sur le front, elle demande si je vais venir m'installer avec elle et Sonny jusqu'à ce qu'elle aille mieux pour retourner à l'école, *s'il te plaît, maman.*

C'est dur de refuser alors qu'elle a été si malade. Je me déteste. Mais si je faiblis et cède, le résultat sera désastreux. Me retrouver dans cette maison en l'absence de Sonny est déjà assez difficile. Etre ici en même temps que lui fera surgir des souvenirs pénibles – à supposer qu'il veuille de moi, ce dont je doute.

Mais surtout, je ne veux pas donner à Jona de faux espoirs sur nos chances de revivre ensemble.

Je refuse, m'attendant à des larmes, mais Jona n'insiste pas. Elle se tourne sur le côté et ferme les yeux, comme si elle ne s'attendait pas vraiment à ce que je dise oui. Il y a une telle résignation dans la courbe de son dos que j'en ai le cœur serré.

Est-ce que je fais une erreur ? Je suppose que je le saurai plus tard. De près, il est impossible de voir les perspectives de ses actes – ceux qui sont de bons tournants, ceux qui n'apporteront que du chagrin.

Ma mère a-t-elle fait le mauvais choix en décidant de partir rejoindre mon père en Amérique ? A la lecture de son journal, je commence à voir ce qu'elle nous a si habilement caché : ses regrets, sa nostalgie de la communauté, sa peur de perdre son don. L'ironie, c'est que son aptitude à interpréter les rêves lui soit restée ; c'est l'amour qu'elle a perdu, l'amour pour lequel elle avait franchi l'océan interdit. J'ai toujours considéré ma mère comme une personne sereine. Je comprends maintenant que c'est seulement parce qu'elle niait la tristesse, qu'elle la voyait comme une émotion stérile. Elle a survécu en pensant que la solitude était sa force. Je commence à comprendre pourquoi elle gardait le visage résolument tourné vers le futur. Penser à son passé lui était trop pénible.

A part dans son journal, elle a amputé de son cœur cette partie d'elle-même.

En lisant, je ressens une grande pitié pour elle, et pour nous. Car vivre de cette façon se paie. Son amertume s'est frayé un chemin sous notre peau, comme une infection souterraine, insidieuse. Dans le cas de mon père, cela surgissait de temps en temps sous la forme d'accès de boisson. Ma maladie était plus subtile, plus chronique. Elle s'exprimait dans mes tentatives avortées pour la connaître, comme si en acquérant cette connaissance je pouvais la faire mienne.

Ma vie n'est pas aussi dramatique que la sienne, ni mes choix d'une importance aussi vitale. Mais il y a une chose que je sais, autant qu'il est possible de savoir dans ce monde d'ombres changeantes : si je reviens vivre avec Sonny par amour de Jona, tôt ou tard je finirai par le lui reprocher. Et cela sera bien pire que la déception que je lui cause en ce moment.

Le vendredi, Jona est suffisamment remise pour retourner à l'école, mais je décide de la garder à la maison un jour de plus. Un jour à nous, mère et fille, pour en finir avec l'inquiétude et l'épuisement et nous faire plaisir. Quand je lui demande ce que nous allons faire, elle me dit qu'elle veut que nous peignions ensemble.

Je dispose sur la table ses gouaches, le cœur serré comme si quelqu'un m'avait poussée au bord d'une falaise. J'ai envie de lui dire que je n'ai rien pour peindre. Mais elle sait que je transporte toujours un chevalet et une toile dans la voiture. Je vais les chercher à contrecœur, et nous commençons. Ou plutôt, je me tiens devant mon chevalet et je regarde ma fille en train de peindre, les yeux plissés, la tête penchée sur le côté, si absorbée qu'elle en oublie ma présence. Je l'envie en la voyant mélanger le rouge, l'orange et le noir, et donner ses coups de pinceau d'une main hardie, résolue. Comme les objets prennent forme sur le papier, je vois qu'elle peint, une fois de plus, un feu. Je regarde, mal à l'aise. Qu'est-ce que c'est que cette obsession des incendies ? Mais je suis vite distraite par les progrès considérables qu'elle a accomplis. Elle a sûrement beaucoup peint ces derniers temps. Avec sa grand-mère morte et sa mère débordée, la peinture a dû lui donner une sorte de stabilité. Le moyen d'exprimer ses émotions. J'observe le soin avec lequel elle dessine les détails. Les fenêtres du haut bâtiment luisent à la lumière des flammes. Elles sont pleines de gens, paumes aplaties contre la vitre, bouches ouvertes sur un cri silencieux. Le ciel aussi est en feu. Il m'est difficile de détourner les yeux de la qualité étrangement magnétique de son tableau.

Ma toile à moi est encore vierge. Même après le rêve coloré qui m'est venu dans le lit de Sonny, je n'ai pas pu me remettre à peindre. Ce n'est pas faute d'avoir essayé, d'être restée debout des nuits entières, même après être rentrée éreintée de la Kurma House. J'ai regardé fixement la toile vierge pendant des heures en essayant de trouver un sujet. Mais tout ce que j'aimais peindre avant – une gare de Calcutta, des pêcheurs sur le Gange, le Belur Math au lever du jour – me semblait usé. Ou peut-être était-ce moi qui étais usée. J'avais besoin d'un nouveau thème, un nouveau style – je ne savais pas quoi exactement.

Peut-être devrais-je, moi aussi, peindre mon rêve. Je dessine la ligne de la colline, les deux personnages de dos. Je mélange du blanc et du jaune pour un ciel fauve, un jaune plus profond pour l'endroit où le soleil va poindre. Inutile. Même en usant de ma meilleure technique, je n'arrive pas à infuser de la vie à la toile. La mère et l'enfant se tiennent raides comme des silhouettes découpées dans du bois ; les fleurs sauvages s'alignent en rangs disciplinés. L'angoisse que j'ai ressentie dans mon rêve, le sentiment de perte et la peur, je ne sais tout bonnement pas comment rendre ça, quelle que soit la manière dont j'applique mon pinceau ou ajoute de la peinture à la peinture. Je finis par prendre un chiffon mouillé de térébenthine et effacer le tout.

Sonny arrive en sifflant, un sac d'épicerie à la main, mais quand il voit ce que je fais, il s'arrête brusquement. Il propose de porter mon matériel de peinture à la voiture. Non merci, dis-je, mais il me suit quand même.

« Je regrette que la peinture ne marche pas bien », dit-il.

J'ai envie de lui dire que ce ne sont pas ses oignons. Mais je me retrouve en train de proférer : « Et si je ne peux plus jamais peindre ? Et si mon talent m'avait quitté quand ma mère est morte ? »

Il avance une main comme pour me toucher, puis la laisse retomber. Il y a de la sympathie dans ses yeux, et de la tristesse. « J'ai parfois cette impression, moi aussi. Ça vous donne envie de mourir, non ? Mais ça va passer. Tu as vraiment du talent, Riks. Je le sais. »

Je ne le crois pas, mais j'ai envie de me raccrocher au petit réconfort de ses mots. Quand il m'invite à rester manger, je ne dis pas non.

Jona décide qu'il nous faut des crêpes pour le déjeuner. « Sonny et moi, on va les faire. Toi tu regardes. » Ils mettent des tabliers. Jona va chercher les ingrédients et Sonny les mesure, l'air d'un véritable homme d'intérieur. *C'est une comédie*, dit ma petite voix. *Tout au fond de lui, il est toujours Sonny le fêtard.* Pourtant, je suis impressionnée. L'équipe père-fille cuit les crêpes en riant beaucoup. *Et fait de la cuisine une véritable porcherie*, commente ma petite voix scandalisée. Ce n'est pas ma cuisine, lui fais-je remarquer à mon tour. Ce n'est pas moi qui nettoierai.

Nous mangeons nos crêpes avec des fraises et de la crème : c'est ce qu'il y avait dans le sac d'épicerie. Ma petite voix fait la moue. *Aucun sens pratique*. Jona nous verse du jus d'orange. Il y a une traînée de farine sur son nez ; le plaisir rosit ses joues quand je lui dis que le repas était délicieux. Le soleil inonde la cuisine, détendant mes muscles. Je me sens chaude et un peu grise et agréablement pleine. Je pourrais décider de faire cela de temps à autre. Même si nous ne pouvons pas être une famille vingt-quatre heures sur vingt-quatre sept jours sur sept, nous pouvons l'être par moments.

Puis Sonny dit : « Je travaille sur une musique qui m'excite vraiment. J'aimerais que tu viennes au club l'écouter.

— Ouais, maman, ajoute Jona, tu devrais y aller. C'est vraiment cool ! »

Ma sérénité pique du nez. « Qu'est-ce que tu en sais ? » Je lui jette un regard furieux, puis un autre à Sonny. « Tu l'as emmenée au club ? »

Sonny prend son air offensé. Jona roule des yeux. « Maman ! Il apporte ses CD à la maison pour moi. Les nouveaux, tu sais, ceux qu'il est en train d'enregistrer. » Elle se rengorge. « Je suis la première à les écouter ! C'est vraiment bon ! »

Je regarde Sonny fixement, surprise. « Tu ne m'as pas dit que tu faisais un disque », dis-je, blessée de manière tout à fait déraisonnable. Il hausse les épaules et sourit mais ne s'excuse pas. Pourquoi le devrait-il ? Je ne le tiens pas informé des moindres détails de ma vie.

« Ce serait super si tu venais », dit-il de nouveau. Son sourire est aussi lisse que de la soie.

Mais moi, qui connais cet homme mieux que toute autre femme – ah, l'ego de l'ex ! –, je détecte une veine traîtresse qui bat sur sa tempe. Ça lui coûte de me faire cette invitation.

Oui, est-ce que je peux dire oui ? Chaque fois que ces images me tombent dessus – fumée et sueur, des bras qui m'attrapent, des mains qui me tiennent la tête, ma bouche qu'on ouvre de force –, il y a toujours la musique de Sonny dans le fond, dont le rythme palpite de complicité. Serai-je capable de l'écouter d'une oreille neuve ? Toute cette colère et cette douleur que je fais de mon mieux pour extirper, je ne veux pas prendre le risque de les réveiller.

« Je ne peux pas en ce moment, dis-je d'un ton détaché. Il se passe trop de choses. Plus tard peut-être… »

Jona me lance un regard menaçant. Je lis ses pensées. Méchante. Nous étions bien ensemble et il faut que tu gâches tout.

« Pas de problème », dit Sonny d'un ton aussi détaché que le mien. Se doute-t-il de ma vraie raison, ou pense-t-il que je ne trouve pas que sa musique vaille le déplacement ? Quoi qu'il en soit, il est en colère. Je le vois à la façon dont ses yeux s'assombrissent. J'aimerais pouvoir passer un bras autour de lui et lui expliquer mon refus, mais je suis trop susceptible pour ça. Je dis au revoir à Sonny et à une Jona qui regarde d'un œil glacial par la fenêtre.

29

Rakhi

Les affaires vont bon train à la Kurma House. C'est le soir qu'il y a le plus de travail, avant que ne commence la musique et après avec un pic de commandes à emporter, mais on a aussi pas mal de monde à l'heure du déjeuner. La cuisine devient plus astreignante pour mon père. Même s'il adore ça, je le surprends en train de masser son bras cassé. Belle et moi l'aidons autant que possible, mais nous devons être en salle pour servir les clients. Si les affaires continuent ainsi pendant un mois, dit Belle, on va engager un aide pour le chef. Jespal, qui vient presque tous les soirs, dit en plaisantant qu'il va postuler pour la place.

« C'est plus amusant que mes projets d'ingénierie et j'adore les avantages en nature, dit-il.

— Comme quoi ? demande Belle.

— Nourriture à volonté, superbe musique live, et la compagnie de deux belles dames. »

Je refrène un sourire. Je ne doute pas de l'identité de celle des belles dames qu'il vient voir.

Souvent, après la fermeture, ils disparaissent tous les deux dans la nuit – une suite, j'en ai peur, que n'avaient pas prévue les parents orthodoxes de Belle.

Cet après-midi, quand j'entre, la Kurma House est tranquille. La foule du déjeuner est partie. Ping a déjà nettoyé et je la laisse s'en aller. J'entends mon père siffloter dans le fond, mais Belle n'est pas encore arrivée. Ce qui me surprend, car elle est toujours là avant moi.

« Tu n'as pas besoin de venir si tôt, lui ai-je dit un jour. Ping peut se débrouiller pour le déjeuner. Tu restes toujours jusqu'à la fermeture, en plus. »

Belle a plissé le front. « Je me sens mieux quand je suis là.

— Je t'assure, Belle, tu vas devenir une de ces mères névrotiques qui croient qu'une catastrophe guette leur enfant dès qu'elles ont le dos tourné. S'il n'y avait pas Jespal, tu finirais par emménager ici ! »

Elle n'a rien répondu.

L'odeur des *singaras* emplit la pièce. Je jette un œil dans la cuisine et vois que mon père a déjà préparé la farce de chou-fleur et pommes de terre et l'a étalée sur un grand plateau. L'huile chauffe dans notre plus grand wok sur le gros réchaud. Il déroule la pâte mince.

« Bonjour, papa, dis-je. Comment se fait-il que tu fasses des *singaras,* et en si grande quantité, en plus ? Il y a une occasion particulière ?

— Il faut faire des choses un peu spéciales de temps en temps, non ? réplique-t-il. Qui sait si nous serons prêts quand des occasions particulières finiront par arriver. » Il jette un œil à la photo dans l'alcôve, et je regrette que ma mère ne puisse nous voir ainsi nous entraider. Peu de choses l'étonnaient, mais voir mon père avec son tablier trop grand l'aurait surprise. Ça l'aurait peut-être fait rire.

J'essaie de me souvenir de son rire, mais je n'y arrive pas. Tout ce qui la concerne devient vague.

Mon père pousse un soupir, puis recommence à rouler la pâte. Ma mère doit lui manquer encore plus qu'à moi. Je me promets de passer le voir avec Jona pendant le week-end. Peut-être pourrai-je le convaincre de nous raconter d'autres histoires indiennes.

Depuis la mort de ma mère, il n'a pas bu.

« Quant à la quantité, je ne sais pas. Ça m'a pris ce matin, je peux toujours mettre ce qui reste au congélateur.

— Je vais t'aider à les farcir. »

Il me regarde, l'air incrédule.

« Ne t'en fais pas ! Je l'ai fait avec maman. Et n'essaie pas de soulever ce wok du feu tout seul, d'accord ? »

Il fronce les sourcils. « Je me débrouille. » Il est aussi têtu que moi.

Je découpe un cercle en deux, comme le faisait ma mère, façonne chaque demi-cercle en un cône, l'emplis du mélange, humidifie le haut et le serre pour le fermer. Il y faut un certain doigté. Je pose chaque *singara* sur un plateau fariné et j'attends. Un *singara* bien farci, m'a-t-elle dit un jour, ne se renverse pas. Je suis heureuse de voir que les miens restent droits. J'adresse à mon père un sourire triomphant. Il me rend mon sourire.

« Désolée, je suis en retard, dit Belle en entrant précipitamment, hors d'haleine. Rikki, il faut que je te parle ! Mr. Gupta, vous voulez bien nous excuser quelques minutes ? »

Intriguée, je laisse les *singaras.* Belle n'est pas du genre cachottier. Elle est même plutôt franche jusqu'à l'indécence devant mon père, qu'elle s'est mise à traiter comme son oncle préféré.

Elle m'attire dans un coin de la salle, l'air à la fois excitée et nerveuse.

« Rikki, qu'est-ce que je vais faire ?

— Tu pourrais commencer par me dire de quoi il s'agit. »

Elle inspire profondément : « Jespal m'a demandé de l'épouser. »

Je la serre dans mes bras. « C'est merveilleux. Félicitations ! » A voir l'expression de son visage, j'ajoute : « Ne me dis pas que tu ne t'y attendais pas ! Peut-être est-ce arrivé un peu plus tôt que prévu, mais moi en tout cas je n'en doutais pas. Tu n'es pas contente ? »

Elle fait une grimace. « Je ne sais pas. Je trouve ça terrifiant, je n'arrive pas à m'y faire. Et pourtant, à l'idée de rompre avec lui, toute l'indépendance du monde ne me semble pas valoir la peine.

— Belle, je ne sais pas ce que… »

La porte sonne. Quand je vois qui entre, j'oublie ce que j'allais dire et ouvre la bouche d'étonnement. La patronne de Java. Elle ne porte pas son uniforme. C'est peut-être son jour de congé. Elle est vêtue d'une robe moulante et scintillante qui a l'air de sortir tout droit de *Star Trek* ; elle met en valeur ses muscles sculptés et fait ressortir la couleur de ses cheveux, argentés aujourd'hui. Ses dents étincellent quand elle nous gratifie d'un sourire.

« J'espère que je ne dérange pas ? Je voulais vous rendre votre visite. »

Belle se remet la première. « Ravie de vous voir ! Asseyez-vous, je vous en prie. Vous voulez boire quelque chose ? Peut-être voulez-vous essayer un dessert indien ? » Elle fait un geste vers le comptoir.

Je m'empresse d'ajouter : « Gratuitement, bien sûr. »

Elle se dirige d'un pas royal vers un siège du coin près de la vitrine. Elle me jauge du regard en s'asseyant et croise les jambes d'une façon sophistiquée. Sa robe courte se relève pour découvrir des cuisses qui ont l'air de n'avoir jamais entendu parler de cellulite. Elle jette un œil sur le comptoir en plissant le nez élégamment. « Je ne suis pas très desserts. Je préfère la nourriture qui a un peu d'allant. Je sens quelque chose qui mijote dans le fond. Peut-être que je vais essayer ça, si vous me dites ce qu'il y a dedans. Je suis un peu difficile. Je devrais peut-être parler au chef ? »

Je ne sais pas quelles sont ses intentions, mais je sais que je ne veux pas qu'elle rencontre mon père.

« Désolée, dis-je. Le chef est occupé. » Je vais ajouter que la composition des plats est un secret ethnique et que ça n'a pas d'importance si elle ne veut rien. Mais c'est une invitée, aussi je reprends : « C'est un mélange de légumes dans de la pâte frite. Servi avec une sauce…

— Je pense que ça ira. J'espère que vous ne m'en voulez pas de demander, mais les étrangers mettent parfois, euh, des ingrédients inhabituels dans leur nourriture. Et, ah oui, je voudrais une tasse de bon thé américain, si vous avez ça.

— Je crois qu'on nous insulte, murmure Belle. Mais c'est trop drôle pour être insultant. Elle n'a pas dit *un bon thé américain* ?

— Je suis contente que l'une de nous trouve ça drôle », dis-je. Je vais dans le fond, où mon père a fini de frire une fournée de *singaras*. Il me lance un regard interrogateur.

« Je te raconterai plus tard », dis-je. Je pose un *singara* sur une assiette et attrape dans le réfrigérateur un chutney. Celui au tamarin existe en trois versions : épicé, très épicé et incendiaire. Je mets une cuillerée du dernier sur l'assiette. Cela devrait lui donner assez d'allant.

Quand j'apporte l'assiette, la patronne de Java agite une main. Ses ongles sont argentés eux aussi. « Asseyez-vous. Vous n'avez pas l'air trop bousculée, pour l'instant.

— Il y a toujours à faire, dis-je, sur la défensive.

— Ah oui, toujours quelque chose à faire, reprend-elle. Moi c'est pareil. Mais le soir maintenant, vous êtes très occupée, n'est-ce pas ? »

Ce n'est pas une question. Elle nous a observés.

« Y a des gens étranges qui viennent ici », ajoute-t-elle.

Je fais un effort pour maîtriser ma colère. « Je suppose que cela dépend de ce que l'on considère comme étrange.

— Vous avez raison, acquiesce-t-elle avec un sourire ingénu. Et la musique – si on peut appeler ça de la musique –, c'est vraiment… fort. »

Est-ce là ce dont il s'agit ? Est-elle venue se plaindre du bruit ?

« Je ne vois pas comment ça peut être si fort, dis-je. Une poignée de gens qui chantent et jouent des instruments. On n'a même pas de micro.

— Ah, mais vous ne savez pas comme ça résonne en face ! dit-elle avec un sourire suave. C'est un problème. Un de ces jours, ça pourrait vous causer pas mal de tort. »

Nous menace-t-elle de déposer plainte ?

Je réplique : « On verra bien. » Mais, malgré ma bravade, je suis inquiète. Y a-t-il un arrêté municipal interdisant les musiciens dans les cafés ? Il faut que je me renseigne.

« J'ai des choses à faire, dis-je. Belle va vous apporter votre thé.

— Ce n'est pas la peine. J'en ai appris plus que ce que je voulais savoir. »

J'essaie de penser à une réplique intelligente quand le téléphone sonne. C'est Ping.

« J'ai oublié de vous dire, dit Ping. Il y a un paquet. Je crois que c'est pour vous. Je l'ai mis dans la pièce du fond, sur une des étagères.

— Qui l'a apporté ? Et que veux-tu dire par *je crois que c'est pour vous* ?

— Je ne sais pas qui l'a apporté. Je l'ai trouvé sur une des chaises en faisant le ménage. Il n'y avait pas de nom mais quelqu'un avait écrit *Pour Vous* dessus. Je l'ai ouvert : il y avait des photos d'art dedans. J'ai supposé que c'était pour vous. Bien que je ne comprenne pas pourquoi quelqu'un l'a laissé sur une chaise… »

J'ai envie de courir dans la pièce du fond, mais je demande d'abord : « Qui était assis à cette table ?

— Attendez, deux ou trois personnes sont venues à des moments différents. C'est la table près de la vitre, vous savez, les gens aiment bien s'asseoir là. Il y avait une femme et deux hommes, je crois.

— Ils étaient comment, tu te souviens ?

— La femme était assez jolie. Elle portait une robe de coton ample. Les hommes étaient normaux, rien de particulier. Ils ont tous commandé du café…

— La femme avait de longs cheveux bouclés ?

— Ses cheveux lui tombaient sur les épaules ; je n'ai pas vu la longueur.

— Et les hommes… » J'avale ma salive et continue : « L'un d'entre eux portait du blanc ?

— Je crois que celui qui est entré le dernier avait un pantalon blanc. Mais n'importe qui aurait pu glisser ce paquet sur la chaise. C'est en tirant les chaises pour les épousseter que je l'ai vu… »

Cela ne veut rien dire. Berkeley est plein de femmes qui ont des cheveux longs et des vêtements larges et d'hommes qui portent du blanc.

Pendant que je la remercie, j'entends un grand bruit venant de la pièce du fond – quelque chose de métallique qui tombe – et mon père crie :

« Rakhi, vite, apporte l'extincteur ! »

Je lâche le téléphone. Dans ma panique, je ne me souviens pas de l'endroit où se trouve l'extincteur, puis je le vois dans un coin, recouvert de toiles d'araignée. Belle s'est précipitée dans la pièce du fond. Je la suis.

C'est un véritable chantier. Le wok est sur le sol, l'huile répandue forme un cercle noir. De l'huile a dû tomber sur le réchaud et prendre feu. Des flammes sautent partout, certaines jusqu'au plafond. Mon père essaie vainement de les arroser avec l'extincteur accroché près du réchaud. Je me débats avec le mien, essayant de comprendre comment il fonctionne. Il est lourd, volumineux et difficile à manier, mais, Dieu merci, ça finit par marcher. J'asperge comme mon père, mais cela ne semble pas avoir beaucoup d'effet. Les flammes me lèchent avidement le visage, plus chaudes que je n'aurais imaginé. Est-ce ce dont a rêvé Jona, nous, piégés là-dedans, brûlant jusqu'à la mort ? Les flammes sont plus fournies maintenant, des rideaux de feu menacent de nous engloutir. Le rêve a-t-il été envoyé pour nous prévenir ? Belle a rempli une casserole d'eau. Elle la jette sur nous, mais elle s'évapore sur ma peau presque instantanément. Elle en remplit une autre, la jette de nouveau. La fumée me fait tousser. Ma fille est-elle interprète de rêves ? Je hurle à mon père : « Laisse tomber ! Va-t'en ! », mais il refuse de m'écouter. Il continue avec l'extincteur bien que son bras fatigué vise à l'aveuglette.

Alors que j'ai presque abandonné tout espoir, le feu se met à diminuer d'intensité. Nous l'arrosons avec une vigueur renouvelée, Belle jette plus d'eau et, quelques minutes plus tard, nous nous retrouvons avec des étagères carbonisées, le plafond et les murs noircis, et un mélange poisseux d'huile, de mousse et d'eau sur le sol.

Nous allons d'un pas tremblant dans la pièce de devant, déserte maintenant. Quand la patronne de Java est-elle partie ? Le visage me pique comme si on m'avait giflée, la fumée me brûle la gorge et mes jambes sont sur le point de flancher. Mais avant que j'aie le temps de m'asseoir, on entend des sirènes dehors. Des pompiers surgissent, tirant un tuyau derrière eux. Nous leur indiquons le fond. Ils arrosent un peu plus pour s'assurer que le feu est complètement éteint, mais il n'y a plus grand-chose à faire. Une ambulance est arrivée et les infirmiers s'occupent des légères brûlures de mon père et des miennes. Le chef des pompiers remplit un rapport et nous dit de contacter notre compagnie d'assurances. Il nous reproche de ne pas avoir quitté le bâtiment immédiatement. C'était insensé et dangereux. « Vous avez de la chance que ce local soit en ciment et briques et pas en bois, dit-il. Sinon vous seriez en cendres maintenant. Jusqu'à ce que tout soit remis en état et que vous ayez eu une visite d'inspection, vous ne pouvez pas faire la cuisine là-dedans. » Avant de partir, il nous répète, d'une voix sévère, que nous avons eu de la chance.

Nous nous effondrons sur la table, Belle, mon père et moi, trio débraillé. Je n'ai pas l'impression d'avoir de la chance et, à en juger par leurs expressions, eux non plus. Je suis choquée par la vitesse avec laquelle le malheur peut s'abattre sur vous – même si je devrais le savoir, non ? J'ai envie de leur raconter le rêve de Jona, les incendies qu'elle a peints. Mais je ne crois pas que je pourrais supporter leurs réactions.

« Merci d'avoir appelé les pompiers, dis-je à Belle. Tu as été rapide. »

Belle plisse le front. « Mais je ne les ai pas appelés ! J'aurais dû, mais j'ai paniqué. Tu te souviens, j'étais avec toi tout le temps, à jeter de l'eau sur vous pour vous empêcher de prendre feu ! Non pas que j'aie si bien réussi. » Elle passe un doigt léger sur ma joue boursouflée : « Tes cils sont roussis. »

Qui a bien pu les appeler, alors ? La pièce du fond n'a pas de fenêtres. Aucun des voisins n'a pu voir… Je m'interromps, frappée par une pensée soudaine. Et si c'était la patronne de Java ? Sûrement pas. Elle aurait déliré de joie que la Kurma House soit réduite en cendres avec nous dedans. Mais je ne vois pas qui d'autre.

Un client entre demander du café, et Belle doit lui dire que nous ne sommes pas ouverts. Nous le regardons traverser la rue et entrer chez Java.

« Tu ferais mieux de mettre la pancarte FERMÉ », dit Belle. Je le fais, avec le sentiment d'être vaincue.

Nous passons le reste de la journée à nettoyer la cuisine. Avec un serrement de cœur, je jette le plateau de *singaras* dans la poubelle. Avant la tombée du jour, nous avons ôté le plus gros des débris. Mais nous allons avoir besoin de professionnels pour arranger le reste. Je grince des dents à l'idée de ce que cela va nous coûter.

J'ai fouillé parmi les détritus à la recherche de la photo de ma mère, mais je ne l'ai vue nulle part.

Cela me met mal à l'aise, cette photographie manquante. Je n'en parle pas. Demander rendrait sa perte – et la malchance liée à cette perte – plus réelle.

Quand nous avons fini, je pose à mon père la question que j'ai retenue de peur de me mettre en colère : « Qu'est-il arrivé ?

— Je ne comprends pas bien. J'étais en train d'ôter le wok du feu – je sais, je sais, j'aurais dû t'appeler, mais tu parlais avec un client, et je l'ai déjà fait plusieurs fois tout seul. Mais cette fois-ci, soudain, il s'est retourné. C'est très étrange ! Mon poignet a dû céder. » Il soupire. « Je ne peux pas dire à quel point je suis désolé. »

Je dois être trop fatiguée pour me mettre en colère, parce que tout ce que je ressens, c'est du découragement. Quelle malchance que cela soit arrivé quand nous commencions à nous en tirer ! En plus du coût des réparations, notre assurance va augmenter. Nous avons perdu beaucoup de provisions aussi. Et si nous fermons, même pendant quelques jours, cela va briser l'élan que les soirées avaient donné. Les gens vont trouver d'autres choses à faire, et on ne les reverra plus.

Belle m'appelle du coin où la patronne de Java était assise.

« Regarde ça », dit-elle.

C'est le *singara* que j'avais donné à cette femme, écrasé au point d'être méconnaissable.

Avec le chutney rouge dessus, il ressemble à un minuscule animal écrasé. C'est clair qu'elle n'y a pas touché. Comparé à l'état de ruine de la cuisine, c'est un incident mineur, mais j'en tremble. Il y a une telle malveillance dans ce petit acte de gaspillage.

Se pourrait-il qu'elle ait quelque chose à voir avec l'incendie ? Qu'elle l'ait voulu ?

Je secoue la tête pour m'éclaircir les idées. Je cherche quelqu'un sur qui rejeter la faute parce que je ne veux pas perdre cette intimité fragile que mon père et moi partageons pour la première fois de nos vies.

« Jette-le, dis-je à Belle, avec l'assiette. » Mais elle l'a déjà fait. J'ai mal à la tête. J'ai envie de me coucher, ce que je vais faire dès que j'aurai pris deux cachets d'aspirine.

Comme je suis sur le point de fermer, mon père dit : « Nous ferions mieux d'aller tous les trois chez toi, Rakhi. C'est plus près. »

Je le regarde sans comprendre. « Pourquoi ?

— Prendre une douche, bien sûr. » Sous la suie qui macule son visage, il a l'air décidé. « Il y a une machine et un séchoir dans le bâtiment, non ? Belle peut t'emprunter des vêtements, mais moi je n'ai rien d'autre que ce que j'ai sur le dos.

— Où veux-tu en venir ?

— Il faut qu'on revienne ouvrir avant que les musiciens arrivent.

— Tu es fou ? »

Mon père cligne des yeux. Son expression montre qu'il se considère comme parfaitement sain d'esprit.

« Tu n'as pas entendu le pompier ? Nous devons fermer jusqu'à la visite d'inspection.

— Je n'ai pas entendu ça. » Mon père redresse les épaules. « Il a dit qu'on ne pouvait pas faire la cuisine dans la pièce du fond. Et on n'en fera pas. On a des machines pour faire du thé et du café, et j'ai mis assez d'en-cas dans le réfrigérateur ce matin pour tenir toute la soirée.

— Papa, tu ne sais pas quand il faut déclarer forfait ?

— On laissera la hotte allumée, ça devrait assainir l'air. Demain je préparerai un ou deux plats à la maison et je les apporterai. On va repartir de là, *beti.*

— Tu es fou ! » Je me tourne vers Belle. « Dis-lui qu'il est fou. On peut pas ouvrir ce soir, avec tout ce désordre. Pas ce soir, ni demain, ni jamais. A mon avis, on est finis. »

Belle regarde alternativement mon père et moi. « Mr. Gupta n'a peut-être pas tort, dit-elle. On pourrait essayer, juste pour ce soir…

— Je refuse de faire partie de cette farce. Que vont dire les clients ? En supposant qu'ils resteront assez longtemps pour écouter ce qu'on va leur raconter.

— On va leur dire la vérité, que c'était un accident, dit mon père. Ils ont eu des accidents. Ils comprendront.

— Je ne veux pas qu'ils comprennent», dis-je. De vives traînées de douleur me brûlent les yeux. «Je veux une poignée d'aspirines et un peu de tranquillité. Faites ce que vous voulez. Ne me mêlez pas à ça. A partir de maintenant, je me retire de cette association.»

Je jette les clefs à Belle et je m'en vais sans me retourner.

30

Journal des rêves

Dès son plus jeune âge, Rakhi a été fascinée par moi. Elle tolérait les facéties de son père qui essayait de l'amuser, mais c'était pour moi que son visage s'éclairait, et après un certain temps, il a arrêté d'essayer. Toutes les filles traversent-elles une phase d'adoration pour leur mère ? N'ayant pas eu de mère moi-même, je l'ignore. Mais pour elle, ce n'était pas une phase.

De son parc à bébé, Rakhi m'observait pendant des heures. A la différence des autres enfants, elle ne demandait pas qu'on la prenne dans ses bras ou qu'on joue avec elle. Elle se contentait d'observer. Elle me regardait quand je faisais la cuisine ou le ménage ou quand j'étais assise les yeux clos, à passer en revue les rêves qui se bousculaient avec insistance dans ma tête. Quand je parlais aux clients au téléphone, elle écoutait, la tête inclinée, sans un cillement de ses yeux noirs, comme si elle comprenait tout ce que je disais. Cela me mettait mal à l'aise. Je suis allée dans la chambre pour passer mes appels, même si le lit où je ne dormais plus me mettait aussi mal à l'aise, d'une autre façon.

Elle a grandi. Bientôt, je le savais, elle allait commencer à poser des questions. Je préparais ce que j'allais lui dire. Quand je lui ai dit ce que je faisais, j'ai essayé de donner à mon métier une allure banale. Mais elle avait déjà décidé que c'était le travail le plus fascinant du monde. Par conséquent, j'étais la personne la plus fascinante qui soit.

Je m'inquiétais de voir ma fille m'idolâtrer de cette façon. Il y avait tant de choses de moi qu'elle ignorait et que je ne pouvais pas lui raconter. Mes erreurs, mes trahisons, mes lâchetés. Tôt ou tard, elle les découvrirait, et elle se sentirait trahie, elle aussi. J'aurais voulu empêcher ça, mais comment faire ? Moi qui étais prodigue de conseils et que de si nombreuses personnes consultaient sur leurs problèmes, je n'avais pas la moindre idée de la manière de résoudre le mien.

Rakhi était si bouleversée qu'elle n'a pas voulu manger. Ni me parler. Elle pensait que je ne lui enseignais pas à interpréter les rêves parce que je voulais garder mon don, égoïstement, pour moi seule. (Elle voyait plus juste qu'elle ne le croyait. J'étais égoïste, mais d'une façon différente.) Son père, qui donnait rarement son avis, a même demandé ce qui se passait. J'aurais dû lui dire tout de suite ce que j'avais conclu des exercices pour débutants que nous avions pratiqués ensemble : elle n'avait pas le don. Mais cela me semblait trop cruel. Aveuglée par l'amour, je me suis persuadée que je m'étais trompée. Essayer encore une fois ne pouvait pas faire de mal. Et cette nuit-là, j'ai quand même fini par lui demander de dormir avec moi dans la pièce à couture.

J'ai demandé à Rakhi de s'étendre près de moi pour que nos têtes se touchent, puis de fermer les yeux. Ma tante avait fait la même chose quand elle était apparue tel un éclair dans ma vie terne. Puis elle s'était infiltrée en moi et avait touché quelque chose qui y gisait, endormi. Mais je ne savais pas comment m'y prendre. Les interprètes de rêves apprenaient à faire ça pendant le dernier mois de leurs études, et j'étais partie avant.

Dans le bidonville où j'avais grandi, les gens me craignaient, parce que j'avais l'air de deviner leurs secrets, leurs pensées cachées. C'était une forme de protection dans ce lieu où l'on traitait les orphelins avec cruauté. J'étais contente d'avoir ce pouvoir, mais je n'y accordais pas beaucoup d'attention.

Quand Rakhi était petite, je jouais avec elle à un jeu. Devine à quoi je pense ? lui demandais-je le lendemain des nuits où j'avais fait des rêves importants. Je la prenais sur mes genoux, la regardais dans les yeux, tenais le rêve dans mon esprit avec l'espoir qu'elle le capte. Elle me touchait le visage, jouait avec mes cheveux. Puis finissait par s'impatienter et glissait de mes genoux, me laissant avec un mélange de déception et de soulagement.

J'aurais dû faire plus attention à ces tentatives ratées. Au lieu de quoi, comme nous gisions sur le sol, nos chevelures emmêlées, j'ai décidé d'essayer plus fort que jamais de rompre la barrière entre nos esprits. J'ai fermé les yeux. J'étais consciente de la présence de mon mari dans la pièce d'à côté, en train de se brosser les dents, prêt à aller se coucher. S'est-il demandé ce que nous faisions ? J'ai entendu le bruit de ses pas vers la pièce où nous étions, et je me suis raidie, mais les pas se sont arrêtés et il a fait demi-tour comme d'habitude. Rakhi dormait déjà, sa respiration était peu profonde et difficile, comme celle de quelqu'un qui gravit un escalier raide. Par habitude, j'ai scruté son esprit, mais il n'y avait pas de rêves. Elle n'avait pas rêvé depuis le matin où je lui avais acheté son cauchemar. N'avoir toutes les nuits que le vide quand on dort me semblait une malédiction ! Mais si je réussissais cette aventure, si je pouvais lui transmettre un peu de mon talent, elle me pardonnerait.

J'ai coupé tous les sons extérieurs. J'ai dirigé mon attention sur ma conscience, ce pouvoir qui me permet de recevoir les rêves des autres. Après un certain temps est apparu un point de lumière au centre de ma poitrine. Je me suis concentrée plus fort et je l'ai senti commencer à bouger. Je me suis efforcée de le diriger vers l'endroit où mon front touchait celui de Rakhi. J'ai visualisé sa conscience comme un point semblable et je l'ai appelée. Je n'avais jamais fait ce genre de chose auparavant. Au début je ne sentais rien, puis une chaleur a envahi mon crâne. Et quelque chose s'est mis à s'infiltrer en moi. Je le voyais voleter et danser près de moi. Je l'ai invité à entrer. Les deux lumières ont commencé à bouger dans ma poitrine. Elles flottaient le long d'un couloir étroit. Une artère ? Peut-être étaient-elles entrées dans un paysage intérieur qui n'avait rien à voir avec mon corps physique. Tandis qu'elles s'enfonçaient plus avant, des scènes défilaient de chaque côté comme sur un écran de cinéma.

Des femmes en saris usés encombrent un chemin. Elles attendent pour emplir leurs pots d'eau à un robinet sur le trottoir. Elles se poussent et jouent des coudes parce que bientôt on va couper l'eau. Un pot vide veut dire rien pour cuisiner, pas de boisson pour les enfants. Les femmes les plus fortes se propulsent en tête de la queue. L'une écarte une jeune fille mince d'un rude coup de coude. Elle perd l'équilibre, tombe. Son pot d'argile vole en éclats sur le trottoir. Elle le regarde, horrifiée. La famille qui la garde à contrecœur depuis la disparition de sa mère va la battre. Elle tourne la tête et me regarde droit dans les yeux, et l'intensité de sa peur et de sa colère m'atteint comme une bombe.

Dans l'obscurité, une fille plus âgée suit une femme vêtue de blanc. Seules les étoiles déversent un peu de lumière alentour. Des ombres en forme d'animaux sont tapies au bord du chemin inconnu. La fille porte un sari blanc, elle aussi, un vêtement auquel elle n'est pas habituée. Elle trébuche parfois en se hâtant pour ne pas se laisser distancer, mais elle n'ose pas demander à la femme de marcher moins vite. Et si la femme allait changer d'avis, lui dire qu'elle a fait une erreur, la renvoyer ? Elles continuent, la nuit n'en finit pas, ni le chemin. La fille imagine les grottes où elles se rendent. En son cœur, les grottes sont de la couleur du brouillard, mystérieuses et belles. Un mouvement soudain dans les buissons. Elle tourne la tête, étonnée, et je vois que c'est la même jeune fille. Son visage est animé. Mais déjà, il y a des ombres dans ses yeux, car la réalité ne pourra jamais être à la hauteur des images dans nos esprits.

Les couleurs et les formes se bousculent comme à l'intérieur d'un kaléidoscope. Le point de lumière près de moi vacille telle une lampe dans le vent. Devant nous, il y a une autre scène : un appartement d'une pièce, une table branlante près d'un vieux canapé, avec un réchaud au kérosène dessus. Il y a des piles de disques, un vieux pick-up. Cette fois-ci aussi, c'est la nuit, mais une nuit urbaine. La lumière d'un lampadaire se faufile par la petite fenêtre grillagée, s'évanouit avant d'atteindre le matelas dans le coin où gît une jeune femme. Un homme – je ne distingue que sa nuque – l'embrasse. Nous nous approchons. De minuscules gouttes de sueur émaillent la courbe de son dos nu. La femme tend une main pour l'arrêter, mais il murmure quelque chose et sa main retombe. Il lui ôte son sari blanc et se penche pour lui embrasser les seins. Elle ferme les yeux dans une extase qui ressemble à de la douleur. Ses émotions crépitent en moi comme une décharge électrique, et je comprends ce que j'ai choisi de ne pas savoir jusqu'à maintenant : c'est moi. Il y a des moments de ma vie que j'ai bannis de ma mémoire. Mais ce qui est banni devient souterrain. Et maintenant, c'est ma fille qui rêve de ces choses que je lui ai cachées si soigneusement durant toutes ces années. Des choses qu'il ne faut pas qu'elle sache.

Je me jette entre elle et les scènes qui se déroulent le long du couloir, je la repousse pour qu'elle fasse demi-tour. Mais quelque chose de plus fort que moi nous entraîne en avant. Quelle force nous tient dans son étreinte ? Des images, immenses et fascinantes, nous éblouissent. Elles mêlent le passé et le présent, l'histoire et l'espoir, la vérité et le désir. Dans les grottes, j'interprète un rêve avec tant d'habileté que les autres novices se lèvent d'admiration. Je suis les sons d'une flûte se déversant d'un vieux palais dans un jardin pour trouver un homme qui va changer mon destin. Je regarde mon expression la nuit où je décide de m'enfuir des grottes. Mon visage la nuit où je décide de m'enfuir de nouveau, cette fois où…

Non ! Il ne faut pas qu'elle voie ça.

Je rassemble tous mes pouvoirs pour repousser Rakhi dans son propre corps, mais je ne trouve pas le point de lumière qui est sa conscience. Où a-t-il disparu ? Au bout de quel couloir de mon subconscient vogue-t-il ? La panique me saisit, au point que ma propre lumière vacille et faiblit. Et si je ne la trouve pas et ne peux la renvoyer avant que son corps s'éveille ? J'imagine son visage vide, ses membres mous me suivant le reste de sa vie. Et moi, la portant en moi, comme une grossesse sans fin…

De telles idées pavent le chemin du désastre. Je me force à rester tranquille pour sentir sa présence. Battement de cœur après battement de cœur – la seule mesure du temps dans cet espace. Rien. Peut-être est-ce impossible de se différencier de son propre sang ?

Combien de temps ai-je passé à errer dans les méandres de mes chemins intérieurs, à chercher ? Est-ce mon mari qui cogne à la porte : Vous allez bien toutes les deux là-dedans ? Je ne peux pas répondre, lui dire de ne pas s'en mêler. Quelqu'un pose-t-il ma tête sur son genou, passe-t-il une main fraîche sur mon front ? Il faut que je me concentre, là où l'obscurité est épaisse comme de la poix. Finalement, alors que j'ai abandonné tout mouvement et tout espoir, je sens un tout petit picotement annonçant quelque chose de différent. Je glisse à sa poursuite dans un tunnel sous-marin. Les souvenirs sont flous ici, vieux comme le pollen qui s'effrite d'une fleur qui meurt. Des mains tenant un enfant contre un sein, l'odeur de la chevelure parfumée d'une femme, une voix qui l'appelle. Est-ce que ses pieds hésitent quand elle se retourne pour regarder son bébé ? Suis-je cet enfant ? ou cette femme ? La lumière qui est Rakhi tremblote, comme ivre. Je la saisis, commence à la tirer en arrière. Elle ne résiste pas. Elle qui veut toujours me connaître a appris plus qu'elle n'en peut supporter. Nous remontons à la surface, la solidité de l'os. Je fais un dernier effort et la repousse dans son corps.

Le matin, rien de tout cela ne semble être arrivé. Si ce n'est que je me lève avec la migraine et vomis dans la salle de bain du rez-de-chaussée toute la journée. Mon mari s'efface, il boit. Et de temps en temps, pendant qu'elle s'active – fait ses devoirs, bavarde avec une amie au téléphone –, Rakhi s'arrête et me regarde, perplexe, essayant de se rappeler quelque chose d'important, quelque chose qu'elle a déjà oublié.

31

Rakhi

Ils ne me laissent pas seule, bien sûr. Belle conduit mon père chez moi. Ils attendent à ma porte pendant que je gare la voiture et me traîne jusqu'à l'escalier.

Belle dit : « On ne fera rien sans ton accord, Rikki. On ne va même pas parler du snack-bar. Reposons-nous seulement un peu et faisons du thé, d'accord ? On a tous eu une rude journée.

— Je vais faire un *cha* spécial, ajoute mon père. Va prendre ton aspirine, prends une douche si tu veux. »

Je leur jette un regard incrédule. On dirait qu'ils ont répété cette scène. Ils me rendent mon regard, l'air innocent et le visage noir de suie. Je dois admettre que l'idée d'un thé spécial de mon père me plaît.

Quand je reviens, les cheveux propres, l'appartement sent bon la menthe. Mon père me tend une tasse et je la sirote avec gratitude. C'est un mélange inhabituel d'herbes et d'épices, léger et pourtant revigorant.

« Du thé du Cachemire », dit mon père. Il n'explique pas d'où il l'a sorti.

J'allonge mes jambes lourdes et je bois une deuxième tasse, avant de remarquer ce que porte mon père.

« Papa ! que fais-tu dans mon vieux peignoir ?

— Belle a trouvé ça pour moi. Elle est allée au sous-sol mettre mes vêtements dans la machine. Cette fille est une perle, crois-moi.

— Alors tu vas mettre ton projet insensé à exécution ?

— Ce n'est pas si insensé que ça. Je ne veux simplement pas abandonner si vite. C'est ce que cette blonde attend, non ? »

Je le regarde, éberluée. Pense-t-il lui aussi qu'elle a quelque chose à voir avec l'incendie ?

Belle entre précipitamment. « On n'a qu'une heure, Mr. Gupta. Rikki, je peux t'emprunter des vêtements ? Et peux-tu descendre dans vingt minutes mettre les vêtements de ton père dans le séchoir ? » Elle est sous la douche avant que j'aie le temps de répondre.

« On n'a rien à perdre, reprend mon père.

— On va se ridiculiser. Les gens vont tourner les talons et partir.

— Je ne crois pas. En tout cas, je veux bien avoir l'air ridicule. Si ça peut nous empêcher de fermer définitivement.

— Je ne veux pas que nos clients restent par pitié pour nous.

— La sympathie n'est pas une mauvaise chose. Mais je ne vais pas essayer de te faire changer d'avis. Fais ce que tu veux. »

Fais ce que tu veux. C'est ce que ma mère disait quand je lui demandais son avis. Elle me disait ce qu'elle pensait, avant d'ajouter : « Fais ce que tu veux » pour indiquer avec ce léger retrait que, tout compte fait, sa vie et la mienne étaient distinctes. Ça me donnait immanquablement envie de faire ce qu'elle avait suggéré, comme si en suivant son conseil je la liais à moi.

Est-ce que mon père, rusé Ananzi, sait cela ?

« Bon, très bien, dis-je d'un ton boudeur. Je pense que je vais venir vous aider. » Je pousse un soupir sonore pour qu'il comprenne que je fais un énorme sacrifice. Mais je sens monter en moi une vague d'euphorie. Nous n'abandonnons pas, et c'est déjà en soi une petite victoire. Qui sait, peut-être mon père a-t-il raison. Peut-être peut-on négocier cette catastrophe au lieu de la laisser nous écraser, nous noyer.

« Merci, *beti* », dit-il d'un ton poli. Puis il sourit de plaisir et ajoute : « Tu ferais mieux de t'habiller, on n'a pas beaucoup de temps. »

J'ai entendu un jour ma mère dire : « Les malheurs arrivent pour que nous comprenions que les autres font attention à nous. » Je refusais de la croire. J'avais l'impression, moi, que les malheurs de ma vie provenaient d'un manque d'attention des autres. Mais après l'incendie de notre snack, je commence à entrevoir ce qu'elle voulait dire.

Je suis Belle et mon père en traînant les pieds. Avant même d'arriver, mon exaltation s'est évanouie et mes doutes ont repris le dessus. C'est inutile, tous nos efforts ne serviront à rien. Ce serait plus sage d'en rester là et de démarrer quelque chose de différent – de préférence dans un endroit loin de Java et de sa sorcière de patronne. Seules les épaules de mon père, affaissées sous sa chemise encore humide, m'empêchent de faire demi-tour et de m'enfuir.

Je serre les dents lorsque Belle ouvre la porte. Il me faut toute la force de ma volonté pour pénétrer dans l'odeur de fumée et de désastre qui persiste malgré la quantité de désodorisant – Pluie d'été – vaporisé. Je mets la machine à café en marche, m'occupe avec des tâches de routine dans la pièce de derrière, où je n'aurai pas à répondre aux questions. J'ai envie de rentrer sous terre chaque fois qu'un client entre et grimace en humant l'odeur, et que mon père recommence à expliquer, à s'excuser pour le maigre éventail de plats.

Je m'étais attendue à de l'irritation de la part des clients, au mieux à un brusque haussement d'épaules suggérant qu'ils supporteraient le désagrément – mais seulement pour aujourd'hui. Certains réagissent ainsi et plusieurs personnes ressortent, mais la plupart comprennent. Quelques-uns partagent avec nous leurs histoires de catastrophes. « Les mauvaises passes, c'est comme les visites de la belle-famille, dit l'un d'eux. On dirait qu'elles ne vont jamais finir, mais elles finissent, et des temps meilleurs viennent ! » Quelqu'un récite un ghazal en ourdou sur la perte et le chagrin et la façon dont les bons amis et les souvenirs heureux peuvent nous venir dans de telles circonstances. Quelqu'un d'autre traduit les vers pour Belle et moi. (Ils connaissent la profondeur de nos déficiences en langues.) Ils commandent généreusement ce qui reste sur le menu, si bien qu'à la fin de la soirée nous avons gagné une somme d'argent décente.

« Mais le plus important, dit mon père en fermant, c'est que nous n'avons pas abandonné. C'est ce que la plupart des gens auraient fait. »

Je lui jette un regard perçant pour voir si la « plupart des gens » m'inclut, mais il ne pense pas à moi. Il y a un grand sourire sur son visage las. Je me souviens que ma mère, dans son journal, le qualifie de bonne âme.

Les jours suivants, nos clients nous aident à faire l'inspection des dégâts. Que faut-il réparer en priorité ? Ils se consultent pour voir si quelqu'un a des compétences pour nous dépanner. Il y a deux ouvriers du bâtiment dans le groupe. Ils proposent de venir faire les réparations pour un prix minimum pendant leurs jours de congé. Je peux m'occuper de la peinture. Jespal dit qu'il est doué pour les étagères. Un de nos clients qui travaille au magasin Home Depot propose d'acheter des fournitures à prix réduits. Le cousin de quelqu'un dirige une compagnie d'assurances immobilières. Il viendra une fois les réparations faites nous donner un certificat de conformité.

Je suis surprise et contente, puis déprimée. En admettant qu'ils fassent ce qu'ils promettent, régler tous ces problèmes va prendre des mois. Pourrons-nous continuer cahin-caha pendant tout ce temps ?

Nos clients sont plus optimistes. Ne vous en faites pas, disent-ils. (La catastrophe les rend moins timides avec moi.) Le snack sera très vite en parfait état. Entre-temps, on va continuer à venir. La nourriture que vous arriverez à préparer, on va vous l'acheter. Et on va chanter et faire de la musique pour garder le moral. Nous sommes tous frères et sœurs ici, après tout, *bhai-bahen.*

Même ceux qui ne sont pas indiens hochent la tête.

Je leur suis reconnaissante de leurs bons sentiments, mais je n'y crois pas tout à fait.

C'est là mon défaut le plus grave, comme ma mère me le répétait souvent : je suis méfiante et pessimiste, je m'attends toujours au pire de la part des autres. « Alors que tu n'as aucune raison d'être comme ça », disait-elle. Cela me hérissait. Je lui rappelais que j'avais toute une liste de raisons, avec en tête Sonny, la croix que je devais porter. Ce que je ne lui faisais pas remarquer, c'était que je n'avais pas toujours été ainsi. Elle aurait dû le savoir, elle, ma mère. Elle l'aurait su si son attention n'avait pas toujours été prise par autre chose. Jusqu'à la soirée tragique, je pensais tout le bien possible de tout le monde, et surtout de mon mari. Ce n'est pas la méfiance mais la confiance qui m'a détruite ce soir-là.

Maintenant qu'elle n'est plus là, je vois aussi les choses de son point de vue. Quand je pense aux gens qu'elle a aidés, je dois admettre que mes problèmes sont mineurs. Son journal m'en a donné des aperçus : maladie, meurtre, dépression suicidaire, schizophrénie. Parfois la nuit, je me fais du souci pour ces gens du rêve, je me demande s'ils ont trouvé une nouvelle interprète. Après avoir envoyé une bonne pensée à Jona, je leur en envoie une aussi.

Même morte, ma mère a raison. Nos clients commencent à nous aider, comme promis. C'est abominablement lent – ils ne peuvent venir qu'entre leurs autres occupations – mais cela nous coûte beaucoup moins que je ne le craignais. Nous avons dû les persuader d'accepter de l'argent. Le résultat n'est pas cinq étoiles, mais ils sont serviables et le font avec affection. Comme mon père me le rappelle, pour commencer, ce n'est pas un endroit cinq étoiles. Et puis, les affaires continuent. Nous avons perdu certains de nos clients les plus exigeants, mais nous n'avons pas coulé.

Après l'incendie, d'autres changements surviennent. Un soir, un petit groupe de gens demandent s'ils peuvent installer une estrade pour les musiciens. Pouvoir s'asseoir en lotus serait plus confortable pour certains d'entre eux. On garderait les chaises pour le guitariste et les joueurs de percussions. On pourrait démanteler l'estrade après le spectacle du soir, si besoin.

Après une brève délibération dans la pièce du fond (je résiste comme d'habitude), on accepte. Bientôt deux estrades basses en bois, drapées d'un patchwork, apparaissent dans un coin. Des traversins que la femme de quelqu'un a recouverts de soie sont disposés dessus. Je n'avais pas pensé que les musiciens avaient des familles. Ils ont l'air si dénués de liens quand ils jouent ! Mais ces derniers temps, je vois des enfants courir autour d'eux, des adolescents prendre les instruments quand leurs parents font une pause pour boire une tasse de thé. Quelqu'un pose sur le comptoir une boîte en émail emplie de *masala* pour rafraîchir l'haleine. Et comme si c'était un signe, les gens se mettent à apporter d'autres choses : une cloche tibétaine, un petit tapis persan avec des couleurs de pierres précieuses, un masque africain, une gravure afghane, une figurine de jade, un vieux miroir esquinté qui a l'air russe avec des portes de métal gravé qu'on peut ouvrir ou fermer. Je ne connais pas la valeur de ces objets, mais il est clair qu'ils sont précieux pour leurs propriétaires qui les ont apportés de leur pays, de leurs vies passées.

Personne ne m'en parle jamais. Je les trouve empilés derrière l'estrade quand je fais le ménage après la fermeture. Nous n'enlevons plus l'estrade le soir. Ça n'en vaut pas la peine, d'autant que les gens aiment s'y asseoir dans la journée. Ces cadeaux m'inspirent des sentiments mélangés. Je me sens parfois très honorée, parfois exaspérée de devoir trouver un endroit où les mettre. J'ai peur que les gens continuent à apporter des choses jusqu'à ce que le snack disparaisse sous leur poids. J'ai déjà dû enlever plusieurs décorations que j'avais apportées, même mon tableau d'éléphants au bain (à vrai dire, il ne me plaisait plus autant). Ma Kurma House (a-t-elle jamais été à moi ?) subit un profond changement, se transforme en un endroit très différent de ce que j'avais imaginé. J'ai l'impression de perdre le contrôle. Mais quand je suis calme, j'aime bien la créature qu'elle est devenue, ce nautile à plusieurs alvéoles. Un jour, j'attrape un pinceau et ajoute un mot sur la vitre : *International*. Très vite après, par un accord tacite, nos clients décident que la Kurma House a tout ce qu'il lui faut. A partir de ce jour-là, je ne trouve plus d'autre cadeau.

« Je n'aime pas la manière dont nous faisons des affaires, dit mon père, nous faisons payer nos clients pour chaque chose qu'ils commandent, en comptabilisant le moindre petit *pakora* ou *jilebi*. On ne pourrait pas leur demander de payer une somme globale et les laisser manger à volonté ? Une sorte de buffet ? »

Cette idée m'effraie. La plupart d'entre eux sont des hommes forts, avec l'appétit de ceux qui travaillent de leurs mains. Et s'ils prennent ce *à volonté* comme un défi à leur machisme ? « On pourrait faire faillite, dis-je, soucieuse, à Belle.

— Je poserai les snacks sur des plateaux chauffants et un grand bol sur le comptoir pour l'argent, dit mon père. Les gens pourront payer en début de soirée et se servir quand ils en auront envie. »

Je sens mon front prendre un pli qui risque de s'éterniser. « Tu veux dire que tu ne vas même pas vérifier qu'ils paient ?

— On marchera à l'honneur, dit mon père. Tout le monde se sentira en confiance, et ça ne dérangera pas les musiciens. »

Le pli sur mon front se creuse : « C'est comme ça que tu faisais des affaires dans ton échoppe de thé en Inde ? »

Il éclate de rire. « Tu plaisantes ! Les clients là-bas nous auraient lessivés.

— Alors comment se fait-il que… ? »

Il hausse les épaules. « Nous sommes dans un pays différent, avec des gens différents. On ne peut pas se contenter de suivre les vieilles habitudes. Il faut être souple, non ? Ça me semble une bonne idée, à moi. »

A moi, non. J'ai peur que nos clients, des immigrants, ne comprennent pas ce système de l'honneur. J'ai peur qu'on ne puisse pas faire confiance aux autres. Mais à la fin de la première soirée, je découvre, un peu gênée, que nous avons gagné presque autant d'argent que d'habitude, pour une quantité égale de nourriture. Les jours suivants, je surveille comment ça se passe et je découvre que si les gens veulent se servir plusieurs fois, ils mettent plus d'argent que demandé dans le bol ! Ils font ça discrètement, sans en faire toute une histoire.

Je demande à mon père, un soir, en rejoignant le parking : « Mais pourquoi ?

— La Kurma House International est peut-être pour eux plus qu'un endroit où manger. Parce qu'ils ont aidé à la reconstruire, ils ont l'impression que c'est un endroit à eux. Ils ne veulent pas le perdre. Alors ils y vont de leur poche pour être sûrs que nous restions ouverts. »

Est-ce là ce que voulait dire ma mère quand elle parlait de quelque chose d'« authentique » ? Avons-nous, bon an mal an, réussi à créer ce qu'elle imaginait ?

« J'ai tellement honte, dis-je. Je ne leur faisais pas confiance au début.

— Tu trouves difficile de faire confiance aux gens, hein ? » dit mon père.

Son ton ressemble étrangement à celui de ma mère. Surprise, je le regarde. Mais ce sont ses yeux : doux, heureux et un peu las. Un instant, je suis tentée de lui raconter la soirée qui m'a changée. Mais le moment passe.

« Le système d'honneur était une bonne idée, même si c'est moi qui le dis, ajoute-t-il avec un gloussement, puis il fait un geste vers la vitrine sombre de Java. Je parie que leurs clients n'ont pas les mêmes sentiments pour eux ! »

Je réplique : « Sûrement pas ! » Je ris pour lui tenir compagnie, mais il y a un tiraillement en moi, un malaise, comme si j'oubliais quelque chose d'important.

32

L'appartement est silencieux et sombre. Elle sort de la douche, les pieds mouillés, ses cheveux bouclés trempant le tissu mince de sa robe d'intérieur. Elle allume une lampe et s'assied près du petit ovale de lumière jaune avec le paquet sur ses genoux. C'est en fait une grande enveloppe manille, tachée et ternie par le feu, oubliée pendant tout ce temps. Un ouvrier l'a trouvée aujourd'hui dans la pièce de derrière sous un tas de détritus. Elle ne reconnaît pas l'écriture maculée, mais le message est clair : *Pour Vous*. Elle ne veut pas trop en attendre, mais la tête lui tourne. Elle espère un signe depuis si longtemps.

Avec des mains tremblantes, elle déchire l'enveloppe, jette le plastique à bulles, les feuilles de carton protectrices. Il y a cinq photographies. Elle les pose sur la table basse. Ce sont des photographies de tableaux – tous des peintres indiens, même si elle ne sait pas comment elle le sait. Ni le sujet ni le style ne sont indiens d'une manière traditionnelle, même si l'une des compositions comprend des mots en caractères indiens au milieu de formes géométriques. Impossible de dire si ce sont des photos de tableaux réels, prises dans un atelier ou une galerie, ou des images d'images prises dans des livres. Ça n'a pas d'importance. Elles sont assez nettes et – sa gorge est sèche d'émotion – elles ne ressemblent à rien de ce qu'elle a jamais vu.

La première est un paysage abstrait dans des tons rose pâle et jaune crayeux, avec de surprenantes insertions de bleu et de rouge. Il y a une rivière vert émeraude coulant près de falaises où pendent des buissons en fleur. Il y a une forme triangulaire qui pourrait être un temple ou un rocher ; mais ce qui la frappe le plus, c'est l'énergie derrière les lignes, le sentiment d'une présence cachée. Elle regarde pendant un moment, envoûtée, puis retourne la photographie dans l'espoir d'un autre signe : un nom, un titre. Mais le dos est vide. Les dos de toutes les photos sont vides. Il ne lui reste que son imagination pour guide.

Le deuxième tableau est d'un bleu marine sombre. La couleur submerge un corps de femme ; la lumière et l'ombre jouent sur ses courbes, son immobilité absolue. Des pétales, du blanc cireux des frangipaniers, flottent sur le courant et se prennent un instant à l'île de la poitrine, au promontoire arrondi de la hanche. Peut-être le bleu ne représente-t-il pas l'océan, mais la nuit, le courant des rêves ? Quelle expression aurait le visage de la femme, si Rakhi pouvait le voir ?

Le fond du troisième tableau est jaune fluo. Un être pourpre doté de nombreux bras et d'un visage semblable à une lune flotte au-dessus d'un nid de serpents. Est-ce un dieu ou un homme ? Ou la représentation d'une idée ? La juxtaposition violente des couleurs et des formes, les yeux tels d'étincelants diamants, l'effet de surprise de la composition, comme un tournant dans une intrigue complexe, lui coupent le souffle.

Le quatrième tableau l'attire dans le cercle sombre en son centre, un trou noir, magnétique, inexorable. Elle se retient de tomber en se tenant au bord : géométrie des carrés, tapis aux riches dessins. Croix, flèches, cercles concentriques couleur de terre. Elle ignorait qu'un triangle pouvait emplir l'espace de tant de beauté.

Le dernier tableau est divisé en deux parties. La gauche lui donne l'impression de se pencher au-dessus d'un puits d'un vert bleuté, sphères à l'intérieur de sphères, telles des ondulations sur l'eau. Au centre, exactement, là où l'on se serait attendu à de l'obscurité, une lumière d'un blanc éclatant. A droite, une porte close avec une arche au-dessus. Est-ce une forme sacrée qu'elle ne peut déchiffrer, un lingam, un stupa ? Des noirs de nouveau, des bleus, des vert pâle. En haut de la porte, la même lumière. Quand elle ferme les yeux, elle voit cet éclat imprimé sur ses pupilles.

Elle ne saura jamais qui lui a envoyé ces photos, mais elle n'a aucun doute sur les raisons pour lesquelles elles ont été envoyées. Elles font exploser les frontières qu'elle avait mises autour de ce que doit être l'art, et lui ouvrent de nouvelles possibilités. Elles sont « indiennes », mais d'une façon si différente ! Elle a dressé des frontières autour de ce mot aussi, de ce qu'il signifie. Eh bien, ce mot l'englobe comme elle est, avec toutes les failles de son éducation, toutes ses insuffisances. Elle n'a pas besoin de changer pour revendiquer son indianité ; elle n'a pas besoin d'essayer de devenir sa mère. Des choses se brisent en elle. Elle attend de voir si, à partir de là, elle pourra construire des formes nouvelles qui la satisferont.

33

Journal des rêves

Au cours de la troisième année de notre apprentissage, on nous a confiées à Mère Jahnavi ; elle était bossue et ne pouvait marcher qu'avec l'aide d'un bâton. Nous ne lui avons pas accordé beaucoup d'attention quand nous l'avons vue la première fois. Parmi les Anciennes, plus extravagantes, elle paraissait terne comme une fleur nocturne en plein jour. Mais quand elle s'est adressée à nous, nous avons tout de suite compris que nous étions en présence d'une grande puissance.

Jahnavi était experte dans l'étude des rêves tirés de l'histoire et du mythe. Elle nous demandait ce qu'ils signifiaient et ce qu'ils révélaient de la nature du rêve et de sa relation avec nos vies de veille. Nous avons passé de nombreux après-midi dans la grotte de sable sombre qui lui était réservée, à examiner des rêves qui, interprétés correctement et suivis fidèlement, avaient transformé des vies et des nations. D'autres qui, ignorés, avaient causé des ruines. Le rêve du Sage Narad qui se transforme en singe, le rêve de Markandeya et le déluge, le rêve de défaite et de mort du roi-démon Ravana, envoyé comme avertissement – ils me reviennent tous, même si les années en ont érodé les détails. Mais je me souviens du rêve de Tunga-dhwaja dans la forêt comme si je l'avais vu hier.

Oui, c'est à dessein que je dis « vu », car avec Jahnavi, nous pouvions rêver ces rêves anciens. Nous nous allongions sur le sol meuble de sa grotte en fermant les yeux et le rêve nous apparaissait ; chacune le voyait différemment, selon le niveau de son entendement, coloré par ses désirs et ses peurs. Une de mes sœurs était gourmande, et pour elle, tout rêve comprenait un bol d'or empli à ras bord de *khîr*. Une autre avait peur des scorpions. Dans ses rêves, la catastrophe prenait la forme d'une morsure de scorpion. Quant à moi… mais je parlerai de mes propres faiblesses une autre fois.

Voici l'histoire du roi Tunga-dhwaja :

Le roi est un guerrier redoutable, un conquérant conscient de sa réputation. C'est aussi un chasseur passionné. Et ce jour-là, accompagné de ses nobles et de ses rabatteurs, il chevauche dans la forêt qui entoure le palais. Le lieu regorge de sangliers, de tigres et de daims, mais Tunga-dhwaja considère que les daims sont des cibles trop faciles et ne les poursuit que s'il n'y a rien d'autre à chasser.

Or ce jour-là, en dépit des efforts de ses rabatteurs, pas un seul animal ne se montre. Le roi désappointé s'apprête à retourner à son palais quand il voit au loin un sanglier blanc, créature des plus rares. Il ne peut résister et se lance à sa poursuite, s'enfonçant plus profondément dans l'obscurité de la forêt, distançant ses compagnons. Absorbé par sa poursuite, il ne remarque pas que la forêt change de nature, que les arbres sont devenus étranges, que les fleurs diffusent une fragrance lourde, envoûtante. Le sanglier disparaît derrière le tronc d'un arbre, de façon inexplicable, et Tunga-dhwaja comprend alors qu'il est perdu. Il descend de sa monture. Il n'a pas peur, il s'est trouvé dans des situations pires. Demain matin, ses chasseurs le trouveront. Sinon, il retournera sur ses traces et retrouvera son chemin.

Comme il se repose sous l'arbre, le roi entend un son comme celui d'une foule qui se lamente. Quand il regarde sur le côté, il remarque un groupe de petits hommes vêtus d'écorces d'arbres, qui exécutent un rite primitif. Il va vers eux leur demander s'ils peuvent le ramener au palais, mais ils ne semblent pas le comprendre. Ils ont déposé des bols de feuilles emplis de porridge devant une pierre décorée de fleurs, et soudain il se rend compte qu'il est affamé. Il demande du porridge, mais les hommes, qui pourtant doivent voir qu'il est un roi, leur roi, ne lui accordent aucune attention. Ils continuent à prier. Quand, en colère, il tend la main vers le bol, ils l'arrêtent et par gestes indiquent que la nourriture doit d'abord être offerte au dieu de pierre. Alors seulement ils le partageront avec lui.

Mais le roi refuse d'attendre. Epée à la main, il les écarte et prend ce qu'il veut. Ils ne protestent pas. Ils se contentent de le regarder, les yeux brillant sous leurs chevelures emmêlées. Quand il lève les yeux de son bol, ils se sont fondus dans les arbres.

Le roi ne leur accorde aucune attention. Ils sont plus petits que lui et n'ont pas d'armes. Il s'endort, et quand il se réveille, le jour est déjà levé. Son cheval est parti. Il maudit les hommes des bois, qui ont dû le lui voler pendant son sommeil, et se met en route à pied. Pisteur expérimenté, il retrouve facilement la trace de ses pas et atteint la lisière de la forêt en fin d'après-midi. Voilà son palais, son dôme de cristal luisant au soleil ! Il va jusqu'à la grille, où les gardes l'arrêtent.

« Gueux ! s'écrie l'un d'eux, en pointant sa lance en direction du visage du roi. Où crois-tu donc aller ?

— Gueux ? hurle Tunga-dhwaja furieux. Ne reconnais-tu pas ton roi ? Je te ferai enterrer vivant sur l'heure, avec des épines sur la tête et aux pieds, pour prix de cette insulte. »

Le garde est sur le point de le frapper, mais le second garde, un homme plus âgé, le retient. « Frère, dit-il, il n'est pas bon de s'offenser des paroles d'un fou. Dieu ne l'a-t-il pas déjà assez puni ? »

A ces mots, le roi se regarde et voit que ses vêtements royaux ont disparu, qu'il est vêtu d'écorces d'arbres, que ses cheveux sont emmêlés. Levant les yeux, il voit que la bannière flottant sur le dôme du palais n'est pas celle aux trois éléphants verts sur fond rouge, la sienne, mais une autre, un éclair d'argent sur champ bleu.

« Comment s'appelle votre roi ? balbutie-t-il à l'adresse du garde le plus âgé.

— Eh bien, c'est Aniruddha le Juste, dit le garde. Tout le monde l'aime pour sa miséricorde. Tu as de la chance, car aujourd'hui c'est l'anniversaire du prince et la famille royale va paraître sur l'escalier du palais et distribuer des aumônes aux pauvres. » Voyant l'air abattu du roi, il ajoute, gentiment : « Je vais t'y conduire si tu veux. »

Tunga-dhwaja suit le garde jusqu'à l'escalier. Il ne reconnaît pas le roi, mais la reine, c'est sa femme, et dans ses bras elle porte son fils, un enfant de trois ans. Elle va sûrement le reconnaître !

Il se précipite vers elle en appelant « Femme ! Femme ! » mais elle le regarde de loin sans le reconnaître. Les gardes l'arrêtent, et ce n'est que sur ordre du roi qu'il échappe à une sévère bastonnade.

« Jetez ce fou hors de la ville, ordonne le roi, et assurez-vous qu'il ne revienne jamais ! »

Etalé dans la poussière devant les portes de la ville, dans un monde qui est et n'est pas le sien, Tunga-dhwaja comprend que c'est son attitude envers les hommes des bois et leur dieu qui a causé ce malheur. Il retourne dans la forêt, résolu à leur demander pardon. Mais il a beau errer pendant des jours, il ne les retrouve pas. Finalement, désespéré, il décide de se noyer dans un lac de la forêt. Quand il s'est avancé dans l'eau jusqu'au cou, il aperçoit du coin de l'œil un mouvement. C'est le sanglier blanc.

Le sanglier mène Tunga-dhwaja à la clairière où les sauvages, à moins que ce ne soient des sages, rendent leur culte. Tout se déroule comme cette nuit fatidique qu'il a déjà passée. Mais peut-être est-ce la même nuit, peut-être le sanglier l'a-t-il ramené dans le temps ? Quoi qu'il en soit, Tunga-dhwaja sait ce qu'il lui reste à faire. En larmes, il se prosterne devant la pierre, et quand la cérémonie est terminée, il accepte humblement la nourriture consacrée. Il se couche sous le même arbre où il avait attaché son cheval dans son autre vie. Au début, il est trop agité pour s'endormir, et pourtant il doit dormir, car il sait que ce n'est qu'à travers un rêve qu'il peut redevenir ce qu'il était. Enfin, l'oubli fait tomber sur lui son linceul miséricordieux et, au matin, il se retrouve dans ses vêtements royaux de chasse, son cheval broutant près de lui.

Le roi quitte le bois magique, retrouve ses compagnons inquiets et rentre au palais, où tout est comme avant. Mais le roi est un homme nouveau. Il n'est plus arrogant, il mène une vie pieuse, dirigeant son royaume avec justice et compassion. Il se montre bon surtout envers les mendiants et les fous, et le jour de sa mort, ses sujets pleurent le trépas de Tunga-dhwaja le Juste.

34

Rakhi

Ce matin, pendant que je m'efforce de peindre, le téléphone sonne. J'en suis encore aux efforts car si les photographies m'ont montré de nouvelles, d'enthousiasmantes directions, je ne les ai pas encore assimilées. Je n'ai toujours pas trouvé de sujet qui me passionne. J'ai commencé un paysage et une nature morte et abandonné les deux. J'essaie maintenant de faire un portrait de Jona, dans un style abstrait, mais les couleurs ne vont pas entre elles, la composition manque de fermeté et la silhouette au centre traduit mal la vitalité de ma fille. Quand le téléphone sonne, je suis si contente qu'on m'interrompe que je décroche dès la seconde sonnerie.

C'est Belle. Au lieu de s'excuser de m'appeler pendant les heures réservées à la peinture, elle me dit d'allumer la télévision.

« Mais, Belle, tu sais que je n'aime pas regarder…

— Mets-la, Rikki !

— Quelle chaîne ?

— N'importe laquelle. N'importe laquelle des chaînes principales. » On dirait qu'elle a mal à la gorge. « Dépêche-toi ! Je ne quitte pas. »

Je vois l'explosion et je pense que j'ai dû tomber au beau milieu d'un film de science-fiction, ou d'un de ces horribles films-catastrophes que les gens aiment tant. Je vais changer de chaîne quand surgit sur l'écran un mouvement décrivant une courbe rapide suivie d'une seconde explosion muette. Il me faut un instant pour comprendre ce que j'ai vu : un avion s'écrasant contre un building qui me semble familier et ressemble à celui qui a déjà explosé. On repasse la scène. Je prends conscience de la voix du présentateur disant que le World Trade Center a été touché par des avions terroristes. Comme à point nommé, les gratte-ciel commencent à s'effondrer sur eux-mêmes. La scène change pour montrer le Pentagone. Il a été touché lui aussi. Je vois de la fumée, des murs ébranlés, des gens qui courent en criant de terreur. Une valise tombe et s'ouvre en répandant des papiers dans toute la rue. La caméra montre en gros plan une chaussure à haut talon gisant de guingois sur le sol.

J'ai envie de vomir. Mes jambes tremblent tellement que je dois me tenir au mur comme je retourne d'un pas mal assuré au téléphone. Je murmure : « C'est vraiment arrivé ? »

Belle hoquette un sanglot à l'autre bout du fil.

« Comment est-ce possible ? Qui peut vouloir faire une chose aussi terrible ?

— Je ne sais pas. Je ne sais pas, Rikki. J'ai tellement peur. J'allais ouvrir le snack mais je ne crois pas que je vais pouvoir. Il y a un autre avion avec des pirates de l'air qui s'est écrasé en Pennsylvanie. Qui sait combien ils en ont prévu... » Elle a un autre sanglot, un sanglot de petite fille.

Je crie : « Il faut que j'aille chercher Jona à l'école !

— Rikki, j'ai peur. J'ai appelé Jespal au travail et chez lui, mais ça ne répond pas. Où peut-il être ? » Elle pleure pour de bon maintenant.

Je réfléchis rapidement. « Belle, je veux que tu viennes ici. Je vais laisser la clef sous le paillasson. Il vaut mieux que je ne reste pas seule non plus. Tu ne dois pas t'inquiéter si vite pour Jespal. Il est peut-être sorti. Tu lui téléphoneras de chez moi. Il peut venir nous rejoindre aussi.

— Tu as raison, dit-elle d'une voix soumise qui n'est pas la sienne. Je vais venir. Je ne dois pas m'inquiéter si vite. »

C'est si facile de convaincre les gens de ce qu'ils veulent croire.

Sur le chemin de l'école, les rues sont curieusement vides. Tout le monde doit être chez soi en train de regarder la télé, hypnotisé par ces tours qui n'en finissent pas de se désintégrer au ralenti, encore et encore. Je mets la radio. Aux dernières nouvelles, quatre avions ont été piratés. Tous les quatre avaient la Californie pour destination. Les vols intérieurs ont été annulés. La Bourse a fermé. Le président, sa femme et le vice-président ont été conduits dans un lieu gardé secret. Je regarde nerveusement le ciel tout en écoutant, il n'y a que les mouettes de la baie.

A environ deux immeubles de l'école, c'est le chaos : des files de voitures arrêtées, des conducteurs klaxonnant à qui mieux mieux en essayant de trouver un endroit pour se garer. Une mère abandonne son mini-van au beau milieu de la rue et court jusqu'à l'école. Les conducteurs bloqués derrière elle se mettent à hurler, un homme agite le poing et crie des obscénités.

Je finis par trouver où me garer et marche jusqu'à la grille, où la directrice adjointe m'arrête. Elle me supplie de ne pas déranger les enfants en retirant Jona de la classe. « Ils sont en sécurité ici, insiste-t-elle. C'est plus traumatisant pour eux de voir qu'on emmène leurs camarades sans explication. La plupart des parents sont trop affolés pour parler de ce qui est arrivé avec calme, ajoute-t-elle. Vous ne ferez qu'effrayer les enfants encore plus. Et qu'allez-vous faire d'eux ? Les emmener à la maison regarder la télévision avec vous toute la journée ? Ils n'ont pas besoin de ça. »

Elle a probablement raison. Les enfants n'ont pas besoin de ça. C'est nous, les parents, qui avons besoin qu'ils soient avec nous pour toucher leurs petits corps robustes et sentir leur poids sur nos genoux, pour mettre le nez dans leur cou et nous réconforter de leur odeur familière dans ce monde soudain méconnaissable.

« Je suis désolée, dis-je en l'écartant. Je dois prendre ma fille. »

Dans la voiture, je m'efforce de ne pas mettre la radio, malgré mon envie d'écouter le dernier bulletin. D'abord, il faut que je dise à Jona ce qui est arrivé – comment, littéralement, le ciel nous est tombé dessus depuis que je l'ai quittée quelques heures plus tôt. Comment expliquer à un enfant que quelqu'un a de façon délibérée lancé un avion plein de gens contre un bâtiment plein de gens, trois fois en trois endroits différents ? Que c'est peut-être le début d'une attaque terroriste organisée dans tout le pays ? Que lui dire si elle veut savoir pourquoi les gens sont prêts à se tuer pour tuer d'autres gens qu'ils ne connaissent même pas ?

Quand j'atteins le parking de mon appartement, je n'ai toujours pas trouvé les mots pour parler. Je suis contente mais surprise que Jona ne m'ait pas demandé pourquoi je l'ai retirée de l'école. Elle s'est contentée de regarder par la vitre tout le long du trajet.

« Jona, dis-je, il faut que je te dise quelque chose de vraiment grave qui s'est passé aujourd'hui. Cela va peut-être te troubler et t'effrayer, mais il faut que tu saches.

— Je sais déjà. » Elle dit ça d'une voix morne sans se tourner vers moi. « Les bâtiments ont explosé et brûlé. Des gens sont morts. Certains ont sauté par les fenêtres. Ils hurlaient. On n'a pas pu les aider. »

Mon cœur bat la chamade. J'aurais dû être la première à annoncer cette nouvelle traumatisante à ma fille. « Qui te l'a dit ? Un des professeurs ? Un parent ? Ils ont mis la télé à l'école ? »

Cette fois-ci, elle me regarde. Son visage est sans expression, et cela m'effraie encore plus que si elle était hystérique. « Je l'ai vu dans mon rêve. Tu te souviens pas ? »

Cela me revient : sa tête en sueur pressée contre la mienne dans son lit de malade, la main de Sonny et la mienne, les doigts enlacés, suivant le mouvement irrégulier de sa poitrine. Ses rêves agités, et les miens, et comment j'ai supposé, avec une complaisance trompeuse, que c'étaient les mêmes.

C'est ainsi que j'apprends deux faits douloureux dans la même matinée.

Un, il y a des gens déterminés à tout pour nous détruire, même au prix de leur prix. Tellement ils détestent l'Amérique – et ils veulent nous le faire savoir.

Deux, le don que j'ai désiré toute ma vie est passé par moi pour s'épanouir chez ma fille. Sauf que ce n'est pas un don, mais un poids terrible qu'elle devra dorénavant porter seule. J'ai beau vouloir l'aider de toutes mes forces, je n'y peux rien.

Nous sommes assis devant la télé, Belle, mon père, Jona, Jespal, Sonny et moi. Nous devrions éteindre, cesser de regarder les rediffusions sans fin, les tours en flammes s'écroulant, s'écroulant et brûlant. Mais aucun de nous n'a la force d'appuyer sur le bouton. Nous regardons les pompiers entrer dans la fournaise ; nous regardons les bâtiments s'effondrer sous le poids de leurs propres ruines. Des ambulances hurlent comme si elles ne devaient jamais s'arrêter. Des milliers de gens sont morts dans les tours. Certains ont appelé chez eux avant de sauter. Nous regardons les murs écroulés du Pentagone à travers la fumée. Des voitures de police. Les pirates de l'air étaient armés de cutters, nous dit-on. Le maire Giulani vient déclarer : *Soyez calmes et restez chez vous, à moins que vous n'habitiez au sud de Canal Street.* Un homme en uniforme dit qu'il y a des preuves comme quoi la sécurité à l'aéroport s'est montrée trop laxiste. Le président Bush apparaît, jurant de prendre notre revanche. Nous les regardons, puis nous nous regardons, incrédules. Comment cela a-t-il pu arriver, ici, chez nous, en temps de paix ? En Amérique ?

Un nouveau reportage s'intercale entre les séquences au ralenti : une rue quelque part au Moyen-Orient où les gens dansent et distribuent des bonbons parce que les diables américains ont fini par avoir ce qu'ils méritent. Des hommes en turbans avec des barbes noires applaudissent et psalmodient des slogans. Des enfants agitent des drapeaux en papier. Il y a des femmes dans la foule, vêtues de longues burkhas noires, la tête couverte de voiles, le visage luisant d'une satisfaction moite. L'une d'elles crie : *Maintenant ils savent ce qu'on vit tous les jours !* Les mots défilent sur le bas de l'écran.

Les scènes de dévastation à New York ont été terribles, mais cette image me bouleverse d'une autre façon. Elle me donne envie de laisser tomber une bombe pour mettre fin à leur fête diabolique. Mais, en la regardant une seconde puis une troisième fois, je ressens une nouvelle forme de peur.

« Les imbéciles ! dit mon père. Ils ne devraient pas montrer ça maintenant. » Il se lève avec peine, éteint la télé et emmène Jona jouer aux dames. Et comme si cet acte nous avait libérés d'une sorte d'envoûtement, nous nous levons tous. Belle et moi allons dans la cuisine faire des sandwichs. Je découvre avec surprise que je meurs de faim. Les autres aussi. D'après Belle, c'est à cause du soulagement que nous éprouvons à être en sécurité. Nous décidons d'allumer la télé toutes les heures pour nous tenir au courant. Belle dit qu'elle va faire un gâteau, et je sors un gilet que je tricote pour Jona par intermittence depuis des mois. Jespal veut retourner au travail, pour se sentir à peu près normal. « Je viendrai vous voir dans quelques heures, dit-il à Belle. Vous serez à la Kurma House ?

— Je suppose, répond Belle.

— Ce n'est pas une bonne idée ! dit Sonny sèchement. Il vaudrait mieux rester fermés aujourd'hui. »

Je suis de cet avis, mais je n'aime pas son ton. Sonny qui sait tout. Peut-être parce que je suis déjà tendue, la colère jaillit en moi. Je demande :

« Et pourquoi ?

— Tu ne comprends pas ? » Son ton implique que je ferais mieux de rester tranquille. « C'est dangereux.

— Sonny a peut-être raison, dit Belle. Je ne veux aller nulle part aujourd'hui. Pas même chez moi. Rikki, je peux dormir ici ce soir ? »

Je hoche la tête. Mais je n'en ai pas fini avec Sonny. « Et pourquoi est-ce dangereux ? »

Il pousse un soupir impatient. « Tu es stupide, ou quoi ? Les gens vont penser que tu n'en as rien à faire de ceux qui sont morts, du fait qu'on attaque l'Amérique. Ils vont penser que la seule chose qui t'importe, c'est de faire du fric. »

Il sait exactement comment me taper sur les nerfs. « Tu veux dire que tout est fermé dans ce pays aujourd'hui ? » J'ajoute, en haussant le ton : « Que fermer est le seul moyen que nous ayons de montrer qu'on est concernés ? Et si c'était bon pour le pays de continuer à vivre le plus normalement possible, que tout ne s'arrête pas, comme le veulent les terroristes… »

Sonny secoue la tête avec lassitude. « N'en faisons pas un sujet de dispute, pas aujourd'hui. Je te dis seulement comment l'homme de la rue réagira. Je te dis seulement ce qui me semble le plus sûr. »

Il n'a pas complètement tort, mais cela me met encore plus en colère. Je regarde Belle, puis Jespal. Ils détournent les yeux. De toute évidence, ils sont d'accord avec Sonny. Je serre les dents. Je suis encore plus déterminée à ne pas céder. Mais alors que je pense à la ligne de conduite à adopter, mon père m'apporte un soutien inattendu.

« On ne peut pas fermer, déclare-t-il. Surtout pas aujourd'hui. Pour beaucoup de nos clients, c'est leur seul point de rencontre. Si nous sommes perturbés et inquiets, ils doivent l'être aussi. Nous devons rester ouverts pour qu'ils puissent venir parler de ce qui s'est passé et trouver du réconfort à être ensemble. Nous pouvons peut-être les aider à supporter le choc. »

Voilà ma chance. « Tu as entièrement raison, papa », dis-je. J'adresse à Sonny un sourire angélique. « Ce serait un vrai service social. » Je me tourne vers Belle. « Et tu crois pas qu'on se sentirait beaucoup mieux si on s'occupait à quelque chose d'utile, plutôt que de rester devant la télé à écouter une bande d'experts débattre de la prochaine catastrophe qui va nous arriver ? »

Elle a l'air indécise, mais finit par acquiescer.

« Je crois que vous faites une erreur », dit Sonny à mon père. Il ne s'adresse pas à moi. A la façon dont ses sourcils se rejoignent, je sais que cette fois-ci, j'ai vraiment réussi à l'énerver. Je compte cela pour une petite victoire en ce jour de défaites.

35

Journal des rêves

L'histoire de Tunga-dhwaja était difficile à comprendre car, à la différence des autres histoires que nous étudiions avec Mère Jahnavi, elle ne contenait pas de rêve aisément identifiable. Nous nous sommes demandé si le roi avait rêvé toute l'histoire depuis le moment où il s'était endormi dans la forêt jusqu'à celui où il s'était éveillé la deuxième fois. Etait-ce un rêve contenant un avertissement ou montrant qu'il avait échappé à un destin funeste ? C'était une solution trop facile, qui niait les souffrances du roi et amoindrissait la grandeur de sa transformation.

« Vous avez raison, a dit Jahnavi. Ce n'est pas la bonne réponse. Cherchez encore. »

Après mûre réflexion, nous avons décidé que la forêt était un espace de rêve magique. Ce que le roi y avait fait avait appelé une malédiction sur sa vie éveillée au point qu'il était devenu méconnaissable pour les autres. La malédiction ne pouvait être annulée que par une réparation exécutée dans le même espace de rêve.

« Vous approchez, a répondu Jahnavi. Mais vous ne vous concentrez pas sur les bons détails. Vous réfléchissez trop. Oubliez tout ce que vous avez appris sur l'interprétation. Détendez vos yeux. Peut-être alors la véritable image vous apparaîtra-t-elle. »

Mais nous ne savions pas comment détendre nos yeux.

Au bout d'une semaine, Jahnavi a eu pitié de nous et elle nous a rassemblées autour d'elle. Elle a tracé un diagramme dans le sable, deux ovales connectés par un tube. Elle a ajouté de petits carrés autour de chaque ovale. Certains carrés avaient des tracés plus épais que d'autres. Elle nous a regardées avec espoir, mais nous n'avions pas la moindre idée de ce que cela signifiait.

« L'histoire de Tunga-dhwaja, a-t-elle expliqué, est importante parce qu'elle illustre une occurrence, rare mais cruciale, dans l'activité du rêve. » Elle a désigné du doigt un des ovales. « Pensez à cet ovale comme au temps de veille, et à l'autre comme au temps du rêve. Le tube qui les relie s'appelle la passerelle et permet de passer de l'un à l'autre. Dans des circonstances normales, l'ovale du temps du rêve est toujours en mouvement, si bien que lorsque vous empruntez la passerelle, vous entrez chaque fois par une porte différente – elle a désigné les carrés – et faites ainsi l'expérience d'un rêve différent. L'ovale du temps de veille se déplace, mais avec une infinie lenteur. Ainsi, au cours d'une vie d'homme, vous emprunterez la même porte et vivrez la même histoire, que l'on appelle réalité. Comprenez-vous maintenant ce qui s'est passé dans le cas de Tunga-dhwaja ? »

L'une de nous a proposé : « Il a dérangé l'équilibre entre les deux ovales.

— Oui ! a dit Jahnavi. D'habitude, quand l'équilibre est faussé, l'ovale du temps du rêve s'arrête et les gens refont toujours le même rêve. Mais pour le roi, les choses ne se sont pas passées comme ça. En provoquant la colère des sages de la forêt, il a accéléré son temps de veille, si bien que lorsqu'il y est retourné, il est entré par une porte différente dans une vie différente. Là, il a payé pour son arrogance passée en devenant le plus humble des humbles.

— Mais comment est-ce possible ? ai-je demandé. Il nous arrive à tous de faire des choses que nous ne devrions pas faire dans nos rêves. Mais nous ne sommes pas poussés dans d'autres vies en punition…

— C'est parce que, dans la forêt magique, le roi est entré dans un rêve de transformation. » Jahnavi a désigné un des carrés aux traits épais. « Les rêves de transformation sont rares. Ils se produisent une ou deux fois au cours d'une vie, parfois jamais. Ce que nous faisons dans ces rêves transforme notre nature et a de fortes répercussions sur notre vie éveillée. Dans la plupart des cas, le rêve s'efface de notre conscience au réveil et nous ne pouvons rien faire pour en changer les effets. Tunga-dhwaja a eu de la chance de se souvenir, et encore plus de chance de pouvoir refaire le même rêve de transformation, où on lui a pardonné. Sinon, il aurait été piégé dans sa nouvelle vie, condamné à passer le reste de ses jours dans la peau d'un mendiant. »

Cette nuit-là, allongée sur ma paillasse dans le dortoir, j'ai réfléchi à ce que Jahnavi avait dit. Le conte de Tunga-dhwaja était destiné à nous mettre en garde, mais il me remplissait d'optimisme. Penser qu'il existait, au-delà de nos perceptions, des réalités différentes ! Penser que nous pouvions – moi y compris – y avoir accès ! Que je pouvais, par la vertu de quelque chose que je faisais dans un rêve, me glisser dans une autre vie, devenir une autre personne, douée de talents et de joies que je ne pouvais même pas imaginer ! La loi du retournement avait transformé Tunga-dhwaja de roi en mendiant. Cette même loi ne pouvait-elle pas me transformer, moi, l'orpheline et la novice, mendiante à ma façon, en reine ?

Tout en pensant cela, une étrange insatisfaction s'est emparée de moi. Jusqu'alors, j'avais adoré les grottes. J'avais béni le jour où on m'avait acceptée ici pour devenir interprète de rêves. Cela m'avait permis d'échapper à la désespérance de la vie des bidonvilles. Cela m'avait ouvert un monde que j'ignorais, avait éveillé en moi des pouvoirs inconnus. Cela m'avait donné une raison de vivre. Mais ce soir-là, l'obscurité du dortoir m'oppressait d'un poids que je n'avais jamais ressenti avant. La voûte de la grotte était comme une main maintenue de force sur ma bouche, qui me suffoquait. Il pouvait se passer des années avant que les Anciennes décident que j'en savais assez pour partir pratiquer mon art dans le monde. Ma jeunesse serait flétrie alors, et ce que je possédais de beauté avec, ainsi que mes désirs de bonheur et d'aventure. Un grand désespoir m'a emplie à cette pensée. J'ai rassemblé tous mes pouvoirs pour formuler un souhait de rêve de transformation. Je savais que les Anciennes seraient furieuses si elles l'apprenaient, et pas seulement à cause des dangers que contenait la sorcellerie. Le rêve choisit son interprète, nous avaient-elles répété et répété. L'interprète ne doit pas choisir son rêve.

J'ai senti le souhait tel un oiseau puissant s'envoler vers le ciel, avec de grands battements d'ailes, sûr de sa destination. J'étais très excitée. Jusqu'à ce moment-là, je ne me croyais pas capable de réussir une chose aussi difficile. Mais – j'apprendrais cela par la suite – ce n'était pas un désir d'oiseau que j'avais envoyé. C'était un boomerang, et il allait me revenir d'une manière que je n'avais pas imaginée…

Qu'attendais-je de mon rêve de transformation ? Je voulais qu'il me transporte dans un monde nouveau, un monde que n'entravaient pas les règles qui régissaient les moindres moments de nos vies dans les grottes. Je voulais la passion brûlante. Je voulais l'aventure. Je voulais un homme prêt à mourir pour l'amour de moi.

Un rêve de transformation m'est-il venu cette nuit-là ? Je n'étais pas Tunga-dhwaja : le matin, je ne me souvenais de rien. Tout était comme avant, si ce n'est que l'insatisfaction qui était un grain de sable dans mon œil était devenue une boule de fer au creux de mon estomac. Elle a continué à grandir au cours des semaines qui ont précédé notre séjour à Calcutta. Elle a rompu mon équilibre.

La transformation est un phénomène fantasque. Elle frappe les gens de façons différentes. Le changement de Tunga-dhwaja était comme une tour ouverte par la foudre. La mienne serait plus lente, plus subtile, plus insidieuse – un rongeur grignotant les racines d'un banian. Mais elle avait commencé.

36

Rakhi

Longtemps après l'ouverture, personne n'entre. La plupart des boutiques alentour sont fermées et la rue semble abandonnée. Jusqu'aux sans-abri qui ont disparu, laissant les lampadaires jeter leurs flaques de lumière argentée sur les trottoirs déserts.

« On devrait peut-être rentrer, dit de nouveau Belle.

— Attendons un peu, dit mon père, jusqu'à l'heure où les musiciens arrivent d'habitude. » Il disparaît dans la pièce du fond, et quand j'y jette un œil, je le vois assis face à l'alcôve vide où était la photographie de ma mère.

Le carillon de la porte résonne, mais ce ne sont pas les musiciens. C'est Mr. Soto, le propriétaire du restaurant mexicain d'à côté. Je mets un instant à le reconnaître – c'est la première fois que je le vois sans sa toque et son tablier de chef. J'ignorais qu'il était chauve.

« Vous avez l'intention de rester ouverts ? » demande-t-il.

Je fais un signe de tête affirmatif.

« Je ne ferais pas ça à votre place, dit-il. Je suis venu pour m'assurer que tout était bien fermé et pour mettre l'alarme. Je rentre maintenant. Trop de gens en colère dans le coin...

— Pourquoi s'en prendraient-ils à nous ? »

Mr. Soto hausse les épaules. « La colère et la peur, ça fait un mélange explosif. Les gens ne réfléchissent pas quand ils sont dans cet état. »

Je scrute la rue déserte par la vitre. Je remarque alors que les lumières sont allumées chez Java. Je désigne le café du doigt. « Elle, elle est bien ouverte !

— Vous avez vu ce qu'elle a accroché ? »

Une grande bannière pend de la vitrine d'en face : FIERS D'ÊTRE AMÉRICAINS.

« C'est une rapide, celle-là, dit Mr. Soto avec une grimace. Je ne peux pas la blâmer pour une fois, moi aussi... » Il fait un geste du menton en direction de son restaurant, et je vois qu'il y a un grand drapeau américain déployé derrière sa vitrine. Avec en dessous un panneau rouge, bleu, blanc : QUE DIEU BÉNISSE L'AMÉRIQUE.

« Ils en vendent au coin d'University et de Shattuck, nous informe-t-il avant de partir. Vous devriez en acheter un avant qu'ils n'en aient plus. »

Belle et moi nous regardons fixement. Son visage reflète l'incrédulité que je ressens.

« On est en Californie, année 2001, ou en Allemagne nazie ? dis-je.

— Mr. Soto a peut-être raison, répond Belle. On devrait mettre un drapeau, nous aussi. Pour montrer notre solidarité, tu comprends.

— Belle, je n'ai pas besoin de hisser un drapeau pour prouver que je suis américaine ! Je suis américaine. J'adore ce pays, c'est le seul pays que je connaisse. Mais on ne va pas me faire croire qu'il faut que je hisse une pancarte pour proclamer cet amour à tous les passants. »

Belle ne répond rien, mais je discerne de la nervosité dans ses yeux quand elle dépose un plateau de cookies – on n'offre rien d'autre aujourd'hui, avec le thé – sur le comptoir.

Les musiciens arrivent seuls ou par deux, l'air abasourdi. Leurs familles ne les accompagnent pas aujourd'hui. Au lieu de leurs *kurtas* et de leurs pantalons lâches, de leurs *dashikis* et de leurs fez, ils portent des jeans, des tee-shirts et des casquettes de base-ball. Ils inclinent la tête en guise de salut, puis s'assoient en silence, leurs tasses de thé intactes dans leurs mains. J'allume une télévision portable et nous regardons le président Bush qui a survolé le pays dans un avion militaire toute la journée par mesure de sécurité. Il jure de dénicher les terroristes, pas seulement les responsables de la tragédie d'aujourd'hui mais tous les terroristes, partout. Cela semble une tâche aussi impossible que celles du livre de fables de Jona. Je me demande comment il a l'intention de s'y prendre. Un présentateur annonce qu'un certain Oussama Ben Laden est le cerveau de l'attentat. Une image de lui, avec une tunique blanche, un turban, une barbe et des yeux noirs de fanatique, surgit sur l'écran. La photo m'emplit d'un malaise inexplicable.

« Qu'est-ce qui va se passer maintenant ? » finit par demander l'un des hommes. Il y a un moment de silence ; puis tout le monde se met à parler en même temps. Je tire la manche de mon père, et il traduit pour Belle et moi du mieux qu'il peut. Les gens se demandent pourquoi les terroristes ont lancé cette horrible attaque, ce que le gouvernement va faire en réaction, comment cela va affecter nos pays d'origine et ce qui va nous arriver à tous. Ils parlent des gens qui sont morts, ils en connaissaient certains. Des gens qui ont commencé leur journée en se brossant les dents et en buvant leur café, qui ont agité la main en signe d'au revoir à leurs familles, pris le métro pour se rendre au travail. Qu'ont-ils ressenti quand ils ont compris qu'ils allaient mourir ? Jespal – quand est-il entré ? – dit que cela va changer la vie de tous ceux qui vivent dans ce pays. Et Sonny – je suis surprise de le voir assis près de la porte – dit d'un ton dur, en anglais, que certaines vies vont changer plus que d'autres.

Quand le silence revient, un des hommes âgés se met lentement à psalmodier un long chant de deuil ou peut-être une prière. Les autres baissent la tête. Peut-être se souviennent-ils d'autres tragédies. La psalmodie se fait plus forte. D'autres hommes l'entonnent, en oscillant d'arrière en avant et en frappant dans leurs mains pour garder la mesure. Je ne comprends pas les paroles, mais il y a quelque chose dans ce moment de partage qui me console. Quand le chant prend fin, les hommes sortent en silence. Nous ne nous remercions pas les uns les autres.

Après l'incendie, j'ai essayé de dire merci à nos clients, mais ça les mettait mal à l'aise. Mon père a dû m'expliquer que remercier n'est pas une pratique courante en Inde.

« Alors, comment sait-on si les gens ont apprécié ce qu'on a fait ? ai-je demandé.

— As-tu vraiment besoin de savoir ? » a rétorqué mon père.

Les deux se produisent simultanément.

D'abord, il y a un fort craquement, une fissure apparaît comme par magie sur la devanture, fendant en deux le M de sa courbe luisante.

Puis quatre jeunes hommes font irruption dans le snack.

Belle et Jespal sont en train de remettre les chaises en place. Je suis sur le point de jeter le thé restant (personne n'en a bu) dans l'évier. Mon père range les biscuits. Sonny est assis dans un coin avec Jona et joue à des jeux de doigts qui la font rire. Nous arrêtons net ce que nous faisons pour regarder les hommes.

Ils ont l'air assez quelconques – grands, les cheveux courts, l'un est blond, les trois autres châtains. Ils portent des jeans comme nos clients qui viennent de partir. L'un d'eux a une veste en cuir. Deux autres tiennent des battes de base-ball et une chaîne enroulée autour de la main. Le quatrième, je ne sais pas ce qu'il dissimule. Il a la main dans la poche.

Ils crient quelque chose. Je ne comprends pas quoi parce qu'ils parlent tous en même temps. Peut-être mon cerveau refuse-t-il de fonctionner correctement, comme mes mains qui tremblent. Il y a du thé répandu sur le sol. Sonny pousse Jona derrière le comptoir. Belle l'attrape et presse son visage contre son ventre pour l'empêcher de voir.

Sonny lève la main dans un geste pacificateur. Il essaie de parler aux hommes. Est-ce qu'ils veulent de l'argent ? Il fait un geste en direction de la caisse enregistreuse.

L'un des hommes l'écarte violemment :

« On n'est pas des voleurs, merdeux ! dit-il, la bouche déformée par un rictus de dégoût. On est des patriotes.

— On vous a observés, vous et vos potes terroristes, dit un autre. On arrose ça, hein ? »

J'ai honte d'avoir tellement peur. Ma gorge semble s'être définitivement fermée. Mais il faut que je leur explique qu'ils se trompent. C'est notre seul espoir. Je me force à dire : « On n'arrosait rien. » Mon cœur bat si fort que je n'entends pas ma voix.

« Ta gueule, putain ! » dit l'homme à la main dans la poche. Il fait un signe de tête et l'un d'eux abat sa batte de base-ball, faisant voler en éclats le comptoir de verre. Il y a des biscuits répandus partout sur le sol. Mon père fait un pas en arrière juste à temps, la batte aurait pu lui briser la main. Jona pleure, Belle aussi.

« Arrêtez ! dit Jespal. On n'a rien fait de mal. Ces hommes… ils étaient tristes. On est américains, comme vous. On est tous malades de ce qui est arrivé. »

Deux des hommes l'empoignent. « Tu t'es regardé dans le miroir récemment ? crache l'un d'eux. T'es pas américain ! C'est des salauds dans ton genre qui ont attaqué les innocents de ce pays. Il est temps que quelqu'un vous donne une leçon, pédés.

— Vous êtes dingues ! » hurle Jespal. Il arrive à se libérer un instant et à en frapper un au visage. Son turban se défait. Belle hurle.

« T'aurais pas dû faire ça », dit l'homme à la main dans la poche. Mais il a sorti sa main et tient un couteau à cran d'arrêt. Deux hommes se mettent à tirer Jespal dehors. Sonny s'élance, mais l'un d'eux lève sa batte avec un grand sourire. L'homme au cran d'arrêt coupe la ligne de téléphone d'une simple torsion du poignet. « Restez à l'intérieur et on touchera à personne d'autre », dit-il en sortant, fermant la porte avec un soin exagéré.

Je fouille frénétiquement dans les tiroirs à la recherche de quelque chose pour me défendre. Tout ce que je trouve, c'est un couteau à pain. Je ne suis pas sûre de pouvoir m'en servir, mais je le prends. Sonny émerge de la pièce arrière avec un tuyau de métal et mon père tient un bâton. Belle serre contre elle Jona qui se débat tout en vidant son sac sur le comptoir. Autrefois elle avait une bombe lacrymo. J'espère que c'est encore le cas.

Jespal est plié en deux sur le trottoir, se protégeant la tête de ses mains. « On va lui imprimer notre marque, les mecs ! crie quelqu'un. Pour que ses petits copains se souviennent de nous chaque fois qu'ils le regarderont. » Un des hommes fait osciller sa chaîne, et j'entends le bruit doux et sourd du métal contre la chair. Sonny s'élance en hurlant et l'homme se retourne. La chaîne fouette en direction de Sonny, frappe le tube de métal. Un instant, j'ai peur qu'il le lâche, mais il le tient solidement. Il pousse l'homme avec le bout du tuyau et celui-ci s'effondre avec un grognement surpris. Mais un autre, derrière Sonny, lève sa batte. Je crie à Sonny de faire attention tout en courant vers lui. J'entrevois mon père qui aide Jespal à se relever, puis je l'entends crier. Un des types abat sa batte sur ma main qui tient le couteau à pain. Je bondis en arrière, mais je ne suis pas assez rapide. Une douleur cuisante m'envahit le bras ; le couteau s'envole. Il s'avance vers moi, une expression meurtrière sur le visage. Je recule. J'entends Sonny hurler : « Fais gaffe, Riks ! » mais c'est trop tard. Quelqu'un m'étrangle. J'entends son rire dans mon oreille. Sonny s'élance vers nous, un air féroce sur son visage ensanglanté. Il frappe avec son tuyau. Mon adversaire jure, son bras retombe, je respire de nouveau. Puis deux hommes ensemble se jettent sur Sonny. J'en attrape un, un poing s'abat sur un côté de ma tête, j'apprends la véracité de l'expression « voir trente-six étoiles ».

J'ai dû m'évanouir quelques instants. Quand je reviens à moi, hébétée, je suis couchée sur le trottoir. L'homme au cran d'arrêt est agenouillé au-dessus de Jespal. Quelqu'un tient Sonny en lui tordant le bras derrière le dos. Il crie à l'aide, mais bien sûr, personne ne vient. L'homme lève son couteau et Jespal hurle.

J'entends alors une sirène, et un instant plus tard, je vois les feux clignotants d'une voiture de police au carrefour. Les hommes crient. Ils lâchent Jespal et Sonny, relèvent un de leurs compagnons assis sur le sol en train de se tenir la tête et sautent dans leur voiture – une voiture tout ce qu'il y a de commun, avec un drapeau américain noué à l'antenne. Pourrai-je jamais regarder un drapeau sans me souvenir de ce moment, de ce goût dans ma bouche comme du cuivre, qui se révélera plus tard du sang ? L'instant d'après, ils ont disparu.

La voiture de police se gare le long du trottoir dans un crissement de pneus et le policier se penche par la vitre. « Rentrez et enfermez-vous ! » hurle-t-il. Il a un air qui m'est familier. Mais avant que je puisse me souvenir, il est parti, lui aussi, toutes sirènes dehors. On reste seuls dans la rue déserte, on n'a plus qu'à s'occuper de nous du mieux qu'on peut.

Belle sort en courant du snack, un téléphone portable à la main. Dieu merci, elle a pu appeler la police. Jona la suit.

« Papa, Papa ! » crie-t-elle en se jetant sur Sonny. La tête m'élance encore et des points d'un jaune brillant passent devant mes yeux, mais je réussis à me traîner vers eux. La joue de Sonny saigne abondamment. Je sors des mouchoirs en papier et essaie d'arrêter le sang.

« C'est superficiel, je crois, dit-il. Ç'aurait pu être pire. »

Quand je pense à ce que cela aurait pu être, je passe mes bras autour de lui.

« Tu sais que j'aime bien que tu fasses ça, dit-il, avec un rire qui est à moitié une toux. Mais mes côtes ne sont pas aussi romantiques, et elles protestent !

— Elles sont cassées ? demande Jona inquiète.

— Espérons que non », répond-il.

Belle s'occupe de Jespal, qui a une coupure sous l'œil droit. Son autre œil est enflé et fermé. Un de ses bras pend selon un angle inhabituel, mais à tout prendre, lui aussi a eu de la chance. Mon père, assis sur le bord du trottoir, se masse le bras. Il a l'air choqué. Il bafouille que quelqu'un lui a tapé sur la tête, il ne se souvient pas bien.

Des sirènes de nouveau : c'est une autre voiture de police, avec deux hommes. Un des policiers demande ce qui s'est passé, prend des notes, dit à Belle d'emmener Sonny et Jespal aux urgences.

« Si vous ne vous sentez pas trop mal, me dit-il, je vous conseille de rentrer chez vous avec votre petite fille et le vieux monsieur. Les hôpitaux sont débordés ce soir, il y a des cinglés qui traînent partout. »

Quand il me demande de décrire nos agresseurs, j'ai bien du mal à leur donner beaucoup de détails. Ils étaient si ordinaires, des hommes que je croiserais dans la rue sans les regarder une deuxième fois. Pareil pour leur voiture, je ne me souviens pas de la couleur. A part le drapeau, qui est absolument clair dans mon esprit, tout le reste s'est transformé en bouillie.

« Mais votre collègue qui est venu ici le premier les a vus, dis-je. Il doit savoir à quoi ils ressemblent. Il les a peut-être rattrapés, il s'est lancé à leur poursuite immédiatement. »

Le policier me regarde, incrédule.

« C'est la seule voiture de police qu'on a envoyée ici.

— Impossible ! C'est grâce à lui qu'ils se sont enfuis. Ils nous auraient tués sinon. »

Son compagnon secoue la tête. « La standardiste nous l'aurait dit si elle avait déjà demandé à quelqu'un de venir. D'ailleurs, ils n'auraient pas envoyé deux voitures au même endroit, pas ce soir. Trop de gens appellent à l'aide. »

Je regarde leurs feux arrière disparaître dans le léger brouillard qui tombe sur la rue déserte. La nuit de septembre a fraîchi. Belle est partie pour l'hôpital. J'aide mon père à rejoindre le parking. Jona me tient l'autre main serrée. Quelle trace une nuit comme celle-là laissera-t-elle sur elle ? Un oiseau sauvage pousse un cri. Nous sursautons tous les trois. Mais ce n'est pas la nuit qui est effrayante, ni ses oiseaux sauvages. Il n'y a rien sur cette terre de pire que les êtres humains.

Je tire le canapé-lit pour mon père et installe Jona dans sa chambre, où je dormirai ce soir avec elle. Quand Belle ramène Sonny, je lui dis qu'il peut prendre mon lit.

« Waouh ! Je ne croyais pas t'entendre de nouveau dire ça, Riks ! dit-il.

— Je vois que tu vas mieux. »

Il m'adresse un sourire de guingois. Un côté de son visage est couvert de pansements. Quand il bouge, je vois qu'il souffre. Mais au moins il n'a rien de cassé, à la différence de Jespal, qui va devoir rester à l'hôpital plusieurs jours. Les médecins sont inquiets pour son œil.

Je propose à Sonny de lui préparer une tasse de camomille.

« Ce truc de fillette ne me fait rien. Je vais prendre deux de tes somnifères. T'en prends toujours, non ? »

Je lui en apporte un. Cet homme en connaît trop long sur moi.

Plus tard, je me tiens à la fenêtre de Jona, trop énervée pour dormir, à contempler l'obscurité, le ciel serein et ses étoiles intactes. Dans ma chambre, Sonny se tourne et se retourne, essayant de trouver une position confortable dans un lit qui n'est pas le sien. Je regarde mon reflet dans la vitre – la peau brune, les traits indiens, les yeux sombres avec des cernes plus sombres, les cheveux noirs crêpelés. Il m'est familier et, pourtant, soudain étranger.

T'es pas américaine, a dit l'un des hommes.

C'est un imbécile raciste, me dis-je à moi-même.

Vraiment ? glapit ma petite voix. *Et combien d'autres auraient été d'accord avec lui dans ce pays aujourd'hui ?*

Mais si je ne suis pas américaine, que suis-je alors ?

Sonny m'appelle, interrompant le fil de mes pensées.

Je lui demande sur le seuil :

« Ça va pas ? Tu as mal ?

— Ouais, mais c'est pas ça. Je me demandais… » Il hésite. Dans l'obscurité, je ne vois pas son visage. « Je me demandais si tu ne voudrais pas t'asseoir près de moi un petit moment. »

Je m'apprête à invoquer la fatigue, puis je change d'avis. Certaines choses sont plus importantes que les vieilles rancœurs. Au bout d'un moment, il dit : « C'est étrange, affronter un homme qui veut te tuer. C'est la première fois que ça m'arrive. »

Je me souviens de l'expression de son visage, féroce et déterminée, quand il a balancé son tuyau sur l'homme qui m'étranglait. Je ne savais pas que Sonny pouvait avoir cet air-là. Cela m'a secouée, mais j'étais contente, et cela aussi m'a secouée.

Il pousse un soupir qui est en partie un frisson.

« Moi aussi, j'étais prêt à le tuer, tu sais.

— Je sais », dis-je. Je voudrais le remercier de m'avoir sauvé la vie. Au lieu de quoi, je le pousse un peu. « C'est pas confortable au bord du lit. »

Il bouge pour me faire de la place, et quand je m'étends, il met son bras autour de moi en poussant un autre type de soupir. Je place moi aussi un bras prudent autour de lui, en essayant d'éviter ses blessures. Je m'étonne de voir que nos corps s'emboîtent si bien l'un dans l'autre, comme s'ils se souvenaient. Il fourre gentiment son nez dans mes cheveux. Je sais qu'il réfléchit.

Au bout d'un certain temps, il murmure : « Tant de gens ont tellement perdu aujourd'hui. »

Je hoche la tête. Je pense aux gens dans les tours et dans les avions, qui ont perdu la vie. Aux gens en deuil ce soir, qui ont perdu leurs proches. Aux chefs et aux décideurs, qui ont perdu la foi en leur invincibilité. Et aux gens comme nous, qui se voient avec les yeux d'étrangers, qui ont perdu leur identité.

Tant de haine déclenchée dans le monde aujourd'hui : où cela finira-t-il ?

Peut-être est-ce pour répondre à cette haine que j'embrasse Sonny. Peut-être est-ce à cause de la mort qui nous a frôlés de si près, et parce que je suis heureuse d'être en vie. Peut-être est-ce simplement le réconfort d'avoir quelqu'un contre moi un jour comme aujourd'hui où les certitudes vous filent entre les doigts et volent en éclats.

Je laisse ses doigts défaire l'agrafe de mon soutien-gorge et toucher mes seins. Je les laisse se promener sur mon corps, et je me rapproche de lui. Je dois l'aider à ôter ses vêtements. Comme je le touche et le sens durcir, je murmure son nom à son oreille, comme s'il pouvait avoir oublié qui il est. Quand il vient, se cambrant contre moi, criant non pas *Riks* mais *Rakhi,* j'ai le sentiment d'avoir regagné un petit morceau de moi-même.

37

Les jours passent, comme des semaines. Les semaines passent, comme des mois. Un mois passe, et il lui semble que tout recommence. Elle s'éveille en pleine nuit au plus léger bruit, vérifie la chaîne sur la porte, les loquets des fenêtres. Elle aimerait faire un rêve de transformation, mais tout ce qui vient, c'est l'obscurité, comme si elle était enterrée sous des gravats. Elle arrive un jour au travail pour découvrir que quelqu'un a peint TERRORISTES en lettres rouges en travers du nom de leur snack. De la peinture a coulé sur la tige du dernier T, faisant une tache épaisse et poisseuse sur le rebord de la vitrine. Cela prend des heures à gratter. Ils ne remplacent pas la vitre mais se contentent de la réparer avec de la toile adhésive. Belle dit qu'il n'y a pas d'argent pour ça, mais ils connaissent tous la véritable raison. Cela pourrait recommencer.

Sonny apporte des copies de courriels que font circuler des organisations indiennes. On conseille de ne se rendre seul nulle part. (Ça risque pas, pense-t-elle, désabusée. Elle a bien trop peur pour s'y aventurer.) De ne pas porter de vêtements de style ethnique. (Quel style de vêtements est-ce ? se demande-t-elle, en baissant les yeux sur son pantalon.) De hisser des drapeaux américains dans des endroits visibles dans les maisons et les bureaux. (Mais ça, elle ne peut pas se résoudre à le faire.) De prier. (Quand elle écoute le président parler de ses plans militaires, elle ressent le besoin de prier, mais elle ne sait pas à quelle divinité, américaine ou indienne, adresser ses suppliques. Qui pardonner, et qui sauver ?) Elle s'habitue presque aux regards suspicieux dans la rue. Deux ou trois fois, des gens traversent pour ne pas avoir à marcher près d'elle. Comment est-il possible de devenir en une nuit à la fois si redoutable et si vulnérable ? se demande-t-elle.

Les journaux locaux ont rapporté l'attaque de Kurma House International. Ils ont reçu de très nombreuses lettres. La plupart provenaient d'étrangers exprimant leur sympathie et leur indignation. Quelques mots anonymes débitaient des invectives, et quelqu'un leur a envoyé une grande enveloppe en papier kraft contenant un sac plastique empli d'excréments.

Ils ont rouvert le snack le lendemain du jour où Jespal est sorti de l'hôpital. Ils l'installent dans un coin, son bras dans une bandoulière très blanche. Rakhi renchérit quand Belle se moque de ses lunettes noires qui lui donnent un air de star incognito, d'Elvis enturbanné, mais sa bouche est sèche de peur. Elle tressaille chaque fois que quelqu'un qu'elle ne connaît pas s'approche du comptoir. Des gens qu'elle n'a jamais vus lui disent à quel point ils sont navrés qu'elle ait dû traverser une si terrible expérience. Ils veulent lui serrer la main. Ils disent qu'elle est la bienvenue chez eux. Elle voudrait bien se sentir reconnaissante mais elle leur en veut. Ils lui donnent l'impression d'être une invitée.

« Je suis née ici, a-t-elle envie de leur dire. Comment pouvez-vous me souhaiter la bienvenue ? »

Les musiciens ne parlent pas de ce qui est arrivé, mais elle a remarqué comment ils se regroupent autour de Jespal pour former une chaîne protectrice. Il ne voit pas encore très bien de l'œil gauche. Les médecins attendent de savoir s'il guérira de lui-même, ou s'il faudra essayer une chirurgie « invasive » – voilà un mot intéressant. Il y a bien des façons d'utiliser un mot. Il porte toujours son turban. Est-ce un signe d'appartenance ethnique, ou un choix personnel ? Pour la réouverture, il en a choisi un couleur de feuilles de bananier. Le voir l'enrouler autour de sa tête la rend à la fois fière et nerveuse. Un des musiciens frappe du poing sur la table en jurant. Mais Jespal secoue la tête à sa façon habituelle, douce, et très vite ensuite ils entonnent un chant.

Quand arrive l'heure de la fermeture, les hommes s'attardent sous prétexte d'emballer leurs instruments. Ils attendent dehors que le snack soit fermé et suivent Rakhi et Belle d'un pas nonchalant jusqu'au parking, en bavardant à bâtons rompus avec son père. Ils regardent les femmes monter dans les voitures et démarrer. Leur sollicitude lui donne envie de rire et de pleurer à la fois. Ils font cela tous les soirs, jusqu'à ce qu'elle se soit habituée à leur rituel, jusqu'à ce qu'elle le trouve réconfortant et amical. Certains soirs, elle oublie même comment tout cela a commencé.

Elle invite Sonny chez elle et cuisine pour lui – elle s'était juré de ne plus jamais faire ça. Mais il y a de la chaleur à se retrouver dans sa petite cuisine, tous les deux avec Jona autour du plan de travail à hacher des oignons verts et faire sauter du poulet avec du gingembre. Ils n'essaient plus de faire l'amour depuis cette nuit traumatisante. Quand elle repense à la façon dont ils se sont tenus étroitement enlacés dans le lit, elle n'est pas sûre de savoir si elle doit se réjouir ou être mortifiée. Mais ils s'assoient parfois ensemble après que Jona s'est endormie. Ils essaient de s'en tenir à leurs vies quotidiennes, mais comment séparer leurs vies quotidiennes de la recherche des cellules terroristes ou des menaces du président contre l'axe du mal ? Sonny lui dit qu'il se sent coupable de faire de la musique alors que tant d'autres continuent à mourir. Elle lui dit combien son voisinage a changé. Les femmes pakistanaises sortent rarement de chez elles. Les Afghans se relaient pour rassembler les enfants et les conduire à l'école du quartier, bien qu'elle ne soit qu'à deux bâtiments de là. Parfois ils écoutent en silence les bulletins d'informations de la nuit et regardent les bombes tomber sur un pays de l'autre côté du monde, les élégants panaches de fumée s'élevant au-dessus des incendies.

« On ne sait même pas ce qui se passe vraiment là-bas, dit-il. Je me sens comme un animal de compagnie à qui on donne des morceaux de choix pour qu'il reste tranquille. »

Des reporters interviewent des soldats américains, souvent de très jeunes hommes. Certains ont l'air nerveux, mais tous ceux qui sont filmés se déclarent prêts à mourir pour l'Amérique. Rakhi sent son estomac se nouer. Leurs visages sont si nus, si inconscients. Elle se demande à quoi ils ressembleront à leur retour.

Une nuit, elle se retrouve en train de remercier Sonny de lui avoir sauvé la vie. Les mots sortent plus facilement qu'elle ne l'aurait cru, peut-être parce que les morts et les mourants ont été si présents à son esprit ces derniers temps, si présents à la Kurma House. Peut-être est-ce parce qu'elle n'est pas assez indienne. Elle s'attend à ce qu'il soit gêné, qu'il ait un haussement d'épaules et dise : « Ce n'est rien. » Mais il ne doit pas être assez indien, lui non plus, car il lui prend la main et dit qu'il est heureux du peu qu'il a pu faire, cette fois-là au moins. Elle comprend que ce sont ses mots d'excuse pour cette nuit d'autrefois, cette soirée où il n'a pas su lui porter secours. Elle effleure les cals de ses doigts, en se demandant d'où ils viennent. Les bouts de ses doigts sont carrés et propres, les ongles coupés court pour ne pas griffer les disques. Elle est surprise de se rendre compte combien cette soirée lui semble lointaine, combien elle lui semble rapetissée par les nouvelles catastrophes. Mais quand ces nouvelles catastrophes s'éloigneront, cette nuit-là regagnera-t-elle son sombre pouvoir sur elle ? Les doigts de Sonny sentent légèrement le thym sauvage. Mais quand il lui demande s'il peut passer la nuit, elle secoue la tête. Elle ne veut pas lui accorder un pardon facile pour le reprendre plus tard. Il lui demande de nouveau de l'accompagner au club. Elle ne dit ni oui ni non. Elle se penche un peu en avant pour lui permettre de lui embrasser la joue quand il s'en va.

Un matin, Marco entre dans le snack. Elle se rend soudain compte qu'elles ne l'ont pas vu depuis un certain temps. Il a l'air fripé, comme une carotte restée trop longtemps au frigidaire. Elle lui donne un sac de *pakoras* aux oignons. Il le tient dans ses mains rudes et gercées aux ongles rongés et sautille d'un pied sur l'autre.

« Qu'est-ce qu'il y a, Marco ?

— J'étais là la nuit où ces hommes ont surgi dans votre snack et blessé vos amis, dit-il. Je dormais derrière la boutique de la fleuriste, mais le bruit m'a réveillé. J'ai tout vu. » Il gratte le sol du bout de sa basket déchirée. « J'ai eu trop peur pour venir. »

Une vague de pitié monte en elle.

« Ne vous en faites pas, dit-elle. J'aurais eu peur moi aussi.

— Elle aussi était là, dit-il. Je l'ai vue. Le café était fermé, mais je l'ai vue à l'intérieur. »

Elle le regarde fixement, elle comprend immédiatement de qui il parle. Elle ne sait pas s'il dit la vérité, ou s'il croit seulement qu'il la dit.

Ses yeux sont larmoyants et veinés de rouge, son regard papillote. « Elle se tenait contre la vitre et regardait. Elle est restée là un bon bout de temps, jusqu'à ce que le policier arrive. »

Par la suite, Rakhi imaginera cette scène. Sur le point de s'endormir, cela la réveillera en sursaut. Dans son esprit, la patronne se tient dans l'obscurité de Java, le visage contre la vitre froide, les paumes pressées si fort contre elle qu'elles en sont blanches. Ses yeux luisent d'un éclat vert chimique, et la force de sa haine saute par-dessus la rue vide, prêtant de la puissance à la chaîne qui se balance en direction de Sonny.

« Elle est partie, dit Marco. Vous saviez ça ? »

Rakhi ne le savait pas. Elle était trop occupée à essayer de garder la tête hors de l'eau pour penser à Java. Mais aujourd'hui, elle se décide à passer devant le café. C'est vrai, l'endroit a un nouveau patron, un homme dans la cinquantaine, avec des dents de lapin, dodu et jovial. Il ignore ce qui est arrivé à l'ancienne gérante, dans quel coin elle est partie.

Une personne peut-elle se dissoudre dans sa propre haine ? n'a plus qu'à se demander Rakhi.

Elle sort son chevalet, c'est la première fois depuis septembre. Elle ferme les yeux et ne lutte pas quand les images déferlent sur elle. Le fracas de la vitrine fissurée, la peur telle de la bave d'escargot montant le long de son bras, une sensation dont elle n'a pu se défaire pendant longtemps, quelle que soit la chaleur de l'eau du bain. Elle se met à peindre : un sikh tué à une pompe à essence, parce que quelqu'un l'a pris pour un Arabe ; des femmes terrifiées regardant derrière leurs rideaux qui ressemblent à des burkhas ; le turban de Jespal se déroulant comme une rivière de sang ; son œil pourpre et enflé comme un ciel de mousson. Le fond est un collage de visages rayés de rouge, bleu, blanc. Un poing agite un drapeau si gigantesque que s'il tombait, il les étoufferait tous. Les oiseaux se sont enfuis, remplacés par des avions. Certains s'écrasent contre des bâtiments. D'autres lâchent des bombes avec l'aisance d'insectes laissant tomber leurs œufs. Elle peint une pancarte QUE DIEU VOUS BÉNISSE, elle ajoute des tablas, des flûtes de bambou, des violons. Des pieds qui ruent, des chaînes qui se balancent, des biscuits balayés d'un comptoir et écrasés sous des talons de bottes. Des couteaux volent à travers l'espace comme des accessoires de jongleurs, mais ils sont mortellement réels. Une voiture de police glisse dans la nuit éclatée sous une lune évidée. Quand elle se recule pour juger de l'effet, les couleurs et les formes se mêlent avec une urgence qui lui fait dresser les poils sur les bras. Elle lui donne le seul nom possible : *Tu n'es pas américain.*

Quand elle a fini de peindre dans un tourbillon de coups de pinceau sombres le policier qui regarde par-dessus son épaule, elle se rend compte qu'elle lui a prêté le visage de l'homme en blanc. Se souvient-elle bien ? Elle se rappelle avoir ressenti un picotement en regardant son visage. Etait-ce un signe de reconnaissance, ou seulement de soulagement ? Ou seulement le désir de trouver un sauveur connu ?

Demain, décide-t-elle, demain, elle ira dans le bois d'eucalyptus. Parmi les racines et les écorces, elle trouvera peut-être des réponses.

38

Journal des rêves

Dans les grottes, on nous a dit que les interprètes de rêves travaillent pendant leur sommeil ; elles jettent un fil ténu et invisible, comme celui d'une araignée, partant de leur nombril. Ce fil les relie à Swapna Lok, le monde où naissent les rêves. Grâce à lui, les rêves que l'interprète doit connaître lui sont envoyés. Quand une interprète rêve seule, le fil est mince et faible et se casse facilement. Mais quand les interprètes vivent non loin les unes des autres, leurs fils s'assemblent pour former une corde puissante qui peut supporter le poids du rêve le plus complexe. C'est pour cette raison que les interprètes ne doivent pas trop s'éloigner de leur communauté.

Je n'ai rien dit, mais j'avais des doutes. Ce ne sont que des fables, me suis-je dit à part moi, fabriquées pour nous persuader de ne pas nous éloigner, de rester sous le contrôle des Anciennes.

Pourquoi ai-je douté de ce que toutes mes compagnes novices acceptaient ? Etais-je déjà prête à partir, sans le savoir moi-même ?

Bien plus tard, quand j'ai parlé de mes doutes à ma tante, elle a soupiré. Elle était lasse de mon esprit rebelle. Peut-être regrettait-elle de m'avoir sortie des bidonvilles. Après tout, je ne lui avais causé que des ennuis.

Mais c'était un soupir d'amour exaspéré. Depuis que je suis mère, j'ai appris à reconnaître ce soupir. « Il y a des preuves, a-t-elle dit. Mais demander qu'on vous les donne, c'est comme vouloir la preuve qu'une assiette en verre se casse. Cela te convaincra, mais on ne pourra pas rassembler les morceaux. »

J'ai écouté d'une oreille impatiente. Des énigmes, des énigmes, ai-je pensé. Pourquoi ne peux-tu pas me dire simplement ce que tu veux me dire ?

Des années plus tard, ma fille me parlera en usant des mêmes mots.

Mais il y a des choses qu'on ne peut pas dire, je sais aussi cela maintenant. On ne peut approcher ces choses que subrepticement, comme des oiseaux sauvages. Et même alors, elles captent votre odeur et s'envolent avant que vous ayez pu jeter votre filet de mots.

Il se peut que ma capacité à rêver se soit affaiblie déjà à Calcutta, une fois que je me suis mariée, mais les premiers temps, toute à ma joie, je n'y prêtais pas attention. J'étais emplie d'une autre sorte de rêves, pour lesquels le sommeil n'est pas nécessaire. Ce n'est qu'une fois en

Amérique, dans sa nuit stagnante comme la mer des Sargasses, que j'ai mesuré l'étendue de mon problème. Parfois je sentais comme une vrille malingre sortir de mon corps. Mais comme elle ne trouvait rien à l'extérieur à quoi se raccrocher, elle se recroquevillait et retombait en moi. Pendant un temps, le sac de terre que m'avait donné ma tante a conjuré mon désespoir. Mais chaque fois que je rêvais, la terre diminuait dans le sac. Et une nuit, il n'y en a plus eu. Et de rêves non plus.

Comment exprimer le vide de mon existence sans mes rêves, maintenant que je les ai retrouvés et utilisés pour aider des gens ? Je ne pouvais plus manger ni dormir. Toute la journée, j'arpentais le tapis usé de l'appartement, essayant de trouver un remède. Je ne connaissais aucune interprète de rêves en Amérique. Peut-être n'y en avait-il pas dans ce pays qui croyait que la technologie pouvait guérir tous les maux ?

A supposer que j'aie pu mettre en mots mon problème, je ne pouvais pas en parler à mon mari. Il ne savait pas que j'étais interprète de rêves. J'avais eu l'intention de le lui dire avant notre mariage, mais au dernier moment, je n'avais pas osé. Nombreux sont ceux qui craignent les interprètes de rêves, ils nous trouvent contre-nature. Et si c'était son cas à lui aussi ? Je ne pouvais risquer de perdre son amour, moi qui avais tant abandonné pour l'obtenir. Je lui avais dit que ma famille s'opposait à notre mariage et que je l'avais quittée pour cette raison. J'avais ajouté que je ne voulais plus jamais en reparler, c'était trop douloureux. Il avait respecté mes souhaits et m'avait couverte de tendresse pour compenser l'amour qu'il croyait que j'avais perdu. Comment lui dire maintenant qu'il avait donné son cœur pour un mensonge ?

D'ailleurs, il n'avait pas le pouvoir de m'aider. Il avait ses propres soucis. Nous n'avions pas beaucoup d'argent et il était obligé de travailler en plus de ses études. Le soir, il rentrait épuisé, doutant de réussir dans ce nouveau pays qui lui avait semblé si séduisant au début. Il était gentil malgré tout et il se rendait compte que je n'étais pas heureuse. Il a essayé de me distraire en m'emmenant dans des restaurants, au cinéma et en week-end au bord de la mer – des loisirs que nous pouvions à peine nous offrir. Cela n'a servi à rien.

Dans le journal hebdomadaire, j'ai lu l'annonce d'une médium qui répondait à vos questions sur l'avenir, proposait des solutions à vos problèmes et vous mettait en contact avec vos chers disparus. Mon cœur s'est contracté convulsivement comme un poisson sur le sable qui sent l'eau toute proche. J'ai pris vingt dollars dans le portefeuille de mon mari et j'ai appelé pour prendre rendez-vous. Mais quand j'ai entendu sa voix, rauque de tabac, de nuits sans sommeil, j'ai compris qu'elle ne pouvait pas m'aider.

Ma vie est devenue insupportable. Je ne pouvais penser à rien d'autre qu'à mon don perdu. Je n'avais jamais accordé beaucoup d'attention à mon talent, mais la vie me semblait invivable sans lui. Dans ma détresse, je rendais mon mari responsable de sa perte. Je me disputais avec lui au moindre prétexte. L'étonnement dans ses yeux me mettait encore plus en colère. Des pensées de suicide ont envahi mon cerveau tels des nuages de pluie jusqu'à ce que je ne voie plus, partout où je dirigeais mon regard, que des ombres.

C'est à cette époque-là que le serpent est venu à moi.

Je ne vais pas décrire notre rencontre ; il y a des choses qu'on ne peut confier au papier, même un journal comme celui-ci que personne ne peut lire, écrit dans une langue que peu de personnes comprennent dans ce pays. Mais voilà ce que j'ai appris de lui : chaque fois que je faisais l'amour avec mon mari ou dormais dans le même lit, mes pouvoirs – déjà affaiblis par le fait de me trouver si loin des grottes – diminuaient encore. Bientôt ils seraient complètement éteints. Si je voulais rester une interprète de rêves, il y avait deux choses que je devais faire, et vite.

Le choix t'appartient, a dit le serpent. Il luisait à la périphérie de mon champ de vision, goutte de pluie sur un épi de maïs. Il était la seule belle chose que je possédais dans mon existence terne et étouffante. Je ne supportais pas l'idée qu'il disparaisse.

Le choix t'appartient, a-t-il dit. Mais je savais que je n'avais pas le choix. Je devais rompre tous les liens avec mon mari. Et je devais trouver le moyen de retourner aux grottes.

39

Rakhi

De la nuit, je ne peux dormir. Mon cerveau est brûlant, comme troué, mes yeux me piquent comme si j'allais tomber malade. Des pensées me traversent à pas pesants comme un troupeau d'éléphants. Des choses que ma mère m'a dites. *Utiliser un séchoir à cheveux tue les cellules du cerveau. Ne va pas te coucher cramponnée à une rancune.* Des bribes de la musique que Sonny créait avant et, sous les notes, sa nouvelle musique que je n'ai pas encore entendue. Une recette de chutney à la noix de coco que mon père a faite la semaine dernière, jusque dans le moindre détail, alors que je n'aime pas la noix de coco. Des listes de vêtements trop petits de Jona, des ustensiles de ménage dont Belle aura besoin si elle se marie, des mesures de sécurité que les aéroports américains auraient dû prendre. J'élude en remplissant mon esprit, aussi vite que possible, de bavardages inutiles. Quand la lumière derrière les stores est de la couleur du beurre fondu, j'abandonne l'idée de me reposer.

Jona est chez Sonny, et je suis libre d'aller au bois d'eucalyptus quand je veux, mais je ne cesse de remettre à plus tard. Je prépare mon petit déjeuner, prends une douche, enfourne dans le lave-linge un paquet de vêtements qui attend depuis longtemps. J'hésite à y aller, de peur que l'homme en blanc n'y soit pas. S'il n'est pas là, je n'ai aucun autre moyen de le joindre.

A moins que j'aie peur qu'il soit là ?

J'espère que le bois sera désert, mais il est anormalement plein pour un jour de semaine. Les gens profitent du soleil, de la douceur d'un milieu de journée de novembre. Des étudiants déambulent le long du sentier, des enfants courent en hurlant après des écureuils, des chiens tirent leurs maîtres en explorant des odeurs, des amoureux sont assis sur des troncs d'arbres morts, échangeant des baisers comme les amoureux l'ont toujours fait. Une famille a étalé une nappe sur un tapis d'aiguilles de pin pour un pique-nique. J'aperçois, au-delà des têtes blondes, des falafels et de la salade, du pain pita, du caviar d'aubergines. Comment les gens peuvent-ils avoir cet air de bonheur ? Y a-t-il un écran magique entourant le bois qui filtre la mémoire de ceux qui entrent ici ? Ou est-ce ainsi que nous survivons, en nous débarrassant de l'Histoire d'un haussement d'épaules et en nous immergeant dans le moment présent ? S'il en est ainsi, c'est un talent que je n'ai pas.

Je me rends au cœur du bois où j'ai vu l'homme en blanc faire du taï-chi la dernière fois. Aucun signe de lui, mais c'est plus tranquille ici. Je m'assieds sur le sol, m'adossant à un arbre tombé. Il y a un cercle dentelé de ciel au-dessus de ma tête, là où les cimes des eucalyptus ne se rencontrent pas encore tout à fait. En moi, les pensées avec lesquelles je me débats attendent comme des pierres enfouies dans une rivière. Une seule d'entre elles suffira à me faire couler. Immerge-toi dans l'instant, me dis-je en moi-même. La fragilité des brindilles sèches sous toi, l'écorce rugueuse dans ton dos. Le ciel est très pâle, blanc plus que bleu. Il me tire la poitrine jusqu'à ce que quelque chose saute comme un bouchon. Et comme si elles n'attendaient que ça, les pensées se précipitent. A la télévision, il y a une semaine, un prêcheur a déclaré que les homosexuels et les défenseurs de l'avortement étaient responsables des attaques terroristes : ils avaient déplu à Dieu et attiré sa colère sur l'Amérique. Jona s'est réveillée en pleurant. J'avais peur de lui demander pourquoi. Elle me l'a dit, de toute façon. Elle avait rêvé d'une grotte gelée remplie de cadavres. Je n'ai pas pu dire, comme d'autres mères, *ne t'inquiète pas, ce n'est qu'un rêve*. Le poids de son don m'oppressait comme une plaque de glace. J'ai reçu des courriels disant que personne ne devait se rendre dans les magasins pour Halloween, qu'une autre attaque d'envergure était prévue pour ce jour-là. Beaucoup de serveurs qui travaillaient dans le World Trade Center étaient des sans papiers. Nous ne connaîtrons jamais leur identité, ni leurs familles. D'autres courriels conseillaient de faire des provisions d'ail et d'huile d'origan, des antidotes pour l'anthrax. Une semaine après l'effondrement des tours, la police a trouvé une paire de mains sur le toit d'un bâtiment proche, liées par des menottes en plastique. A bord du *USS Enterprise,* un marin a tenu haut une bombe sur laquelle était écrit HIGH JACK THIS FAGS (Détournez celle-là, pédés). Certaines nuits, j'ai peur de m'endormir. Que va-t-il encore surgir dans le monde avant que je rouvre les yeux ? D'autres nuits, je veux seulement dormir, m'enfoncer profondément dans le sol comme une marmotte, avec la fraîche, rassurante odeur de moisi de la terre, qui ne change jamais, contre ma peau.

Souvent, je pense à la mort. Jusqu'à ces temps derniers, je n'y avais pensé qu'en théorie. Mais maintenant elle s'est abattue sur ma vie comme une grande chouette grise, avec ses ergots et ses yeux luisants. La mort me terrifie, mais elle est belle, aussi. Est-ce pour cela que les gens se ruent vers elle avec une joie frénétique, insondable, l'appelant le Sauveur des Croyants ?

Et qu'en est-il d'elle, la femme la plus proche et la plus éloignée de moi, qui a vécu pour sauver les autres et fini par jeter sa voiture, avec son mari dedans, à flanc de colline ? Ce n'était pas un accident, j'en suis persuadée. Dans quel rêve de transformation était-elle entrée, cette dernière nuit de sa vie ? Que cherchait-elle, que seule la mort pouvait lui offrir ?

Une libellule s'est posée sur ma main, grande et d'un bleu métallique, avec des ailes de gaze transparente. Elle cherche son équilibre un instant sur mon articulation, les ailes brillantes, les yeux comme des billes noires. Je n'ai pas vu beaucoup de libellules ici. Je me sens étrangement honorée qu'elle m'ait choisie pour se poser. Je reste très tranquille, respirant à peine, jusqu'à ce qu'elle s'envole et vrille en direction du ciel. Je la regarde disparaître, et quand je baisse à nouveau les yeux, je vois l'homme en blanc.

Il est dans le creux, à sa place habituelle, mais aujourd'hui il ne fait pas du taï-chi. Il s'appuie sur la jambe droite, poussant la gauche avec le bras. Son bras droit est dirigé vers le ciel. Ses yeux regardent fixement un point à l'horizon. Lentement, il allonge la jambe derrière lui jusqu'à ce qu'elle soit bien tendue. C'est une belle et puissante position, d'un équilibre parfait. Je ne peux en détourner les yeux.

Au bout d'un instant, il relâche la jambe, la ramène au sol, répète le mouvement de l'autre côté. C'est un asana, une posture de yoga, bien que je ne sache pas le nom de cette posture en particulier. Je m'émerveille, comme la première fois, du naturel avec lequel bouge son corps. Je sais que j'en suis incapable.

Il a fini son asana maintenant. Avant qu'il en commence un autre, je me lève. Le sang bat si fort dans mes tempes que j'ai le vertige. Mais je sais, avec une certitude que je n'ai pas ressentie depuis longtemps, que si je ne profite pas de cette occasion pour lui parler, je n'en aurai pas d'autre.

« Bonjour », dis-je.

Il se retourne, et je vois qu'il est bien plus âgé que je ne le pensais. Son corps bouge comme celui d'un jeune homme, mais son visage est buriné et ridé. Difficile de dire de quelle race il est – sa peau est brune, mais ses yeux d'un vert surprenant. Est-ce la même personne que j'ai vue la dernière fois, par ce matin pluvieux ? Peut-être que d'autres hommes viennent pratiquer dans le bois. Plusieurs peuvent porter du blanc, du moins une partie du temps. La personne que j'ai baptisée l'« homme en blanc » n'existe-t-elle que dans mon imagination, en se superposant à d'autres quand mon subconscient en éprouve le besoin ? Ce dernier doute me gêne tant que je suis sur le point de m'excuser et de partir.

« Bonjour », dit-il, ses yeux se plissant un peu dans un sourire. J'aime ses yeux. Ils sont séduisants, mais pas de façon sexuelle. Bien que rien en eux ne dise qu'il me reconnaisse, ils m'enveloppent comme une vague enserre un nageur. Ils me donnent envie de rester un peu, même s'il n'est pas mon homme en blanc, même s'il ne sait rien de la mort de ma mère.

J'inspire profondément. J'ai l'impression que nous sommes engagés dans un jeu élaboré, comme une danse. Le résultat de notre rencontre dépendra de la façon dont je vais jouer. Mais quelles sont les règles ?

Il attend tranquillement que je m'adresse à lui.

Mille questions se pressent dans ma tête. Avez-vous une voiture noire ? Etes-vous policier ? Sur votre plaque d'immatriculation est-il écrit SPMET EVER ? Est-ce là votre nom, et quel en est le sens ? Connaissiez-vous ma mère ? Vous a-t-elle suivi par-dessus le bord d'une autoroute ?

Je demande : « C'est du yoga que vous faites ? »

Cette fois-ci son visage rayonne. J'ai dû poser la bonne question.

« Oui, répond-il.

— Vous voulez bien me montrer une posture ?

— Bien sûr », acquiesce-t-il. Il me regarde, le sourcil froncé, comme s'il prenait une décision.

Je le suis jusque dans une clairière plus grande. Il y a des gens tout autour de nous, mais ça n'a pas d'importance. En marchant à ses côtés, j'ai l'impression que nous sommes dans une bulle où personne d'autre ne peut pénétrer.

« Faites comme moi », dit-il. Il rapproche les jambes et lève les mains haut au-dessus de la tête, les étirant tout du long. Il fait se rejoindre les paumes. Je l'imite. Le mouvement est la simplicité même, mais il est nouveau pour moi. Je sens un léger picotement au bout des doigts quand je m'étire.

Il écarte les jambes, puis se tourne vers la droite, pointant son pied à l'avant. Plie le genou droit et se baisse. Sa jambe gauche est étirée derrière lui. Il regarde en haut vers ses paumes jointes.

J'essaie de faire pareil, mais ma jambe gauche, qui n'a pas l'habitude de se tendre et se courber de cette façon, commence à vaciller. Je perds l'équilibre et dois ramener mes bras pour éviter de tomber.

« Ne vous sentez pas gênée, dit-il. Recommencez. » Il pose les mains sur mes épaules et les tourne. Il pousse une cheville pour mettre mes jambes dans le bon axe. Il tire mes bras jusqu'à ce qu'ils soient en haut et joint mes paumes.

« Levez les yeux », dit-il.

Je fixe l'ouverture blanche dans le ciel, mais cette fois-ci, je n'ai pas le vertige. Je sens la chaleur de ses paumes se transmettre à mes mains. Entre le ciel et moi pend une toile d'araignée. Etirée entre deux branches d'eucalyptus, lourde de rosée argentée, c'est la chose la plus complexe que j'aie jamais vue. *Dire qu'elle était là pendant tout ce temps*, dit ma petite voix, *et que tu ne l'avais jamais remarquée.*

Il a retiré ses mains. Je me tiens seule, en équilibre, et une fraction de seconde, j'éprouve la plus étrange des sensations, comme si j'étais une goutte de rosée sur une toile que je ne peux pas voir, une toile immense au-delà de toute imagination. L'homme en blanc est une autre goutte de rosée. En cet instant une force – le vent, la gravité, les influences planétaires – nous a réunis. L'instant d'après, elle peut nous séparer, nous faire glisser le long d'un autre tracé pour finir dans une autre ville, un autre pays – une autre dimension même. C'est ainsi tout le temps – les gens ricochent, sortent de leurs vies, et on ne les retrouve plus. Mais ils sont tous quelque part sur la toile.

Puis mes jambes cèdent, et je dois lui saisir la main pour ne pas tomber.

Quand nous arrêtons de rire, il dit : « C'est l'une de mes préférées, une variation du Guerrier. Une pratique régulière apporte équilibre, aplomb, bonne vue et combat les peurs – pour ne rien dire de la force qu'elle développe dans les jambes et dans le dos. »

Je fais une grimace.

« Nul doute que j'ai besoin de tout cela.

— Nous en avons tous besoin », dit-il, et il me regarde avec une grande tendresse. Il hoche la tête en signe d'au revoir, puis enfourche sa bicyclette – une vieille bicyclette bleue à dix vitesses posée contre un arbre pendant tout ce temps –, sort du bois et disparaît.

Je garde ma rencontre avec l'homme en blanc secrète, bien que parfois j'aie très envie d'en parler à Belle. Mais elle dirait que je suis folle. Elle dirait : « J'en crois pas mes oreilles ! Tu as perdu ton temps à faire du yoga avec lui alors que tu avais toutes ces questions importantes à lui poser ? Grand Dieu, Rikki, depuis quand t'intéresses-tu au yoga ? » Je ne saurais pas lui expliquer ce que j'ai ressenti quand il a joint ses paumes sur les miennes, comme si elles étaient des pétales de la même fleur. Ni mon idée de la toile d'araignée.

Les mots sont trompeurs. On en a parfois besoin pour exprimer la blessure qui s'infecte au-dedans. Si on ne le fait pas, elle se gangrène et vous tue. C'était ainsi entre Sonny et moi, c'est pour ça que nous n'arrivions pas à faire avancer nos vies – ensemble ou séparément – avant de parler. Mais parfois les mots peuvent réduire un sentiment en morceaux. C'est le cas de mon épisode du bois.

Ma mère avait essayé de m'enseigner cela. Un jour où je la harcelais de mes questions, elle m'a dit : « Tout le monde respire, mais seuls les sages savent quand utiliser ce souffle pour parler ou pour l'expirer en silence. » Je ne prétends pas à une telle sagesse, mais j'apprends peut-être.

J'essaie la posture du Guerrier de temps en temps. J'espérais qu'elle me transformerait, m'aiderait à combattre mes faiblesses, mais ça ne se passe pas comme ça. Pourtant, parfois, quand je pratique devant une toile à moitié finie, dans mon salon encombré, ou sur la terrasse de Sonny, dans l'ombre bleue des jacarandas, je sens quelque chose se dénouer en moi, une bobine de méfiance, un besoin de tout contrôler. L'énergie crépite dans le bout de mes doigts, et ma petite voix s'enroule comme un chat et ferme les yeux.

Je n'ai jamais revu l'homme en blanc – peut-être parce que je n'en ai pas besoin. Quelque chose en moi a été satisfait par notre rencontre. Je ne saurai jamais quel lien mystérieux, s'il en existe un, le reliait à ma mère ; était-il le messager tant attendu de son journal ? Mais pour la première fois en tout cas, j'accepte de ne pas savoir. Il y aura toujours des mystères concernant les gens qui me tiennent à cœur, des énigmes centrales dans leurs vies que je ne pourrai pas déchiffrer. Ça n'a pas d'importance. L'amour s'est frayé un chemin le long d'autres voies. L'homme en blanc, que je chéris en moi autant que Jona et mes parents, Sonny et Belle, était peut-être venu me dire ça.

40

Journal des rêves

Une fois ma décision de partir prise, je n'ai plus été déprimée. J'avais tant de choses à préparer. La première, c'était de rassembler assez d'argent pour acheter un billet sans que mon mari le sache. Pour ça, il me fallait trouver un travail.

J'ai abordé mon mari avec une certaine anxiété. Le premier mensonge que je lui avais fait, c'était pour notre bien à tous deux ; celui-là, c'était pour moi seule. Allais-je pouvoir regarder le visage que j'aimais (oui, je l'aimais toujours) et mentir ? Mais cela a été très facile. Ma voix était ferme quand je lui ai dit que je me sentais seule, qu'un travail m'occuperait, qu'en plus, l'argent nous aiderait. Il a tout de suite été d'accord – il s'inquiétait de mes humeurs noires – et il s'est renseigné auprès de ses collègues indiens. Je ne pouvais pas les appeler des amis. Nous avions été trop occupés à essayer de survivre à notre transplantation pour nous faire des amis. En quelques semaines – un miracle, si l'on considère que je n'avais ni permis de travail ni références – on m'a trouvé un emploi.

J'ai travaillé dans une épicerie indienne, dans la pièce du fond où personne ne me voyait. Je mesurais les lentilles et les épices dans de grands sacs, puis je les versais dans des sachets en plastique, avant de les fermer hermétiquement et d'y apposer les étiquettes correspondantes. Certains auraient trouvé ce travail ennuyeux, mais sa nature simple et répétitive me rassurait. Cela me plaisait d'appliquer le sceau en une ligne droite, de mettre l'étiquette exactement au centre du paquet. Pendant ce temps, j'imaginais le jour où j'achèterais mon billet avec l'argent qui s'accumulait dans une boîte à chaussures sous notre lit. En trois mois, j'aurais gagné assez. Le jour où je prendrais le bus jusqu'à l'aéroport et monterais dans l'avion d'Air India pour Calcutta. Ce qui arriverait ensuite était flou. Je supposais que je prendrais un train jusqu'au village le plus proche des grottes. Puis je continuerais à pied. Cette partie du voyage m'inquiétait. Je me souvenais de rumeurs disant que les grottes étaient cachées et que, même si vous pouviez en partir, seules les Anciennes savaient comment y pénétrer. Mais j'étais décidée à ne pas m'en faire. Le serpent m'avait invitée à rentrer, n'est-ce pas ? Sûrement il éclaircirait les choses quand le temps serait venu.

Les propriétaires de l'épicerie me payaient à l'heure. Un taux bien inférieur au taux légal mais je ne leur en voulais pas. Ils prenaient un certain risque en m'employant, et ils étaient gentils à leur façon. Je travaillais un bon nombre d'heures par semaine, et à midi, quand la femme du patron faisait une pause pour déjeuner dans l'arrière-boutique, elle m'invitait toujours à manger avec elle.

Peut-être était-ce de la culpabilité, ou parce que je savais que je serais bientôt partie, mais pendant cette période j'ai essayé de faire tout ce qu'aimait mon mari. Je lui préparais ses plats préférés. Je n'étais pas bonne cuisinière, n'ayant pas appris dans les grottes, mais je faisais de mon mieux. Je me promenais tous les soirs avec lui jusqu'au lac à côté pour nourrir les canards, activité qui m'ennuyait mais dont il semblait tirer du plaisir. Et quand il voulait, c'est-à-dire presque tous les soirs, je le laissais me faire l'amour.

Je ne peux pas dire que je le faisais seulement pour lui. C'était un homme séduisant, et je l'aimais vraiment, mais pas assez pour abandonner mes rêves. J'avais toujours aimé faire l'amour. Ma peur de perdre mon don n'avait pas totalement supprimé le plaisir aigu, haletant de l'acte sexuel. Savoir que j'allais bientôt partir ajoutait à notre amour le goût doux-amer du transitoire. Je refusais de me sentir coupable. J'abandonne tout, me disais-je. Je mérite sûrement quelques souvenirs à emporter dans les grottes pour ma vie de chasteté. Je dormais sans faire de rêves pendant cette période. Mais je m'en moquais. Bientôt, il n'y aurait plus que des rêves dans ma vie.

Deux semaines avant de partir – j'avais appelé une agence de voyages et réservé mon billet –, je me suis évanouie au travail en tirant un grand sac de lentilles jusqu'à l'endroit où je les pesais. La femme du propriétaire a entendu le fracas – j'étais tombée sur une pile de boîtes d'épices en aluminium – et s'est précipitée. Elle m'a essuyé le visage avec un torchon mouillé et passé de l'eau de rose sur les tempes pour me ranimer, puis a effleuré les cercles sombres sous mes yeux et déclaré que j'étais enceinte.

« Impossible ! ai-je crié, horrifiée.

— Tu as pris des précautions ? » a-t-elle demandé.

A mon air, elle a dû voir que je ne savais pas de quelles précautions elle parlait. Elle a hoché la tête. « Eh bien alors, c'est ce qui arrive. J'en sais quelque chose, j'en ai eu cinq avant d'exiger qu'on me ligature les trompes. »

Elle attendait que je dise quelque chose, mais j'étais incapable de parler. Elle m'a fait asseoir et m'a donné à boire une bouteille de jus de mangue. Malgré ma faiblesse, j'ai remarqué sa générosité. Le jus de mangue était importé d'Inde et se vendait un dollar la bouteille.

« Ne crains rien, a-t-elle dit gentiment. Tout se passera bien. Tu n'imagines pas tout le bonheur qu'un enfant peut apporter, à quel point il change la vie. »

Non ! avais-je envie de crier. Personne ne peut imaginer à quel point un enfant va changer ma vie ! Mais je n'ai rien dit. A quoi bon ? J'ai bu le jus de mangue trop sucré et lutté de toutes mes forces pour ne pas vomir.

Pendant sept jours, je me suis demandé avec angoisse que faire de cette grossesse. Je me suis plaint de ne pas me sentir bien et j'ai dormi seule pendant sept nuits – et lui, confiant, ne m'a pas posé de questions. Toutes les nuits, je priais le serpent de venir à moi, de m'aider à prendre ma décision. Toutes les nuits, je pleurais en étouffant mes sanglots dans l'oreiller, car il ne venait pas. Je me demande encore maintenant pourquoi il n'est pas venu. Etait-ce pour me punir de ce que j'avais fait, ou parce qu'il était trop tard ?

Au bout des sept jours, j'ai pris ma décision. D'abord j'ai rejeté l'éventualité d'un avortement. Oui, j'avoue que j'y avais pensé. Si le serpent m'avait demandé de le faire, j'aurais obéi. Mais le serpent m'avait abandonnée, et je n'avais plus qu'à m'en remettre à ma seule gouverne.

Puis j'en ai fini avec l'idée d'un retour possible.

Pendant un temps, j'ai prétendu que j'avais pris cette décision par altruisme, pour mon bébé à venir, mais je savais que c'était par peur. J'avais peur que les Anciennes ne me reprennent pas dans les grottes, à supposer que je sois capable de les retrouver. Nous nous étions séparées avec des sentiments d'amertume. Elles m'avaient avertie qu'une fois partie, elles ne me devraient plus rien. Avec la preuve visible de ma transgression grossissant dans mon ventre, elles se détourneraient sûrement de moi. Le serpent ne l'avait-il pas déjà fait ?

Qu'arriverait-il alors ? Je ne pouvais supporter l'idée de retourner vivre dans les bidonvilles. Je ne pouvais punir mon enfant en lui imposant la double malédiction de la pauvreté et de l'absence de père que ma mère m'avait fait porter.

Au bout des sept jours, j'ai parlé de la grossesse à mon mari. Il était fou de joie. Il ne s'est pas inquiété de mon silence. Sans doute ses collègues lui ont-ils dit que pendant ces périodes-là les femmes deviennent difficiles. Quand j'ai refusé de partager sa couche, il a accepté, pensant que cela passerait. Quand je lui ai dit que je ne voulais plus travailler à l'épicerie, il a répondu qu'il valait mieux que je reste à la maison et prenne soin de ma santé.

Tandis que le bébé grandissait en moi, j'arpentais l'appartement du matin au soir parce que je ne supportais pas de rester immobile. Mais mon esprit avait retrouvé son calme. On s'agite seulement quand on a de l'espoir, et je n'en avais plus. Ma vie en Inde était finie. Peu m'importait comment le reste de mes jours ici se déroulerait.

Mais le jour où le bébé m'a donné son premier coup de pied, j'ai senti en même temps un autre mouvement en moi. Il m'a fallu un moment pour le reconnaître : mon vieux pouvoir bougeait de nouveau. Diminué peut-être, mais encore vivant. Qui sait comment ces choses fonctionnent ? Au début, je n'y croyais pas, j'avais tellement peur d'être de nouveau déçue. Puis j'ai eu l'impression qu'on m'accordait un sursis. Et cela a accru ma peur. Peu importait ce qui arriverait, il ne fallait pas que je le perde à nouveau.

J'ai remarqué que les jours où je restais très tranquille, le pouvoir était plus fort. Ces nuits-là, des rêves d'autres gens me venaient, et des directives sur la façon de les trouver. J'ai commencé à passer des coups de fil, à obtenir des réactions. J'ai aidé une personne, puis une seconde, puis d'autres encore.

J'ai décidé de ne parler que si nécessaire, et jamais de mon passé. Parler de quelque chose, c'est le dissiper, et j'avais déjà tant gaspillé. Le bonheur que connaissent les gens ordinaires n'était pas fait pour moi. Mais peut-être que je pourrais tirer des satisfactions de la pratique de ce qui me restait de mon don.

Je voulais être une bonne épouse, mais c'était impossible. Je n'osais pas dormir à nouveau avec mon mari. J'étais convaincue que s'il me touchait, je perdrais le faible pouvoir que j'avais regagné. Je ne pouvais pas lui expliquer. Les mots étaient devenus une denrée rare, à thésauriser. D'ailleurs, il ne m'aurait pas crue. Je prenais soin de lui par tous les moyens, je faisais la cuisine, le ménage, le repassage, je m'asseyais près de lui sur le sofa de peluche usé le soir, prête à écouter tout ce qu'il avait à me dire. Mais il est devenu morose. Il ne voulait que ce que je ne pouvais pas lui donner : mon corps, auquel était liée mon âme. J'aurais aimé qu'il cesse de me désirer et se tourne vers quelqu'un d'autre – cela nous aurait rendu la vie plus facile à tous les deux – mais il ne pouvait pas. Il était lié à moi, et la seule échappatoire qui lui restait était de s'adonner périodiquement à l'oubli que procure la boisson.

Je n'étais pas une bonne mère pour Rakhi. Je l'aimais, mais pas complètement. Aimer quelqu'un complètement exige un don de soi total, et je ne pouvais pas prendre ce risque. Elle le savait. Est-ce pour cela qu'elle voulait de toutes ses forces comprendre qui j'étais, devenir qui j'étais ? Il n'était pas en mon pouvoir d'exaucer son second vœu, même si je lui avais souhaité un destin pareil au mien. Si j'avais répondu au premier, cela m'aurait détruite.

C'est pour cela que j'ai entrepris d'écrire ce journal, car les écrits diffèrent des paroles. La parole se dissout, tel le givre au soleil. Le mot écrit dure, sa frise noire tel du fer forgé aux fenêtres des palais. Mais je suis gênée par mon manque de savoir-faire. Des pensées me traversent et disparaissent, des souvenirs. Je ne peux exprimer qu'une fraction de ce que je ressens. Le reste est perdu, comme des spores dispersées par le vent. Je ne relis pas les bouts que j'ai écrits. J'ai peur de les déchirer.

J'écris cela pour toi, mon mari, mon enfant, pour que vous le lisiez quand je serai partie. Peut-être serez-vous déroutés par mes divagations. Peut-être me haïrez-vous pour mes confessions. Peut-être comprendrez-vous un peu ce que je n'ai jamais réussi à vous expliquer : qui j'étais et pourquoi, qui étaient les dieux et les serpents qui hantaient mes rêves.

41

Elle se tient dans la longue file de gens qui attendent l'ouverture des portes, tripotant son sac, avec le morceau de papier sur lequel Sonny a noté ses directives. C'est une nuit venteuse de San Francisco, et ici, au sud de Market Street, des rafales font voler des journaux déchirés qui se prennent aux jambes des clients du club. Mais « client » est un mot trop formel, pense-t-elle, pour ce groupe bigarré, la plupart d'origine indienne, bien que les gens soient accompagnés d'amis venant d'autres horizons. Leurs coupes de cheveux vont du punk au crâne rasé, de la coiffure en brosse et aux boucles tombant en cascade sur des hauts de marque. Certains portent des pantalons baggy et des casquettes avec la visière sur la nuque ; d'autres sont habillés en post-rock gothique, capes noires et lèvres rouge sang. Sous les manteaux, elle entrevoit de minuscules corsages de sari brodés d'or avec des pantalons cigarettes au-dessus de la cheville, ou des *dupattas* transparents passés sur des bustiers. Percés, tatoués, les cheveux teints au henné, des *bindis* sur le front, ils semblent appartenir à une nation différente, leurs phrases nonchalantes émaillées de termes qu'elle ne connaît pas. Elle ne se souvient pas d'avoir rencontré d'Indo-Américains de cette sorte, ni à Fremont ni à Berkeley. Peut-être constituent-ils un nouveau groupe de noctambules ?

A moins que ces maîtres du camouflage n'aient existé sans qu'elle les remarque dans les épiceries et les banques, les hôpitaux et les campus d'université ?

Elle se serait sentie mortifiée, déplacée parmi cette foule, si Sonny ne lui avait pas dit comment s'habiller. Dans son gilet du Gujarat brodé, sa jupe noire à mi-mollets et sa vieille paire de bottines, elle se fond suffisamment dans l'ensemble pour que personne ne se retourne sur elle. D'ailleurs, ils ne font pas attention les uns aux autres, bien qu'elle suppose que nombre d'entre eux sont des habitués. Peut-être est-ce cela être jeune, pense-t-elle. Etre consumé par l'énergie qui bout en vous, par toutes les choses qu'il vous faut tout de suite, si bien que vous n'avez pas le temps de regarder quoi que ce soit – ou qui que ce soit – qui n'est pas destiné à obtenir ce que vous voulez.

Elle découvre avec surprise qu'ils lui plaisent. Il y a une forme de proximité dans ce manque d'attention. Une confiance dans le fait que les gens qui font cette queue, avec leur billet de dix dollars à la main, sont culturellement supérieurs aux hordes de barbares qui passent leur vendredi soir ailleurs – dans quelque discothèque pour jeunes cadres dynamiques peut-être, ou à regarder un film hindi sur une télé trop grande dans un appartement de banlieue trop décoré.

Il lui avait fallu rassembler tout son courage pour dire à Sonny qu'elle aimerait venir l'écouter. Quand il lui avait dit qu'il jouait son œuvre la plus créative au Must-Must, la soirée des *desis* de la fin du mois en ville, elle avait failli reculer. Elle avait imaginé une foule houleuse, une pointe d'effroi lui restait de cette autre fête qui avait mal tourné. Il fallait qu'elle y aille, pourtant ; c'était l'occasion de se débarrasser de ces souvenirs pénibles. Elle s'émerveille maintenant de la patience avec laquelle les gens se tiennent là, à bavarder avec le videur, à échanger des quolibets avec un couple de sans-abri qui essaient de leur soutirer de l'argent pour se payer une bière. Elle se débrouille cependant pour ne pas croiser leurs regards, pour ne pas sourire.

Sonny avait proposé de l'emmener, mais elle a refusé. Elle lui a dit qu'elle voulait faire l'expérience de la soirée comme n'importe quel autre spectateur. C'est un test pour elle. Depuis l'attaque de la Kurma House, elle a peur de sortir seule le soir. Des choses qu'elle remarquait à peine avant – un groupe de gens attendant à un carrefour, un bruit de pas derrière elle comme elle rejoint sa voiture, quelqu'un lui demandant si elle a l'heure – planent dans son esprit, jetant des ombres monstrueuses. Rien que d'y penser accélère sa respiration.

Ce soir, en prenant le train pour traverser la baie, elle a été prise de claustrophobie quand il a plongé sous terre et que les vitres se sont obscurcies. Les visages des hommes dans le wagon – ils étaient trois, l'un somnolait, les deux autres écoutaient de la musique sur leur walkman – avaient des airs de prédateurs. Dans la lumière vacillante, leurs bouches ressemblaient à de fines balafres. Des rides sévères barraient leurs fronts, des ombres de colère emplissaient les creux sous leurs yeux. La regardaient-ils à la dérobée, essayant de deviner d'où elle venait ? Elle s'est demandé lequel était le plus susceptible de l'attaquer. La peur montait de la plante de ses pieds et les engourdissait. Elle a pris une profonde inspiration et s'est forcée à ouvrir le journal des rêves qu'elle avait apporté avec elle.

A mi-chemin du dernier chapitre, elle avait lu la page sur l'avortement qui n'avait pas eu lieu, les mots sans détours que sa mère avait choisis. *Si le serpent m'avait demandé de le faire, j'aurais obéi.* Elle les avait lus de nouveau, une, deux fois, jusqu'à ce que les mots deviennent flous et se lient en une corde de syllabes absurdes. C'était la confirmation de ce qu'elle avait soupçonné toute sa vie. Elle était moins importante que les rêves de sa mère, elle avait été un obstacle, un poids. De toute la force de ses mains tremblantes, elle avait jeté le cahier à travers la pièce.

Puis elle avait pensé à son père ; ces confessions avaient dû être encore plus pénibles pour lui. Apprendre les raisons pour lesquelles sa femme était restée avec lui toute sa vie, et que ces raisons n'avaient rien à voir avec lui. Et voilà que sa fille était aussi au courant. *Je l'aimais,* avait écrit sa mère, *mais pas assez.* En un sens, c'était pire que de ne pas avoir été aimé du tout. Il lui aurait été facile de sauter ces lignes, de prétendre qu'elles n'existaient pas. Mais il avait mis de côté sa honte, choisi la vérité et continué à traduire parce que sa fille le lui avait demandé.

Et sa mère. Sa colère retombait, et son apitoiement sur elle-même ; pour sa mère, cela avait dû être plus pénible encore que pour eux deux. Se défaire de son silence, cette armure qu'elle avait portée toute sa vie. Avait-elle hésité, penchée sur son cahier, mordant le bout de son crayon ? Avait-elle imaginé la haine du mari et de la fille qu'elle avait abandonnés alors même qu'elle avait décidé de rester avec eux ? Chacun des mots qu'elle avait notés dans ce journal était à la fois un cadeau et une blessure qui ne pouvait se guérir qu'en continuant à lire. Elle avait ramassé le cahier et lissé ses pages froissées, la reliure qui se décollait. Avec une sombre gratitude, elle avait continué jusqu'au bout.

Dans le train, elle a relu une des premières pages que son père avait traduites. Elle l'a lue plusieurs fois d'affilée.

Le rêve annonce de la joie
J'accueille le rêve.
Le rêve annonce du chagrin
J'accueille le rêve.
Le rêve est un miroir qui me montre ma beauté
Je bénis le rêve.
Le rêve est un miroir qui me montre ma laideur
Je bénis le rêve.
Ma vie n'est rien d'autre qu'un rêve
Dont je m'éveillerai pour entrer dans la mort
Qui n'est rien d'autre qu'un rêve de vie.

Pétrie d'angoisse, elle a été incapable de déchiffrer le sens caché de ces mots, mais elle y a entendu la voix de sa mère, une voix calme, pragmatique, un peu exaspérée par cette tendance de sa fille à tout dramatiser. Cela l'a occupée jusqu'à ce que le train s'arrête et qu'un haut-parleur l'informe qu'elle avait atteint l'embarcadère. Elle est sortie du train, les jambes tremblantes, mais à tout prendre, c'était une victoire.

Elle décline son identité à la femme qui tamponne les mains à l'entrée, comme Sonny lui a dit de le faire.

« Waouh ! s'exclame la femme – une fille, en fait, très mince, toute vêtue de noir avec des cheveux frisés et des yeux immenses maquillés dans le style Cléopâtre – en sautant de son tabouret. Vous êtes la femme du DJ Sundance ! Il nous a prévenus de votre venue. » Malgré les protestations de Rakhi, elle fourre le billet de dix dollars dans sa paume. « On ne peut pas vous faire payer ! » Elle offre de l'escorter en bas où est Sonny. « C'est le plus cool. On pense tous qu'il a un talent fou. » Elle regarde Rakhi avec révérence, comme si un peu de son talent avait dû s'infiltrer en elle. Quand Rakhi, gênée, l'assure qu'elle peut très bien se débrouiller seule, la fille crie d'une voix déçue : « Passez une bonne soirée ! » Un frisson de malaise l'envahit.

Le club est caverneux et mal éclairé, et elle s'arrête, le dos contre un mur, pour s'orienter. Des images vidéo tremblotent sur le mur d'en face en un fondu enchaîné d'un rouge monochrome – les ruines d'un bâtiment colonial, un lac, une femme qui boit le jus d'une noix de coco verte, un cobra, un nuage comme un champignon. Le rouge lui donne le sentiment d'être entrée dans un espace différent. *Le temps du rêve*, pense-t-elle, en se frayant un chemin parmi la foule. Elle ne se doutait pas qu'il y avait déjà tant de monde à l'intérieur. Elle pense à la longue file qui attend encore dehors. Vont-ils tous pouvoir rentrer ? Et s'il y a un incendie, ou quelque chose de pire, comment faire pour sortir ? *Mais tu n'es pas venue ici pour broyer du noir. Le club a survécu jusqu'à maintenant sans que tu te mêles de résoudre leurs problèmes*, lui rappelle la petite voix.

Elle entend la musique maintenant, bien qu'il y en ait sûrement depuis qu'elle est entrée. Elle a toujours été plutôt du type visuel ; elle ne connaît pas grand-chose à la musique et s'est montrée étrangement réfractaire à tout apprentissage. Elle a dit un jour à Sonny : « Il y a un charme très particulier à écouter quelque chose qu'on ne comprend pas, comme une langue étrangère. On n'est pas distrait par ce que les sons sont supposés signifier. On peut les accueillir en soi. » C'est ce qu'elle fait en ce moment, et elle distingue alors des instruments indiens, bien qu'ils ne ressemblent pas du tout à la musique classique des CD qu'il lui arrive d'écouter. Ils n'ont pas non plus la qualité rude de la musique folklorique que jouent les hommes à la Kurma House. Elle se dirige vers l'estrade sur le devant de la salle, où un homme et une femme jouent des tablas. Près d'eux, il y a un saxophoniste – ah ! c'est ce qu'elle a entendu, les lentes notes étirées s'immisçant avec dextérité dans les percussions insistantes, les transformant en quelque chose d'étrange et d'hypnotique. Des gens dansent, principalement seuls, les yeux fermés, mais la plupart écoutent, assis en lotus sur le sol de béton qui a l'air extrêmement inconfortable, oscillant en rythme, extatiques. Elle aimerait s'attarder, saisir les expressions variées de leurs visages – un tableau prend forme dans son esprit, un autre collage – mais elle voit l'escalier qui disparaît dans le sous-sol et s'y engage. Derrière elle, elle entend une femme entonner un chant classique, une seule voyelle, *aaaa*, sa voix monte et descend, la découpe en syllabes d'une seule note tremblante. Doux, puis puissant, puis doux de nouveau, le son se fiche en elle, étrangement familier, rappel d'une mémoire culturelle qu'elle ne s'attendait pas à trouver ici.

La cave est inondée d'une lumière bleue changeante ponctuée par la pulsation de lumières stroboscopiques. Elle pense à un poème qu'elle a lu autrefois sur les gentianes bavaroises, sur l'au-delà. A première vue, il semble que des milliers de gens soient entassés là, tous en train de danser. Elle repère Sonny tout de suite, attirée vers lui par quelque radar intérieur. Il est dans un coin derrière un ensemble de tables, un casque autour du cou. Autour de lui, tout un équipement sophistiqué. Des disques tournent sur deux platines devant lui. De temps en temps, il met les écouteurs et ajuste quelque chose sur un lecteur de CD. Il ne l'a pas encore vue. Ça lui plaît. Le regarder sans qu'il s'en rende compte lui donne le sentiment d'être invisible et toute-puissante. Une femme avec des dreadlocks tape sur une série de tambours africains, assise sur un tabouret près de lui. Un homme est penché sur une autre platine. De là où est Rakhi, il semble gratter le disque, l'arrêter puis le lâcher. Elle se dit que cela devrait créer une désagréable cacophonie, mais il n'en est rien.

Les muscles de son estomac se serrent, et elle s'attend à être projetée violemment dans la sombre spirale de sa mémoire, tant elle était sûre qu'entendre Sonny jouer devait avoir cet effet sur elle. Mais les sons autour d'elle se fondent ensemble pour créer une musique différente de ce qu'elle a entendu avant. C'est une musique qui vous met les nerfs à vif, légèrement discordante, tissant des éléments disparates. Elle entend un moment une guitare, puis une contrebasse lancinante, puis des sons qui doivent être produits par synthétiseur. Une voix de femme qui se pâme surgit, chantant *chhaiya chhaiya,* puis disparaît ; un roulement magnétique de percussions et des paroles qu'elle ne comprend pas, un rythme folklorique qu'elle reconnaît pour l'avoir entendu à la Kurma House, l'attrape et l'attire sur la piste de danse, elle qui n'a jamais dansé de sa vie ! Piste est un mot usurpé, car les gens dansent partout : sur les marches, devant un écran vidéo montrant des images d'autres personnes en train de danser, ou sur une estrade à l'autre bout de la salle. Ils dansent sur les tabourets du bar. Ils dansent seuls ou avec quelqu'un, mais surtout en groupes. Suit une chanson de marin d'un vieux disque que son père aime, mais elle est mixée avec des sons électroniques et des voix dans une autre langue. La voix du chanteur, du miel avec une pincée de graviers – *o majhi re* –, disparaît dans la mélodie de fond et en ressort, comme une surprise, à chaque fois.

Elle se retrouve parmi un groupe de gens qui dansent le *bhangra*. Leurs mouvements d'épaules fluides lui rappellent les hommes du snack. Bien qu'ici la danse soit dix fois plus rapide, mêlée à de la break dance, de la danse du ventre et d'autres types de danses dont elle ne connaît pas les noms. Ils ont une aisance intimidante et, à les observer, elle a envie de se réfugier dans l'intimité du bar. Mais le rythme est si entraînant, si insouciant qu'elle ne peut résister et se met à balancer la tête de haut en bas et à osciller d'un pied sur l'autre. Personne ne la regarde, de toute façon. Ça n'a pas d'importance qu'elle ne soit pas une bonne danseuse, qu'elle ne fasse aucun de ces mouvements fantaisistes, qu'elle puisse à peine garder la mesure. Juste quelques minutes, pense-t-elle. Puis elle ira rejoindre ce tabouret de bar.

Le groupe s'ouvre alors pour former un cercle. Ils jouent à une sorte de jeu dansé. Pendant que les autres tapent dans leurs mains et sifflent, une femme vêtue de pantalons brodés de fil *zari* et d'un haut léopard virevolte au centre, elle danse les yeux clos, les bras levés, ses cheveux lui fouettent le visage en rythme. Elle tourne si vite qu'elle perd l'équilibre, trébuche et tombe sur ceux qui forment le cercle. Rakhi se sent défaillir, mais les spectateurs l'ont rattrapée. Ils la renvoient dans le cercle en riant et en la soutenant de leurs exclamations. Elle continue un peu, puis sort, et un jeune homme aux cheveux nattés prend sa place. Rakhi le regarde tourner sur lui-même, les yeux clos, trébucher, être remis sur pied, renvoyé au centre. D'autres suivent. Ils semblent si solidaires. Peut-être est-ce à cause de l'alcool et de l'adrénaline, mais quand même ! Se lancer en aveugle au milieu d'étrangers, sûr qu'ils vous porteront, ne vous blesseront pas, vous empêcheront de vous faire mal – oserait-elle faire une chose pareille après ce qui est arrivé ?

Elle ne sait pas comment, mais elle se retrouve au milieu du cercle. A-t-elle fait le premier pas, quelqu'un l'a-t-il poussée ? En tout cas, elle est là, à tourner et tourner. Presque tout de suite, elle se sent nauséeuse. Quelle sottise ! Elle est beaucoup trop vieille pour ce genre de jeux, elle va sûrement se tordre la cheville. En pensant cela, elle trébuche, les bras tendus, raides de peur, et elle rouvre vite les yeux. Mais quelqu'un l'a déjà attrapée. C'est une femme portant une robe ample, des fleurs mêlées à sa longue natte brune. Elle porte une couronne de plumes. *Eliana*, murmure Rakhi, *est-ce toi ?* Mais la musique recouvre sa question. La femme lui fait un clin d'œil (pour montrer son accord, ou simplement sa bienveillance ?) et s'éloigne en pirouettant. D'autres mains tiennent Rakhi, puis la relâchent dans le cercle. *Vas-y, ma fille !* Elle se retrouve en train de virevolter, les yeux clos, mais cette fois elle n'a plus autant peur. Elle tournoie jusqu'au centre, on la tient et on la renvoie deux, trois fois de suite. Elle sourit. A chaque nouveau tour, elle fait plus profondément partie de la musique, de la scène ; la sueur perle sur sa peau ; elle éprouve soudain un immense réconfort.

Elle se dirige en dansant vers le coin du DJ, s'arrête au bar pour prendre un verre, quelque chose de sucré et de fort qu'elle ne reconnaît pas, mais elle ne s'en inquiète pas. Elle commence à comprendre ce que le club signifie pour Sonny. Il ne s'agit pas seulement d'excitation et de prestige, d'argent et de popularité faciles, comme elle le croyait. Mais qu'une salle entière s'oublie pour ne faire plus qu'un avec le son. Qu'ils lèvent les bras vers le ciel sans jamais vouloir que cela s'arrête – que s'arrête la musique que vous avez composée à partir de pièces et de morceaux pour créer un son inconnu qui supprime la méfiance et le souvenir de la douleur. Eh bien, c'est comme être Dieu !

Elle aime cette façon qu'a la musique de la surprendre en passant de l'ethnique à la techno, aux percussions, percussions, percussions. Peu importe qu'on ne sache pas ce qui va suivre, ce sera sans doute bon, en tout cas intéressant. Des pans de peur se détachent d'elle et la quittent. Il en reste encore, mais c'est un début. Elle s'allège à chaque haussement d'épaules, chaque balancement de hanches. C'est comme marcher sur la lune. D'accord, elle l'admet, ça vient peut-être en partie de la boisson, qu'elle tend à Sonny, mais ce n'est pas grave. Il lui sourit – ses dents, un éclair fluorescent dans la lumière noire –, prend son verre et le lève dans un toast silencieux. Un rayon de lumière tombe sur le liquide, lui donnant une teinte rouge satiné. Elle sait que cela ne durera pas, que demain elle retrouvera son moi grincheux habituel. Elle doit être ivre ! Mais elle jouit du moment, cette particule éphémère de poussière d'or sur la toile du monde où Sonny et elle se sont retrouvés sur la même orbite. Elle retourne en dansant au centre de la salle, le nœud d'énergie, en sentant son regard tel un *dupatta* de soie sur ses épaules.

Remerciements

Mes plus vifs remerciements à :

Mon agent, Sanda Dijkstra, pour son aide ;

Mon éditeur, Deb Futter, pour ses questions intelligentes ;

Kim Chernin, Deepika Petraglia-Bahri, et Lawrence Hogue, pour leurs commentaires ;

Ma mère, Tatini Banerjee, et ma belle-mère, Sita Divakaruni, pour leurs bénédictions ;

Murthy, Anand, et Abhay, pour leur amour et leur compréhension ;

Baba Muktananda, Swami Chinmayananda, et Gurumayi, pour leurs présences dans ma vie.

Achevé d'imprimer par
l'Imprimerie France Quercy, 46090 Mercuès
N° d'impression : 30450 - Dépôt légal : février 2009

Imprimé en France